HEYNE <

Nora Roberts

Frühlingsträume

Roman

Aus dem Amerikanischen
von Katrin Marburger

WILHELM HEYNE VERLAG
MÜNCHEN

Die Originalausgabe VISION IN WHITE erschien 2009
bei Berkley Books, New York

MIX
Papier aus verantwortungsvollen Quellen
FSC® C014496
FSC www.fsc.org

Penguin Random House Verlagsgruppe FSC® N001967

Vollständige Taschenbuchausgabe 03/2022

in der Penguin Random House Verlagsgruppe,
Neumarkter Str. 28, 81673 München
Printed in Germany
Satz: KompetenzCenter Mönchengladbach
Druck und Bindung: GGP Media GmbH, Pößneck
ISBN: 978-3-453-42592-7

www.heyne.de

Für Dan und Stacie
Für Jason und Kat

Für all die Augenblicke

Verführe meinen Geist,
und du kannst meinen Körper haben.
Finde meine Seele,
und ich bin für immer dein.
Anonym

Nicht nur die Ähnlichkeit ist kostbar …
sondern auch die Assoziation und das Gefühl von Nähe,
die dem Ganzen innewohnen … der Umstand,
dass der Schatten der Person für immer festgehalten
daliegt.
Elizabeth Barrett Browning

Prolog

Im Alter von acht Jahren war Mackensie Elliot bereits vierzehnmal verheiratet gewesen. Sie hatte ihre drei besten Freundinnen geheiratet, und zwar jeweils einmal als Braut und als Bräutigam, außerdem (unter dessen Protest) den Bruder ihrer besten Freundin, zwei Hunde, vier Katzen und ein Kaninchen.

Bei zahllosen weiteren Hochzeiten hatte sie als erste Brautjungfer, normale Brautjungfer, Trauzeugin oder sonstige Begleiterin des Bräutigams und als Geistliche fungiert.

Obwohl die Scheidungen stets in gegenseitigem Einvernehmen vonstattengingen, überdauerte keine der Ehen einen Nachmittag. Dieser vergängliche Aspekt der Ehe war für Mac keine Überraschung, da ihre Eltern beide bereits zwei davon hinter sich hatten – bislang.

Heiraten war nicht ihr Lieblingsspiel, doch sie war gern Priester, Pastor oder Friedensrichter. Oder, seitdem sie bei der Bar-Mizwa des Neffen der zweiten Frau ihres Vaters gewesen war, Rabbi.

Außerdem mochte sie die Törtchen, die feinen Kekse und die sprudelnde Limonade, die beim Empfang stets gereicht wurden.

Heiraten war Parkers Lieblingsspiel, und es wurde immer auf dem Anwesen der Browns mit den ausgedehnten Gärten, den hübschen Gehölzen und dem silbrigen Teich gespielt. In den kalten Wintern von Connecticut fand die Zeremonie zuweilen auch in dem großen Haus vor einem der flackernden Kaminfeuer statt.

Sie feierten schlichte Hochzeiten und pompöse. Königliche Hochzeiten, solche, die von vornherein unter einem schlechten Stern standen, weil die Liebenden zum Heiraten durchgebrannt waren, oder Themenhochzeiten, die unter dem Motto »Zirkus« oder »Piratenschiff« standen. Über alle Ideen wurde ernsthaft diskutiert und abgestimmt, und kein Motto oder Kostüm war ihnen zu ausgefallen.

Trotzdem war Mac das Heiraten nun, da sie vierzehn Hochzeiten auf dem Buckel hatte, ein bisschen leid.

Bis sie ihr Aha-Erlebnis hatte.

Zu ihrem achten Geburtstag schickte Mackensies charmanter und meist durch Abwesenheit glänzender Vater ihr eine Nikon-Kamera. Sie hatte noch nie Interesse am Fotografieren gezeigt und schob den Apparat zunächst mit den übrigen seltsamen Geschenken, die er ihr seit der Scheidung überreicht oder geschickt hatte, beiseite. Doch Macs Mutter erzählte *ihrer* Mutter davon, woraufhin die Großmutter über den »Nichtsnutz und Versager Geoffrey Elliot« herzog und sich darüber beklagte, wie unpassend es sei, einem kleinen Mädchen eine Erwachsenenkamera zu schenken, wo es doch mit einer Barbiepuppe viel besser dran wäre.

Da sie normalerweise prinzipiell anderer Meinung war als ihre Großmutter, wuchs Macs Interesse an der Kamera. Um Großmama zu ärgern – die gerade den Sommer über zu Besuch weilte, statt in der Seniorensiedlung in Scottsdale zu sein, wo sie Macs Ansicht nach hingehörte –, schleppte sie die Nikon mit sich herum. Sie spielte und experimentierte damit, machte Fotos von ihrem Zimmer, ihren Füßen, ihren Freundinnen. Schnappschüsse, die verschwommen und dunkel oder unscharf und verwaschen waren. Angesichts ihrer Erfolglosigkeit und der bevorstehenden Scheidung ihrer Mutter von ihrem Stiefvater begann Macs Interesse an der Kamera wieder zu schwinden. Selbst Jahre später vermochte sie nicht zu sagen, was sie dazu bewogen hatte, den Apparat an jenem schönen Sommernachmittag zum Heiratenspielen bei Parker mitzunehmen.

Sie hatten jedes Detail der traditionellen Gartenhochzeit geplant. Emmaline als Braut und Laurel als Bräutigam würden ihren Treueschwur unter der Rosenlaube sprechen. Emma würde Schleier und Schleppe aus Spitze tragen, die Parkers Mutter aus einer alten Tischdecke genäht hatte, während Harold, Parkers alternder, gutmütiger Golden Retriever, sie den Gartenweg hinunter zum Traualtar führen würde.

Eine Ansammlung von Barbies, Kens und Cabbage-Patch-Puppen, dazu eine Reihe Plüschtiere säumten den Weg als Gäste.

»Es ist eine sehr private Zeremonie«, verkündete Parker, während sie sich an Emmas Schleier zu schaffen machte. »Anschließend findet ein kleiner Empfang auf der Veranda statt. Wo ist eigentlich der Trauzeuge?«

Laurel, die sich kürzlich das Knie aufgeschürft hatte, zwängte sich zwischen drei Hortensien hindurch. »Er ist abgehauen und hat ein Eichhörnchen bis auf einen Baum verfolgt. Ich kann ihn nicht dazu bewegen runterzukommen.«

Parker verdrehte die Augen. »Ich hole ihn. Du darfst die Braut vor der Hochzeit nicht sehen, das bringt Unglück. Mac, du musst Emmas Schleier festmachen und ihren Brautstrauß holen. Laurel und ich holen Mr Fish aus dem Baum.«

»Ich würde lieber schwimmen gehen«, entgegnete Mac, während sie geistesabwesend an Emmas Schleier herumzupfte.

»Das können wir machen, wenn ich mit dem Heiraten fertig bin.«

»Schon. Bist du das Heiraten eigentlich noch nicht leid?«

»Nee, mir macht's nichts aus. Und hier draußen riecht es so gut. Alles ist so schön.«

Mac reichte Emma den Strauß Löwenzahn und wilder Veilchen, die sie pflücken durften. »Du siehst schön aus.«

Das stimmte allerdings. Emmas dunkles, glänzendes Haar rieselte unter der weißen Spitze herab. Ihre Augen schimmerten tiefbraun, als sie an dem Wildblumenstrauß schnupperte. Sie war sonnengebräunt, irgendwie ganz golden, dachte Mac mit einem finsteren Blick auf die eigene, milchweiße Haut.

Der Fluch der Rotschöpfe, hatte ihre Mutter gesagt, da sie das karottenrote Haar ihres Vaters geerbt hatte. Für ihre acht Jahre war Mac groß, außerdem gertenschlank, und ihre Zähne steckten bereits in einer verhassten Zahnspange.

Sie dachte, dass Emmaline neben ihr wie eine Zigeunerprinzessin aussah.

Unter Gekicher kamen Parker und Laurel mit dem vierbeinigen Trauzeugen zurück, den Parker fest auf dem Arm hielt. »Jetzt müssen alle auf ihre Plätze.« Parker ließ den Kater in Laurels Arme gleiten. »Mac, du musst dich umziehen! Emma …«

»Ich will aber nicht die erste Brautjungfer sein.« Mac starrte auf das bauschige Prinzessinnenkleid, das über einer Gartenbank ausgebreitet lag. »Das Ding kratzt, und es ist so heiß. Warum kann Mr Fish nicht die erste Brautjungfer sein und ich der Trauzeuge?«

»Weil es so geplant ist. Vor einer Hochzeit sind alle nervös.« Parker warf ihre langen braunen Zöpfe zurück und griff zu dem Kleid, um es nach Tränenspuren oder Flecken abzusuchen. Zufrieden schob sie es Mac hin. »Alles okay. Das wird eine schöne Feier, mit wahrer Liebe und ewigem Glück.«

»Meine Mutter sagt, das mit dem ewigen Glück ist alles Humbug.«

Alle schwiegen für einen Moment. Das unausgesprochene Wort *Scheidung* schien in der Luft zu liegen.

»Nicht unbedingt, finde ich.« Parker schaute Mac mitfühlend an und strich ihr mit der Hand über den bloßen Arm.

»Ich will das Kleid nicht anziehen. Ich will keine Brautjungfer sein. Ich …«

»Ist ja gut. Wir können einfach so tun, als hätten wir eine erste Brautjungfer. Vielleicht kannst du Fotos machen.«

Mac schaute auf die Kamera hinunter, die, was sie ganz vergessen hatte, um ihren Hals hing. »Die werden bestimmt wieder nichts.«

»Vielleicht klappt es ja diesmal. Das wird lustig. Du kannst der offizielle Hochzeitsfotograf sein.«

»Mach mal eins von mir und Mr Fish«, bettelte Laurel und brachte ihr Gesicht dicht neben den Katzenkopf. »Bitte, Mac!«

Ohne große Begeisterung hob Mac die Kamera und drückte auf den Auslöser.

»Daran hätten wir schon früher denken sollen! Du kannst offizielle Porträts von Braut und Bräutigam machen und dann noch Fotos von der Trauung.« Vollauf beschäftigt mit dieser Idee, hängte Parker das Prinzessinnenkostüm über den Hortensienbusch. »Das wird gut, richtig klasse. Du musst mit der Braut und Harold den Weg runtergehen.

Versuch, ein paar gute Bilder zu schießen. Ich warte und mach dann die Musik an. Los, komm!«

Es würde Törtchen und Limonade geben, rief Mac sich in Erinnerung. Und später würden sie schwimmen gehen und Spaß haben. Es machte nichts, wenn die Fotos blöd wurden, und auch nicht, dass ihre Großmutter Recht hatte und sie noch zu klein für die Kamera war.

Es machte nichts, dass ihre Mutter sich schon wieder scheiden ließ und dass ihr Stiefvater, den sie ganz in Ordnung gefunden hatte, bereits ausgezogen war.

Es machte nichts, dass das mit dem ewigen Glück Humbug war, weil das Ganze sowieso nur ein Spiel war.

Sie versuchte, Fotos von Emma und dem diensteifrigen Harold zu machen, und stellte sich vor, wie sie den Film zurückbekommen und die unscharfen Gestalten und die Abdrücke ihres Daumens sehen würde, wie immer.

Als die Musik anging, bekam sie ein schlechtes Gewissen, weil sie das kratzige Kleid nicht angezogen hatte, um Emmas erste Brautjungfer zu sein – und das nur, weil ihre Mutter und Großmutter ihr die Laune verdorben hatten. Also wirbelte sie herum, um nicht im Weg zu stehen, und strengte sich an, ein schönes Foto von Harold zu schießen, während er Emma den Gartenweg hinuntergeleitete.

Durch das Objektiv sah alles ganz anders aus, dachte sie. Wie sie Emmas Gesicht groß machen konnte … Die Art, wie der Schleier über ihrem Haar lag. Und es sah schön aus, wie die Sonne durch die Spitze hindurchschien.

Sie fotografierte weiter, als Parker alias Reverend Whistledown mit der Anrede »Liebes Brautpaar« begann und Emma und Laurel sich bei der Hand nahmen und Harold sich zu ihren Füßen zusammenrollte, um schnarchend ein Nickerchen zu machen.

Ihr fiel auf, wie hell Laurels Haar war, wie die Sonne sich in seinen Spitzen unter dem hohen schwarzen Hut fing, den sie als Bräutigam trug. Wie Mr Fishs Schnurrhaare zuckten, als er gähnte.

Als es geschah, geschah es ebenso in Mac drin wie draußen. Ihre drei Freundinnen standen unter dem üppigen weißen Bogen der Laube beieinander, ein Trio hübscher kleiner Mädchen. Aus einem Instinkt heraus veränderte Mac ihre Position, nur ein wenig, und neigte die Kamera ein kleines Stück. Sie ahnte nicht, dass dies eine »Bildkomposition« war, fand nur, dass es so durchs Objektiv schöner aussah.

Und der blaue Schmetterling flatterte durch ihr Blickfeld, um auf der Blüte einer dottergelben Löwenzahnblume in Emmas Brautstrauß zu landen. Freude und Überraschung blitzten beinahe gleichzeitig auf allen drei Gesichtern des Trios unter den weißen Rosen auf.

Mac drückte auf den Auslöser.

Sie wusste, *wusste* einfach, dieses Foto würde nicht verschwommen und dunkel oder unscharf und verwaschen sein. Ihr Daumen würde nicht zu sehen sein. Sie wusste genau, wie das Foto aussehen würde, wusste, dass ihre Großmutter sich doch geirrt hatte.

Vielleicht war das mit dem ewigen Glück wirklich Humbug, aber sie wusste, dass sie weitere Fotos von Augenblicken machen wollte, die glücklich *waren*. Denn dann würden sie ewig sein.

1

Am 1. Januar rollte Mac sich herum, um auf ihren Wecker zu hauen, und landete bäuchlings auf dem Boden ihres Studios. »Verdammt! Gutes neues Jahr.«

Groggy lag sie da, bis ihr einfiel, dass sie es gar nicht bis nach oben ins Bett geschafft hatte – und dass das Wecksignal von ihrem Computer stammte, den sie auf zwölf Uhr mittags programmiert hatte.

Sie rappelte sich auf, um in die Küche und zur Kaffeemaschine zu torkeln.

Wie kamen Leute nur darauf, am Silvesterabend zu heiraten? Warum wollten sie aus einem Feiertag, der für Saufexzesse und vermutlich schmutzigen Sex da war, ein förmliches Ritual machen? Und natürlich mussten sie Freunde und Verwandte mit hineinziehen, ganz zu schweigen von Hochzeitsfotografen.

Klar, als der Empfang um zwei Uhr morgens endlich vorbei gewesen war, hätte sie wie ein normaler Mensch brav ins Bett gehen können, anstatt die Bilder hochzuladen, anzuschauen – und noch fast drei weitere Stunden mit der Arbeit an den Hochzeitsfotos der Hines-Myers zu verbringen.

Aber sie hatte einige gute dabei. Und ein paar ausgezeichnete.

Oder sie taugten alle nichts, und sie hatte sie im Nebel der Begeisterung beurteilt.

Nein, es *waren* gute Bilder.

Sie gab drei Löffel Zucker in den schwarzen Kaffee und trank ihn, während sie am Fenster stand und den Schnee betrachtete, der Garten und Rasen des Brownschen Anwesens wie eine Decke einhüllte.

Sie hatten die Hochzeit gut hinbekommen, dachte sie. Und vielleicht würden Bob Hines und Vicky Myers sich ja ein Beispiel daran nehmen und eine gute Ehe führen.

Wie auch immer, die Erinnerungen an diesen Tag würden nicht verblassen. Die Augenblicke, die großen wie die kleinen, waren eingefangen worden. Sie würde noch daran feilen, sie verfeinern, dann ausdrucken. Mit diesen Bildern würden Bob und Vicky den Tag Revue passieren lassen, ob nächste Woche oder sechzig Jahre später.

Das, dachte sie, war so klasse wie süßer schwarzer Kaffee an einem kalten Wintertag.

Sie öffnete einen Schrank, holte eine Schachtel Pop-Tarts heraus, und während sie ein Exemplar an Ort und Stelle verspeiste, ging sie ihre Termine des Tages durch.

Die Hochzeit von Clay und McFerson (Rod und Alison) um sechs. Was bedeutete, dass die Braut mit ihrem Gefolge um drei kommen würde, der Bräutigam mit seinem um vier. Also hatte sie Zeit, bis sie um zwei zum Gipfeltreffen musste, das vor dem eigentlichen Ereignis im Haupthaus stattfand.

Zeit genug, um zu duschen, sich anzuziehen, ihre Notizen durchzugehen, ihre Ausrüstung zu überprüfen. In der letzten Wettervorhersage, die sie gehört hatte, waren strahlende Sonne und maximal null Grad angekündigt worden. Damit sollte es ihr gelingen, bei natürlichem Licht ein paar schöne Aufnahmen von den Hochzeitsvorbereitungen zu machen, und vielleicht auch, Alison – wenn die mutig war –

zu überreden, zu einem Brautporträt auf den Balkon zu treten, mit dem Schnee im Hintergrund.

Die Brautmutter Dorothy (sagen Sie Dottie zu mir) war, wie Mac sich erinnerte, von der aufdringlich-anstrengenden Sorte, doch damit würde sie schon zurechtkommen. Und wenn Mac es nicht gelang, würde Parker es schaffen. Parker kam mit allem und jedem klar.

Dank Parkers wilder Entschlossenheit war Vows – was so viel bedeutete wie »Gelübde« – binnen fünf Jahren zu einer der führenden Hochzeits- und Veranstaltungsagenturen des Bundesstaates aufgestiegen. Parkers energische Art hatte den tragischen Tod ihrer Eltern in Hoffnung verwandelt und aus dem prachtvollen viktorianischen Anwesen mit seinem traumhaften Grundstück ein florierendes, einzigartiges Unternehmen gemacht.

Und, dachte Mac, als sie den letzten Bissen des Pop-Tarts hinunterschluckte, sie selbst war einer der Gründe dafür.

Sie ging durch ihr Studio auf die Treppe zu, die nach oben zu Schlafzimmer und Bad führte. Vor einem ihrer Lieblingsfotos blieb sie stehen. Die glühende, begeisterte Braut mit erhobenem Gesicht und ausgestreckten Armen, die Handflächen nach oben gekehrt, unter einem Regen rosafarbener Rosenblütenblätter.

Das Titelbild von *Today's Bride*, dachte Mac. So gut bin ich.

In ihren dicken Socken, Flanellhosen und Sweatshirt stieg sie die Treppe hinauf, um sich aus dem müden Pop-Tart-Junkie im Pyjama in die stilvolle Hochzeitsjournalistin zu verwandeln.

Sie ignorierte ihr ungemachtes Bett – wozu das Bett machen, wenn man es doch wieder zerwühlen würde? – und das Durcheinander im Schlafzimmer. Nach dem Zucker und

Koffein tat die heiße Dusche ein Übriges, um die letzten Spinnweben aus ihrem Kopf zu vertreiben, damit sie sich voll und ganz auf ihren heutigen Auftrag konzentrieren konnte.

Sie hatte eine Braut, die gern etwas Kreatives ausprobieren wollte, dazu eine passiv-aggressive Brautmutter, die glaubte, alles besser zu wissen, einen Bräutigam, der so verknallt war, dass er alles tun würde, um seine Braut glücklich zu machen. Und sowohl Braut als auch Bräutigam waren unverschämt fotogen.

Dieser letzte Aspekt machte den Auftrag angenehm, bedeutete jedoch zugleich eine Herausforderung. Wie konnte sie ihren Kunden eine Fotoreise durch den Tag bieten, die spektakulär und vollkommen individuell war?

Die Farben der Braut, dachte sie, und ging im Geiste ihre Kategorien durch, während sie ihr kurzes, struppiges rotes Haar wusch. Silber und Gold. Elegant, glamourös.

Sie hatte einen Blick auf Blumen und Torte geworfen, an die heute letzte Hand angelegt würde, auf die Gastgeschenke, die Tischwäsche, die Garderobe der Brautjungfern und der Begleiter des Bräutigams, die Frisuren. Auf ihrer Kopie der Stücke, die von der Band gespielt würden, waren der erste Tanz und die Tänze von Mutter und Sohn sowie Vater und Tochter markiert.

In den nächsten Stunden, dachte sie, würde sich ihre Welt um Rod und Alison drehen.

Ihre Kleidung, ihren Schmuck und ihr Make-up wählte sie nahezu ebenso sorgfältig aus wie ihre Ausrüstung. Schwer beladen ging sie hinaus und begab sich auf den kurzen Weg vom Poolhaus, in dem sich ihr Studio und ihre kleine Wohnung befanden, zum Haupthaus.

Der Schnee funkelte – Diamantsplitter auf einem Hermelinpelz –, und die Luft war kalt und rein wie Eis im Gebirge.

Sie musste unbedingt ein paar Freiluftaufnahmen machen, bei Tageslicht und am Abend. Winterhochzeit, weiße Hochzeit, Schnee auf dem Boden, glitzerndes Eis auf den Bäumen, das von den kahlen Weidenbäumen über dem Teich nur so heruntertropfte. Und dort das fantastische viktorianische Anwesen mit seinen unzähligen Dachlinien, den Bogenfenstern und Bullaugen, das sich in die Höhe wie in die Breite erstreckte, zartblau vor der harten Schale des Himmels. Seine Terrassen und der großzügige Säulenvorbau waren mit Lichterketten und grünen Girlanden weihnachtlich geschmückt.

Sie betrachtete das Haus, wie so oft, wenn sie die freigeschaufelten Wege entlangschritt. Sie liebte seine Umrisse, die Winkel mit den feinen Akzenten in Hellgelb, Cremeweiß, das aus dem zarten, sanften Blau hervorstach.

Es war ihr ebenso Heimat gewesen wie ihr eigenes Zuhause. Oft sogar noch mehr, gestand sie sich ein, da ihr Zuhause den verrückten Launen ihrer Mutter ausgeliefert gewesen war. Parkers Eltern waren warmherzig, gastfreundlich, liebevoll und – wie Mac heute dachte – zuverlässig gewesen. Sie hatten ihr im Sturm ihrer Kindheit einen sicheren Hafen geboten.

Nach ihrem Tod vor beinahe sieben Jahren hatte sie ebenso sehr wie ihre Freundin um sie getrauert.

Und nun war das Anwesen der Browns ihr Zuhause, ihr Arbeitsplatz, ihr Leben, und das war gut so. Was konnte besser sein, als etwas zu tun, das einem Freude machte – und das gemeinsam mit den besten Freundinnen, die man je gehabt hatte?

Sie trat durch den Windfang ins Haus, um ihre Jacke aufzuhängen, und wirbelte herum, um einen kurzen Blick in Laurels Bereich zu werfen.

Ihre Freundin und Geschäftspartnerin stand auf einem Tritthocker und setzte akribisch genau silberne Calla-Blüten auf die fünf Etagen einer Hochzeitstorte. Jede Blume erblühte am Ansatz eines goldenen Akanthusblattes, was der Torte schimmernde Eleganz verlieh.

»Die ist ja der Knaller, McBane.«

Laurels Hand war ruhig wie die eines Chirurgen, als sie die nächste Blüte aufsetzte. Ihr sonnengelbes Haar hatte sie am Hinterkopf zu einem unordentlichen Knoten geschlungen, der irgendwie zu ihrem dreieckigen Gesicht passte. Bei der Arbeit blickten ihre Augen, die blau wie Glockenblumen strahlten, ganz konzentriert.

»Ich bin so froh, dass sie sich für den Blütenaufsatz entschieden hat, statt für das Braut-und-Bräutigam-Ding. Das macht ein Designerstück daraus. Warte, bis wir in den Ballsaal gehen und die Torte reinbringen.«

Mac holte eine Kamera hervor. »Ein gutes Bild für die Webseite. Okay?«

»Klar. Hast du geschlafen?«

»Bin erst um fünf ins Bett, bin aber bis um zwölf liegengeblieben. Und du?«

»Um halb drei ins Bett. Um sieben wieder raus, um die Bräutigamstorte fertig zu machen, die Desserts – und das hier. Ich bin verdammt froh, dass wir bis zur nächsten Hochzeit zwei Wochen Pause haben.« Sie warf Mac einen Blick zu. »Erzähl Parker nicht, dass ich das gesagt habe.«

»Sie ist schon auf, nehme ich an.«

»War schon zweimal hier. Wahrscheinlich war sie überall schon zweimal. Ich meine, ich hätte auch Emma hereinkommen hören. Vielleicht sind sie inzwischen oben im Büro.«

»Ich geh mal rauf. Kommst du mit?«

»In zehn Minuten. Ich werde pünktlich sein.«

»Pünktlich ist zu spät in Parkers Welt.« Mac grinste. »Ich versuche, sie abzulenken.«

»Sag ihr einfach, dass man bei manchen Dingen nicht hetzen kann. Und dass die Brautmutter so viele Komplimente für diese Torte bekommen wird, dass sie uns bestimmt in Frieden lässt.«

»Das könnte sie überzeugen.«

Mac schlängelte sich durchs Haus, um die Eingangshalle und den gewaltigen Salon zu überprüfen, wo die Trauzeremonie stattfinden würde. Emmaline und ihre Elfen waren bereits am Werk gewesen, wie sie bemerkte. Sie hatten die Dekoration der letzten Hochzeit abgeräumt und alles für die nächste geschmückt. Jede Braut hatte ihre eigenen Vorstellungen, und diese wollte jede Menge goldener und silberner Bänder und Girlanden, ganz im Gegensatz zu den lavendelblauen und cremefarbenen Schleierstoffen des Silvesterabends.

Das Kaminfeuer im Salon war vorbereitet und würde angezündet werden, bevor die Gäste eintrafen. Weiß umhüllte Stühle, auf denen silberne Bogen glitzerten, bildeten Reihe um Reihe. Den Kaminsims hatte Emma mit goldenen Kerzen in silbernen Leuchtern dekoriert, und in hohen, schlanken Glasvasen prangten die Lieblingsblumen der Braut, weiße Calla-Lilien, in Hülle und Fülle.

Mac spazierte durch den Raum, spielte mögliche Blickwinkel, Lichtverhältnisse, Bildkompositionen durch und machte sich in Gedanken weitere Notizen, als sie hinausging und die Treppe zum dritten Stock hinaufstieg.

Wie erwartet traf sie Parker im Konferenzraum ihres gemeinsamen Büros an, umgeben von Laptop, Blackberry, Ordnern und Handy samt Headset. Ihr dichtes braunes

Haar hing in einem langen Pferdeschwanz glatt und schlicht herab. Die Frisur passte zu ihrem Hosenanzug in gedecktem Taubengrau, der mit den Farben der Braut harmonieren und diese unterstreichen würde.

Parker achtete wirklich auf jede Kleinigkeit.

Ohne aufzublicken, ließ sie einen Finger in der Luft kreisen und arbeitete weiter an ihrem Laptop. Mac, die dieses Zeichen kannte, ging zur Kaffeetheke hinüber und schenkte zwei Becher ein. Dann setzte sie sich, legte den Ordner ab und klappte ihr Notebook auf.

Parker lehnte sich zurück und griff lächelnd zu ihrem Becher. »Das wird eine gute Feier.«

»Zweifellos.«

»Die Straßen sind frei, das Wetter ist schön. Die Braut ist schon auf, hat gefrühstückt und eine Massage genossen. Der Bräutigam war im Fitnessstudio und schwimmen. Der Catering-Service liegt gut in der Zeit. Die Liste der Brautjungfern und Begleiter des Bräutigams ist vollständig.« Sie sah auf ihre Armbanduhr. »Wo sind Emma und Laurel?«

»Laurel legt letzte Hand an die Torte, die umwerfend aussieht. Emma habe ich nicht gesehen, aber sie hat angefangen, die Festsäle zu schmücken. Hübsch. Ich will ein paar Außenaufnahmen machen. Vorher und nachher.«

»Lass die Braut aber vorher nicht zu lange draußen bleiben. Wir wollen nicht, dass sie eine rote Schniefnase bekommt.«

»Du musst mir vielleicht die Brautmutter vom Hals halten.«

»Schon notiert.«

Emma rauschte herein, eine Diät-Cola in der einen Hand, einen Ordner in der anderen. »Tink hat einen Kater und kommt nicht; mir fehlt also eine Helferin. Machen wir es kurz, okay?« Sie ließ sich an den Tisch plumpsen. Ihre schwarzen Locken sprangen über die Schultern ihres Sweatshirts. »Die Suite der Braut und der Salon sind geschmückt. Foyer und Treppenhaus sind auch fast fertig. Die Bouquets, Ansteckssträußchen und Ansteckblumen sind kontrolliert. Wir haben mit dem Großen Saal und dem Ballsaal angefangen. Dort muss ich gleich wieder hin.«

»Das Blumenmädchen?«

»Pomander, also Blumenkugel, aus weißen Rosen, silbernes und goldenes Band. Ihren Haarreif – Rosen und Schleierkraut – habe ich fertig für den Friseur. Er ist zauberhaft. Mac, ich brauche ein paar Bilder von der Dekoration, wenn du es schaffst. Wenn nicht, mache ich welche.«

»Ich kümmere mich darum.«

»Danke. Die Brautmutter ...«

»Ich kümmere mich darum«, sagte Parker.

»Ich muss noch ...« Emma brach ab, als Laurel hereinkam.

»Ich bin nicht zu spät«, verkündete Laurel.

»Tink hat uns versetzt«, berichtete Parker. »Emma fehlt Personal.«

»Ich kann aushelfen. Ich muss noch den Aufsatz oben auf die Torte setzen und die Desserts dekorieren, aber im Moment habe ich Zeit.«

»Lasst uns den Zeitplan durchgehen.«

»Warte.« Emma hob ihre Dose Diät-Cola. »Erst stoßen wir an. Uns allen ein gutes neues Jahr, uns vier klasse und scharfen Wahnsinnsfrauen. Den besten Freundinnen aller Zeiten.«

»Die auch noch clever und genial sind.« Laurel hob ihre Wasserflasche. »Auf uns Kumpel und Kompagnons.«

»Auf uns. Auf Freundschaft und Köpfchen hoch vier«,

fügte Mac hinzu, »und auf die irre Geschichte, die wir aus Vows gemacht haben.«

»Und auf 2009.« Parker hob ihren Kaffeebecher. »Das wird das beste Jahr aller Zeiten für diese klasse, scharfen, cleveren, genialen Wahnsinnsfreundinnen.«

»Ganz genau.« Mac stieß mit ihrem Kaffeebecher mit den anderen an. »Aufs Heiratenspielen, damals, heute und für alle Zeit.«

»Damals, heute und für alle Zeit«, wiederholte Parker. »Und jetzt: Zeitplan?«

»Ich bleibe an der Braut«, begann Mac, »wenn sie kommt, und dann am Bräutigam, wenn er erscheint. Schnappschüsse während der Ankleidezeremonie, Posen, wie es sich ergibt. Förmliche Porträts drinnen und draußen. Die Aufnahmen von der Torte und der Deko mache ich jetzt und baue mein Zeug auf. Alle Bilder von Familie und Hochzeitsgästen separat vor der Zeremonie. Nach der Trauung dürfte ich nur noch fünfundvierzig Minuten für die Familienbilder, die gesamte Hochzeitsgesellschaft und das Brautpaar brauchen.«

»Blumenschmuck in den Suiten von Braut und Bräutigam fertig um drei. Blumenschmuck in Foyer, Salon, Treppenhaus, Großem Saal und Ballsaal um fünf.« Parker warf Emma einen Blick zu.

»Wir werden fertig.«

»Um halb sechs kommt der Videofilmer. Von halb sechs bis sechs: Ankunft der Gäste. Siebzehn Uhr vierzig: Die Musiker, Streichquartett, beginnen. Ab halb sieben spielen sie dann im Ballsaal. Siebzehn Uhr fünfzig: Die Mutter des Bräutigams, in Begleitung ihres Sohnes, wird hereingeleitet. Unmittelbar danach: Die Brautmutter wird von ihrem Schwiegersohn hereingeführt. Sechs Uhr: Der Bräutigam und sein Gefolge stehen bereit.« Parker las den Zeitplan herunter. »Ebenfalls um sechs: Brautvater, Braut und Gefolge stehen bereit. Prozession nach unten. Dauer der Zeremonie dreiundzwanzig Minuten, Ausmarsch, Gratulationen der Familie. Achtzehn Uhr fünfundzwanzig: Die Gäste werden in den Großen Saal geleitet.«

»Die Bar öffnet«, sagte Laurel. »Musik, Essen wird gereicht.«

»Achtzehn Uhr fünfundzwanzig bis neunzehn Uhr zehn: Fotos. Neunzehn Uhr fünfzehn: Ankündigung von Familie, Hochzeitsgästen und frischgebackenem Ehepaar.«

»Abendessen, Tischreden«, ergänzte Emma. »Wir haben alles, Parks.«

»Ich möchte sichergehen, dass wir um Viertel nach acht in den Ballsaal umziehen, für den ersten Tanz«, fuhr Parker fort. »Vor allem die Braut wünscht sich, dass ihre Großmutter beim ersten Tanz dabei ist und dass nach dem Tanz von Vater und Tochter sowie Mutter und Sohn ihr Vater und seine Mutter miteinander tanzen. Sie ist neunzig und hält womöglich nicht so lange durch. Wenn es uns gelingt, dass um halb zehn die Torte angeschnitten wird, müsste die Großmutter das auch noch schaffen.«

»Sie ist total süß«, warf Mac ein. »Bei der Probe sind mir ein paar hübsche Aufnahmen von ihr und Alison gelungen. Ich habe mir schon notiert, dass ich heute noch welche mache. Ich persönlich glaube, dass sie bis zum Schluss dabeibleibt.«

»Ich hoffe es. Torte und Desserts werden serviert, während weitergetanzt wird. Um Viertel nach zehn wird der Brautstrauß geworfen.«

»Der Strauß zum Werfen ist fertig«, bemerkte Emma.

»Nach dem Werfen des Strumpfbandes wird weitergetanzt. Zehn vor elf letzter Tanz. Nach den Seifenblasen Abfahrt des Brautpaars. Ende der Feier um elf.« Parker sah erneut auf ihre Uhr. »Also, auf geht's. Emma und Laurel müssen sich umziehen. Denkt alle an euer Headset.«

Als Parkers Handy vibrierte, warf sie einen Blick auf das Display. »Die Brautmutter. Schon wieder. Zum vierten Mal an diesem Morgen.«

»Viel Spaß«, sagte Mac und verschwand.

Sie durchstreifte einen Raum nach dem anderen und achtete darauf, Emma und ihren Leuten nicht im Weg zu stehen, die mit Blumen, Bändern und Schleierstoffen durchs Haus schwärmten. Sie machte Fotos von Laurels Torte, Emmas Dekorationen und konzipierte andere Bilder im Kopf.

Es war eine Routine, die sie nie zur Routine werden ließ. Sie wusste, sobald sie das zulassen würde, würde sie Schnappschüsse und Gelegenheiten verpassen; neue Blickwinkel und Ideen würden versanden. Und immer wenn sie spürte, dass sich Lustlosigkeit einschlich, dachte sie an einen blauen Schmetterling, der auf einer Löwenzahnblüte landete.

Es duftete nach Rosen und Lilien; überall waren Stimmen und Schritte zu hören. Licht strömte in wunderschönen Strahlen durch die hohen Fenster herein und funkelte auf den goldenen und silbernen Bändern.

»Headset, Mac!« Parker eilte die Haupttreppe herunter. »Die Braut kommt!«

Während Parker nach unten hastete, um die Braut zu empfangen, flitzte Mac nach oben. Sie wirbelte auf die vordere Dachterrasse hinaus und ignorierte die Kälte, als die weiße Limousine die Auffahrt heraufschwebte. Während der Wagen sanft zum Stehen kam, veränderte sie ihren Blickwinkel, machte sich bereit und wartete.

Erste Brautjungfer, Brautmutter. »Weiter, weiter, nur noch ein Stückchen«, murmelte sie. Alison stieg aus. Die Braut trug Jeans, Lammfell-Boots, eine abgetragene Wildlederjacke und einen hellroten Schal. Mac zoomte sie heran, wechselte die Blende. »He, Alison!«

Die Braut schaute herauf. Überraschung wich amüsiertem Strahlen, und zu Macs Freude warf Alison beide Arme in die Luft und legte lachend den Kopf in den Nacken.

Und damit, dachte Mac, während sie den Augenblick einfing, begann die Reise.

Binnen zehn Minuten summte die Suite der Braut – Parkers ehemaliges Kinderzimmer – vor Menschen und Geschäftigkeit. Zwei Friseure ließen ihrem Handwerkszeug und ihrem Talent freien Lauf, kräuselten hier, glätteten und stylten da, während andere Farben und Tiegel schwangen.

Absolut weiblich, dachte Mac, während sie unaufdringlich durch den Raum wanderte. Die Düfte, die Bewegungen, die Geräusche. Die Braut stand stets im Mittelpunkt – und sie war überhaupt nicht nervös. Alison versprühte Selbstvertrauen, strahlte und plapperte wie ein Wasserfall.

Die Brautmutter dagegen war von anderem Kaliber.

»Aber du hast so schönes Haar! Findest du nicht, du solltest es offen tragen? Wenigstens zum Teil. Vielleicht ...«

»Eine Hochfrisur passt besser zu dem Diadem. Bleib locker, Mama.«

»Es ist zu warm hier drin. Ich finde es zu warm hier drin. Und Mandy sollte lieber ein Schläfchen machen. Sonst macht sie nachher Theater.«

»Sie kommt schon klar.« Alison warf einen Blick zu dem Blumenmädchen hinüber.

»Ich denke wirklich …«

»Meine Damen!« Parker rollte einen Wagen mit Champagnergläsern herein, dazu eine köstliche Obst- und Käseplatte. »Die Herren sind unterwegs. Alison, Ihr Haar sieht fantastisch aus. Absolut königlich.« Sie schenkte eine Champagnerflöte voll und bot sie der Braut an.

»Ich glaube wirklich nicht, dass sie vor der Zeremonie etwas trinken sollte. Sie hat heute kaum etwas gegessen, und …«

»Oh, Mrs McFearson, ich bin so froh, dass Sie fertig angezogen und zurechtgemacht sind. Sie sehen wunderbar aus. Wenn ich Sie nur für ein paar Minuten entführen dürfte? Ich möchte, dass Sie vor der Zeremonie einen Blick auf den Salon werfen. Wir wollen doch, dass alles perfekt ist, nicht wahr? Ich bringe sie Ihnen sofort zurück.« Parker drückte der Brautmutter ein Glas Champagner in die Hand und dirigierte sie aus dem Zimmer.

»Puh!«, seufzte Alison lachend.

In der folgenden Stunde wechselte Mac zwischen der Suite der Braut und der des Bräutigams hin und her. Zwischen Parfum und Tüll, Manschettenknöpfen und Kummerbunden. Sie kehrte zurück ins Reich der Braut, umkreiste die Brautjungfern, während sie sich ankleideten und einander beim Ankleiden behilflich waren. Und traf Alison allein an, die vor ihrem Brautkleid stand.

Alles da, dachte Mac, als sie ruhig das Motiv anvisierte. Das Staunen, die Freude – und dieser winzige Anflug von Trauer. Sie schoss das Foto, als Alison gerade mit den Fingern über die glitzernde Corsage streichen wollte.

Ein entscheidender Moment, wusste Mac, wenn sich sämtliche Empfindungen der Braut in ihrem Gesicht widerspiegelten.

Dann war der Augenblick vorbei, und Alison schaute herüber.

»Ich hatte nicht damit gerechnet, dass ich mich so fühlen würde. Ich bin so glücklich. Ich liebe Rod so sehr, bin so bereit, ihn zu heiraten. Trotzdem spüre ich hier so ein leichtes Ziehen.« Sie rieb mit den Fingern genau ihr Herz. »Nervosität ist das nicht.«

»Traurigkeit. Nur ein Hauch. Ein Abschnitt Ihres Lebens geht heute zu Ende. Es ist Ihr gutes Recht, beim Abschied davon traurig zu sein. Ich weiß, was Sie brauchen. Warten Sie hier.«

Kurz darauf führte Mac Alisons Großmutter zu ihr. Und trat wieder in den Hintergrund.

Jugend und Alter, dachte sie. Anfang und Ende, Beziehungen und Beständigkeit. Und Liebe.

Sie knipste die Umarmung, doch das war es nicht. Sie knipste das Glitzern der Tränen, doch immer noch nicht, nein. Dann senkte Alison den Kopf und lehnte die Stirn an die ihrer Großmutter, und während sich ihre Lippen verzogen, rann ihr eine einzelne Träne über die Wange, und das Kleid glitzerte und funkelte hinter ihnen.

Perfekt. Der blaue Schmetterling.

Sie machte Schnappschüsse vom Ritual des Ankleidens der Braut, dann die förmlichen Porträts mit ausgezeichnetem natürlichen Licht. Wie sie es erwartet hatte, trotzte Alison tapfer der Kälte draußen auf der Dachterrasse.

Und Mac ignorierte Parkers Stimme in ihrem Headset, als sie in die Suite des Bräutigams rauschte, um die gleiche Prozedur mit Rod zu wiederholen.

Auf dem Weg zurück zur Braut begegnete sie Parker im Korridor. »Ich brauche den Bräutigam und sein Gefolge unten. Wir liegen zwei Minuten zurück.«

»Oh mein Gott!«, rief Mac in gespieltem Entsetzen und flüchtete in die Suite der Braut.

»Die Gäste haben Platz genommen«, verkündete Parker kurz darauf in Macs Ohr. »Bräutigam und Gefolge gehen in Position. Emma, ruf Braut und Brautjungfern zusammen.«

»Bin dabei.«

Mac schlüpfte hinaus, um ihren Platz am Fuß der Treppe einzunehmen, während Emma die Brautjungfern aufstellte.

»Alle bereit. Gib den Musikern den Einsatz.«

»Schon geschehen«, sagte Parker. »Prozession kann beginnen.«

Dem Blumenmädchen ging es auch ohne Mittagsschläfchen prima, stellte Mac fest, als die Kleine die Treppe geradezu hinuntertanzte. Wie ein Profi blieb sie auf Laurels Zeichen hin stehen und durchquerte dann in ihrem Feenkleid gemessenen Schrittes das Foyer, um den riesigen Salon zu betreten und den Gang hinunterzugehen, den die Stühle bildeten.

Anschließend kam das Gefolge der Braut in schimmerndem Silber und zuletzt die EBJ, die erste Brautjungfer, in Gold.

Mac kauerte sich hin, um von unten herauf zu fotografieren, wie die Braut und ihr Vater Hand in Hand oben an der Treppe standen. Als die Musik zum Einzug der Braut anschwoll, führte der Brautvater die Hand seiner Tochter an die Lippen, dann an die Wange.

Noch während sie auf den Auslöser drückte, brannten Mac die Augen.

Wo mochte ihr eigener Vater sein, fragte sie sich. Auf Jamaika? In der Schweiz? In Kairo?

Sie verdrängte den Gedanken und den damit einhergehenden Schmerz und machte ihre Arbeit.

Im Schein von Emmas Kerzen fing sie Freude und Tränen ein. Die Erinnerungen. Und blieb dabei stets unsichtbar im Hintergrund.

2

Mac arbeitete in der Nacht, weil ihr Tag voller Termine war. Und weil sie gern nachts arbeitete – allein, in ihrem eigenen Reich, in ihrem eigenen Tempo. Der Morgen war für den Kaffee reserviert, diesen ersten intensiven Kick, der das Blut in Wallung brachte, und die Tage gehörten oft Kunden, Fototerminen, Besprechungen.

Nachts, allein in ihrem Studio, konnte sie sich ganz auf die Bilder konzentrieren, auf ihre Auswahl, Verbesserung, Verschönerung. Obwohl sie fast ausschließlich digital arbeitete, ging sie bei der Vorbereitung eines Ausdrucks nach dem gleichen Prinzip vor wie in der Dunkelkammer. Sie lagerte mehrere Schichten übereinander, hellte auf, verdunkelte; sie entfernte Flecken oder helle Stellen, um die Basis ihrer Mutterpause herzustellen. Zusätzlich konnte sie bestimmte Bereiche verfeinern, die Dichte verändern, den Kontrast erhöhen. Schritt für Schritt würde sie den Ausdruck gestalten, Konturen schärfen oder verwischen, um der Stimmung zu entsprechen, um ein Bild zu erschaffen, das genau diesen Moment zum Ausdruck brachte, bis sie schließlich das fühlte, wovon sie hoffte, dass es auch ihre Kunden empfanden.

Dann setzte sie sich, wie sie es meistens morgens tat, an ihren Computer, um ihre Thumbnails durchzusehen und zu überprüfen, ob die Mac vom Morgen mit der Mac aus der Nacht einer Meinung war.

In ihren Flanellhosen und dicken Socken kauerte sie über den Miniaturbildern, auf dem Kopf ein Dickicht aus wild abstehendem hellroten Haar. Und in vollkommener Stille. Bei einer Hochzeit war sie meistens umringt – von Leuten, von Unterhaltungen, von Gefühlen. Entweder sie blockte alles ab, oder sie machte es sich zunutze, während sie nach der richtigen Perspektive, dem richtigen Farbton, dem richtigen Moment suchte.

Doch hier war sie allein mit den Bildern – mit Bildern, die sie perfektionieren konnte. Sie trank einen Kaffee, aß zum Ausgleich für das Pop-Tart vom vergangenen Morgen einen Apfel und sichtete die mehreren hundert Fotos, die sie tags zuvor geschossen hatte, und die anderen, an denen sie in der Nacht bereits gefeilt hatte.

Die Mac vom Morgen gratulierte der Mac aus der Nacht zu ihrer guten Arbeit. Doch es gab noch mehr zu tun, sinnierte sie, und wenn sie für die Kunden das Beste vom Besten zur Ansicht ausgesucht hatte, würde sie alles noch einmal durchgehen, bevor sie mit den Frischvermählten einen Termin vereinbarte, bei dem sie die Bilder als Diaschau betrachten und ihre Auswahl treffen konnten.

Doch das musste bis zu einem anderen Tag warten. Für den Fall, dass ihr Gedächtnis sie im Stich ließ, warf sie einen Blick in ihren Kalender, bevor sie nach oben ging, um zu duschen und sich für ihren ersten Termin anzuziehen.

Für Aufnahmen im Studio genügten Jeans und Sweatshirt, doch dann würde sie sich für den Beratungstermin, der am Nachmittag im Haupthaus anstand, erneut umziehen müssen. Es gehörte zu den Grundsätzen von Vows, dass Kundenberatungen nur in Businesskleidung durchgeführt wurden.

Mac wühlte in ihrem Kleiderschrank nach einer schwarzen Hose, einer schwarzen Bluse. So konnte sie sich nach dem Shooting einfach eine Jacke überwerfen und war vorschriftsmäßig gekleidet. Sie spielte mit verschiedenen Schmuckstücken, bis sie gefunden hatte, was ihrer Stimmung entsprach, legte ein wenig Make-up auf und fand, das genügte.

Das Studio erforderte ihrer Meinung nach mehr Aufmerksamkeit als die Fotografin.

Elizabeth und Charles, dachte sie, als sie mit dem Aufbau begann. Verlobungsfotos. Sie erinnerte sich, dass die beiden bei der Beratung sehr entschlossen gewesen waren. Förmlich, schlicht, geradeheraus.

Sie fragte sich, warum sie nicht einfach einen Freund mit einer Kompaktkamera baten, die Fotos zu machen. Mit einem flüchtigen Lächeln musste sie daran denken, dass ihr diese Bemerkung beinahe entschlüpft wäre – doch Parker hatte ihre Gedanken gelesen und ihr einen warnenden Blick zugeworfen.

»Der Kunde ist König«, erinnerte sie sich, während sie den Hintergrund aufbaute. »Wenn sie langweilig wollen, sollen sie langweilig bekommen.«

Sie rückte Lampen zurecht, brachte einen Diffusor in Position – langweilig konnte wenigstens hübsch sein. Sie holte ihr Stativ heraus, in erster Linie, weil sie das Gefühl hatte, die Kundschaft erwartete eine umfangreiche Ausrüstung. Nachdem sie die Objektive ausgewählt, die Beleuchtung überprüft und einen Hocker aufgestellt hatte, klopften auch schon die Kunden an die Tür.

»Pünktlich wie die Maurer.« Sie schloss die Tür hinter ihnen und sperrte damit den eisigen Wind aus. »Bitterkalt draußen heute. Geben Sie mir Ihre Mäntel.«

Sie sahen perfekt aus, dachte sie. Die Oberschicht-Variante von Barbie und Ken. Die kühle Blonde, an der jedes einzelne Haar richtig saß, und der gut aussehende, geschniegelte und gebügelte Held.

Es juckte sie in den Fingern, die beiden zu verstrubbeln, nur ein wenig, und sie menschlich zu machen.

»Darf ich Ihnen einen Kaffee bringen?«, fragte sie.

»Oh, nein, aber vielen Dank.« Elizabeth schenkte ihr ein Lächeln. »Wir würden lieber gleich anfangen. Wir haben heute ein volles Programm.« Während Mac die Mäntel aufhängte, schaute Elizabeth sich im Studio um. »Das hier war früher einmal das Poolhaus?«

»So ist es.«

»Es ist ... interessant. Ganz so schlicht hatte ich es mir nicht vorgestellt. Aber egal.« Sie spazierte herum, um einige der gerahmten Fotos an der Wand zu betrachten. »Die Hochzeit von Charles' Cousine hier im November war wundervoll. Und sie schwärmt geradezu von Ihnen und Ihren Kolleginnen. Nicht wahr, Charles?«

»Ja. Darum haben wir uns auch für Ihre Agentur entschieden.«

»Die Hochzeitsplanerin und ich werden in den nächsten Monaten eng zusammenarbeiten. Kann ich mich hier irgendwo frischmachen, bevor wir anfangen?«, erkundigte sich Elizabeth.

»Selbstverständlich.« Mac ging voraus zum Waschraum gleich neben ihrem Studio und fragte sich, was es da frischzumachen gab.

»Also, Charles.« Im Geiste löste Mac den perfekt gebundenen Windsorknoten seiner Krawatte. »Was haben Sie beide denn heute noch vor?«

»Wir haben eine Besprechung mit der Hochzeitsplanerin und kümmern uns um die Anmeldung bei der Behörde. Elizabeth trifft sich danach mit zwei Modedesignern, die Ihre Kollegin für das Brautkleid empfohlen hat.«

»Wie aufregend.« Du siehst auch ganz begeistert aus, dachte Mac. Genau wie vor deinem halbjährlichen Vorsorgetermin beim Zahnarzt.

»Es gibt so viele Details zu beachten. Sie sind wahrscheinlich daran gewöhnt.«

»Jede Hochzeit ist die allererste. Sind Sie so nett, sich mal hinter diesen Hocker zu stellen? Dann kann ich schon einmal Beleuchtung und Bildschärfe einstellen, während Elizabeth sich fertig macht.«

Gehorsam stellte Charles sich auf, steif wie ein Stock.

»Entspannen Sie sich«, ermunterte Mac ihn. »Es geht einfacher und schneller, als Sie denken, und macht bestimmt auch noch Spaß. Welche Musik mögen Sie gern?«

»Musik?«

»Ja, hören wir ein wenig Musik.« Mac ging zu ihrem CD-Player hinüber und wählte eine CD aus. »Natalie Cole, Balladen. Romantisch und klassisch. Wie wäre das?«

»Schön. Sehr schön.«

Mac ertappte ihn bei einem raschen Blick auf seine Armbanduhr, während sie zu ihrer Kamera zurückkehrte und so tat, als würde sie noch etwas einstellen. »Haben Sie schon entschieden, wohin die Hochzeitsreise gehen soll?«

»Wir tendieren zu Paris.«

»Sprechen Sie Französisch?«

Zum ersten Mal lächelte er unbefangen. »Kein Wort.«

»Dann ist das ja ein Abenteuer«, sagte Mac, als Elizabeth zurückkam und genauso perfekt aussah wie zuvor. Ihr Kostüm stammte vermutlich von Armani und war ausgezeichnet geschnitten. Der indigoblaue Farbton schmeichelte ihr, und Mac dachte sich, dass Elizabeth das Grau von Charles' Anzug als Kontrast ausgewählt hatte.

»Ich denke, wir machen zunächst Bilder, auf denen Sie sitzen, Elizabeth, und Charles hinter Ihnen steht. Nur ein klein wenig nach links, Charles. Und Elizabeth, wenn Sie sich zu den Fenstern drehen würden, nur ein bisschen. Lehnen Sie sich an Charles. Ganz locker bleiben. Charles, legen Sie ihr die Hand auf die linke Schulter. Elizabeth, legen Sie Ihre Hand auf seine, damit man den traumhaften Verlobungsring sehen kann.«

Mac machte ein paar Aufnahmen, um den beiden über das erste eingefrorene Lächeln hinwegzuhelfen.

Legen Sie den Kopf schräg.

Gewicht auf den hinteren Fuß.

Drehen Sie die Schultern.

Scheu, stellte Mac fest. Er war scheu – kamerascheu und auch ein wenig menschenscheu. Und sie war unglaublich gehemmt. Hatte panische Angst davor, nicht perfekt auszusehen.

Mac versuchte, die beiden aufzulockern, fragte, wie sie sich kennengelernt hätten, wie ihre Verlobung gewesen sei – obwohl sie die gleichen Fragen bereits bei der Vereinbarung des Fototermins gestellt hatte. Und sie bekam auch die gleichen Antworten.

Es gelang ihr noch nicht, den Panzer zu knacken.

Sie konnte kapitulieren und ihnen genau das geben, was sie zu wollen glaubten. Doch es wäre nicht das, was sie brauchten.

Sie trat von der Kamera zurück. Sofort entspannten sich die beiden, und Elizabeth wandte den Kopf, um zu Charles hinaufzulächeln. Er zwinkerte ihr zu.

Sieh an, sieh an, dachte Mac. Sie sind also doch Menschen.

»Ich habe ein paar sehr schöne förmliche Aufnahmen. Ich weiß, dass Sie so was haben wollten, aber ich wüsste gern, ob Sie mir einen Gefallen tun würden.«

»Wir haben es wirklich eilig«, begann Charles.

»Es dauert keine fünf Minuten. Stehen Sie auf, Elizabeth. Lassen Sie mich nur den Hocker beiseite stellen.« Sie zog ihn weg und nahm ihre Kamera vom Stativ. »Wie wär's mit einer Umarmung? Nicht mich. Sie einander.«

»Ich weiß nicht ...«

»Umarmungen sind in Connecticut legal, selbst wenn man noch nicht verlobt ist. Nur ein kleines Experiment, und in zwei Minuten sind Sie hier draußen.« Mac schnappte sich ihren Belichtungsmesser, prüfte nach, stellte ein.

»Lehnen Sie die rechte Wange an seine Brust, aber ein bisschen zu mir hin. Drehen Sie das Gesicht ein wenig zu mir«, erklärte Mac. »Und schauen Sie hierher. Charles, neigen Sie den Kopf zu Elizabeth hinunter, aber wenden Sie das Kinn etwas in meine Richtung. Atmen Sie einmal tief durch, und dann lassen Sie los. Lassen Sie einfach los. Sie halten den Menschen im Arm, den Sie lieben, okay? Genießen Sie es. Und die Augen zu mir, genau zu mir, und denken Sie daran, wie es war, als Sie sich zum ersten Mal geküsst haben.«

Da!

Plötzlich lächelten beide spontan. Sie eher sanft, sogar ein wenig scheu, er strahlend.

»Nur noch eins wie das eben.« Ihr gelangen drei, bevor die beiden sich wieder verkrampften. »Fertig. Ich mache Ihnen ein paar Probeabzüge bis ...«

»Können wir nicht jetzt schon welche sehen? Die Bilder sind doch digital, oder?«, drängte Elizabeth. »Ich hätte nur gern einen ersten Eindruck.«

»Klar.«

Mac ging mit der Kamera zum Computer und fuhr ihn hoch. »Das hier sind die Rohfassungen, aber das Wesentliche sehen Sie darauf schon.«

»Ja.« Stirnrunzelnd starrte Elizabeth auf den Bildschirm, als Mac die Diaschau startete. »Ja, die sind hübsch. Das ist ... Das da.«

Mac hielt bei einem der förmlichen Bilder an. »Dieses?«

»So habe ich es mir vorgestellt. Das ist sehr gut. Wir sehen beide gut aus, und die Perspektive gefällt mir. Das ist es, glaube ich.«

»Ich markiere es. Sie können aber noch die übrigen anschauen, um sicherzugehen.« Mac ließ die Diaschau weiterlaufen.

»Ja, sie sind wirklich sehr schön. Sehr schön. Aber ich denke, das Bild, das ich ausgesucht habe, ist ...« Elizabeth brach ab, als die Aufnahme, auf der sie sich umarmten, auf dem Bildschirm erschien. »Oh. Na, das ist aber hübsch. Wirklich hübsch, oder?«

»Meiner Mutter wird das erste gefallen, das du ausgesucht hast.« Charles stand hinter ihr und strich ihr über die Schultern.

»Bestimmt. Genau. Das nehmen wir für sie und lassen es ihr einrahmen. Aber ...« Sie sah Mac an. »Sie hatten Recht. Ich habe mich geirrt. Das ist das Bild, das ich haben möchte; so will ich auf unserem Verlobungsfoto aussehen. Wenn ich noch einmal versuche, Ihnen zu sagen, wie Sie Ihre Arbeit zu machen haben, erinnern Sie mich daran, dass ich meine ursprünglichen Wünsche schon im September geäußert habe.«

»Versprochen. Aber ich habe mich auch geirrt. Ich glaube, es wird doch Spaß machen, mit Ihnen zu arbeiten.«

Elizabeth begriff nicht sogleich, doch dann lachte sie.

Anschließend schickte Mac die beiden zu Parker. Sie fand, dass sie bei Parker etwas guthatte. Schließlich schickte sie ihr zwei Kunden, die – zumindest im Augenblick – offener für Ideen und Anregungen waren als zuvor.

Sie machte sich daran, Pakete für andere Kunden fertigzustellen. Eines mit einem Satz Probeabzüge, das andere die komplette Auswahl, alles zur Ansicht in Alben einsortiert. Für das Brautpaar, für die Brautmutter und die Mutter des Bräutigams, dann die Extraabzüge, die verschiedene Angehörige und Hochzeitsgäste sich gewünscht hatten.

Als alles in Kartons verpackt war, beschloss Mac, dass sie gerade noch Zeit für einen Teller des übrig gebliebenen Nudelsalats hatte, bevor sie die Pakete und sich selbst ins Haupthaus hinüberschleppen würde.

Sie aß ein paar Bissen, im Stehen über der Spüle. Wintermärchenland, dachte sie, während sie aus dem Fenster sah. Alles still und vollkommen. Sie griff zu ihrem Glas Diät-Cola und begann zu trinken.

Der Kardinal knallte direkt gegen die Scheibe, ein Schlag und ein roter Wirbel. Mac fuhr so heftig zurück, dass ihre Diät-Cola überschwappte und über ihre ganze Bluse spritzte.

Das Herz klopfte ihr bis zum Hals, als sie dem dummen Vogel nachsah, wie er davonflatterte. Dann schaute sie auf ihre Bluse hinunter. »Verdammt.«

Sie zog sie aus und warf sie oben auf ihren Turm aus Waschmaschine und Trockner in der Speisekammer. In BH und schwarzer Hose wischte sie die verschüttete Cola auf der Arbeitsplatte auf. Als das Telefon klingelte, ging sie verärgert dran. Da auf dem Display zu lesen war, dass der Anruf von Parkers Handy kam, meldete sie sich mit einem genervten: »Was ist?«

»Patty Baker ist hier, um ihre Alben abzuholen.«

»Sie ist zwanzig Minuten zu früh. Ich werde da sein und die Alben auch – aber zur vereinbarten Zeit. Beschäftige die Dame irgendwie«, fügte sie hinzu, während sie zurück ins Studio ging. »Und nerv mich nicht.« Sie legte auf und drehte sich um.

Entgeistert starrte sie den Mann an, der in ihrem Studio stand.

Er machte riesengroße Augen und lief rot an, dann wandte er sich mit einem erstickten »O Gott« hektisch ab. Und knallte mit einem Krachen frontal gegen den Türpfosten.

»Himmel! Alles in Ordnung?« Mac warf das Telefon auf einen Tisch und stürzte zu dem Mann hinüber, der schwankend an der Tür stand.

»Ja. Schon gut. Entschuldigen Sie.«

»Sie bluten. Mann, da haben Sie sich aber ordentlich den Kopf angeschlagen. Vielleicht setzen Sie sich besser.«

»Vielleicht.« Damit sank der Mann mit benommenem Blick an der Wand entlang auf den Boden.

Mac kauerte sich neben ihn und strich ihm über das dunkelbraune Haar, das ihm in die Stirn fiel, und über die blutende Schramme, unter der sich bereits eine beeindruckende Beule bildete. »Okay, es ist keine Platzwunde. Ums Nähen kommen Sie gerade noch herum. Aber Sie haben sich ordentlich gestoßen. Junge, es hat sich angehört, als würden Sie mit einem Hammer gegen die Tür schlagen. Vielleicht ein bisschen Eis und dann …«

»Verzeihung? Äh, ich weiß nicht, ob es Ihnen bewusst ist … ich dachte nur, vielleicht sollten Sie …«

Mac sah, wie seine Augen an ihr herunterwanderten, und folgte seinem Blick. Und begriff, dass sie dem Mann, während sie überlegte, wie seine Verletzung am besten versorgt würde, ihre kaum vom BH bedeckten Brüste fast unter die Nase hielt.

»Ups, ganz vergessen. Bleiben Sie da sitzen. Rühren Sie sich nicht vom Fleck.« Sie sprang auf und stürzte hinaus.

Er war sich nicht sicher, ob er sich überhaupt hätte bewegen können. Verwirrt und orientierungslos blieb er, wo er war, mit dem Rücken an die Wand gelehnt. Trotz der Sternchen, die er gesehen hatte, musste er zugeben, dass die Brüste sehr hübsch gewesen waren. So viel hatte er bemerkt.

Dagegen war er sich ganz und gar nicht sicher, was er jetzt sagen oder tun sollte. Also schien es das Beste zu sein, sitzen zu bleiben, wie sie es ihm aufgetragen hatte.

Als sie mit einem Eisbeutel zurückkam, trug sie eine Bluse. Wahrscheinlich war es ungehörig von ihm, ein wenig enttäuscht zu sein ... Sie kauerte sich wieder hin, und ihm fielen ihre langen Beine auf.

»Hier, probieren Sie es damit.« Sie drückte ihm das Eis in die Hand und schob seine Hand an seine pochende Stirn. Dann hockte sie sich hin wie ein Fänger beim Baseball. Ihre Augen waren so grün wie die unergründliche See. »Wer sind Sie?«, fragte sie.

»Was?«

»Hm. Wie viele Finger sehen Sie?« Sie hielt zwei in die Höhe.

»Zwölf.«

Sie lächelte. Grübchen erschienen in ihren Wangen, als sie die Lippen verzog, und sein Herz legte in seiner Brust ein Tänzchen hin.

»Stimmt nicht. Versuchen wir es anders. Was machen Sie in meinem Studio – oder was haben Sie hier gemacht, bevor mein Busen Sie so erschreckt hat?«

»Ah. Ich habe einen Termin. Oder vielmehr, Sherry hat einen. Sherry Maguire.« Ihr Lächeln schien ein wenig zu verfliegen, und die Grübchen verschwanden.

»Okay, falscher Ort. Sie wollen ins Haupthaus. Ich bin Mackensie Elliot, die Fotografin vom Dienst.«

»Ich weiß. Ich meine, ich weiß, wer Sie sind. Sherry hat nur, wie üblich, nicht so genau gesagt, wo der Termin stattfindet.«

»Und wann – er ist nämlich erst um zwei.«

»Sie hat gesagt, sie *glaubt*, um halb zwei, und ich weiß, das bedeutet, dass sie um zwei hier erscheint. Ich hätte mich nach der Sherry-Zeit richten sollen – oder anrufen, um mich zu vergewissern. Nochmals Entschuldigung.«

»Schon gut.« Mac legte den Kopf schräg. Seine Augen – sehr schöne Augen – waren wieder klar. »Woher kennen Sie mich?«

»Ich bin mit Delaney zur Schule gegangen, Delaney Brown, und mit Parker. Na ja, Parker war ein paar Klassen unter uns. Und eigentlich auch mit Ihnen. Für kurze Zeit.«

Mac veränderte ihre Haltung, um den Fremden genauer zu betrachten. Dichtes, zerzaustes braunes Haar, das unbedingt mal geschnitten und in Form gebracht werden müsste. Klare, ruhige blaue Augen hinter einem wahren Wald von Wimpern. Gerade Nase, markante Lippen in einem länglichen Gesicht.

Sie hatte ein gutes Gedächtnis für Gesichter. Warum konnte sie seines nicht einordnen?

»Ich kannte die meisten von Dels Freunden, glaube ich.«

»Nun, wir haben nicht direkt in denselben Kreisen verkehrt. Aber ich war einmal sein Tutor, als wir *Henry der Fünfte* durchgenommen haben.«

Jetzt machte es klick. »Carter.« Mac zeigte mit dem

Finger auf ihn. »Carter Maguire. Sie, äh, du heiratest aber nicht deine Schwester, oder?«

»Was? Nein, ich springe nur für Nick ein. Sherry wollte nicht allein zu der Beratung gehen, und Nick wurde aufgehalten. Ich bin nur ... ach, eigentlich weiß ich überhaupt nicht, was ich hier mache.«

»Ein guter Bruder sein.« Mac tätschelte sein Knie. »Glaubst du, du kannst aufstehen?«

»Ja.«

Mac richtete sich auf und streckte eine Hand aus, um ihm zu helfen. Erneut vollführte sein Herz ein Tänzchen, als sich ihre Hände berührten. Und als er wieder auf den Beinen stand, schlug sein Kopf auf der Trommel den Takt dazu. »Autsch«, sagte er.

»Das glaube ich gern. Willst du Aspirin?«

»Oh, das wäre klasse.«

»Ich hole es. Du kannst dich inzwischen woanders hinsetzen als auf den Fußboden.«

Das wollte er gerade tun, während Mac zurück in die Küche ging, doch dann fiel sein Blick auf die Fotografien an der Wand. Unter anderem auch Aufnahmen für Magazine, bemerkte er, und er nahm an, dass sie von ihr stammten. Schöne Bräute, elegante Bräute, sexy Bräute, lachende Bräute. Manche in bunt, manche in stimmungsvollem Schwarzweiß – und manche mit diesem eigenartigen, faszinierenden Computertrick, bei dem man auf einem ansonsten schwarzweißen Foto einen intensiven Farbfleck sieht.

Als Mac zurückkam, drehte er sich um, und ihm schoss flüchtig der Gedanke durch den Kopf, dass ihr Haar genauso war – ein intensiver Farbfleck.

»Machst du auch noch etwas anderes, also andere Motive?«

»Ja.« Sie reichte ihm drei Tabletten und ein Glas Wasser. »Aber Bräute stehen für eine Hochzeitsagentur im Mittelpunkt und bringen das Geld rein.«

»Sie sind wunderschön – kreativ und individuell. Aber das hier ist das Beste.« Er ging ein Stückchen weiter und deutete auf ein gerahmtes Foto von drei kleinen Mädchen und dem blauen Schmetterling, der sich auf einer Löwenzahnblüte niedergelassen hatte.

»Warum?«

»Weil es voller Magie ist.«

Mac schien ihn schier endlos anzustarren. »Das ist ganz genau richtig. Also, Carter Maguire, ich hole jetzt meinen Mantel, und dann gehen wir rüber zu unserer Beratung.«

Sie nahm ihm den Beutel mit dem schmelzenden Eis aus der Hand. »Im Haupthaus geben wir dir frisches.«

Schnuckelig, dachte sie, als sie Mantel und Schal holen ging. Wirklich sehr schnuckelig. War ihr das schon in der Schule aufgefallen? Vielleicht war er auch ein Spätzünder. Doch das Ergebnis war auf jeden Fall sehr attraktiv. So attraktiv, dass sie sogar ein leises Bedauern verspürt hatte, als sie noch gedacht hatte, er wäre ein Bräutigam.

Doch ein BB – ein Bruder der Braut – war ein ganz anderes Paar Schuhe.

Jedenfalls, wenn sie Interesse an ihm hätte.

Sie zog den Mantel an, legte den Schal um, erinnerte sich dann an den böigen Wind und setzte eine Mütze auf. Als sie wieder herunterkam, stellte Carter gerade brav sein Glas in die Spüle.

Sie griff zu der riesigen Stofftasche, in der sich ein paar der Alben befanden, und reichte sie ihm. »Bitte sehr. Die kannst du tragen. Sie ist schwer.«

»Das stimmt allerdings.«

»Ich nehme diese.« Sie griff zu der zweiten Tasche und zu einer kleineren. »Drüben wartet eine Braut auf ihre fertigen Alben, und eine andere soll gleich wegen ihrer Probeabzüge kommen. Das wird im Haupthaus gemacht, wie die Beratung.«

»Ich möchte mich noch einmal dafür entschuldigen, dass ich vorhin so hereingeplatzt bin. Ich hatte geklopft, aber es hat niemand geantwortet. Ich habe die Musik gehört, also bin ich einfach reingegangen, und dann …«

»Der Rest ist Geschichte.«

»Ja. Ach, willst du die Musik nicht ausschalten?«

»Richtig. Ich höre sie schon gar nicht mehr.« Mac schnappte sich die Fernbedienung, drückte auf »Off« und warf sie wieder hin. Noch bevor sie die Tür öffnen konnte, war Carter vorausgeeilt und hielt sie ihr auf. »Wohnst du noch in Greenwich?«, fragte sie, als die eisige Luft ihre Lungen traf.

»Na ja, eher wieder als noch. Eine Zeitlang habe ich in New Haven gelebt.«

»Yale.«

»Ja, ich habe ein bisschen an meiner Doktorarbeit gebastelt und ein paar Jahre unterrichtet.«

»In Yale.«

»Ja.«

Sie sah ihn schärfer an, während sie den Gartenweg hinuntergingen. »Im Ernst?«

»Klar. Es gibt Leute, die in Yale unterrichten. Ist sogar sehr zu empfehlen, angesichts dieser Studenten.«

»Also bist du eine Art Professor.«

»Das bin ich, nur, dass ich jetzt hier unterrichte. An der Winterfield Academy.«

»Du bist zurückgekommen, um an deiner alten Schule zu unterrichten? Das ist ja süß.«

»Ich hatte Heimweh. Und Teenager zu unterrichten ist interessant.«

Mac dachte, dass es heikler sein musste, aber vielleicht war das ja das Interessante. »Was unterrichtest du?«

»Englische Literatur, kreatives Schreiben.«

»*Henry der Fünfte.*«

»Genau. Mrs Brown hat mich ein paarmal hierher eingeladen, als ich mit Del zusammengearbeitet habe. Das mit ihrem Unfall hat mir leidgetan. Sie war so eine nette Frau.«

»Sie war die Beste. Wir können hier reingehen. Es ist zu kalt, um außen herum zu laufen.«

Sie führte ihn durch den Windfang ins Haus, in die Wärme. »Du kannst deine Sachen hier verstauen. Du bist immer noch früh dran. Wir organisieren dir gleich einen Kaffee.« Während sie sprach, warf sie mit raschen Bewegungen Mantel, Schal und Mütze ab. »Heute ist keine Feier, also ist die Hauptküche frei.«

Sie griff nach ihren Taschen, während er sorgfältig seinen Mantel aufhängte, ganz anders als sie, die ihren lediglich in Richtung des Garderobenhakens geworfen hatte. Sie schien vor Bewegungsdrang zu vibrieren, während sie stillstand und wartete, bis er die große Tasche hochgehievt hatte.

»Wir suchen dir ein Plätzchen, wo du …« Mac brach ab, als Emma auf dem Weg in die Hauptküche vorbeikam.

»Da bist du ja. Parker wollte schon … Carter?«

»Hallo, Emmaline. Wie geht's?«

»Gut. Prima. Warum bist du … Sherry. Ich wusste nicht, dass du mit Sherry kommst.«

»Mit Sherry – ja und nein. Das erklärt er dir noch«, warf Mac ein. »Kannst du ihm einen Kaffee machen und ihm einen Eisbeutel für seinen Kopf geben? Ich muss die hier der Braut bringen.«

Mac nahm Carter die schwere Tasche ab, und weg war sie.

Emma schob die Lippen vor, während sie die Schramme begutachtete. »Autsch. Was hast du gemacht?«

»Bin gegen eine Wand gelaufen. Aber das Eis kannst du weglassen; es geht schon.«

»Na, dann komm rein, setz dich und trink einen Kaffee. Ich wollte gerade noch etwas für die Beratung vorbereiten.« Sie ging voraus und deutete auf einen Hocker an einer langen, honigfarbenen Theke. »Bist du zur moralischen Unterstützung des Brautpaars hier?«

»Ich springe für den Bräutigam ein. Er hatte einen Notfall.«

Emma nickte, während sie Tasse und Untertasse hervorholte. »Das kommt bei Ärzten vor. Und bist du nicht Sherrys tapferes Bruderherz?«

»Ich habe Nein gesagt, auf verschiedenste Weise. Aber es war zwecklos. Danke«, fügte er hinzu, als Emma ihm Kaffee einschenkte.

»Mach es dir bequem. Du brauchst nur hier zu sitzen und Kekse zu essen.«

Carter versenkte ein wenig Sahne in seinem Kaffee. »Kann ich das schriftlich haben?«

Lachend begann Emma, Kekse auf einem Teller herzurichten. »Verlass dich darauf. Und außerdem sammelst du jede Menge Pluspunkte als guter Bruder. Wie geht es deinen Eltern?«

»Gut. Letzte Woche habe ich deine Mutter gesehen, in der Buchhandlung.«

»Sie liebt diesen Job.« Emma reichte ihm einen Keks. »Mac müsste jetzt mit ihrer Kundin fertig sein. Ich bringe das hier schnell rein und komme dann wieder.«

»Ich schätze, wenn ich mich einfach hier drin verstecke, verliere ich den Titel des Heldenbruders.«

»Garantiert. Bin gleich zurück.«

Carter kannte Emma von klein auf durch Sherry, außerdem durch die Freundschaft ihrer Eltern. Es war seltsam, sich vorzustellen, dass Emma nun den Brautstrauß seiner Schwester binden würde. Und es war total seltsam, dass seine kleine Schwester überhaupt einen Brautstrauß brauchen würde.

Irgendwie war das genauso verwirrend, wie gegen eine dämliche Wand zu laufen.

Er befühlte seine Stirn und stöhnte leise auf. Nicht so sehr, weil es wehtat, obwohl auch das der Fall war, sondern weil alle ihn fragen würden, was passiert sei. Er würde wiederholt erklären müssen, wie ungeschickt er sich angestellt hatte – und dabei würde vor seinem geistigen Auge jedes Mal das Bild von Mackensie Elliot in dem knappen BH und der tief sitzenden Hose aufblitzen.

Während er den Keks verspeiste, versuchte er zu entscheiden, ob das nun ein Vorteil oder ein Nachteil war.

Emma kam zurück, um ihn und ein weiteres Tablett zu holen. »Du kannst ruhig schon mitkommen. Sherry erscheint bestimmt jeden Moment.«

»Schließlich hat sie schon zehn Minuten Verspätung.« Carter nahm ihr das Tablett ab. »Sie tickt nach Sherry-Zeit.«

Das Haus war noch fast genau so, wie er es in Erinnerung hatte. Nur die Wände leuchteten in einem sanften Goldbraun, während sie damals, wenn er sich recht entsann, von einem eleganten, dezenten Grün gewesen waren. Doch die breiten, reich verzierten Holzverkleidungen waren noch ebenso schimmernd, die Zimmer ebenso geräumig, die Möbel ebenso glänzend.

Kunst und Antiquitäten, Blumen in alten, erlesenen Kristallvasen unterstrichen Reichtum und Stil. Und doch wirkte das Ganze – genau wie in seiner Erinnerung – nicht wie ein herrschaftlicher Wohnsitz, sondern wie ein Zuhause.

Es duftete weiblich, irgendwie blumig und zitronig zugleich.

In dem großen Salon mit der Kassettendecke, in dessen großem Kamin ein Feuer prasselte und zischte, saßen die Frauen in einer gemütlichen Plauderrunde zusammen. Durch die drei Bogenfenster strömte das Licht der Wintersonne herein. Carter war daran gewöhnt, gegenüber Frauen in der Unterzahl zu sein, da er das mittlere von drei Kindern war, mit einer älteren und einer jüngeren Schwester.

Daher ging er davon aus, dass er die folgende Stunde schon überleben würde.

Parker sprang mit strahlendem Lächeln aus ihrem Sessel auf und kam mit ausgestreckten Händen auf ihn zu. »Carter! Ist das lange her.«

Sie küsste ihn auf die Wange und behielt seine Hand in der ihren, während sie ihn ans Feuer zog. »Erinnerst du dich noch an Laurel?«

»Hm …«

»Wir waren alle noch Kinder.« Sanft und lässig drückte Parker ihn auf einen Sessel. »Emma hat erzählt, du bist zurückgekommen, um in Winterfield zu unterrichten. War es komisch, als Lehrer dort anzufangen?«

»Zuerst schon. Ich habe immer darauf gewartet, dass jemand kommt, um die Hausaufgaben zu benoten, bis mir einfiel, das muss ja ich machen. Übrigens, Entschuldigung wegen Sherry. Sie tickt nach ihrer eigenen Uhr, und die geht normalerweise nach. Ich könnte sie anrufen …«

Er wurde von der Türklingel unterbrochen, die ihn erlöste, zugleich jedoch bedeutete, dass es kein Entrinnen mehr gab.

»Ich gehe schon.« Emma erhob sich und verließ den Raum.

»Was macht der Kopf?«, fragte Mac, die sich mit der Kaffeetasse in beiden Händen im Sessel zurücklehnte.

»Ganz gut.«

»Was ist geschehen?«, erkundigte sich Parker.

»Oh, ich habe mich nur gestoßen. So was passiert mir andauernd.«

»Wirklich?« Mac grinste in ihren Kaffee.

»Tut mir leid, tut mir leid!« Sherry kam herein wie ein Wirbelwind – Farbe, Energie, Schwung und Gelächter. »Ich bin *nie* pünktlich. Ich hasse das. Carter, du bist der Beste ...« Ihr strahlendes, rosiges Gesicht nahm einen besorgten Ausdruck an. »Was ist mit deinem Kopf passiert?«

»Ich bin auf offener Straße ausgeraubt worden. Sie waren zu dritt, aber ich habe sie abgewehrt.«

»Was? O mein Gott, du ...«

»Ich habe mir den Kopf gestoßen, Sherry. Das ist alles.«

»Oh.« Nun wieder ganz locker und lässig, ließ Sherry sich auf die Armlehne seines Sessels sinken. »So was macht er andauernd.«

Carter stand auf, zerrte seine Schwester beinahe in den Sessel und überlegte dann, wie er möglichst unauffällig herumstehen konnte. Emma rutschte auf dem Sofa etwas dichter an Laurel heran und klopfte neben sich auf das Polster.

»Setz dich, Carter. Na, Sherry, wie aufgeregt bist du?«

»Jenseits von Gut und Böse. Nick wäre auch gekommen, aber er hatte einen Notfall. Das gehört wohl dazu, wenn man einen Arzt heiratet. Aber ich habe mir gedacht, Carter könnte den männlichen Part vertreten, oder? Zumal er mich kennt und Nick ebenfalls.«

Sie streckte den Arm aus, ergriff Parkers Hand und wackelte vor lauter Freude ein wenig mit ihrem Popo im Sessel herum. »Ist das nicht unglaublich? Weißt du noch, wie wir als Kinder immer Heiraten gespielt haben? Ich erinnere mich, dass ich das damals ein paarmal mit euch gespielt habe. Ich glaube, ich habe Laurel geheiratet.«

»Und die haben gesagt, die Ehe würde nicht halten«, gab Laurel zurück und provozierte damit erneut Sherrys rasches, ansteckendes Kichern.

»Tja, hier sind wir nun. Und ich werde heiraten.«

»Die Schlampe hat mich für einen Arzt sitzenlassen.« Laurel schüttelte den Kopf und trank einen Schluck aus einem Glas Eiswasser, in dem eine Zitronenscheibe schwamm.

»Er ist *umwerfend*. Wartet, bis ihr ihn kennenlernt. O Gott! Ich heirate!« Sherry legte die Hände an die Wangen. »Und ich weiß gar nicht, wo ich anfangen soll. Ich bin so durcheinander, und jeder sagt mir, ich soll an dieses denken oder jenes buchen. Ich habe das Gefühl, im Kreis zu laufen, und dabei bin ich erst seit ein paar Monaten verlobt.«

»Dafür sind wir da«, beruhigte Parker sie und griff zu einem dicken Notizbuch. »Warum erzählst du uns nicht zuerst, was für eine Art Hochzeit du gern hättest? Beschreib einfach in drei, vier Worten, wie du dir sie vorstellst.«

»Hm …« Sherry warf ihrem Bruder einen flehenden Blick zu.

»Himmel, guck mich nicht so an. Woher soll ich das wissen?«

»Du kennst mich doch. Sag einfach, was ich deiner Meinung nach will.«

Verdammt. »Von wegen nur Kekse essen«, brummelte Carter. »Sehr witzig.«

»*Ja!*« Sherrys Finger schoss in seine Richtung. »Ich will nicht, dass es aussieht, als fände ich das alles nicht so wichtig und als sollte es nicht feierlich sein und so. Aber ich will Spaß haben. Ich will eine riesige, verrückte, fröhliche Party. Außerdem soll es Nick bei meinem Anblick für mindestens fünf volle Minuten die Sprache verschlagen, wenn er mich den Mittelgang herunterkommen sieht. Ich will ihn *umbringen* – und ich will, dass sämtliche Gäste die Hochzeit als *klasse* in Erinnerung behalten. Ich war schon auf Hochzeiten, die wirklich schön waren, aber, Gott, habe ich mich gelangweilt. Versteht ihr?«

»Vollkommen. Du willst Nick umhauen, und dann willst du eine Feier. Eine, die deutlich macht, wer du bist, wer er ist, und wie glücklich ihr miteinander seid.«

Sherry strahlte Parker an. »Genau.«

»Das Datum steht fest, nächsten Oktober. Weißt du in etwa, wie viele Gäste kommen sollen?«

»Wir versuchen, die Obergrenze bei ungefähr zweihundert zu ziehen.«

»Okay.« Parker machte sich Notizen. »Draußen, hast du gesagt. Eine Gartenhochzeit.«

Während Parker einige mögliche Details mit Sherry besprach, beobachtete Mac sie. *Lebhaft* wäre das Wort, das ihr als Erstes in den Sinn käme, wenn sie die Braut beschreiben sollte. Quirlig, fröhlich, hübsch. Blond meliertes Haar, sommerblaue Augen, kurvig, lässig. Manches an den Fotos, die Strategie, würden von ihrem Kleid abhängen, von den Farben, doch ein Gutteil beruhte darauf, wer in dem Brautkleid steckte.

Sie konzentrierte sich auf einige der Details. Sechs Brautjungfern. Die Farben der Braut waren Rosa – Blassrosa und Bonbonrosa. Als Sherry ein Foto des Kleides hervorholte, streckte Mac die Hand danach aus. Betrachtete es eingehend. Lächelte.

»Ich wette, das sieht an dir umwerfend aus. Es ist perfekt für dich.«

»Glaubst du? Es hat sich perfekt angefühlt, und ich habe es irgendwie innerhalb von zwei Minuten gekauft. Dann …«

»Manchmal sind diese spontanen Eingebungen richtig. Das ist so ein Fall.«

Das Kleid hatte einen weiten, glockigen Rock, eine schulterfreie Corsage und eine lange, glitzernde Schleppe. »Sexy Prinzessin.« Da Mac gerade Sherrys Aufmerksamkeit hatte, nutzte sie die Gelegenheit, um ihren Plan zu entwerfen. »Möchtest du ein Verlobungsporträt?«

»Hm … na ja, schon, aber ich mag die förmlichen Fotos nicht, die man so häufig sieht. Weißt du, wo er hinter ihr steht und sie einfach nur in die Kamera lächeln. Nicht, dass ich dir in deine Arbeit reinreden will.«

»Das ist schon okay. Mein Job ist es, dich glücklich zu machen. Warum erzählst du mir nicht einfach, was Nick und du gern machen?« Als Sherrys Miene sich langsam zu einem spitzbübischen Grinsen verzog, lachte Mac und sah, wie Carter erneut rot anlief.

Wirklich schnuckelig.

»Und außerdem?«

»Wir essen gern Popcorn und schauen uns dazu auf DVD total schlechte Filme an. Nick versucht, mir das Skilaufen beizubringen, aber die Maguires haben ein ausgeprägtes Tollpatsch-Gen. Carter hat am meisten davon abbekommen, auch wenn ich nur knapp hinter ihm liege. Wir sind gern mit Freunden zusammen, solche Sachen. Nick macht gerade seinen Facharzt als Chirurg, daher ist seine freie Zeit knapp bemessen. Wir planen eigentlich nicht viel. Ich schätze, wir sind eher spontan.«

»Verstehe. Wenn ihr wollt, kann ich zu euch kommen. Dann könnten wir ungezwungene, lockere Fotos zu Hause machen, statt der förmlichen Studioaufnahmen.«

»Wirklich? Das gefällt mir. Könnten wir das bald machen?«

Mac kramte ihren Organizer hervor und rief ihren Terminkalender auf. »Diese Woche habe ich noch ein paar Lücken, aber nächste Woche sieht es besser aus. Besprich das doch einfach mit Nick, und dann gebt mir ein paar Daten und Uhrzeiten durch, die euch passen würden. Das schieben wir irgendwo dazwischen.«

»Klasse.«

»Du möchtest sicher ein paar Beispiele von Hochzeitsfotos sehen«, fuhr Mac fort.

»Ich habe sie mir schon auf der Webseite angeschaut, wie Parker mir empfohlen hatte. Auch die Bilder von Blumen, Hochzeitstorten und dem ganzen Zeug. Das will ich alles.«

»Werfen wir doch einen Blick auf unsere verschiedenen Pakete«, schlug Parker vor. »Um zu sehen, was dir recht wäre. Dann können wir immer noch eines davon auf euch zuschneiden.«

»Dafür brauche ich Carter. Nick hat gesagt, ich soll alles so machen, wie ich meine, aber das hilft mir nicht.«

Verdammt, dachte Carter wieder. »Sherry, von so was habe ich doch keine Ahnung. Ich bin nur …«

»Es macht mir Angst, das alles allein zu entscheiden.« Sherry sah ihn mit einem hilflosen Blick aus großen Augen an, der auf ihn gewirkt hatte, seit sie zwei Jahre alt gewesen war. »Ich will keinen Fehler machen.«

»Du musst das nicht jetzt festlegen.« Parkers Ton blieb leicht und ungezwungen. »Und selbst wenn du später deine Meinung änderst, ist das kein Problem. Es folgen noch detailliertere Beratungen mit jeder Einzelnen von uns. Das ist dir bestimmt eine Hilfe. Wir können vorerst einfach das Datum festhalten, und den Vertrag könnt ihr später unterzeichnen.«

»Ich würde wirklich gern heute unterschreiben, damit ich das abhaken kann. Es gibt noch so viel zu tun. Sag doch einfach mal, was du meinst, Carter. Mehr will ich gar nicht.«

»Warum schaust du dir nicht die verschiedenen Möglichkeiten an?« Lächelnd reichte Parker ihm eine Mappe, die auf der Seite mit den Komplettpaketen aufgeschlagen war. »Inzwischen kannst du, Sherry, mir schon einmal sagen, ob ihr lieber eine Band oder einen DJ hättet.«

»Einen DJ. Wir dachten, das wäre lockerer, und wir könnten mit ihm oder ihr gemeinsam die Titelliste zusammenstellen. Kennst du jemanden, der gut ist?«

»Oh, ja.« Aus einem anderen Ordner zog Parker eine Visitenkarte. »Er hat schon viele Feiern hier mitgemacht, und ich denke, er wäre der Richtige für euch. Ruft ihn einfach an. Und einen Videofilmer?«

Auf dem Sofa holte Carter seine Lesebrille heraus und starrte stirnrunzelnd auf die Paketangebote.

So ernst, dachte Mac. Die Ausstrahlung des sexy Strebers wurde durch die Brille mit dem Drahtgestell noch verstärkt. Er sah wirklich aus wie ein Schuljunge, der für eine Prüfung lernt. Da Parker und Sherry noch die Köpfe zusammensteckten, beschloss sie, ihm eine Verschnaufpause zu gönnen.

»Ach, Carter, könntest du mir vielleicht helfen, noch Kaffee zu machen?« Blinzelnd sah er zu ihr auf – blaue Augen in einem mattsilbernen Drahtrahmen. »Nimm die Mappe mit, okay?«

Sie griff nach der hübschen Kaffeekanne und schlenderte zur Tür, um dort auf ihn zu warten. Er musste um den Couchtisch herumgehen, und ihr fiel auf, dass er sich dabei beinahe das Schienbein angestoßen hätte.

»Den Rest schaffen die anderen auch allein«, erklärte sie ihm. »Deine Schwester denkt, nur weil du ihr großer Bruder bist und den Bräutigam vertrittst, bräuchte sie auch deine Hilfe. Die sie aber, denke ich, ganz schnell mit Füßen treten würde, wenn sie mit deinen Vorschlägen nicht einverstanden wäre.«

»Also«, sagte Carter, während sie in die Küche gingen. »Kann ich einfach die Augen schließen und mit dem Finger auf diese Liste tippen, und dann bin ich fertig?«

»Das könntest du. Aber du solltest Sherry lieber sagen, dass du denkst, die Nummer drei wäre am besten für sie.«

»Nummer drei.« Carter legte die Mappe auf die Arbeitsplatte in der Küche, rückte seine Brille zurecht und las die Beschreibung. »Und warum?«

»Weil dieses Paket viele Leistungen beinhaltet und ich das Gefühl habe, ihr wäre es am liebsten, wenn sich jemand anders um all die Kleinigkeiten kümmert. Trotzdem ist es noch erweiterbar und bietet ihr innerhalb des Pakets verschiedene Möglichkeiten. Du solltest ihr auch raten, das Büffet zu wählen, nicht das festgelegte Menü. Weil«, fuhr sie fort, bevor er fragen konnte, »das ungezwungener ist und den Leuten mehr Gelegenheit bietet, sich zu mischen. Das passt zu ihr. Später, wenn du nicht mehr dabei bist, trifft Sherry sich mit Laurel wegen der Hochzeitstorte – Geschmack, Aussehen, Größe und so – und mit Emma wegen der Blumen. Parker kümmert sich um den Rest, und glaub mir, sie kümmert sich wirklich um alles. Im Moment erscheint das alles noch so viel. Sobald Sherry sich für ein Paket entscheidet, kann sie auch über die anderen Dinge nachdenken, zumal sie ja schon das Kleid, den Veranstaltungsort und mich ausgewählt hat.«

»Okay.« Carter nickte. »Gut, also sage ich ihr, sie soll die Nummer drei nehmen. Sie umfasst viele Details, ist erweiterbar, bietet viele Möglichkeiten. Und sie sollte das Büffet wählen, weil es nicht so steif ist und den Leuten Gelegenheit gibt, sich zu vermischen.«

»Du bist gut.«

»Fakten und Text zu behalten ist einfach. Aber wenn Sherry mich bittet, ihr bei der Entscheidung in Sachen Brautstrauß zu helfen, streike ich.«

»Das respektiere ich.« Mac reichte ihm die Kaffeekanne. »Mich brauchen sie drüben nicht mehr. Nimm das mit rein und sag dein Sprüchlein auf. Und erinnere Sherry noch einmal daran, mir Bescheid zu sagen, welche Termine ihr für das Verlobungsporträt recht wären.«

»Du kommst nicht mit mir zurück?«

Carter sah aus, als bekäme er ein wenig Panik. Mac tätschelte ihm kurz die Wange. »Sieh es positiv. Eine Frau weniger in der Truppe. Wir sehen uns, Carter.«

Für einen Augenblick blieb er stehen, wo er war, während Mac hinausging und ihn mit dem Kaffee und der Mappe zurückließ.

3

Da sie das Ende der Besprechung geschwänzt hatte, blieb Mac genügend Zeit, um Anrufe zu beantworten, Termine zu vereinbaren und eine Auswahl der neuesten Fotos auf die Webseite zu stellen. Sie hatte den Rest des Nachmittags frei und beschloss, ein letztes Mal die Hochzeitsfotos vom Silvesterabend durchzugehen.

Das Telefon störte sie, doch Geschäft war Geschäft, wie sie sich in Erinnerung rief, und so nahm sie den Hörer ab. »Hochzeitsagentur Vows, Macs Fotostudio.«

»Mackensie.«

Mac schloss die Augen und tat so, als würde sie sich ein Messer in den Kopf rammen. Warum lernte sie nie, erst auf dem Display nach der Nummer des Anrufers zu sehen, selbst auf dem geschäftlichen Telefon? »Mama.«

»Du rufst mich nie zurück.«

»Ich hab gearbeitet. Ich hab dir doch gesagt, dass ich diese Woche in Arbeit ersticke. Und ich hab dich gebeten, nicht unter meiner Geschäftsnummer anzurufen, Mama.«

»Du bist aber drangegangen, oder? Das ist immerhin schon mehr als bei meinen letzten *drei* Versuchen, dich zu erreichen.«

»Tut mir leid.« Spiel einfach mit, sagte sich Mac. Dann würde es vielleicht schneller vorbei sein, denn ihrer Mutter zu sagen, dass sie während der Arbeit keine Zeit zum Plaudern hatte, war zwecklos.

»Wie war dein Silvester?«, fragte sie also. Sie hörte, wie ihre Mutter energisch Luft holte, was bedeutete, dass jetzt ein Donnerwetter folgte.

»Ich habe mit Martin Schluss gemacht, was ich dir längst erzählt hätte, wenn du die Güte gehabt hättest, ans Telefon zu gehen. Es war eine furchtbare Nacht. Furchtbar, Mac.« Zu ihrem schweren Atem kam nun noch die tränenerstickte Stimme. »Ich war tagelang am Boden zerstört.«

Martin, Martin ... Mac war sich nicht sicher, ob sie ein korrektes Bild des aktuellen Exfreundes ihrer Mutter vor Augen hatte. »Das tut mir leid. Trennungen an Feiertagen sind hart. Aber sieh es doch mal anders: So kannst du das neue Jahr ganz frisch beginnen.«

»*Wie bitte?* Du weißt doch, wie sehr ich Martin geliebt habe! Ich bin zweiundvierzig Jahre alt, allein und vollkommen fertig.«

Siebenundvierzig, korrigierte Mac. Doch was waren schon fünf Jahre zwischen Mutter und Tochter? Mac saß an ihrem Schreibtisch und rieb sich die Schläfe. »Du hast ihn verlassen, oder?«

»Was macht das für einen Unterschied? Es ist aus. Es ist aus, und ich war verrückt nach ihm. Jetzt bin ich wieder allein. Wir haben uns fürchterlich gestritten, und Martin war unverschämt und gemein. Er hat gesagt, ich wäre *egoistisch*. Und zu sentimental und, ach, noch andere schreckliche Sachen. Was blieb mir da anderes übrig, als mit ihm Schluss zu machen? Er war nicht der, für den ich ihn gehalten habe.«

»Hm. Hat für Eloisa die Schule schon wieder begonnen?«, fragte Mac in der Hoffnung, das Gespräch auf ihre Halbschwester lenken zu können.

»Gestern. Sie hat mich in meinem Zustand einfach hier sitzenlassen, obwohl ich morgens kaum aufstehen kann. Ich habe zwei Töchter. Ich war immer für sie da, und keine von ihnen gibt sich ein bisschen Mühe, mir zu helfen, wenn ich fix und fertig bin.«

Da es in ihrem Kopf schon zu pochen begann, beugte Mac sich vor, um ihn ganz leicht gegen die Tischplatte zu schlagen. »Das neue Halbjahr beginnt. Sie *muss* zurück. Vielleicht wird Milton ...«

»Martin.«

»Richtig. Vielleicht entschuldigt er sich ja. Dann ...«

»Es ist aus. Es gibt kein Zurück. Einem Mann, der sich mir gegenüber so schäbig verhalten hat, kann ich nicht verzeihen. Nein, ich muss darüber hinwegkommen, mich selbst wiederfinden. Ich brauche etwas Zeit ganz für mich, etwas Ruhe, einen Ort, an dem ich von dieser schrecklichen Situation entgiften kann. Ich habe eine Woche in einem Spa in Florida gebucht. Das ist genau das, was ich jetzt brauche. Nur weg hier, raus aus dieser fürchterlichen Kälte, weg von den Erinnerungen und dem Schmerz. Ich brauche dreitausend Dollar.«

»Drei ... Mama, du kannst nicht von mir verlangen, dass ich drei Mille ausspucke, nur damit du dir in Florida Gesichtsbehandlungen machen lassen kannst, weil du sauer auf Marvin bist.«

»Martin, verdammt. Und es ist das mindeste, was du tun kannst. Wenn ich eine medizinische Behandlung bräuchte, würdest du dann bei der Bezahlung der Klinik knausern? Ich muss da hin. Es ist schon gebucht.«

»Hat Omi dir nicht letzten Monat Geld geschickt? Ein vorzeitiges Weihnachts ...«

»Ich hatte Ausgaben. Ich habe diesem schrecklichen Kerl

zu Weihnachten eine TAG Heuer-Uhr gekauft, ein Modell mit begrenzter Auflage. Woher sollte ich wissen, dass er sich in ein Ungeheuer verwandeln würde?«

Sie begann zu weinen.

»Du solltest sie von ihm zurückverlangen. Oder …«

»So stillos würde ich *nie* sein. Ich will weder ihn noch die verdammte Uhr. Ich will weg von hier.«

»Schön. Dann fahr irgendwohin, wo du es dir leisten kannst, oder …«

»Ich brauche das Spa. Natürlich bin ich nach den ganzen Ausgaben für die Feiertage völlig blank, und ich brauche deine Hilfe. Dein Geschäft läuft sehr gut, wie du mir doch immer so gern erzählst. Ich brauche dreitausend Dollar, Mackensie.«

»So wie du letzten Sommer die zweitausend gebraucht hast, damit du mit El eine Woche am Strand verbringen konntest? Und …«

Linda brach wieder in Tränen aus. Dieses Mal schlug Mac nicht mit dem Kopf auf die Schreibtischplatte, sondern ließ ihn einfach darauf liegen.

»Du willst mir nicht helfen? Du willst deiner eigenen Mutter nicht helfen? Ich glaube, wenn sie mich auf die Straße setzen würden, würdest du einfach wegschauen. Leb du nur dein Leben weiter, während meines zerstört ist. Wie kannst du nur so egoistisch sein?«

»Morgen früh überweise ich dir das Geld aufs Konto. Gute Reise«, sagte Mac und legte auf.

Sie erhob sich, ging in die Küche und holte eine Flasche Wein heraus.

Sie brauchte einen Drink.

Carter schwirrte der Kopf von fast zwei Stunden voller

Tüll, Rosen, Frisuren und Gästelisten, und von dem Kaffee und den Keksen (verdammt guten Keksen) war er völlig überdreht, als er zurück zu seinem Wagen ging. Er hatte näher an Macs Studio als am Haupthaus geparkt. Deshalb war er gebeten worden, ihr ein Päckchen vorbeizubringen, das versehentlich im Haupthaus abgeliefert worden war.

Während er es unter den Arm klemmte, wirbelten die ersten feinen Schneeflocken herab. Er musste nach Hause, dachte er. Er hatte noch eine Stunde vorzubereiten und einen unangekündigten Test für Ende der Woche auszuarbeiten.

Er sehnte sich nach seinen Büchern und nach Stille. Dieser Nachmittag voller Östrogene, Zucker und Koffein hatte ihn erledigt. Außerdem schmerzte sein Kopf wieder.

Durch das Schneetreiben und den Schatten des Hauses war es draußen so dunkel, dass die Laternen aufleuchteten, die den Weg säumten. Doch Mackensies Studio war unbeleuchtet.

Vielleicht war sie fortgegangen, überlegte er, oder sie machte ein Nickerchen. Oder sie lief wieder halbnackt herum. Er dachte daran, das Päckchen einfach gegen die Haustür zu lehnen, doch das schien ihm zu leichtsinnig zu sein. Überdies war es der perfekte Vorwand dafür, Mac noch einmal zu sehen – und die geheime Schwäche neu zu entdecken, die er mit siebzehn für sie gehabt hatte.

Also klopfte er, rückte das Päckchen unter seinem Arm zurecht und wartete.

Mac öffnete die Tür, vollständig angekleidet, was zugleich eine Erleichterung und eine Enttäuschung war. Im Dämmerlicht stand sie mit einem Glas Wein in der einen Hand da, die andere an die Tür gelehnt.

»Äh, Parker hat mich gebeten, das auf dem Weg nach Hause hier vorbeizubringen. Ich wollte nur …«

»Sehr schön. Komm rein.«

»Aber ich wollte nur …«

»Trink ein Glas Wein.«

»Ich muss noch fahren, daher …« Doch sie ging schon davon, und ihm fiel erneut ihr ganz eigener Gang auf, eine Art gleitendes, sexy Schreiten.

»Ich trinke auch einen, wie du siehst.« Sie holte ein weiteres Glas und schenkte ihm großzügig ein. »Du willst mich doch nicht allein trinken lassen, oder?«

»Mir scheint, dass es dazu ohnehin zu spät ist.«

Lachend drückte sie ihm das Glas in die Hand. »Also, sieh zu, dass du aufholst. Ich hatte erst zwei. Nein, drei. Ich glaube, ich hatte drei.«

»Hm. Na, dann.« Wenn ihn nicht alles täuschte, schwelten unter dem Geplauder von den drei Gläsern Wut und Ärger. Statt zu trinken, streckte er die Hand aus, um das Licht in der Küche anzuknipsen. »Dunkel hier.«

»Ja. Du warst vorhin sehr nett zu deiner Schwester. Manche Familien sind nett. Ich beobachte und merke mir Dinge. Ich erinnere mich, dass deine nett war. Eine nette Familie. Meine ist ätzend.«

»Aha.«

»Weißt du, warum? Kann ich dir sagen. Du hast ’ne Schwester, ja?«

»Richtig. Genauer gesagt sogar zwei. Vielleicht sollten wir uns setzen?«

»Zwei, ja. Du hast noch ’ne ältere Schwester. Die hab ich aber nie kennengelernt. Also zwei Geschwister. Und ich? Ich hab zwei halbe. Eine Halbschwester, einen Halbbruder, von jedem Elternteil ein halbes Geschwister, aus denen man zusammen ein ganzes machen könnte. Ganz zu schweigen von den unzähligen Stiefgeschwistern, die ich im Laufe der

Zeit hatte. Da habe ich den Überblick verloren. Sie kommen und gehen, gehen und kommen, da meine Eltern völlig nach Belieben heiraten.« Sie trank einen großen Schluck Wein. »Ich wette, du hattest zu Weihnachten eine ganz große Familienfeier, was?«

»Oh, ja, wir …«

»Weißt du, was ich gemacht hab?«

Okay, er verstand. Das war kein Gespräch. Er war nur eine Art Resonanzkörper. »Nein.«

»Da mein Vater in … irgendwo ist. Könnte Vail sein«, überlegte Mac stirnrunzelnd, »oder vielleicht in der Schweiz, mit seiner dritten Frau und ihrem gemeinsamen Sohn … Also, er schied jedenfalls schon mal aus. Hat mir aber ein lächerlich teures Armband geschickt. Nicht aus schlechtem Gewissen oder außergewöhnlicher väterlicher Fürsorge; beides kennt er nicht. Nein, er ist einfach mit 'nem silbernen Löffel im Mund geboren worden und gibt das Geld mit vollen Händen aus.«

Mac hielt inne und legte erneut die Stirn in Falten, während sie noch einen Schluck trank. »Wo war ich?«

»Bei Weihnachten.«

»Richtig, ja. Bei meiner Art des Familienfestes. Den Anstandsbesuch bei meiner Mutter und Eloisa – das ist meine Halbschwester – habe ich schon am dreiundzwanzigsten gemacht, weil keine von uns auch nur das geringste Interesse daran hat, dass wir die Feiertage miteinander verbringen. Keine Weihnachtsgans für uns. Geschenke austauschen, einen Drink nehmen, alles Gute wünschen, und nix wie weg.«

Sie lächelte, aber nicht humorvoll. »Wir haben nicht rund ums Klavier gestanden und Weihnachtslieder gesungen. El hat sich sogar noch schneller verdrückt als ich, um mit Freunden auszugehen. Kann ihr keinen Vorwurf machen. Meine Mutter treibt einen dazu, sich zu betrinken. Siehst du?« Sie hielt ihr Glas hoch.

»Allerdings. Lass uns ein bisschen spazieren gehen.«

»Was? Warum?«

»Warum nicht? Es fängt an zu schneien.« Beiläufig nahm er ihr das Glas aus der Hand und stellte es zusammen mit seinem unberührten auf die Arbeitsplatte. »Ich gehe gern durch den Schnee. Ah, hier ist dein Mantel.«

Stirnrunzelnd sah sie ihn an, als er den Mantel holte und sie darin einpackte. »Ich bin nicht betrunken. Noch nicht. Und außerdem, kann sich eine Frau in ihrem eigenen Haus nicht auch mal betrinken und sich so richtig selbst bemitleiden, wenn ihr danach ist?«

»Doch, klar. Hast du eine Mütze?«

Mac wühlte in ihrer Manteltasche und zog die leuchtend grüne Mütze heraus. »Es ist nicht so, dass ich jeden Abend hier sitze und mir den Wein reinkippe oder so.«

»Ganz bestimmt nicht.« Carter setzte ihr die Mütze auf, schlang ihr den Schal um den Hals und knöpfte ihren Mantel zu. »So dürfte es gehen.« Er nahm sie am Arm und führte sie zur Haustür und nach draußen.

Er hörte, wie sie die Luft zwischen den Zähnen einsog, als sie die Kälte im Gesicht spürte, und hielt vorsichtshalber weiter ihren Arm fest.

»Im Warmen ist es besser«, murmelte sie, doch als sie sich umdrehen wollte, ging er einfach weiter.

»Ich mag es, wenn es nachts schneit. Na ja, so spät ist es noch nicht, aber es sieht aus, als würde es bis in die Nacht hinein schneien. Das schaue ich mir gern aus dem Fenster an, das Weiß gegen das Schwarz.«

»Wir schauen aber nicht aus dem Fenster. Wir sind mitten in dem Dreckszeug.«

Carter lächelte nur und ging weiter. Jede Menge Wege, dachte er, und alle sorgfältig freigeschaufelt, bevor diese neue Puderzuckerschicht darauf fiel. »Wer schippt das alles weg?«

»Was alles?«

»Den Schnee, Mackensie.«

»Wir, oder wir kommandieren Del oder seinen Kumpel Jack dazu ab. Manchmal heuern wir auch Teenager an. Kommt drauf an. Die Wege müssen frei bleiben. Wir führen hier einen Betrieb, also müssen wir zusehen, dass alles gepflegt ist. Für die Parkplätze kommt ein Typ mit einem Schneepflug.«

»So ein großes Anwesen und ein so vielseitiges Unternehmen, das macht eine Menge Arbeit.«

»Das gehört eben dazu. Außerdem ist es auch unser Zuhause, deshalb … Oh, du schweifst vom Thema ab.« Mit zusammengekniffenen Augen spähte sie unter ihrer Mütze zu ihm herauf. »Ich bin nicht blöd, nur ein bisschen beschickert.«

»Was war denn das Thema?«

»Meine erbärmliche Familie. Wo war ich stehengeblieben?«

»Ich glaube, bei Weihnachten, und dabei, wie deine Mutter dich dazu treibt, dich zu betrinken.«

»Ja, genau. Und so hat sie mich diesmal dazu gebracht: Sie hat mit ihrem Freund Schluss gemacht. Den Begriff verwende ich absichtlich, weil sie sich in puncto Männer, Beziehungen und Ehe wie ein Teenager benimmt. Jedenfalls großes Drama, und jetzt muss sie in ein Spa fahren, um sich von ihren Qualen, dem Stress und dem Liebeskummer zu erholen. Was völliger Blödsinn ist, aber sie glaubt daran. Und da sie nicht in der Lage ist, auch nur zehn Dollar länger als fünf Minuten in der Tasche zu behalten, soll ich das Ganze bezahlen. Dreitausend.«

»Du sollst deiner Mutter dreitausend Dollar geben, weil sie mit ihrem Freund Schluss gemacht hat und jetzt in ein Spa fahren will?«

»Wenn sie eine Operation bräuchte, würde ich sie dann krepieren lassen?« Beim Versuch, die Angriffstaktik ihrer Mutter zu beschreiben, wirbelte Mac mit den Armen durch die Luft. »Nein, nein, nein. Das Argument hat sie diesmal nicht gebracht. Diesmal war es ›obdachlos auf der Straße sitzen‹. Sie hat eine ganze Sammlung davon. Vielleicht hat sie auch beide erwähnt, es verschwamm alles ineinander. Also, ja, ich soll dafür bezahlen. Ich korrigiere, ich *bezahle* dafür, weil sie mir so lange die Ohren volljammert, bis ich ja sage. Und daher also der Wein, weil es mich anekelt und wütend macht, dass ich jedes Mal nachgebe.«

»Es geht mich ja nichts an, aber wenn du immer Nein sagen würdest, müsste sie dann nicht irgendwann aufhören? Wenn du immer Ja sagst, warum sollte sie es dann lassen?«

»Ich *weiß*.« Mac schlug ihm vor die Brust. »Natürlich weiß ich das, aber sie lässt nicht locker, und ich will einfach nur, dass sie verschwindet. Ich denke immer, warum heiratet sie nicht einfach wieder – vielleicht ist vier ja ihre Glückszahl – und zieht weg? Richtig weit weg, zum Beispiel nach Burma. Und verschwindet endgültig, wie mein Vater. Taucht nur ab und zu wieder auf. Vielleicht lernt sie ja in diesem Spa einen Typen kennen, während sie am Pool sitzt und Karottensaft trinkt oder was auch immer. Vielleicht verliebt sie sich – was bei ihr allerdings so schnell geht wie Schuhe kaufen. Nein, noch schneller. Sich verlieben«, fasste Mac ihre Wünsche zusammen, »nach Burma ziehen und mich in Ruhe lassen.«

Seufzend hob sie das Gesicht. Ihr fiel auf, dass sie die Kälte nun gar nicht mehr so sehr spürte. Und das dichter werdende Schneetreiben war schön und friedlich. Darin herumzulaufen war, wie sie zugeben musste, eine bessere Idee als sich zu betrinken. »Du bist ein Retter, oder?«, fragte sie.

»Wie meinst du das?«

»Na ja, ich wette, du hältst Leuten, die gerade die Hände voll haben, immer die Tür auf, auch wenn du es eilig hast. Und du hörst dir die privaten Probleme deiner Schüler an, auch wenn du eigentlich was anderes zu tun hast.« Sie senkte den Kopf, um ihn anzusehen. »Und du gehst mit leicht angetrunkenen Frauen im Schnee spazieren.«

»Es schien mir das Richtige zu sein.« Weniger beschwipst, stellte er fest, als er in diese faszinierenden grünen Augen schaute. Eher traurig.

»Ich wette, du hast die Nase voll von Frauen.«

»Meinst du grundsätzlich oder nur im Augenblick?«

Sie lächelte ihn an. »Ich wette, du bist ein echt netter Kerl.«

Er seufzte nicht, aber am liebsten hätte er es getan. »Das hat man mir schon öfters vorgeworfen.« Auf der Suche nach einem anderen Gesprächsthema ließ er seinen Blick umherschweifen. Eigentlich sollte er Mac wieder ins Haus bringen, dachte er, doch er wollte noch ein bisschen länger mit ihr zusammen sein. Im verschneiten Dunkel. »Und, was für Vögel kommen zu dir?« Er deutete auf zwei hübsche Vogelhäuschen.

»Fliegende.« Mac stopfte die Hände in die Taschen. Keiner von ihnen beiden hatte daran gedacht, Handschuhe für sie mitzunehmen. »Mit Vögeln kenne ich mich nicht aus.« Sie neigte den Kopf, um ihn prüfend anzusehen. »Bist du so was wie ein Vogelkundler?«

»Nein, nicht wirklich. Es ist nur ein bisschen mein Hobby.« Himmel, konnte er noch dämlicher wirken? Du solltest lieber gehen, Carter, bevor du noch größeren Schaden anrichtest und es zu spät ist ... »Wir sollten umkehren. Es schneit immer stärker.«

»Willst du mir nicht sagen, nach welchen Vögeln ich Ausschau halten soll? Emma und ich füllen das Futter in den Vogelhäuschen nach, weil sie zwischen ihrer und meiner Wohnung liegen.«

»Ihrer Wohnung?«

»Ja, schau.« Mac deutete auf das prachtvolle zweistöckige Haus. »Das alte Gästehaus, und sie nutzt auch die Gewächshäuser dahinter. Ich habe das Poolhaus genommen, Laurel und Parker die dritte Etage im Haupthaus, den Ost- und Westflügel, damit jeder seinen eigenen Bereich hat. Es ist Parkers Haus, zum großen Teil. Aber Laurel braucht die Küche. Ich brauche Platz für mein Studio, und Emma braucht die Gewächshäuser. Deshalb war diese Aufteilung am sinnvollsten. Wir halten uns oft im Haupthaus auf, aber jede von uns hat ihr eigenes Reich.«

»Ihr seid schon lange befreundet.«

»Schon ewig.«

»Das ist deine Familie, oder? Eine, die nicht so ätzend ist.«

Mac lachte kurz auf. »Du bist ja ein ganz Schlauer. Aber um nochmal auf die Vögel zurückzukommen ...«

»Um diese Jahreszeit kannst du leicht Kardinäle entdecken.«

»Okay, wie ein Kardinal aussieht, weiß jeder. Einem Kardinal hast du übrigens auch den Anblick meiner Brüste zu verdanken.«

»Verzeih ... Was?«

»Er ist gegen das Küchenfenster geflogen, und da habe ich mir Cola über die Bluse geschüttet. So. Vögel. Außer den roten, die gegen Fensterscheiben fliegen. Ich denke zum Beispiel an den Bauchschopf-Pfeifer.«

»Der Bauchschopf-Pfeifer ist leider ausgestorben. Aber in dieser Gegend könntest du im Winter Exemplare aus der Gattung der Strandammern sehen.«

»Exemplare aus der Gattung der Strandammern. Ich habe es geschafft, das, ohne zu stocken, zu wiederholen; also bin ich wohl nicht mehr ganz so betrunken.«

Im Schein der Laternen und in der Dunkelheit gingen sie den Weg entlang, während der Schnee in dicken, bühnenreifen Flocken herabfiel. Schöner kann ein Januarabend gar nicht sein, dachte Mac. Und das hätte sie versäumt, wenn Carter nicht vorbeigekommen wäre und in seiner unaufdringlichen Art darauf bestanden hätte, dass sie spazieren gingen.

»Ich glaube, ich sollte mal klarstellen, dass es keine Angewohnheit von mir ist, vor Sonnenuntergang mehrere Glas Wein runterzukippen. Normalerweise hätte ich meinen Frust abgearbeitet, oder ich wäre rübergegangen und hätte ihn bei Parker und Co. abgeladen. Aber für beides war ich heute zu wütend. Und nach Eisessen war mir auch nicht, ein weiterer Trick, der mir oft über schwere Zeiten hinweghilft.«

»Das habe ich mir schon so ungefähr gedacht, nur nicht das mit dem Eisessen. Meine Mutter kocht Suppe, wenn sie sich aufgeregt hat oder richtig sauer ist. Riesentöpfe voll Suppe. Ich habe in meinem Leben schon viel Suppe gegessen.«

»Bei uns kocht eigentlich niemand richtig, außer Laurel und Mrs G.«

»Mrs G.? Mrs Grady? Ist sie immer noch hier? Ich habe sie heute nicht gesehen.«

»Ja, sie ist immer noch hier. Hält den Laden samt allen, die hier wohnen, in Schwung. Gott sei Dank. Sie ist gerade im Winterurlaub, wie jedes Jahr. Pünktlich am 1. Januar fährt sie nach St. Martin's, danach kann man die Uhr stellen. Dort bleibt sie bis April. Wie immer hat sie vorher den Eisschrank mit Aufläufen, Suppen, Eintöpfen und so weiter vollgestopft, damit keiner von uns verhungert, falls ein Schneesturm kommt oder ein Atomkrieg.«

Mac blieb vor ihrer Haustür stehen und sah Carter erneut mit schräg gelegtem Kopf an. »Was für ein Tag. Sie haben sich tapfer geschlagen, Professor.«

»War doch zum Teil ganz interessant. Ach, Sherry nimmt übrigens die Nummer drei, mit Büffet.«

»Gute Wahl. Danke für den Spaziergang und fürs Zuhören.«

»Ich gehe gern spazieren.« Carter steckte die Hände in die Taschen, weil er nicht wusste, was er sonst damit tun sollte. »Ich fahre besser mal. Die Rückfahrt ist ein bisschen schwieriger, und ... morgen ist Schule.«

»Schule«, wiederholte Mac lächelnd.

Dann legte sie ihm ihre taschengewärmten Hände an die Wangen und streifte seinen Mund mit den Lippen, ganz leicht, freundlich, in einer Art schwesterlichem Kuss.

Da setzte bei ihm alles aus. Ohne zu überlegen, ergriff er Mac an den Schultern, presste sie an sich, drängte sie zurück gegen die Haustür und machte aus der vagen Berührung ihrer Lippen einen Kuss.

Was er sich mit siebzehn nur vorgestellt hatte, wurde nun, mit dreißig, plötzlich wahr. Wie sie schmeckte, wie sie sich *anfühlte*. Dieser Augenblick von Lippen und Zunge, sein Blut, das in Wallung geriet. In der Stille des Schneefalls, der alle Geräusche dämpfte, dröhnte ihm ihr seufzender Atem im Kopf wie Donnerhall.

Ein Sturm braute sich zusammen.

Sie schubste ihn nicht zurück, stieß ihn nicht weg, protestierte nicht dagegen, dass er die Tür ihrer freundlichen Geste bis ins Wilde, Leidenschaftliche aufstieß. Ihr erster Gedanke war: Wer hätte das gedacht? Wer hätte gedacht, dass der nette Englischlehrer, der gegen Wände rannte, so *küssen* konnte?

Als hätte er vor, sie in die nächste Höhle zu schleifen und ihr die Kleider vom Leib zu reißen, während sie ihn ungeduldig auszog.

Es passierte einfach. Sie hätte das nie für möglich gehalten, doch es passierte wirklich einfach.

Ihre Hände glitten von seinem Gesicht nach oben, wühlten in seinem Haar. Krallten sich hinein.

Abrupt zuckte er zurück. Taumelte, wäre beinahe auf dem Schnee ausgerutscht, der den Weg bedeckte. Mac rührte sich keinen Zentimeter vom Fleck, doch sie starrte ihn an, mit Augen, die im Dunkeln leuchteten.

O Gott, dachte er. O Gott. Er hatte den Verstand verloren.

»Tut mir leid«, stieß er hervor, während Erregung und Schmach in ihm tobten. »Tut mir leid. Das war – war nicht – ich bin … tut mir echt leid.«

Sie starrte ihn immer noch an, als er davonstürzte, durch den frisch gefallenen Schnee stolperte. Durch den Aufruhr in ihrem Kopf hörte sie das Piepen der Funkfernbedienung seines Wagenschlosses, sah zu, wie er im Schein der Innenbeleuchtung einstieg, nachdem er mit einem Ruck die Tür aufgerissen hatte.

Noch bevor sie zum Verschnaufen gekommen war und ihre Stimme wiedergefunden hatte, lenkte er den Wagen aus der Parklücke. Als er davonfuhr, brachte sie ein schwaches »Schon gut« hervor.

Viel benommener als zuvor durch den Wein sperrte sie die Haustür auf. Sie ging in die Küche und schüttete Carters unberührten Wein in den Ausguss, gefolgt von dem Rest in ihrem Glas. Dann schaute sie planlos umher, drehte sich um und lehnte sich gegen die Arbeitsplatte.

»Mannomann.«

4

Manchmal brauchte man morgens einfach mehr als nur ein Pop-Tart und einen Schluck Kaffee, fand Mac. Zwar musste sie nicht unter einem Kater leiden – danke, Carter Maguire –, doch einige Zentimeter frisch gefallener Schnee bedeuteten, dass es galt, die Schaufel zu schwingen. Sie wollte etwas Richtiges essen. Da sie wusste, wo sie es finden würde, zog sie sich die Stiefel an, streifte den Mantel über und ging hinaus.

Und machte auf dem Absatz kehrt, um ihre Kamera zu holen.

Das Licht fiel kristallklar aus dem schneidend blauen Himmel auf das noch weiße Meer. Unberührt, unbetreten breitete es sich auf der Erde aus, spülte darüber hinweg, überflutete sie. Büsche wurden zu geduckten Geschöpfen, die diese zugefrorene See überquerten, und die Felsen rings um die Lagune des Swimmingpools bildeten einen Wellenbrecher.

Beim Einatmen war die Kälte wie winzige Glassplitter, beim Ausatmen stieß Mac frostige Dampfwolken aus, während sie ein Wäldchen ins Bild nahm, das wie ein Eispalast funkelte.

Landschaften und Postkartenmotive reizten sie nur selten. Aber für das hier, dachte sie, für dieses Schwarzweiß mit den unendlich vielen Nuancen, dem Licht und Schatten unter dem nahezu erbarmungslosen blauen Himmel, musste sie sich einfach Zeit nehmen. So viele Formen, so viele Strukturen, versunkene Äste und spitzenverhüllte Baumrinde, boten ihr unzählige Möglichkeiten.

Und das herrschaftliche, prachtvolle Haus erhob sich aus dem Meer wie eine elegante, anmutige Insel.

Mac arbeitete sich heran, experimentierte mit Perspektiven, nutzte das Licht aus, nahm die glitzernden Wattebäuschchen der Azaleenbüsche ins Visier, die, sobald der Frühling kam, üppig erblühen würden. Als sie eine Bewegung bemerkte, drehte sie sich, um sie zu verfolgen, und entdeckte einen Kardinal, der sich gerade auf einem schneebedeckten Ahornzweig niederließ. Dort saß er, ein einzelner, leuchtend roter Farbtupfer, und sang.

Sie duckte sich und zoomte ihn heran, da sie es nicht riskieren wollte, zu dicht heranzugehen und das Bild zu vermasseln. Ob es derselbe Vogel war, der gegen ihr Küchenfenster geflogen war? Wenn ja, wirkte er jedenfalls vollkommen unversehrt, als er wie eine kleine Flamme auf dem Ast mit der weißen Spitzenumhüllung saß.

Sie fing den Augenblick ein, knipste rasch hintereinander drei Bilder mit ganz leicht wechselnder Perspektive, wofür sie sich zentimeterweise nach links schob und sich eine Jeans voller Schnee einhandelte.

Dann erhob sich der Vogel in die Luft, schwebte über das zugefrorene Meer durch das helle Licht und verschwand.

Emmaline, die schöne Emmaline in ihrem alten, marineblauen Mantel mit weißer Mütze und Schal, stapfte durch den Schnee auf Mac zu. »Ich habe mich schon gefragt, wie lange ich noch hier stehen muss, bis du fertig bist oder der dämliche Vogel wegfliegt. Es ist *kalt* hier draußen.«

»Ich liebe den Winter.« Wieder hob Mac die Kamera, nahm Emma ins Visier und drückte auf den Auslöser.

»Nicht! Gott, ich sehe fürchterlich aus.«

»Nein, süß. Die rosa Stiefel kommen bestimmt gut.«

»Warum habe ich sie bloß in Rosa gekauft? Was habe ich mir dabei gedacht?« Kopfschüttelnd schloss Emma sich Mac an, und beide gingen zum Haus hinüber. »Ich dachte, du wärst schon drin und würdest Laurel beknien, Frühstück zu machen. Warst du es nicht, die mich vor fast einer Stunde angerufen und was von *Pfannkuchen* gesagt hat?«

»Doch, und jetzt können wir Laurel beide bearbeiten, dass sie welche macht. Ich bin hier hängengeblieben. Es ist irre hier draußen. Das Licht, die Geräusche, die Strukturen. Und der dämliche Vogel? Ein Extrabonus.«

»Es sind minus sieben Grad, und nach den Pfannkuchen werden wir beide den Schnee wegschippen und uns den Arsch abfrieren. Warum kann nicht immer Sommer sein?«

»Weil wir im Sommer kaum jemals Pfannkuchen bekommen. Höchstens Crêpes, aber das ist nicht dasselbe.«

Während Emma sich den Schnee von ihren rosafarbenen Ugg-Boots stampfte, warf sie Mac einen kläglichen Blick zu und öffnete die Tür.

Auf der Stelle roch Mac Kaffeeduft. Sie schleuderte ihre Klamotten in eine Ecke, legte die Kamera behutsam auf dem Wäschetrockner ab und eilte mit großen Schritten hinein, um Laurel so fest zu umarmen, dass ihre Rippen knackten. »Ich habe gewusst, dass ich mich auf dich verlassen kann.«

»Ich hab aus dem Fenster gesehen, wie du draußen das Naturkind gespielt hast, und mir schon gedacht, dass du gleich herkommst und um Pfannkuchen bettelst.« Mit zurückgestecktem Haar und aufgerollten Ärmeln begann Laurel, Mehl abzumessen.

»Du bist ein Schatz, und das nicht nur wegen deiner Pfannkuchen an verschneiten Wintertagen.«

»Gut, dann deck mal den Tisch. Parker ist schon auf und beantwortet E-Mails.«

»Ruft sie den Schneeräumdienst?«, erkundigte sich Emma. »Ich habe heute drei Beratungsgespräche.«

»Für den Parkplatz. Wir waren uns einig, dass nicht genug Schnee liegt, um die Leute für den Rest herbeizutrommeln. Damit werden wir allein fertig.«

Emma verzog das Gesicht und machte einen Schmollmund. »Ich hasse Schneeschippen.«

»Arme Emma«, bedauerten Laurel und Mac sie im Chor.

»Ihr Biester.«

»Ich habe eine Frühstücksgeschichte für euch«, verkündete Mac, während sie Zucker in dem Kaffee versenkte, den sie sich eingeschenkt hatte. Die spontane Fotosession und die Aussicht auf Pfannkuchen versetzten sie in gehobene Stimmung. »Eine *sexy* Geschichte.«

Emma, die gerade Teller herausholen wollte, hielt mitten im Öffnen einer Schranktür inne. »Raus damit.«

»Wir sind noch nicht beim Essen. Außerdem ist Parker noch nicht da.«

»Ich gehe rauf und schleife sie her. Ich will die sexy Geschichte hören, damit ich mich daran wärmen kann, wenn ich nachher den blöden Schnee wegschaufele.«

»Eine sexy Geschichte.« Laurel musterte Mac, während sie zu ihrem Holzlöffel griff, um den Teig zu rühren. »Muss was mit Carter Maguire zu tun haben. Es sei denn, du hast einen obszönen Anruf erhalten und findest das sexy.«

»Kommt drauf an, wer anruft.«

»Er ist ein netter Kerl. Aber eigentlich gar nicht dein Typ.«

Mac warf einen Blick über die Schulter, während sie die Besteckschublade öffnete. »Habe ich einen Typ?«

»Das weißt du ganz genau. Sportlich, lebenslustig, darf gern eine kreative Ader haben, muss aber nicht. Auf keinen Fall zu gefühlsbetont oder mit zu großem ernsthaften Interesse. Einen Intellektuellen, Akademiker oder zurückhaltenden, liebenswürdigen Typen hattest du bisher noch nicht dabei.«

Jetzt war es an Mac, einen Schmollmund zu ziehen. »Ich mag Typen, die was auf dem Kasten haben. Vielleicht bin ich nur noch keinem begegnet, der meinen Geilomat anwirft.«

»Außerdem ist er süß. Gar nicht deine Wellenlänge.«

»Süß finde ich okay«, protestierte Mac. »Probier mal meinen Kaffee!«

Lachend stellte Laurel die Teigschüssel ab, um gemischte Beeren aus dem Eisschrank zu holen. »Deck den Tisch, Miss Elliot.«

»Mache ich ja.« Während sie damit fortfuhr, ging Mac im Geiste Laurels Liste durch. Vielleicht stimmte sie – ziemlich genau sogar. »Jeder mag einen bestimmten Typ. Auch Parker. Erfolgreich, gepflegt, belesen.«

»Zweisprachigkeit wäre ein Pluspunkt«, ergänzte Laurel, während sie die Beeren wusch. »Sollte in der Lage sein, auf zwanzig Schritte Entfernung Armani von Hugo Boss zu unterscheiden.«

»Emmas Typ ist auch klar – es muss ein Mann sein.«

Laurels Lachen war noch nicht verebbt, als Emma in die Küche zurückkam. »Parker ist gleich da. Worüber lacht ihr?«

»Guten Morgen, Kompagnons.« Parker wirbelte herein –

dunkle Jeans, Kaschmirpullover, das Haar ordentlich zum Pferdeschwanz zurückgebunden, dezentes Make-up. Mac schoss der Gedanke durch den Kopf, dass sie Parker auch leicht hassen könnte, wenn sie sie nicht schon geliebt hätte.

»Ich hab gerade noch drei Termine für Hausführung plus Beratungsgespräch gebucht. Gott, ich liebe die Weihnachtsferien! So viele Leute verloben sich an den Feiertagen. Und ehe man sich's versieht, kommt der Valentinstag, und wir kriegen noch mehr Kunden. Pfannkuchen?«

»Hol den Sirup«, wies Laurel sie an.

»Die Straßen sind frei. Ich glaube nicht, dass wir für die Termine von heute Absagen bekommen. Oh, und die Paulsons haben eine E-Mail geschickt – sie sind gerade aus den Flitterwochen zurück. Ein paar Zitate will ich auf die Webseite stellen.«

»Keine Geschäfte jetzt«, fiel Emma ihr ins Wort. »Mac hat eine sexy Frühstücksgeschichte.«

»Echt?« Mit hochgezogenen Augenbrauen stellte Parker Sirup und Butter auf den Tisch in der Frühstücksecke. »Erzähl.«

»Wie so oft bei sexy Geschichten fing es damit an, dass ich mir Diätcola über die Bluse geschüttet habe«, begann Mac, während Laurel einen Teller voller Pfannkuchen zum Tisch brachte.

»Er hat gesagt, er ist gegen eine Wand gelaufen«, unterbrach sie Emma. »Armer Carter!« Sie lachte schnaubend auf und schnitt sich das erste Streifchen eines einzelnen Pfannkuchens ab.

»Und zwar ordentlich«, fügte Mac hinzu. »Ich meine, der Kerl hat die Wand voll gerammt. In einem Cartoon wäre er durch die Wand geflogen und hätte ein carterförmiges Loch darin hinterlassen. Dann sitzt er da auf dem

Fußboden, und ich will gerade nachsehen, wie schlimm es ist. Dabei hänge ich ihm meine Möpse direkt ins Gesicht – wie er sehr höflich anmerkt.«

»Verzeihen Sie, Miss, aber mir scheint, Ihre Möpse hängen mir im Gesicht?«

Mac wedelte mit ihrer Gabel in Laurels Richtung. »Nur dass er nicht Möpse gesagt hat, und er hat irgendwie gestottert. Also hole ich mir eine Bluse aus dem Trockner und ihm einen Eisbeutel und beschließe, dass er wohl keinen Notarzt braucht.«

Während sie weitererzählte, arbeitete sie sich durch einen kleinen Stapel Pfannkuchen.

»Ich bin ein bisschen enttäuscht«, sagte Laurel. »Von einer sexy Frühstücksgeschichte erwarte ich, dass Sex darin vorkommt, nicht nur deine schönen Möpse.«

»Ich bin noch nicht fertig. Teil zwei fängt an, als ich wieder zu Hause bei der Arbeit bin und leichtsinnigerweise ans Telefon gehe. Meine Mutter.«

Parkers Lächeln verschwand, und sie schüttelte den Kopf. »Das ist nicht sexy. Ich habe dir doch gesagt, du sollst vorher auf dem Display nachschauen, wer anruft.«

»Ich weiß, ich weiß, aber es war das Geschäftstelefon, und ich habe nicht nachgedacht. Aber dann wurde es noch schlimmer. Meine Mutter hat mit ihrem letzten Freund Schluss gemacht und fing an zu palavern. Sie sei am Boden zerstört, sie sei fix und fertig, bla bla bla. Es gehe ihr so schlecht, dass sie eine Woche in einem Spa in Florida und drei Mille von mir brauche.«

»Du hast nicht Ja gesagt«, murmelte Emma. »Sag, dass du nicht Ja gesagt hast.«

Achselzuckend spießte Mac weitere Pfannkuchen auf. »Ich wünschte, das könnte ich.«

»Liebes, du musst damit aufhören«, mahnte Laurel. »Du musst einfach.«

»Ich weiß.« Unter dem Tisch streichelte Emma mitfühlend über Macs Knie. »Ich weiß, aber ich bin eingeknickt. Danach habe ich mir eine Flasche Wein aufgemacht und angefangen, meinen Frust zu ertränken.«

»Du hättest wieder herkommen sollen.« Parker legte die Hand auf ihre. »Wir waren doch da.«

»Auch das weiß ich. Aber ich war zu wütend, traurig, angeekelt und voller Selbstmitleid. Und ratet mal, wer dann an meine Tür klopfte?«

»Oho.« Laurel machte große Augen. »Sag nicht, du hattest besoffenen, selbstmitleidigen Sex mit Carter – aber wenn doch, dann alle Details, bitte.«

»Ich habe ihn auf einen Drink eingeladen.«

»Junge, Junge.« Zur Feier dieses Ereignisses aß Emma noch ein Streifchen Pfannkuchen.

»Und ich habe mich bei ihm ausgeheult. Über meine Familie, die so zum Kotzen ist. Der Typ kommt vorbei, um ein Päckchen abzugeben, und landet bei einer Frau, die sich vor lauter Selbstmitleid gerade die Kante gibt. Er hat mir zugehört, was ich aber zuerst gar nicht begriffen habe, so beschickert und aufgebracht war ich. Aber er hat mir zugehört. Dann ist er mit mir spazieren gegangen. Er hat mir den Mantel angezogen, ihn mir zugeknöpft, als wäre ich drei Jahre alt, und ist mit mir rausgegangen. Wo er mir weiter zugehört hat, bis ich so ziemlich alles gesagt hatte. Dann hat er mich wieder nach Hause gebracht und …«

»Du hast ihn hereingebeten und Sex mit ihm gehabt«, vermutete Emma.

»Erzähl doch deine eigene sexy Frühstücksgeschichte. Ich war ein bisschen verlegen und echt dankbar, also habe ich ihm ein Küsschen gegeben. Ein ›Danke-Kumpel-Küsschen‹. Und als Nächstes finde ich mich mitten in einem heißblütigen, hemmungslosen Kuss wieder. So erst nach vorn gerissen und dann nach hinten gegen eine Wand gedrängt werden.«

»Oh.« Emma schauderte vor Entzücken. »Das *liebe* ich.«

»Du liebst alles, wobei sich die Lippen berühren«, bemerkte Laurel.

»Ja, ja. Aber ich hätte gedacht, Carter wäre eher der langsame, schüchterne sexy Typ.«

»Vielleicht ist er das auch, normalerweise. Als mir nämlich gerade der Kopf platzte, hörte er auf, entschuldigte sich – mehrmals – und stolperte rutschend zurück zu seinem Wagen. Bevor ich wieder in der Lage war zu sprechen, war er weg.«

Parker schob ihren Teller fort und griff zu ihrem Kaffee. »Tja, dann musst du ihn zurückholen. Klarer Fall.«

»Klarer Fall«, echote Emma und sah Laurel an, damit auch sie zustimmte.

»Könnte schwierig werden.« Laurel zuckte die Achseln. »Eigentlich ist er nicht ihr Typ, und er hat Aussetzer, die nicht zu seinem üblichen Verhalten passen. Das riecht nach Komplikationen.«

»Weil er ein netter, süßer, ein bisschen tollpatschiger Typ ist, der küsst wie ein Recke?« Emma versetzte Laurel unter dem Tisch einen leichten Tritt. »Für mich riecht das nach einem Liebesabenteuer.«

»Du riechst überall Liebesabenteuer, sogar im Stau auf der 95.«

»Kann schon sein. Aber du willst doch auch wissen, wie es jetzt weitergeht. Einen solchen Kuss kannst du nicht einfach so stehenlassen«, wandte Emma sich wieder an Mac.

»Vielleicht doch. So ist das Ganze eine sexy Frühstücksgeschichte, und niemandem wird wehgetan. Jetzt muss ich die Bank anrufen und dreitausend Dollar aus dem Fenster werfen, als wäre es Konfetti.« Mac rutschte aus der Nische. »Wir sehen uns draußen, mit Schneeschaufeln.«

Nachdem Mac gegangen war, pickte Parker eine Himbeere aus der Schüssel. »Das lässt sie nicht so stehen. Es würde sie verrückt machen.«

»Nächster Kontakt binnen achtundvierzig Stunden«, prophezeite Laurel und runzelte die Stirn. »Verflixt, jetzt hat sie sich auch noch um den Abwasch gedrückt.«

An seinem Pult in der Schule ging Carter noch einmal die Diskussionsthemen durch, die er in seiner letzten Unterrichtsstunde vorstellen wollte. In der letzten Stunde, wenn die Freiheit nur noch fünfzig kurze (oder endlose, je nach Sichtweise) Minuten entfernt war, galt es immer, die Schüler bei der Stange zu halten. Mit dem richtigen Stoff konnte er die sinkende Aufmerksamkeit der Auf-die-Uhr-Schauer zurückgewinnen.

Dann lernten sie vielleicht etwas.

Das Problem war, dass er sich selbst nicht konzentrieren konnte.

Sollte er sie anrufen und sich noch einmal entschuldigen? Vielleicht sollte er ihr kurz schreiben. Das lag ihm eher, als etwas auszusprechen. Meistens.

Oder sollte er die Sache einfach auf sich beruhen lassen? Es war schon ein paar Tage her. Na ja, ein Tag und zwei Nächte, um genau zu sein.

Er wusste, dass er in diesem Punkt genau war.

Am liebsten hätte er das Ganze einfach abgehakt und auf der langen Liste seiner peinlichen Augenblicke verbucht.

Doch er konnte nicht aufhören, daran zu denken. An sie zu denken.

Er war wieder an genau dem gleichen Punkt wie vor dreizehn Jahren. Er hatte sich hoffnungslos in Mackensie Elliot verknallt.

Er würde darüber hinwegkommen, sagte er sich. Das war ihm damals schließlich auch gelungen. Jedenfalls fast.

Er hatte nur für einen Moment die Beherrschung verloren, das war alles. Und in Anbetracht der gesamten Situation war das immerhin verständlich.

Trotzdem sollte er ihr vielleicht eine schriftliche Entschuldigung schicken.

Liebe Mackensie,
ich möchte mich nochmals aufrichtig für mein ungebührliches Benehmen am Abend des 4. Januar entschuldigen. Mein Verhalten war unverzeihlich, und ich bedaure es zutiefst.

Dein Carter

Konnte man es noch steifer und dämlicher formulieren?

Wahrscheinlich hatte sie das Ganze ohnehin schon vergessen, nachdem sie mit ihren Freundinnen kurz darüber gelacht hatte. Wer wollte es ihr verdenken?

Es abzuhaken war das Beste. Einfach abhaken und sich wieder darauf konzentrieren, die Schüler zu einer Diskussion über Shakespeares Rosalinde als Frau des einundzwanzigsten Jahrhunderts zu bringen.

Sexualität. Identität. Schuld. Mut. Esprit. Loyalität. Liebe.

Wie benutzte Rosalinde ihre doppelte Sexualität, um am Schluss weder als das junge Mädchen vom Anfang dazustehen noch als der junge Mann, den sie im Laufe des Stücks spielte, sondern als Frau?

Du brauchst nur »Sex« zu sagen, und schon ist dir die Aufmerksamkeit der Teenager sicher, dachte Carter.

Wie benutzte …

Er überflog seine Aufzeichnungen und rief geistesabwesend »Herein«, als es klopfte. Ah, Rosalindes Identität entwickelt sich, und ihr Mut wächst durch ihre Verkleidung und …

Er sah auf und blinzelte verwirrt.

In Gedanken noch ganz bei der bezaubernden Rosalinde starrte er Mac an.

»Hallo. Entschuldigung, wenn ich störe.«

Unbeholfen stand Carter auf und ließ seine Papiere fallen, so dass einige zu Boden segelten. »Oh, schon gut. Kein Problem. Ich war nur dabei …«

Er bückte sich, um die Zettel aufzuheben. Da Mac die gleiche Idee hatte, stieß Carter prompt mit dem Kopf gegen ihren.

»Oh, Entschuldigung.« Er blieb in der gebückten Haltung, und ihre Blicke trafen sich. »Mist.«

Mac lächelte, so dass ihre Grübchen wieder zum Vorschein kamen. »Hallo, Carter.«

»Hallo.« Er nahm die Papiere, die sie ihm reichte. »Ich war gerade dabei, mir ein paar Denkanstöße für eine Diskussion über Rosalinde zu überlegen.«

»Welche Rosalinde?«

»Ach, die von Shakespeare. In *Wie es euch gefällt.*«

»Ist das die, die von Emma Thompson gespielt wird?«

»Nein. Das ist *Viel Lärm um nichts*. Rosalinde, die Nichte von Herzog Friedrich, wird von seinem Hof verbannt und verkleidet sich als Ganymed, also als junger Mann.«

»Als ihr Zwillingsbruder, stimmt's?«

»Nein, das ist in *Was ihr wollt.*«

»Das verwechsele ich immer.«

»Na ja, im Hinblick auf Thematik und Aufbau gibt es zwischen *Wie es euch gefällt* und *Was ihr wollt* auch einige Parallelen, doch sie unterscheiden sich gleichwohl erheblich ... tut mir leid, das spielt ja keine Rolle.«

Carter legte seine Papiere beiseite und nahm die Lesebrille ab. Und machte sich darauf gefasst, die Konsequenzen seines Handelns tragen zu müssen. »Ich möchte mich dafür entschuldigen ...«

»Das hast du doch schon. Entschuldigst du dich bei jeder Frau, die du küsst?«

»Nein, aber unter diesen Umständen ...« Hak es ab, Carter. »Na, egal. Was kann ich für dich tun?«

»Ich wollte dir nur was vorbeibringen. Eigentlich wollte ich es im Sekretariat abgeben, aber dort hat man mir gesagt, dass du gerade eine Freistunde hast und hier bist. Also dachte ich mir, ich gebe es dir persönlich.«

Sie reichte ihm ein in braunes Papier gewickeltes Päckchen. »Du darfst es aufmachen«, sagte sie, als er sie lediglich verwirrt ansah. »Es ist nur ein Zeichen meiner Anerkennung dafür, dass ich mich neulich bei dir ausheulen durfte. Und dafür, dass du mich vor einem Kater bewahrt hast. Ich dachte, es könnte dir gefallen.«

Sorgfältig packte er es aus, zupfte das Klebeband ab und faltete die umgeknickten Papierecken auf. Und holte die Fotografie in dem schlichten schwarzen Rahmen heraus. Vor dem Schwarzweiß von Schnee und winterlichen Bäumen saß der Kardinal wie eine lebendige Flamme.

»Es ist wunderschön.«

»Es ist hübsch.« Sie betrachteten es gemeinsam. »Ein

Glückstreffer. Ich habe es gestern Morgen aufgenommen. Es ist kein Bauchschopf-Pfeifer, aber immerhin unser Vogel.«

»Unser … oh. Ja. Und du bist hergekommen, um ihn mir zu bringen.« Freude brachte ihn beinahe ebenso durcheinander wie Verlegenheit. »Ich dachte, du wärst mir böse, nachdem ich …«

»Nachdem du mich geküsst hast, dass mir Hören und Sehen verging«, beendete Mac den Satz. »Das wäre doch albern. Außerdem, wenn ich sauer gewesen wäre, hätte ich dir gleich in den Hintern getreten.«

»Das glaube ich gern. Trotzdem hätte ich nicht …«

»Mir hat es gefallen«, fiel Mac ihm ins Wort, worauf es ihm die Sprache verschlug. Sie drehte sich um und spazierte durch den Raum. »Das hier ist also dein Klassenzimmer, in dem sich alles abspielt.«

»Ja, das ist meins.« Warum, warum nur, o Gott, konnte er nicht Hirn und Mund gleichzeitig benutzen?

»Ich bin seit Jahren nicht mehr hier gewesen. Es sieht alles noch gleich aus, fühlt sich noch genauso an. Sagen die meisten Leute nicht, die Schule komme ihnen kleiner vor, wenn sie als Erwachsene zurückkehren? Mir kommt sie sogar größer vor. Groß, offen und hell.«

»Sie ist gut gebaut, die Schule, meine ich. Offene Bereiche und … Aber du hast das eher im übertragenen Sinne gemeint.«

»Kann sein. Ich glaube, in diesem Raum hatte ich auch manchmal Unterricht.« Mac ging um die Tische herum zu den drei Fenstern an der Südwand. »Ich glaube, ich habe immer hier gesessen und aus dem Fenster geschaut, anstatt aufzupassen. Ich bin gern in die Schule gegangen.«

»Wirklich? Viele Leute denken nicht gerade gern an die Highschool zurück. Es ist oft ein Krieg – verschiedene Strategien und Persönlichkeiten prallen aufeinander, angetrieben vom Geschützfeuer der Hormone.«

Auf Macs Gesicht blitzte ein Lächeln auf. »Das könntest du auf ein T-Shirt drucken lassen. Nein, so gern mochte ich die Highschool doch nicht. Hier hat es mir gefallen, weil Parker und Emma da waren. Ich bin nur für zwei Halbjahre auf der Schule gewesen, eins in der zehnten, eins in der elften Klasse, aber es hat mir besser gefallen als auf der Jefferson High. Obwohl dort Laurel war. Die Schule war so groß, dass wir einander kaum gesehen haben.«

Mac drehte sich wieder um. »Wenn man Politik und Kriegsführung mal außer Acht lässt, ist die Highschool immer noch ein geselliges Wesen. Da du ins Klassenzimmer zurückgekehrt bist, nehme ich an, dass du die Schulzeit toll fandest.«

»Für mich ging es auf der Highschool ums Überleben. Streber stehen in der Hierarchie des sozialen Ansehens ganz unten. Sie werden von den anderen abwechselnd erniedrigt, ignoriert oder beschimpft. Darüber könnte ich ein Buch schreiben.«

Mac betrachtete ihn neugierig. »Habe ich das jemals getan?«

»Ein Buch geschrieben? Ach so, du meinst das andere. Nicht bemerken ist etwas anderes als ignorieren.«

»Manchmal ist das noch schlimmer«, murmelte Mac.

»Könnten wir vielleicht noch einmal auf den Abend neulich zurückkommen und auf deine Antwort, es habe dir gefallen? Würdest du mir das genauer erklären, für den Fall, dass ich es falsch verstanden habe?«

Mac musste lächeln. »Ich glaube nicht, dass du mich falsch verstanden hast. Aber …«

»Dr. Maguire?«

Das Mädchen blieb zögernd in der Tür stehen. In der schlichten marineblauen Schuluniform strahlte sie förmlich vor jugendlicher Frische. Mac bemerkte die typischen Anzeichen – die zarte Röte, die feuchten Augen – und dachte: eindeutig total verliebt in den Lehrer.

»Ach ... Julie. Ja?«

»Sie hatten gesagt, ich könnte in dieser Stunde vorbeikommen, um über meine Arbeit zu sprechen.«

»Stimmt. Ich brauche nur noch einen Augenblick, um ...«

»Ich gehe schon«, sagte Mac. »Bin ohnehin spät dran. War nett, Sie noch einmal zu sehen, *Doktor* Maguire.«

Sie schlenderte hinaus, vorbei an der hübschen jungen Julie, und wandte sich zur Treppe. Sie war noch nicht halb unten, als Carter sie einholte.

»Warte.«

Sie blieb stehen und drehte sich um. Carter legte ihr die Hand auf den Arm. »Wenn ich dich nicht falsch verstanden habe, bedeutet das auch, dass es okay wäre, wenn ich dich anrufe?«

»Das kannst du gern tun. Du kannst dich auch nach der Schule mit mir treffen und mit mir was trinken gehen.«

»Weißt du, wo das Coffee Talk ist?«

»Ungefähr. Das finde ich.«

»Halb fünf?«

»Fünf würde ich schaffen.«

»Fünf. Super. Also ... bis dann.«

Mac ging weiter und sah sich unten an der Treppe noch einmal um. Carter stand immer noch mitten auf den Stufen, die Hände in den Hosentaschen. Seine Tweedjacke war ein klein wenig ausgebeult und sein Haar ein bisschen zerzaust.

Arme Julie, dachte Mac und setzte ihren Weg fort. Arme kleine Julie. Ich weiß genau, wie du dich fühlst.

»Du hast sie ins Coffee Talk bestellt? Sag mal, spinnst du?«

Carter runzelte die Stirn, während er Ordner und Bücher in seine Aktentasche packte. »Was ist so schlimm am Coffee Talk?«

»Es ist ein Stammlokal von Lehrern und Schülern.« Bob Tarkinson, gut aussehender Mathelehrer und selbst ernannter Experte in Herzensangelegenheiten, schüttelte mitleidig den Kopf. »Du willst dir eine Frau angeln, also gehst du mit ihr was trinken. Aber in ein schönes Café, Carter. In eine Kneipe mit nettem, intimem Ambiente.«

»Es geht nicht bei jedem Treffen mit einer Frau darum, mit ihr in die Kiste zu gehen.«

»Aber bei jedem zweiten.«

»Du bist verheiratet«, erinnerte Carter ihn. »Und bei euch ist ein Baby unterwegs.«

»Genau deshalb weiß ich ja, was ich weiß.« Bob lehnte sich mit der Hüfte an Carters Schreibtisch und setzte seine oberschlaue Miene auf. »Denkst du, ich hätte eine Frau wie Amy dazu gebracht, mich zu heiraten, indem ich sie zu einer Tasse Kaffee eingeladen habe? Wahrhaftig nicht. Weißt du, was bei Amy und mir das Blatt gewendet hat?«

»Ja, Bob.« Weil du es mir schon tausendmal erzählt hast. »Bei eurem zweiten Date hast du für sie gekocht, und sie ist dir wegen deiner Hähnchenschnitzel verfallen.«

Immer noch besserwisserisch wackelte Bob mit dem erhobenen Zeigefinger. »Mit einem Milchkaffee kriegst du keine rum, Carter. Glaub mir.«

»Sie kennt mich überhaupt nicht, jedenfalls nicht richtig. Es geht also gar nicht darum, sie rumzukriegen. Und du machst mich nervös.«

»Das warst du vorher schon. Okay, du hast dich auf Kaffee festgelegt, also schau einfach, wie es läuft. Wenn du weiterhin Interesse an der Dame hast, ruf sie morgen wieder an. Nächste Verabredung spätestens am folgenden Tag. Zum Abendessen.«

»Ich kann aber keine Hähnchenschnitzel machen.«

»Du kannst *gar* nicht kochen, Maguire. Im Übrigen ist dieses Kaffeetrinken offiziell noch kein erstes Date. Geh mit ihr aus. Wenn du so weit bist, den Sack zuzumachen, kann ich dir ein Rezept verraten. Irgendwas ganz Einfaches.«

»Mein Gott.« Carter rieb sich die Stelle zwischen den Augenbrauen, wo sich die Anspannung festsetzte. »Genau deshalb vermeide ich solche Verabredungen. Es ist die Hölle.«

»Du hast Verabredungen vermieden, weil Corrine dein Selbstvertrauen ruiniert hat. Es ist gut, dass du wieder aufs Pferd steigst, und zwar mit jemandem, der nichts mit der Schule zu tun hat.« Aufmunternd schlug Bob Carter auf die Schulter. »Was hast du noch gesagt, was sie beruflich macht?«

»Sie ist Fotografin. Zusammen mit drei Freundinnen betreibt sie eine Hochzeitsagentur. Sie richten Sherrys Hochzeit aus. Wir, also Mackensie und ich, sind auch ungefähr fünf Minuten lang gemeinsam auf die Highschool gegangen.«

»Moment, Moment. Mackensie? Die Rothaarige, in die du auf der Highschool so verknallt warst?«

Geschlagen rieb Carter sich erneut die Stelle zwischen den Augenbrauen. »Ich hätte dir gar nichts davon erzählen sollen. Deshalb gehe ich auch so selten einen trinken.«

»Aber Cart, das ist doch wie Kismet.« Bob klang ganz aufgeregt. »Es ist die Rückkehr des Strebers. Deine große Chance, eine verpasste Gelegenheit nachzuholen.«

»Wir gehen bloß einen Kaffee trinken«, murmelte Carter.

Aufgeregt sprang Bob auf und nahm sich ein Stück Kreide, mit dem er einen Kreis an die Tafel zeichnete. »Ganz klar, ein Kreis. Du hast einen vollzogen, und das bedeutet, du bringst Punkt A und Punkt B« – er malte zwei Punkte in den Kreis und verband sie durch eine horizontale Linie – »an Punkt C zusammen.« Er setzte einen weiteren Punkt oben an den Kreis und verband ihn durch zwei diagonale Linien mit den anderen beiden Punkten. »Siehst du?«

»Ja. Ich sehe ein Dreieck in einem Kreis. Ich muss los.«

»Es ist das Dreieck des Schicksals im Kreis des Lebens!«

Carter hievte seine Aktentasche hoch. »Geh nach Hause, Bob.«

»Gegen die Mathematik kannst du nicht argumentieren, Carter. Du wirst immer verlieren.«

Carter ergriff die Flucht. Während er durch die größtenteils leere Schule eilte, hallten seine Schritte hinter ihm wie ein Echo.

5

Sie war spät dran. Vielleicht kam sie überhaupt nicht. Es konnte alles Mögliche dazwischengekommen sein, dachte Carter. Wenn bei ihm auch nur ein paar Gehirnzellen in Betrieb gewesen wären, hätte er ihr seine Handynummer gegeben, damit sie ihn anrufen und absagen konnte.

Jetzt konnte er bloß hier herumsitzen und warten.

Wie lange noch?, fragte er sich. Die Viertelstunde, die er bereits gewartet hatte, war nicht lange genug. Eine halbe Stunde? Eine Stunde? War er ein jämmerlicher Versager, wenn er eine Stunde allein dasaß und wartete?

Wahrscheinlich ja.

Dämlich, dachte er und tat so, als würde er einen Schluck grünen Tee trinken. Er hatte vorher schon Verabredungen gehabt – jede Menge. Fast ein Jahr lang hatte er eine ernsthafte, feste Beziehung mit einer Frau gehabt. Du liebe Zeit, er hatte sogar mit ihr zusammengelebt.

Bis sie ihn fallengelassen hatte und bei einem anderen eingezogen war.

Aber das gehörte nicht zum Thema.

Es war nur ein Treffen auf einen *Kaffee*. Oder, in seinem Fall, einen Tee. Und er steigerte sich in etwas hinein wegen einer flüchtigen … *Begegnung* – ein besseres Wort fiel ihm nicht ein. Wie ein dummes Schulmädchen vor einer Verabredung zum Schulball.

Er tat erneut so, als würde er in seinem Buch lesen, während er so tat, als würde er Tee trinken. Und er zwang sich dazu, nicht auf die Tür des Cafés zu starren wie eine ausgehungerte Katze auf ein Mauseloch.

Er hatte vergessen – oder es fiel ihm schon lange nicht mehr auf –, wie laut es in dem Lokal war. Hatte auch vergessen, wie viele von seinen Schülern hierherkamen. Bob hatte Recht gehabt: Es war keine gute Wahl.

Auf Hockern in bunten Nischen saßen Typen aus der Oberschicht von der Winterfield Academy oder der örtlichen Highschool, dazu Leute in den Zwanzigern und ein paar vereinzelte Lehrer.

Die Lampen waren zu grell, die Stimmen zu laut.

»Tut mir leid, dass ich zu spät bin. Das Shooting hat länger gedauert.«

Carter blinzelte verwirrt, als Mac auf den Stuhl ihm gegenüber rutschte. »Was?«

»Du musst aber wirklich in dein Buch vertieft gewesen sein.« Sie legte den Kopf schräg, um den Titel zu lesen. »Lawrence Block? Krimi? Solltest du nicht Hemingway lesen oder Trollope?«

»Populärliteratur ist ein blühender Teil der Literatur. Deshalb ist sie ja so populär. Zum reinen Vergnügen zu lesen ist ... jetzt halte ich dir schon wieder einen Vortrag. Verzeihung.«

»Die Lehrerrolle steht dir.«

»Das ist wohl auch gut so, jedenfalls im Unterricht. Mir war nicht klar, dass du noch arbeiten musstest, als du vorhin vorbeikamst. Wir hätten uns auch später treffen können.«

»Nur ein paar Kundenbesprechungen und ein Shooting. Ich habe eine Braut, die aus irgendeinem Grunde jeden Augenblick ihrer Planung durch Fotos dokumentiert haben möchte. Mir soll's recht sein, schließlich bedeutet es Geld auf dem Konto. Also habe ich ihre Anprobe dokumentiert – die des Brautkleids –, und die ganze Zeit saß ihre Mutter heulend dabei. Dadurch hat es ein bisschen länger gedauert als geplant.«

Mac zog ihre Mütze vom Kopf und fuhr sich mit den Fingern durchs Haar, während sie sich in dem Café umsah. »Hier war ich noch nie. Gute Energie.« Sie ließ für das Mädchen, das kam, um ihre Bestellung aufzunehmen, ein Lächeln aufblitzen.

»Ich bin Dee. Was kann ich Ihnen bringen?«

»Ich glaube, ich lasse es mir mal gutgehen. Wie wäre es mit einem großen Latte macchiato, doppelt, mit einem Hauch Vanille.«

»Kommt sofort. Noch einen grünen Tee für Sie, Mr Maguire?«

»Nein, ich habe noch genug, Dee. Danke.«

»Bist du kein Fan von ausgefallenen Kaffeespezialitäten?«, fragte Mac, nachdem Dee gegangen war.

»Nicht so spät am Tag. Aber er ist gut hier – der Kaffee. Normalerweise komme ich morgens vor der Arbeit her und trinke einen Cappuccino. Sie verkaufen auch Bohnen. Wenn dir also der Kaffee schmeckt … Ich muss was loswerden. Ich kann sonst nicht denken. Und wenn ich nicht denken kann, schläfst du bei meinem dummen Geschwafel ein, trotz deines starken Kaffees.«

»Okay.« Mac stützte den Kopf auf die Faust. »Dann mal raus damit, was immer es auch ist.«

»Auf der Highschool war ich in dich verknallt.«

Macs Augenbrauen schossen nach oben, und sie setzte sich auf. »In mich? Ernst?«

»Ja, hm, schon, jedenfalls für mich. Und es ist oberpeinlich, ungefähr zwölf Jahre später davon anzufangen, aber es beschönigt, was neulich passiert ist. Zumindest von meiner Seite aus.«

»Aber … ich kann mich kaum erinnern, dass du überhaupt jemals mit mir gesprochen hast.«

»Habe ich auch nicht. Ich konnte nicht. Damals war ich wahnsinnig schüchtern, vor allem im Umgang mit anderen. Und besonders mit Mädchen. Also mit Mädchen, die mir gefielen. Und du warst so …«

»Großer Latte, doppelt mit Vanille.« Dee stellte das riesige Glas auf den Tisch, dazu eine Untertasse mit winzigen, halbmondförmigen Biscotti. »Guten Appetit.«

»Weiter, weiter«, drängte Mac. »Ich war so was?«

»Oh … Das Haar, die Grübchen … Einfach alles.«

Mac nahm sich einen Keks und lehnte sich zurück, um Carter prüfend zu betrachten, während sie an dem Gebäck knabberte. »Aber, Carter, auf der Highschool sah ich aus wie eine Bohnenstange, der Karotten aus dem Kopf wachsen. Ich habe Bilder, die das beweisen.«

»Nicht in meinen Augen. Du warst klug, lebhaft, selbstbewusst.« Und bist es immer noch, dachte Carter. Sieh dich doch an. »Ich komme mir total dämlich vor, weil ich dir das jetzt sage. Aber ich stolpere immer wieder darüber, und ich bin schon unbeholfen genug, auch wenn ich mir nicht noch selbst Steine in den Weg lege. So. Jetzt ist es raus.«

»Und der Kuss neulich – war der dann noch die Folge von dieser alten Schwärmerei?«

»Ich muss wohl sagen, dass die Vergangenheit dabei eine Rolle gespielt hat. Es war alles so unwirklich.«

Mac beugte sich wieder vor, um zu ihrem Kaffee zu greifen. »Aber wir sind beide nicht mehr dieselben wie damals auf der Highschool.«

»O Gott, das will ich hoffen. Damals war ich total durch den Wind.«

»Wer war das nicht? Weißt du, Carter, die meisten Typen hätten diese Schuljungenschwärmerei als Masche für die Anmache benutzt, oder sie hätten darüber geschwiegen. Die Geschichte interessiert mich, *du* interessierst mich, weil du keins von beidem getan hast. Bist du immer so offen, wenn du mit jemandem einen Kaffee trinken gehst?«

»Keine Ahnung. Du bist die Einzige, in die ich jemals verknallt war.«

»Ach du liebe Zeit.«

»Das war dämlich.« Nervös raufte Carter sich die Haare. »Jetzt habe ich dich verschreckt. Das Ganze klang unheimlich und wie besessen, als hätte ich irgendwo einen Altar mit lauter Fotos von dir, wo ich Kerzen anzünde und deinen Namen wie ein Mantra singe. Himmel, das hört sich ja noch unheimlicher an. Lauf schnell weg. Ich würde es dir nicht übelnehmen.«

Mac musste so lachen, dass sie vorsichtshalber ihren Kaffee abstellte, um ihn nicht zu verschütten. »Ich bleibe, wenn du schwörst, dass du keinen Altar hast.«

»Ich schwöre.« Carter legte seine gekreuzten Finger aufs Herz. »Aber wenn du bleibst, weil du Mitleid mit mir hast oder weil dir der Kaffee schmeckt, ist das auch in Ordnung.«

»Der Kaffee ist wirklich gut.« Mac trank noch einen Schluck. »Es ist kein Mitleid, aber ich weiß nicht genau, was es sonst ist. Du bist ein interessanter Mann, und du hast mir geholfen, als ich Hilfe brauchte. Du kannst echt gut küssen. Warum sollten wir nicht miteinander Kaffee trinken? Da wir es schon tun, erzähl mir, wie jemand, der so schüchtern war, dazu kommt, Lehrer zu werden.«

»Ich musste meine Scheu überwinden. Ich *wollte* unterrichten.«

»Schon immer?«

»So gut wie. Davor wollte ich allerdings ein Superheld werden. Vielleicht auch einer der X-men.«

»Ein Supermutanten-Lehrer. Du hättest der Educator werden können.«

Carter grinste. »Jetzt hast du meine geheime Identität gelüftet.«

»Und wie ist aus dem Shy Guy, dem Hasenfuß, der mächtige Educator geworden?«

»Durch Fleiß und Praxis. Und ein paar Übungen. Auf dem College habe ich einen Rhetorikkurs belegt, bei dem mir am Anfang der Angstschweiß ausgebrochen ist. Aber es hat geholfen. Dann habe ich übergangsweise in einigen Seminaren als Teaching Assistant, eine Art Hilfslehrer oder Tutor, gearbeitet. Zum Beispiel in einem von Delaneys Seminaren in unserem zweiten Studienjahr. Äh …«

Carter drehte seine Tasse im Kreis herum. »Falls einmal die Sprache darauf kommt: Ich habe ihn – gelegentlich – nach dir gefragt. Nach euch allen, nicht nur nach dir persönlich. ›Das Quartett‹ hat er euch genannt.«

»Das tut er manchmal heute noch. Er ist jetzt unser Anwalt. Geschäftlich.«

»Ich habe gehört, er soll gut sein.«

»Stimmt. Del hat alles für uns aufgesetzt, den ganzen rechtlichen Kram. Nach dem Tod der Eltern haben Parker und Del das Anwesen geerbt. Del wollte aber nicht dort leben, weil er schon eine eigene Wohnung hatte. Und als Haus hätte Parker es nicht halten können. Ich meine, als Wohnhaus, als Zuhause. Selbst wenn sie es gekonnt hätte, glaube ich nicht, dass sie es ausgehalten hätte, allein dort zu leben. Das große Haus, die Erinnerungen.«

»Nein, das wäre schwierig gewesen und einsam. Mit euch zusammen ist es was anderes. Zusammen leben und arbeiten.«

»Das hat alles verändert, für jede von uns. Parker hatte schon die Idee, einen Catering-Service zu betreiben, und wir haben alle von nichts anderem mehr geredet. Dann hat sie Del gefragt, ob sie das Anwesen dazu benutzen darf. Er hat ganz toll reagiert. Immerhin ist es auch sein Erbe; er hat also ganz schön viel für uns riskiert.«

»Sieht so aus, als hätte er sich richtig entschieden. Wenn es stimmt, was meine Mutter und Sherry sagen, ist es *die* Location für Hochzeiten in Greenwich.«

»Bis dahin war es ein weiter Weg. Im ersten Jahr stand das Ganze auf der Kippe. Das war schon beängstigend, weil wir alle unsere Ersparnisse hineingesteckt hatten – und was wir sonst noch zusammenbetteln, leihen oder stehlen konnten. So eine Geschäftsgründung ist teuer – Konzessionen, Inventar, Gerätschaften. Dann die Kosten für den Umbau des Poolhauses in mein Domizil und des Gästehauses in Emmas Bereich. Die Entwürfe hat Jack uns gratis gemacht. Jack Cooke, kennst du ihn? Er und Del haben sich auf dem College kennengelernt.«

»Ja, flüchtig. Ich erinnere mich, dass die beiden gut befreundet waren.«

»Yale ist echt ein Dorf«, bemerkte Mac. »Jack ist Architekt. Er hat eine Menge Zeit in den Umbau gesteckt und uns Gott weiß wie hohe Kosten für Honorare und Fehlplanungen erspart. Im zweiten Jahr hatten wir auch noch keinen festen Boden unter den Füßen und mussten alle zusätzlich Nebenjobs annehmen, um über die Runden zu kommen. Aber im dritten Jahr haben wir dann die erste Klippe umschifft. Ich verstehe also, was es heißt, mit dem Angstschweiß auf der Stirn etwas durchzustehen, um zu erreichen, was man möchte.«

»Und warum Hochzeitsfotografie? Was reizt dich gerade daran? Ich habe nicht den Eindruck, dass du das nur machst, weil für die Agentur eben eine Fotografin gebraucht wurde.«

»Nein, nicht nur. Nicht einmal in erster Linie, glaube ich. Ich fotografiere gern Menschen. Die Gesichter, die Körper, die Mienen, die Dynamik zwischen ihnen. Vor der Gründung von Vows habe ich in einem Fotostudio gearbeitet. Weißt du, in so einem, wo die Leute hingehen, um ihre Kinder fotografieren zu lassen, oder für Werbeaufnahmen. Das hat Geld reingebracht, aber ...«

»Es war unbefriedigend.«

»Allerdings. Ich fotografiere gern Menschen in ganz besonderen Momenten. Ich nenne es den entscheidenden Augenblick. Das ist der Kracher, das Sahnehäubchen. Aber es gibt auch viele andere Augenblicke. Hochzeiten, das Ritual, und wie die Beteiligten es drehen und wenden, damit es zu ihnen passt – das sind auch große Momente.«

Lächelnd nahm sie ihr Glas in beide Hände. »Drama, Pathos, Theater, Kummer, Freude, Romantik, Leidenschaft, Humor. All das steckt darin. Und all das kann ich den Leuten durch meine Fotos geben. Ihnen eine Reise durch diesen Tag bieten – und wenn ich Glück habe, den einen entscheidenden Moment, der den Tag zu etwas ganz Besonderem macht und ihn vom Alltäglichen abhebt. Das war jetzt die lange Fassung des Satzes, dass ich meine Arbeit einfach mag.«

»Ich verstehe, auch das, was du mit dem Moment meinst.

Das Befriedigende daran. Es ist so, wie wenn ich sehe, dass auch nur ein Schüler aufmerksam wird und aufnimmt, was ich zu vermitteln versuche. Das wiegt all die Stunden, die sich wie bloße Routine anfühlen, auf.«

»Wahrscheinlich habe ich meinen Lehrern nicht viele solcher Momente gegönnt. Ich wollte das Ganze nur hinter mich bringen und da rauskommen, damit ich machen konnte, was ich wollte. Als kreative Wesen habe ich die Lehrer nie angesehen. Ich war eine miese Schülerin.«

»Du warst clever. Womit wir wieder bei meiner Teenager-Schwärmerei für dich wären. Aber ich sage einfach mal, mir fiel auf, dass du clever warst.«

»Wir hatten überhaupt keinen Unterricht zusammen. Du warst ein paar Klassen über mir, oder? Oh, warte! Ich hatte dich mal als Referendar in Englisch, stimmt's?«

»Bei Mr Lowen in der fünften Stunde, amerikanische Literatur. Aber bitte vergiss, was ich gesagt habe.«

»Keine Chance. So, nicht dass du denkst, ich ergreife die Flucht, aber ich habe noch ein Shooting. Und zwar das Verlobungsporträt deiner Schwester.«

»Ich wusste gar nicht, dass du so schnell dazu kommst.«

»Ihr Arzt hat heute Abend frei, deshalb haben wir den Termin eingeschoben. Aber ich muss los, damit ich ein Gespür für ihre Wohnung bekomme und dafür, wie die beiden miteinander umgehen.«

»Ich bringe dich zum Auto.« Carter zog ein paar Geldscheine hervor und schob sie halb unter seine Untertasse.

Bevor Mac in ihre Jacke schlüpfen konnte, hatte Carter sie schon genommen, um ihr hineinzuhelfen. Anschließend hielt er ihr die Tür auf und trat mit ihr in die Kälte hinaus, die einem den Atem nahm.

»Ich stehe anderthalb Häuserblocks weiter«, erklärte

Mac. »Du musst mich nicht bis zum Wagen begleiten. Es ist eiskalt hier draußen.«

»Das ist nicht schlimm. Ich bin ohnehin von zu Hause aus zu Fuß gegangen.«

»Zu Fuß?«

»Ich wohne nicht weit weg, also bin ich gelaufen.«

»Stimmt – du läufst ja gern. Wenn wir schon dabei sind«, sagte Mac, während sie an Cafés und Restaurants vorbeigingen, »möchte ich nochmal auf etwas zurückkommen, das während unserer Unterhaltung vorhin untergegangen ist. Dr. Maguire? Du hast deinen Doktor gemacht?«

»Letztes Jahr, endlich.«

»*Endlich?*«

»Immerhin hat sich mein Leben ungefähr zehn Jahre lang darum gedreht, deshalb passt ›endlich‹ für mich durchaus. Ich habe schon im Grundstudium angefangen, über meine Doktorarbeit nachzudenken.« Was ihn vermutlich zum größten Streber von ganz Streberhausen machte, dachte er. »Hast du Lust, dich noch einmal mit mir zu treffen? Ich weiß, die Frage kommt jetzt etwas unvermittelt, aber sie spukt mir die ganze Zeit im Kopf herum. Wenn die Antwort also Nein lautet, wüsste ich lieber Bescheid.«

Mac gab keine Antwort, bis sie bei ihrem Wagen angekommen waren, und sah Carter prüfend an, während sie ihre Autoschlüssel hervorkramte. »Ich wette, du hast einen Stift und etwas zum Draufschreiben dabei. Und ich wette, du hast es gleich parat.«

Carter griff in die Innentasche seines Tweedjacketts und zog ein kleines Notizbuch und einen Stift heraus.

Mit einem Nicken nahm Mac beides entgegen und schlug eine leere Seite in dem Büchlein auf. »Ich gebe dir lieber meine Privatnummer, nicht die geschäftliche. Ruf mich doch an.«

»Kann ich machen. In einer Stunde ist es wahrscheinlich noch zu früh, oder?«

Lachend drückte Mac ihm Notizbuch und Stift wieder in die Hand. »Du schmeichelst meinem Ego, Carter.«

Sie wollte sich umdrehen und die Wagentür öffnen, doch wieder war Carter schneller. Gerührt und amüsiert stieg sie ein und ließ ihn die Tür hinter ihr zuschlagen. Dann drehte sie das Fenster herunter. »Danke für den Kaffee.«

»Gern geschehen.«

»Sieh zu, dass du aus der Kälte rauskommst, Carter.«

Er schaute ihrem Wagen nach, bis die Rücklichter verschwanden. Dann ging er den Weg zurück bis zum Café und noch drei eisige Häuserblocks weiter, bis nach Hause.

Die kurze Flaute, die im Januar im Geschäft einkehrte, ließ Mac viel Zeit zur freien Verfügung. Sie wusste, sie konnte sie nutzen, um ihre Unterlagen zu sortieren und ihre verschiedenen Internetseiten auf den neusten Stand zu bringen. Um die schon peinliche Unordnung in ihrem Wandschrank zu beseitigen oder liegengebliebene Post zu erledigen. Sie konnte auch ein gutes Buch lesen oder sich vor den Fernseher pflanzen und DVDs und Popcorn reinziehen.

Doch sie kam nicht zur Ruhe, und so plumpste sie schließlich auf das kleine Zweiersofa in Parkers Büro.

»Ich arbeite«, sagte Parker, ohne aufzusehen.

»Informiert sofort die Presse – Parker arbeitet!«

Parker tippte weiter auf ihrer Tastatur. »Nach dieser kurzen Pause sind wir monatelang durchgehend ausgebucht. Monatelang, Mac. Das wird unser bestes Jahr. Trotzdem haben wir im August noch zwei Wochen mit gähnender Leere. Ich habe an ein Sommerschlussangebot gedacht, irgendetwas, das sich gut für kleinere Hochzeiten eignet.

Sachen, die man rasch zusammenstellen kann. Das könnten wir bei unserem Tag der offenen Tür im März anpreisen, wenn es nicht vorher gebucht wird.«

»Lass uns alle zusammen ausgehen.«

»Hm?«

»Lass uns ausgehen. Wir vier. Emma hat vermutlich ein Date, aber wir überreden sie, es platzenzulassen und irgendeinem armen Kerl das Herz zu brechen, den eh keiner von uns kennt. Das wird lustig.«

Parker hörte auf zu tippen und drehte ihren Stuhl ein Stückchen herum. »Wohin denn ausgehen?«

»Mir egal. Ins Kino, in einen Club. Trinken, tanzen, Männer aufreißen. Lass uns eine Limousine mieten, nach New York fahren und eine große Sause machen.«

»Du willst eine Limousine mieten und nach New York fahren, um was zu trinken, zu tanzen und Männer aufzureißen.«

»Okay, lassen wir das Männeraufreißen weg. Wir sollten nur einfach mal hier raus, Park. Uns einen Abend lang amüsieren.«

»Wir haben morgen zwei komplette Beratungen, dazu noch unsere individuellen Termine.«

»Na und?« Mac warf die Hände in die Luft. »Wir sind jung, wir sind unverwüstlich. Lass uns nach New York fahren, um Typen, die wir noch nie gesehen haben und die wir auch nie wiedersehen werden, auf die Nerven zu gehen und ihnen das Herz zu brechen.«

»Das klingt irgendwie verlockend. Aber warum? Was ist los mit dir?«

Mac erhob sich mit Schwung von dem kleinen Sofa und stolzierte durch den Raum. Es war ein hübsches Büro. Parkersche Perfektion, dachte sie. Sanfte, gedeckte Farben. Eleganz und Klasse verdeckten die beinahe brutale Arbeitsleistung.

»Ich denke an einen Typen, der an mich denkt. Und daran zu denken, wie er an mich denkt, bringt mich ganz durcheinander. Ich weiß nicht, ob ich an ihn denke, weil er an mich denkt, oder ob ich an ihn denke, weil er süß und lustig und umwerfend und sexy ist. Er trägt Tweed, Parker.«

Mac hielt inne und warf erneut die Hände in die Luft. »Opas tragen Tweed. Alte Männer in britischen Filmen tragen Tweed. Warum finde ich es sexy, dass er Tweed trägt? Die Frage lässt mich nicht los.«

»Carter Maguire.«

»Ja, ja, Carter Maguire. *Doktor* Carter Maguire – er ist ein typischer Professor. Er trinkt Tee und redet über Rosalinde.«

»Über welche Rosalinde?«

»Genau das habe ich auch gefragt.« Zufrieden darüber, dass es Parker ebenso erging wie ihr, wirbelte Mac herum. »Shakespeares Rosalinde.«

»Ach, *Wie es euch gefällt.*«

»Mist, ich hätte wissen müssen, dass du das weißt. *Du* solltest mit ihm ausgehen.«

»Warum sollte ich mit Carter ausgehen? Er hat keinerlei Interesse an mir gezeigt.«

»Weil du nach Yale gegangen bist. Und ich weiß selbst, dass das nicht passt, aber allein schon, dass ich es sage, spricht Bände. Ich will ausgehen und einen draufmachen. Ich *weigere* mich, herumzusitzen und darauf zu warten, dass er mich anruft. Weißt du, wann ich mich das letzte Mal so weit erniedrigt habe, dass ich auf den Anruf von einem Typen gewartet habe?«

»Lass mich überlegen ... Das dürfte noch nie vorgekommen sein.«

»Sehr richtig. So etwas mache ich nämlich nicht.«

»Und wie lange hast du in diesem Fall gewartet?«

Mac warf einen Blick auf ihre Armbanduhr. »Ungefähr achtzehn Stunden. Er war auf der Highschool in mich verknallt. Was für ein Typ Mann erzählt einem so was? Übergibt er mir damit die Macht? Jetzt habe ich die Macht, und das macht mir Angst. Lass uns nach New York fahren.«

Parker rutschte auf ihrem Stuhl vor und zurück. »Du meinst, nach New York zu fahren, was trinken zu gehen und fremden Männern das Herz zu brechen befreit dich aus deinem Dilemma?«

»Ja.«

»Gut, dann fahren wir nach New York.« Parker griff zum Telefon. »Geh und sammele Laurel und Emma ein. Ich regele die Details.«

»Juhu!« Mac vollführte ein Tänzchen, stürzte zu Parker hinüber, um ihr rasch einen lauten Schmatz aufzudrücken, und stürmte hinaus.

»Ja, ja«, murmelte Parker, während sie in Windeseile die Nummer der Autovermietung wählte. »Mal sehen, ob du mit deinem Kater morgen früh noch singst.«

Auf dem Rücksitz der langen schwarzen Limousine streckte Mac die Beine aus, die durch den kurzen schwarzen Rock noch betont wurden. Die hochhackigen Schuhe hatte sie schon zu Beginn der zweistündigen Fahrt nach Manhattan abgestreift. Sie trank einen Schluck aus ihrem zweiten Glas Champagner, den Parker mitgenommen hatte.

»Das ist klasse. Ich habe die besten Freundinnen der Welt.«

»Ja, das ist schon viel verlangt.« Laurel erhob ihr Glas. »In einer Limousine rumkutschieren, Schampus trinken und in einen der hipsten Clubs von New York fahren – dank Parkers Verbindungen. Was wir dir für Opfer bringen, Mackensie.«

»Em hat ein Date abgesagt.«

»Ich hatte kein Date«, berichtigte Emma. »Ich hatte ein Vielleicht-machen-wir-heute-Abend-was-zusammen.«

»Aber das hast du abgesagt.«

»Stimmt. Du stehst in meiner Schuld.«

»Und in Parkers, weil sie das alles möglich macht. Wie immer.« Mac prostete ihrer Freundin zu, die auf der anderen Seite saß und per Handy mit einer Kundin telefonierte.

Parker honorierte das Lob, indem sie ihren Freundinnen zuwinkte, während sie fortfuhr, Öl auf aufgewühltes Wasser zu gießen.

»Ich glaube, wir sind gleich da. Komm schon, Parker, leg *auf*«, raunte Mac wie eine Souffleuse. »Wir sind gleich da.«

»Atem, Make-up, Frisur«, verkündete Emma, während sie einen Taschenspiegel hervorzauberte.

Pfefferminzpastillen wurden herumgereicht, Lippenstift aufgefrischt. Vier Paar Füße schlüpften in vier Paar Schuhe.

Und endlich beendete Parker ihr Telefongespräch. »Mein Gott! Naomi Rights erste Brautjungfer hat gerade herausgefunden, dass ihr Freund – der Bruder und Trauzeuge des Bräutigams – eine Affäre mit seiner Geschäftspartnerin hatte. Die EBJ läuft natürlich Amok und weigert sich, ihren Dienst zu tun, wenn der untreue Mistkerl nicht von der Hochzeit ausgeschlossen wird. Die Braut ist außer sich, steht aber auf Seiten ihrer EBJ. Der Bräutigam ist angepisst, will seinen untreuen Mistkerl von Bruder am liebsten erwürgen, sieht sich aber nicht dazu in der Lage, seinen eigenen Bruder von seiner Hochzeit auszuschließen oder ihn als Trauzeugen zu ersetzen. Zwischen Braut und Bräutigam herrscht fast absolute Funkstille.«

»Die Right-Hochzeit.« Laurel kniff die Augen zusammen. »Die ist bald, oder?«

»Samstag in einer Woche. Nach aktuellem Stand einhundertachtundneunzig Gäste. Diese Hochzeit wird uns noch Kopfschmerzen bereiten. Ich habe die Braut beruhigt. Ja, es ist ihr gutes Recht, sich aufzuregen, es ist ihr gutes Recht, sich auf die Seite ihrer Freundin zu stellen. Aber sie soll doch bedenken, dass es bei der Hochzeit um sie und ihren Verlobten geht, und auch, in welcher schrecklichen Lage der Mann ist, den sie liebt, und das ohne eigene Schuld. Ich treffe mich morgen mit beiden, um die Wogen zu glätten.«

»Wenn der untreue Mistkerl und die betrogene EBJ beide an der Trauung oder gar an der gesamten Feier teilnehmen, wird es übel.«

»Ja.« Mit einem Seufzer stimmte Parker Macs Prophezeiung zu. »Aber wir kriegen das schon hin. Allerdings gibt es noch ein weiteres Problem. Besagte Geschäftspartnerin steht nämlich auf der Gästeliste – und der untreue Mistkerl sagt, dass er nicht kommt, wenn sie ausgeladen wird.«

»So ein Arschloch.« Laurel zuckte die Achseln. »Der Bräutigam muss sich seinen Bruder wohl mal ordentlich zur Brust nehmen.«

»Was ebenfalls auf meiner Liste von Vorschlägen für die morgige Besprechung steht. Allerdings etwas diplomatischer ausgedrückt.«

»Aber das Geschäftliche ist morgen dran. Keine geschäftlichen Telefonate während des therapeutischen Trinkens, Tanzens und Herzensbrechens.«

Parker gab Mac nicht ihr Wort auf diese Anweisung, doch

sie steckte ihr Handy zurück in die Handtasche. »Also dann, Mädels.« Sie warf ihr Haar zurück. »Zeigen wir mal, was wir haben.«

Sie rutschten aus der Limousine und zogen an der Schlange der Hoffnungsvollen vor dem Club vorbei. An der Tür nannte Parker ihren Namen, und binnen Sekunden waren sie in dem Musiktempel.

Mac peilte die Lage. Zwei Ebenen von Nischen, Tischen und Bänken ließen in der Mitte Raum für eine Tanzfläche. Zu beiden Seiten befand sich unter den bunten Lichtern, die herabregneten, eine Bar mit einer Theke aus Edelstahl.

Musik stampfte, Körper drehten sich zuckend im Kreis. Sofort hob sich Macs Stimmung um etliche Grade.

»Ich liebe es, wenn ein Plan funktioniert.«

Zuerst machten sie Jagd auf einen freien Tisch, und Mac betrachtete es als gutes Omen, als sie eine kleine Bank ergatterten, auf die sie sich zusammen zwängen konnten.

»Beobachtet die Gattung«, sagte Mac. »Das ist mein oberster Grundsatz. Beobachtet das Federkleid und die Rituale, bevor ihr versucht, warm zu werden.«

»Unfug. Ich hole uns was zu trinken. Bleiben wir bei Champagner?«, wollte Emma wissen.

»Hol eine Flasche«, entschied Parker. Laurel verdrehte die Augen, als Emma sich aus der Bank schlängelte und auf die nächstgelegene Bar zusteuerte. »Du weißt genau, dass sie ein Dutzend Mal angemacht wird, bevor sie auch nur etwas bestellt, und dass sie sich verpflichtet fühlt, sich ausgiebig mit den Jungs zu unterhalten, die scharf auf sie sind. Bis sie zurückkommt, sind wir alle verdurstet. Parker, du solltest gehen, und zieh dein unsichtbares Finger-weg-Cape an, bis wir alle versorgt sind.«

»Lass ihr erst ein bisschen Zeit. Wie steht's mit deiner Angst, Mac?«

»Wird weniger. Den unbestreitbar schnuckeligen Dr. Maguire kann ich mir an einem Ort wie diesem nicht einmal vorstellen, ihr etwa? Bei einer Dichterlesung, klar, aber nicht hier.«

»Na hör mal, das sind reine Vermutungen und Schlussfolgerungen auf Grund seines Berufs. Es ist, als würdest du sagen, ich bin Bäcker, also muss ich aussehen wie das Knusprig-und-Frisch-Männchen bei den Simpsons.«

»Ja, ja, ich weiß, aber es hilft mir. Ich will nichts mit ihm anfangen.«

»Weil er einen Doktortitel hat?«

»Ja, und tolle Augen. Die haben ein ganz weiches Blau und sehen total sexy aus, wenn er seine Brille trägt. Dann ist da noch der unerwartete Kussfaktor, der mich glatt vergessen lassen könnte, dass wir nicht zueinander passen. Außerdem könnte alles, was über eine sehr lose Freundschaft hinausgeht, mit ihm nur eine *ernsthafte* Beziehung sein. Wie würde ich denn damit umgehen? Und er hat mir in den Mantel geholfen, schon zweimal.«

»Großer Gott!« Parkers Augen weiteten sich vor Entsetzen. »Du musst das Ganze im Keim ersticken, schnell und endgültig. Jetzt begreife ich das alles erst. Jeder Mann, der so etwas tun würde, ist … Mir fehlen die Worte.«

»Ach, halt den Mund. Ich will tanzen. Laurel tanzt jetzt mit mir, Parker hängt sich derweil ihr Finger-weg-Cape um und rettet unseren Champagner – und rettet Emma vor ihrer Anziehungskraft.«

»Offenbar ist es jetzt Zeit, dass wir uns akklimatisieren«, sagte Laurel, als Mac sie hochzog und zur Tanzfläche zerrte.

Sie tanzte – mit ihren Freundinnen, mit Männern, die sie aufforderten oder die sie aufforderte. Sie trank noch mehr Champagner. In der silbernen und roten Damentoilette massierte sie sich die wunden Füße, während Emma sich dem Heer der Frauen vor dem Spiegel anschloss.

»Wie viele Telefonnummern hast du schon gesammelt?«

Emma trug sorgfältig frisches Lipgloss auf. »Hab sie nicht gezählt.«

»Ungefähr?«

»So zehn, schätze ich.«

»Und wie willst du sie später auseinanderhalten?«

»Das ist eine Begabung.« Emma warf ihr einen Blick zu. »Du hast auch einen am Haken, habe ich gesehen. Den Typen im grauen Hemd. Er tanzt ziemlich gut.«

»Mitch. Gewandter Tänzer, super Lächeln. Scheint mir kein Arschloch zu sein.«

»Na bitte.«

»Ich sollte seinetwegen Schmetterlinge im Bauch spüren«, überlegte Mac. »Aber da sind keine. Vielleicht sind meine Schmetterlinge entflogen. Das wäre echt unfair.«

»Vielleicht kommen wegen Mitch keine, weil du schon wegen Carter welche spürst.«

»Du kriegst doch auch wegen mehr als einem Typen Schmetterlinge im Bauch.«

»Ja, ja, schon. Aber ich bin ich, und du bist du. Ich denke mir, die Männer sind dazu da, mich Schmetterlinge im Bauch spüren zu lassen, und wenn ich das Gleiche für sie tun kann, sind alle zufrieden. Du nimmst das alles viel ernster.«

»Ich nehme es nicht ernst. Du bist gemein. Ich gehe jetzt da raus und tanze nochmal mit Mitch, ganz offen für die Schmetterlinge. Und dann nimmst du das zurück, Emmaline. Und zwar vollständig.«

Es funktionierte nicht. Dabei hätte es funktionieren müssen, dachte Mac, als sie sich nach einem weiteren Tanz mit Mitch an der Bar niederließ. Der Mann sah super aus, hatte Humor, war gut gebaut und hatte einen interessanten Job als Reisejournalist, ohne sie jedoch mit unzähligen Geschichten von seinen Abenteuern zu Tode zu langweilen.

Er wurde auch weder sauer noch zudringlich, als sie seinen Vorschlag ablehnte, ein ruhigeres Eckchen zu suchen. Am Ende tauschten sie ihre Geschäftsnummern aus und gingen ihrer Wege.

»Vergesst die Männer.« Um zwei Uhr morgens krabbelte Mac zurück in die Limousine und streckte alle viere von sich. »Ich bin hergekommen, um mich mit meinen besten Freundinnen zu amüsieren, und das habe ich auch getan. Junge, haben wir hier drin irgendwo etwas Wasser?«

Laurel reichte ihr eine Flasche; dann stöhnte sie auf. »Mein Füße. Meine Füße wimmern wie die Stimmen der Verdammten.«

»Ich hatte viel Spaß.« Emma rutschte auf die Sitzbank an der Seite der Limousine und schob die Hände als Kissen unter den Kopf. »Wir sollten das jeden Monat einmal machen.«

Parker gähnte, klopfte dabei aber auf ihre Handtasche. »Ich habe zwei neue Kontakte für Lieferanten und einen potenziellen Kunden.«

Und so, dachte Mac, während die Limousine gen Norden rollte, definiert sich jede von uns selbst. Sie schleuderte die schmerzhaft drückenden Schuhe von den Zehen, schloss die Augen und verschlief den Rest der Heimfahrt.

6

Am nächsten Morgen schien die Sonne ein bisschen greller als nötig, fand Mac. Abgesehen davon war jedoch alles in Ordnung.

Siehst du, sagte sie sich. Jung und unverwüstlich.

Im Schlafanzug aß sie einen Minikuchen zu ihrem Kaffee und sah zu, wie die Vögel um das Vogelhäuschen herumflatterten und darauf landeten. Frau Kardinal frühstückte heute Morgen auch hier, bemerkte sie. Zusammen mit ihrem Herrn Gemahl mit dem leuchtenden Federkleid und ein paar unbekannten Nachbarn.

Sie bräuchte ihr Zoomobjektiv, um sie genauer betrachten und identifizieren zu können. Vermutlich auch irgendein Buch oder einen Naturführer, denn das Äußere allein würde ihr nichts sagen, es sei denn, es handelte sich um ein Rotkehlchen oder einen Blauhäher.

Sie riss sich zusammen und trat vom Fenster weg. Was zum Teufel interessierte sie das? Es waren doch bloß Vögel. Sie würde keinen Abstecher in die Naturfotografie oder die Vogelfotografie machen.

Verärgert über sich selbst ging sie in ihr Studio hinüber, um in ihren Terminkalender zu schauen und ihre Nachrichten abzurufen. Am Nachmittag hatte sie einen Termin mit einer früheren Braut von Vows, die nun Mutter wurde. Schwangerschaftsbilder. Das würde Spaß machen, dachte

Mac. Außerdem schmeichelte es ihrem Ego, wenn ihre Hochzeitsfotos so gut angekommen waren, dass die zukünftige Mama nun erneut sie beauftragte.

Der übrige Vormittag verblieb ihr dafür, bereits in Auftrag gegebene Arbeiten fertigzustellen, an der Besprechung im Haupthaus teilzunehmen und sich das Hochzeitsporträt der Kundin noch einmal anzusehen, um Ideen für die »Baby unterwegs«-Bilder zu sammeln.

Blieb noch etwa eine Stunde für die Arbeit an der Internetseite – entweder vor oder nach dem Shooting –, und damit war es ein guter Tag.

Sie beugte sich zum Anrufbeantworter ihres Geschäftstelefons und drückte auf »Nachrichten abspielen«. Wenn nötig, rief sie zurück, gratulierte sich dazu, was für ein braves Mädchen sie war, und kontrollierte dann ihre Privatnummer.

Drei neue Nachrichten, und sie spürte die Schmetterlinge.

»Verdammt«, fluchte sie unterdrückt, als Carters Stimme sie direkt in den Bauch traf.

»Äh, hallo. Hier ist Carter. Ich wollte fragen, ob du Lust hast, mit mir Abend essen zu gehen oder vielleicht ins Kino. Vielleicht magst du auch lieber Theaterstücke als Kinofilme. Ich hätte nachsehen sollen, was läuft, bevor ich anrufe. Hab nicht daran gedacht. Oder wir könnten auch einfach nochmal Kaffee trinken, wenn du willst. Oder … ich kann mich bei so was nicht gut ausdrücken. Auf Anrufbeantworter sprechen kann ich auch nicht. Aber warum sollte dich das interessieren? Wenn du zu irgendeinem meiner Vorschläge Lust hast, ruf mich doch an. Äh. Wiederhören.«

»Verdammt, Carter Maguire, du bist einfach unverschämt süß. Du müsstest mir auf die Nerven gehen – aber warum bin ich nicht genervt? O Gott, ich rufe dich zurück.

Ich weiß, dass ich zurückrufen werde. Ich sitze in der Patsche.«

Nach ihren Überlegungen standen die Chancen gut, dass er schon zur Arbeit gegangen war. Es war ihr lieber, gleichfalls auf seinen Anrufbeantworter zu sprechen.

Als dieser ansprang, entspannte sie sich. Im Gegensatz zu Carter konnte sie gut auf einen AB sprechen. »Carter, hier ist Mac. Es könnte mir gefallen, zum Essen auszugehen oder ins Kino, vielleicht auch ins Theater. Gegen Kaffee habe ich ebenfalls nichts. Wie wär's mit Freitag, dann ist am nächsten Tag keine Schule? Such dir aus, was wir machen, und sag mir Bescheid. Ende, du bist wieder dran.«

Siehst du, es muss doch nichts Ernsthaftes sein, sagte sie sich. Ich kann den Ton angeben. Ich amüsiere mich einfach nur ein bisschen mit einem total netten Kerl.

Zufrieden beschloss sie, sich zu verwöhnen, indem sie während der ersten Stunde ihres Tages im Pyjama arbeitete. Gut im Zeitplan liegend, zog sie sich später an, ging zur Besprechung im Haupthaus und hatte, als sie in ihr Domizil zurückflitzte, vor dem anschließenden Shooting noch etwas freie Zeit.

Das Licht ihres AB blinkte ihr entgegen.

»Äh, hier ist nochmal Carter. Nerve ich dich? Ich hoffe nicht. In meiner Mittagspause habe ich zu Hause zufällig meine Nachrichten abgehört. Oder vielmehr, ich habe sie extra abgehört, für den Fall, dass du zurückrufen würdest. Was du ja auch getan hast. Leider muss ich am Freitagabend zu einem Essen mit dem Kollegium. Ich würde dich ja dazu einladen, aber wenn du die Einladung annähmst und mitkämst, würdest du danach nie wieder mit mir ausgehen. Das möchte ich lieber nicht riskieren. Falls es dir an einem anderen Abend passt, auch wenn am nächsten Tag, ha ha, Schule ist, würde ich dich sehr gern ausführen. Wenn es dir recht ist, könnten wir essen gehen und ins Kino. Ist das zu viel? Wahrscheinlich ist es zu viel. Ich bringe mich selbst ganz durcheinander. Ich wollte noch sagen, auch wenn du es nicht für möglich hältst, ich bin schon mit Frauen ausgegangen. So, ich glaube, jetzt bist du wieder dran.«

Mac grinste, wie sie schon während des Abhörens der Nachricht gegrinst hatte. »Okay, Carter, probier mal das hier.« Sie drückte energisch auf die Rückruftaste und wartete auf den Piepton. »Hallo, Professor, raten Sie mal, wer hier ist. Ich weiß es zu schätzen, dass du mir das Essen mit dem Kollegium ersparst. Mit deinem gesunden Menschenverstand und deiner Ritterlichkeit hast du gepunktet. Wie wäre es mit Samstagabend? Warum gehen wir nicht erst essen und sehen dann weiter? Du kannst mich um sieben abholen. Und, ja, du bist nochmal dran, um mir das zu bestätigen.«

In bester Laune machte Mac Musik an und ließ sich vor ihren Computer fallen. Während sie die Hochzeitsfotos der Kundin anschaute, die bald kommen würde, sang sie mit und machte sich Notizen, wenn ihr Möglichkeiten und Perspektiven in den Sinn kamen. Dann klickte sie sich durch ihre Aufzeichnungen, um nachzusehen, welche Ausrüstung, welche Beleuchtung und welche Techniken sie für die Brautporträts verwendet hatte.

Angesichts des olivfarbenen Teints der Kundin, ihres dunklen Haars und der tiefbraunen, exotischen Augen wählte Mac einen elfenbeinfarbenen Hintergrund aus. Und da sie sich erinnerte, dass die Kundin etwas schüchtern, ja, sogar ein wenig prüde gewesen war, beschloss sie, mit der Aufnahme, die der Knaller werden konnte, zu warten, bis die werdende Mama ein bisschen warmgeworden war.

Doch sie konnte sich schon einmal darauf vorbereiten. Sie schnappte sich das Telefon und drückte die Taste für Emma, während sie gleichzeitig die Tür zu dem Raum öffnete, den sie »Requisitenkammer« nannte. »Hallo, ich brauche einen Sack roter Rosenblütenblätter. Meine Kundin kann jeden Augenblick eintreffen, sonst würde ich selbst rüberkommen und mir welche mopsen. Kannst du sie mir bringen? Und vielleicht, nur für alle Fälle, ein paar langstielige rote? Sie können auch aus Seide sein. Danke. Tschüss.«

Begeistert durchsuchte sie den hellrosa Sortierkasten, in dem sie ihr professionelles Make-up aufbewahrte, und legte andere Musik auf, eine CD mit New-Age-ähnlichen Klängen, die sie für passend hielt. Gerade justierte sie die Hintergrundbeleuchtung, als Emma hereinkam.

»Du hast nicht gesagt, von welchem Rot die Rosen sein sollen. Das spielt eine große Rolle.«

»Hierfür nicht so sehr. Außerdem kann ich die Farben per Photoshop immer noch verändern. Und ...« Sie ging zu Emma hinüber, um ihr die Rosen abzunehmen. »Perfekt.«

»Die Blütenblätter sind echt, also ...«

»Ich setze sie auf die Rechnung. Hör mal, da du schon hier bist, kannst du kurz einspringen? Du hast eine ähnliche Hautfarbe und bist etwa so groß wie die Kundin. Hier.« Sie drückte Emma die Rosen wieder in die Hand. »Geh mal da rüber, dreh dich halb seitlich zum Fenster, Gesicht zur Kamera.«

»Was wird das?«

»Schwangerschaftsfotos.«

»Ach, für Rosa.« Emma nahm die gewünschte Haltung ein. »Magst du die Kunden, die immer wiederkommen, auch so gern? Wie wir all diese bedeutenden Momente in ihrem Leben mitbekommen.«

»Ja, klasse. Das Licht ist gut, glaube ich. Jedenfalls für die Standardbilder.«

»Was hast du mit den Blütenblättern vor?«

»Die sind für später, für das eigentliche Bild – wenn ich Rosa überredet habe, sich so ziemlich auszuziehen.«

»Rosa?« Emma verdrehte lachend die Augen. »Na dann viel Glück.«

»Du kennst sie, oder? Ich meine, du kanntest sie schon, bevor sie unsere Kundin wurde. Der Auftrag für die Hochzeit kam durch dich zustande. Ist sie nicht deine Cousine um drei Ecken oder so was?«

»Die Enkelin der angeheirateten Cousine des Onkels meiner Mutter. Glaube ich. Aber, ja, ich kenne sie. Ich kenne jeden, und jeder kennt mich.«

Das konnte ein Glücksfall sein, überlegte Mac. »Kannst du noch ein bisschen hierbleiben? Du könntest mithelfen, dass sie lockerer wird.«

»Etwas Zeit kann ich dir opfern«, entschied Emma nach einem Blick auf ihre Armbanduhr. »Vor allem, weil es mich brennend interessiert, wie du sie dazu bringen willst, sich auszuziehen.«

»Verrate davon bloß noch nichts«, sagte Mac rasch, als sie das Klopfen an der Tür vernahm. »Ich muss sie langsam dazu hinführen.«

Mann, was für Formen! – Das war Macs erster Eindruck beim Öffnen der Tür. Während sie Rosa ins Haus zog, überschlugen sich in ihrem Kopf die Gedanken, wie sie diese Kurven ausnutzen, ins rechte Licht rücken, unterstreichen konnte.

Emma dabeizuhaben erwies sich als großes Plus – bei niemandem tauten die Leute schneller auf als bei Emmaline.

»Oh, Rosa, lass dich anschauen!« Emma breitete die

Arme aus, um Rosa warm und herzlich zu empfangen. »Du siehst fantastisch aus!«

Rosa lachte auf und schüttelte den Kopf, während Mac ihr den Mantel abnahm. »Ich bin ein Koloss.«

»Fantastisch. Oh, ich wette, du kannst es kaum erwarten. Setzen wir uns kurz. Habt ihr schon einen Namen ausgesucht?«

»Wir denken immer, wir hätten uns entschieden, und dann überlegen wir es uns wieder anders.« Rosa legte die Hand auf ihren Bauchberg und sank mit einem kleinen Schnaufen in einen Sessel. »Aktuell sind wir bei Catherine Grace für ein Mädchen und Lucas Anthony für einen Jungen.«

»Wunderschön.«

»Ihr wisst noch nicht, was es wird?«, fragte Mac.

»Nach einigen Diskussionen haben wir uns darauf geeinigt, dass wir es nicht wissen wollen.«

»Ich liebe Überraschungen, du auch? Und wie aufregend, dass Mac dich jetzt fotografiert.«

»Meine Schwester hat mich dazu überredet. Wahrscheinlich finde ich es irgendwann einmal toll, zurückzublicken und mir anzuschauen, wie es war, als ich aussah, als hätte ich einen Heißluftballon verschluckt.«

»Du bist schön«, sagte Mac schlicht. »Ich werde es dir zeigen. Stell dich doch einfach mal hierher, damit ich ein paar Probeaufnahmen machen kann. Möchtest du zuerst etwas trinken? Wasser? Tee?«

Rosa holte eine Flasche Wasser aus ihrer Handtasche. »Ich saufe wie ein Kamel und pinkele wie ein Elefant.«

»Das Bad ist gleich da drüben, wann immer du es brauchst. Und wenn du eine Pause möchtest, sag Bescheid.«

»Okay.« Rosa hievte sich aus dem Sessel hoch. »Sitzt meine Frisur? Und meine Kleider? Alles gut?«

Sie hatte ihr dunkles Haar zu einem Pferdeschwanz zurückgebunden – sehr ordentlich. Mac hatte vor, das zu verändern. Dazu trug Rosa eine schlichte schwarze Hose und einen hellblauen Pullover, der über dem Bauchberg spannte. So würden sie beginnen, dachte Mac.

»Alles bestens. Nur Probeaufnahmen. Siehst du das Klebeband dort auf dem Boden? Stell dich auf das X.«

»Ich kann nicht einmal meine Füße sehen.« Dennoch ging Rosa zu der Markierung und stellte sich stocksteif hin, während Mac den Belichtungsmesser kontrollierte.

»Dreh dich zur Seite, Kopf zu mir. Kinn ein bisschen hoch, nicht so viel. Ja, leg die Hände auf das Baby.« Mac warf Emma einen Blick zu.

Diese verstand den Wink und erhob sich, um sich hinter Mac zu stellen. »Habt ihr das Kinderzimmer schon eingerichtet?«

Emma verwickelte Rosa in ein Gespräch, brachte sie zum Lachen, und Mac knipste das erste Polaroid-Foto. Sie rieb es an ihrem Oberschenkel, um die Entwicklungszeit zu beschleunigen, öffnete es dann und ging zu Rosa hinüber. »Siehst du? Du bist schön.«

Rosa nahm den Abzug entgegen und starrte darauf. »Ich bin vielleicht ein Koloss, aber ich sehe echt glücklich aus. Das ist wirklich hübsch, Mac.«

»Wir werden sogar noch bessere Bilder machen. Lass uns noch ein paar in der gleichen Pose versuchen.«

Sie taut allmählich auf, dachte Mac, während sie zusammen mit Emma auf Rosa einquasselte. Zwischendurch warf sie rasche Anweisungen ein. Leg den Kopf ein bisschen schräg nach rechts, dreh die Schultern. Mittendrin reichte sie Rosa eine von Emmas langstieligen Rosen und probierte Aufnahmen mit der Blume als Requisit.

Das Ergebnis waren in ihren Augen sehr nette, sehr gewöhnliche Fotos einer schwangeren Frau.

»Lass uns noch was anderes versuchen. Eine andere Perspektive, ein anderes Oberteil.«

»Oh, ich hab kein anderes dabei.«

»Ich hab was da.«

Rosa tätschelte ihren Bauch. »Aber wohl kaum etwas, das mir passt.«

»Es geht nicht darum, ob es passt. Vertrau mir.« Mac zog ein schlichtes weißes Herrenhemd aus ihrer Requisitenkammer. »Wir lassen es offen.«

»Aber …«

»Der Kontrast der klaren Linien des Hemdes gegen die Rundung deines Bauches. Vertrau mir. Und wenn es dir nicht gefällt, macht es auch nichts.«

»Oh, das wird super«, schwärmte Emma in den höchsten Tönen. »Babykugeln sind so süß.«

»Ich bin in der achtunddreißigsten Woche. Die Kugel ist der Mount Everest.«

»Die Form ist schön«, erklärte Mac. »Und du hast eine tolle Haut. Vom Farbton und von der Beschaffenheit her.«

»Wir sind doch ganz unter uns«, erinnerte Emma. »Ich würde schrecklich gern wissen, wie es aussieht. Das Licht ist so schön, so schmeichelnd.«

»Ja, kann sein. Aber ich sehe bestimmt nur fett aus.« Widerstrebend zog Rosa den Pullover aus.

»Ich will auch eins!«, rief Emma und strich mit der Hand leicht über den Babybauch. »Entschuldige. Aber es ist einfach … unwiderstehlich. Das sind wir, verstehst du? Wir sind die Einzigen, die das können.«

»Feiern wir das Weibliche.« Mac streifte Rosa das Hemd über, korrigierte den Fall, krempelte die Manschetten mehrmals um. »Lass dein Haar mal offen. Wegen des Kontrasts, und es ist fraulicher. Ich lege dir auch noch etwas mehr Lipgloss auf, okay? Dann wirkt dein Mund plastischer.«

Jetzt ist sie ganz durcheinander, dachte Mac, als sie weiterarbeitete. Aber das war nicht schlimm. Sie konnte es sich zunutze machen. »Eher ein Dreiviertelprofil, die Schulter weiter nach vorn. Gut! Vielleicht legst du die Hände unter deinen Bauch. Sehr schön. Ich muss nur noch die Beleuchtung korrigieren.«

»Glaubst du wirklich, dass ich nicht blöd aussehe? Schlampig? Ich fühle mich wie eine Kuh, deren Melkzeit überfällig ist.«

»Rosa.« Emma seufzte. »Du siehst sexy aus.«

Mac fing die Überraschung ein, die Freude – und schließlich den Stolz. »Lächeln, jaaa. Direkt zu mir. Ich meine, sieh, was du gemacht hast. Sehr gut. Okay? Kurze Pause?«

»Nein, mir geht's gut. Ich komme mir nur ein bisschen albern vor.«

»Du siehst nicht albern aus, glaub mir. Emma, richte mal den Ärmel ein wenig, rechts. Sieh mal, wo er ... Perfekt«, sagte sie, nachdem Emma hinübergegangen war und den Ärmel zurechtgezupft hatte. »So, Rosa, jetzt dreh dich etwas weiter zu mir. Noch ein bisschen. Genau. Die Hände an die Seiten deines Bauchs. Gut.«

Während sie knipste, konnte sie sehen, wie es entstand. Sah den Moment, die Magie. Wir sind fast da, dachte sie. »Jetzt möchte ich, dass du nach unten schaust, aber den Blick hebst, nur den Blick, zu mir. Sieh dir das Geheimnis an, das du da hast, die Macht. Denk daran, nur ganz kurz, wie das Geheimnis da hineingekommen ist. Bingo! Rosa, du bist *klasse*.«

»Ich wünschte, ich hätte einen hübscheren BH angezogen.«

Da Rosa nun selbst diese Tür einen Spalt geöffnet hatte, ließ Mac die Kamera sinken. »Zieh ihn aus.«

»Mackensie!« Rosa gackerte entgeistert los.

»Wir probieren mal eine Figurenstudie. Das wird dir gefallen.« In forschem Ton gab Mac weitere Anweisungen. »Setz dich hin, bleib ganz locker, ruh dich kurz aus. Ich muss erst alles einstellen.«

»Was meint sie denn mit einer Figurenstudie? Bedeutet das nackt?«

»Das werden wir schon noch erfahren.« Emma nahm Rosa am Arm. »Komm und setz dich. Wir können uns ebenso gut ansehen, was sie vorhat. Mac!«, rief Emma, als das Telefon klingelte. »Soll ich drangehen?«

»*Nein*!« Mac stürzte hinaus, einen niedrigen Hocker in der Hand. »Vielleicht ist das ... ich habe da so ein Spielchen laufen.« Sie stellte ihren Hocker auf die Markierung und begann, ihn mit einem weiteren elfenbeinfarbenen Tuch zu verhüllen, als Carters Stimme ertönte.

»Ich schätze, du weißt, wer hier spricht. Also Samstag, zuerst Abendessen und dann, na ja, äh .... Sieben Uhr. Das ist also klar. Super. Ich, äh, weiß nicht, ob du irgendetwas besonders gern isst – oder auch überhaupt nicht magst. Wenn du Veganerin wärst, hättest du das bestimmt gesagt, oder? Ich glaube, das hättest du erzählt. Und ich denke nochmal drüber nach. So, ich schätze, damit ist unser Ping-Pong-Spielchen zu Ende. Ich halte jetzt den Mund. Wiederhören.«

»Er klingt echt süß.« Rosa wandte sich wieder zu Mac um, die immer noch den Fall des Tuchs korrigierte.

»Ja, tut er.«

»Erste Verabredung?«

»Streng genommen die zweite. Oder, inoffiziell, vielleicht

sogar die dritte. Das ist alles ziemlich unklar. Rosa, im Bad liegt noch so ein Tuch. Ich möchte, dass du rübergehst und dich ausziehst. Wenn du dich genierst, kannst du dich in das Tuch hüllen. Aber soweit ich weiß, lässt man während der Wehen und der Geburt ohnehin jegliches Schamgefühl sausen. Dagegen sollte das hier ein Kinderspiel sein.«

»Ich kann kein Aktfoto machen, Mac. Das ist einfach nicht … Was *soll* ich denn damit?«

»Das kannst du entscheiden, wenn ich fertig bin, aber ich verspreche dir, dass es nicht peinlich oder anzüglich wird. Es ist nur der nächste Schritt in diese Thematik. Es geht darum, wer du bist, Rosa, was in dir ist.«

»Aber ich weiß nicht, ob ich das kann …«

»Es geht um die Reise, auf der du bist, um das Wissen darüber. Um das Leben und das Licht in dir. Und um die Liebe.«

»Oh.« Rosa bekam feuchte Augen, während sie die Hände über ihrem Bauch faltete. »Na ja, ich kann es ja wenigstens mal versuchen. Aber du löschst die Bilder, wenn ich damit nicht glücklich bin?«

»Versprochen.«

»Na dann, gut. Ich muss sowieso mal pinkeln.«

»Lass dir Zeit.«

Emma wartete, bis Rosa im Bad verschwunden war und die Tür geschlossen hatte. »Du bist gut, Elliot. Du bist verdammt gut.«

»Ja, ja, bin ich.«

»Und ein Date am Samstagabend.«

»Sieht so aus. Bin ich eigentlich übergeschnappt, Emma, dass ich das anfange?«

»Es hat doch schon angefangen, Schätzchen. Und ich würde sagen, du wärst übergeschnappt, wenn du nicht sehen wolltest, wohin es führt. Ich wünschte, ich könnte noch bleiben und den Rest des Shootings mit anschauen, aber ich muss zurück.«

»Ich zeige dir die Abzüge.«

»Du bist nicht nur gut, sondern auch selbstsicher. Rosa, ich muss wieder an die Arbeit. Ich melde mich bei dir.«

Die Badtür öffnete sich einen Spalt. »Musst du wirklich? Ich wünschte, du könntest noch ein bisschen bleiben.«

»Ich auch. Aber bei Mac bist du in guten Händen. Falls ich dich vorher nicht mehr sehe, wünsche ich dir, dass du ein glückliches, schönes, gesundes, wundervolles Baby bekommst.«

Emma schnappte sich eilig ihren Mantel, formte mit den Lippen einen lautlosen Abschiedsgruß für Mac und stürmte hinaus.

Um kurz nach fünf schloss Mac die Tür zum Haupthaus auf. Sie wollte etwas Richtiges essen, von den Vorräten, die Mrs G. im Eisschrank verstaut hatte. Sie trug ihren Laptop in die Küche, wo sie Parker antraf, die an der Arbeitsplatte saß und in ein Glas Wein starrte.

»Hallo. Früh für dich, um hier zu sitzen und Wein zu trinken.«

»Ich bin gerade mit Naomi und Brent fertig. Diesen Wein habe ich mir also verdient.«

»Hast du alles geklärt?«

»Natürlich, aber es war kein Zuckerschlecken. Braut und Bräutigam sind nun in Liebe vereint und fest entschlossen, ihre Hochzeit zu feiern. Die SGP, die Schlampe von Geschäftspartnerin, ist draußen. Der Bräutigam redet ein ernstes Wörtchen mit dem untreuen Mistkerl von Trauzeugen, äh, nennen wir ihn UMTZ … und erinnert ihn daran, dass es bei der Hochzeit nicht um ihn und diese Frau geht. Falls er sich aber nicht in der Lage sieht, als Trauzeuge zu fungieren, da die SGP ausgeladen wurde, ist das seine Entscheidung. Die Braut redet mit ihrer EBJ, verständnisvoll und einfühlsam, macht ihr aber ebenfalls klar, um wessen Hochzeit es eigentlich geht, und dass sie zwar unendlich sauer auf den untreuen Mistkerl ist, er aber immer noch der Bruder ihres Ehemannes bleibt. Außerdem lädt sie als Zündstoff jetzt noch einen scharfen Typen zur Hochzeit ein, der als Date der EBJ auftritt – und den UMTZ zu dem Deppen macht, der er ist.« Parker hielt inne, um Luft zu holen. »Diesen Wein habe ich mir echt verdient«, wiederholte sie.

»Wer ist der scharfe Typ?«

»Ich habe Jack bestochen.« Parker hob ihr Glas und trank. »Kostet mich eine Kiste Pinot Noir, aber das ist es mir wert.«

»Der ist scharf«, stimmte Mac zu. »Gut gemacht, Chefin.«

»Jetzt bin ich kaputt. Wie war dein Shooting?«

»Lustig, dass du danach fragst. Wie wär's, wenn ich dir was zeige?« Mac öffnete ihren Laptop. Während er hochfuhr, begann sie, den Eisschrank zu durchforsten. »Was isst du zum Abendessen?«

»Keine Ahnung. Es ist erst fünf.«

»Ich habe Hunger. Mein Mittagessen ist ausgefallen. Hühnchenpastete, mmmh …« Sie zog den Topf heraus. »Das nehmen wir.«

»Gut. Aber vorher will ich ausgiebig heiß baden. Und ich will im Schlafanzug essen.«

»Das klingt super. Warum bin ich nicht darauf gekommen? Okay, sieh dir die mal an.«

Mac tippte am Computer, bis die Fotos der ersten Pose erschienen.

»Mannomann, sie ist echt dick.« Lachend beugte Parker sich vor. »Und sie sieht so glücklich aus und zugleich so verblüfft darüber. Süß. Sehr nett, Mac.«

»Ja, sie sind nett.« Mac scrollte zu den Bildern der zweiten Pose.

»Okay, die sind super. Sexy, weiblich, stark, witzig. Die gefallen mir. Vor allem das, auf dem sie den Kopf senkt und nur den Blick zur Kamera hebt. Das hat so einen Hauch von Hexe. Die Beleuchtung unterstreicht das noch.«

»Das verfeinere ich sogar noch mehr. Wir haben noch eine weitere Pose gemacht.«

Wieder scrollte Mac neue Bilder hoch und lehnte sich zurück.

Parker setzte sich kerzengerade hin. »Mein Gott, Mac, die sind ja irre. Sie sind ... sie sieht aus wie eine römische Göttin.«

Sie betrachtete jede Aufnahme, die von der Diaschau eingeblendet wurde, genau. Das weiße Tuch fiel von der Taille herab unter den bombastischen Bauch und breitete sich wie ein Fluss aus, auf dem dunkelrote Rosenblütenblätter verstreut waren. Und dann die Frau – das Haar fiel locker über die Schultern, ein Arm lag quer über der Brust, eine Hand oben auf dem Babybauch.

Und die Augen waren genau auf die Kamera gerichtet.

»Toll, diese Kurven, die Falten, die Linien. Das Licht – wie es ihre Augen betont. Das Wissen und die Macht in ihrem Blick. Hast du ihr schon welche gezeigt?«

»Alle. Sie war so nervös, dass ich ihr alle zeigen musste, damit sie sicher sein konnte, dass ich alle löschen würde, die ihr nicht gefallen.«

»Was sagt sie dazu?«

»Sie hat geweint. Aber vor Freude. Muss an den Hormonen liegen. Die Tränen kullerten ihr nur so über die Wangen, und zuerst habe ich eine Heidenangst bekommen. Aber dann hat sie das Beste gesagt.« Mac hielt inne und ließ die Erinnerung in sich aufleuchten. »Sie sagte, sie wird sich nie wieder als fett und trampelig ansehen, weil sie wunderschön ist.«

»Oh.«

»Ich weiß. Mir kamen selbst die Tränen. Sie wollte sofort ihre Bestellung aufgeben. Ich musste sie vertrösten, bis ich die Bilder noch ein bisschen bearbeitet habe, und ich möchte, dass sie wartet, bis sie nicht mehr so aufgewühlt ist, und dann erst ihre Wahl trifft.«

»Das ist der schönste Lohn, oder? Jemanden so glücklich zu machen, ihr Leben durch deine Arbeit so zu bereichern? Hier sitzen wir, müde und hungrig, aber wir haben heute echt gute Arbeit geleistet.«

»Wenn das so ist, wie wäre es dann, wenn du mir einen Schlafanzug leihst?«

»Stell das da doch einfach bei niedriger Temperatur in den Ofen, dann können wir uns beide einen holen.«

»Abgemacht. Mir ist nach einem richtigen Schnulzenfilm. Und dir? Abendessen und ein Film?«

»Klingt ziemlich gut.«

»Apropos Abendessen und Film … mindestens Ersteres mache ich am Samstagabend mit Carter.«

»Ich wusste es.« Parker wackelte mit dem erhobenen Zeigefinger.

»Das soll keine große Sache werden. Wahrscheinlich wird es irgendwann auch um Sex gehen. Aber ganz piano.«

»Du setzt der Beziehung klare Grenzen, bevor sie überhaupt begonnen hat. Sehr weise.«

»Sarkastische Anspielungen bleiben mir nicht verborgen.« Mac schloss die Tür des Backofens und lehnte sich dagegen. »Gestern, das war nur ein Ausrutscher, ein Anflug von Panik, weil ich in letzter Zeit so wenig interessante Dates hatte.«

»Da hast du allerdings Recht.« Parker stand auf und legte Mac den Arm um die Schultern, während sie gemeinsam die Küche verließen. »Interessante Dates sind hier echt Mangelware, es sei denn, du heißt Emma.«

»Man nimmt sich überhaupt keine Zeit für ein Date.«

»Ich weiß. Das ist ein Dilemma. Was für ein Film? Traurig oder Happy End?«

»Ich bin für Happy End, vor allem zu der Hähnchenpastete.«

»Gut. Sollen wir die anderen fragen, ob sie auch mitgucken wollen?«

Sie machten sich auf den Weg hinauf. »Sag mal, Parks, was machst du eigentlich, wenn du richtig alt bist und all diese Treppen nicht mehr hochkommst?«

»Ich schätze, ich lasse einen Aufzug einbauen. Das Haus gebe ich jedenfalls nicht auf. Niemals.«

»Das Haus oder das Geschäft?«

»Beides.«

Bevor sie die letzte Treppe hinaufsteigen konnten, klingelte das Handy, das Parker an ihrem Hosenbund eingehakt hatte.

»Mist«, fluchte Mac.

»Geh schon mal hoch«, forderte Parker sie auf. »Hol die Pyjamas. Ich erledige das hier und komme gleich.« Nach einem kurzen Blick auf das Display klappte sie das Telefon auf. »Hallo, Shannon! Sind Sie bereit für nächste Woche?« Lachend ging Parker auf ihr Büro zu. »Ich weiß. Es sind tausend Sachen. Aber keine Sorge. Wir stehen über allem.«

Bräute, dachte Mac, als sie oben angekommen war. Die meisten von ihnen machten sich so viele Gedanken um Kleinigkeiten. Wenn sie jemals heiraten sollte – was höchst unwahrscheinlich war –, würde sie sich auf das große Ganze konzentrieren.

Und Parker die Details überlassen.

Sie trat in Parkers Zimmer, wo in dem großzügigen Himmelbett eine bauschige Decke mit strohgelbem Bezug lag. Frische Blumen leuchteten keck in ihrer Vase. Keine Kleider lagen verstreut herum, keine Schuhe, die in eine Ecke geschleudert worden waren.

Kein Staub, kein Schnickschnack, dachte Mac, während sie die Schublade der Kommode öffnete, in der sie, wie sie wusste, vier ordentlich gefaltete Schlafanzüge finden würde.

»Ich bin auch ordentlich«, brummelte Mac, »aber nicht so pedantisch.«

Sie nahm einen Pyjama mit ins Gästezimmer und warf ihn aufs Bett. Ein ausgiebiges heißes Bad klang zu verlockend. Sie ließ die Wanne vollllaufen und streute etwas Badesalz hinein. Als sie sich in dem warmen, duftenden Wasser aalte, überlegte sie, was für eine Auswahl es an Schnulzenfilmen mit Happy End gab.

Filme, dachte sie, sollten ein Happy End haben, vor allem, wenn es darin um Liebe und Beziehungen ging. Denn im Leben sah es zu oft anders aus. Die Liebe verging oder schlug in Abneigung um. Oder sie wurde zu etwas, das dazwischen lag, einer Art aufreibender Entfremdung.

Sie konnte wie ein dürrer Zweig zerbrechen, durch einen einzigen unbedachten Schritt. Und dann brauchte man eine Woche in einem Spa, dachte Mac missmutig. Für die jemand anders bezahlte.

Sie kannte Parkers Einstellung zum Haus und zum Geschäft. Doch ihrer Meinung nach währte nichts ewig.

Außer der Freundschaft, wenn man viel Glück hatte – und in dieser Hinsicht hatte sie das Glück wirklich gepachtet.

Aber ein Zuhause, Liebesbeziehungen? Das war etwas anderes. Dabei strebte sie gar kein ewiges Glück an. Das Glück des Augenblicks genügte ihr vollkommen.

Ein Date am Samstagabend. Ein Typ, den sie interessant und attraktiv fand, wenn er ihr gegenübersaß. Ja, das reichte völlig. Was eine Woche später sein würde? Das konnte niemand sagen, oder?

Dafür war die Fotografie da – alles veränderte sich, aber durch Fotos konnte man bewahren, was einst war. Bevor das Morgen alles mit sich fortriss.

Mac versank gerade bis zum Kinn im Wasser, als Laurel hereinkam. »Was machst du denn? Ist bei dir drüben das warme Wasser ausgegangen?«

»Nein. Ich hatte spontan Lust auf ein Bad, genau wie auf Hähnchenpastete und einen Schnulzenfilm. Machst du mit? Ich meine nicht beim Baden.«

»Vielleicht. Ich habe gerade zum fünften Mal die Hochzeitstorte für Holly-Deburke geändert. Hähnchenpastete könnte ich gebrauchen.«

»Sie ist schon im Ofen. Wir müssten noch Emma Bescheid sagen, für alle Fälle.«

»Okay. Das mache ich und überlasse dich deinen spontanen Eingebungen.«

Mac schloss die Augen und seufzte. Ja, die Freundschaft. Sie war das Einzige, worauf eine Frau immer zählen konnte.

Am nächsten Morgen schloss Mac – immer noch in Parkers Pyjama – die Tür zu ihrem Studio auf. Sie war kurz nach Tagesanbruch erwacht, wie eine Krabbe auf dem Sofa im Wohnzimmer zusammengerollt und mit einem Kaschmirüberwurf zugedeckt.

Dank zwei Portionen von Mrs G.'s Hähnchenpastete war ihr noch nicht nach Frühstück zumute, aber Kaffee …

Doch bevor sie ihren Muntermacher aufsetzte, ging sie – ganz beiläufig – zu ihrem Anrufbeantworter hinüber.

Keine Nachrichten.

Sie kam sich blöd vor, weil sie enttäuscht war. Sie hatte doch nicht herumgesessen und darauf gewartet, dass er – nochmals – anrufen würde. Sie hatte ihren Abend genossen. Im Übrigen war *sie* dran mit Anrufen, wenn sie das Spielchen noch ein wenig fortsetzen wollte.

Und außerdem war sie albern.

Sie würde nicht mehr an Carter Maguire und seine sexy Brille oder das altmodische Tweedjackett denken – oder an seine Wahnsinnslippen. Sie musste Kaffee aufbrühen, ihre Arbeit erledigen, ihr Leben leben.

»Ein Date am Samstagabend? Okay, jetzt wird's ernst.«

Warum, fragte Carter sich, hatte er den Mund nur aufgemacht? Wie hatte er nur denken können, es zu erwähnen würde zu einem unbefangenen Gespräch beim Kaffee vor Unterrichtsbeginn führen?

»Also, ich muss nochmal den Test durchsehen, den ich …«

»Jetzt wird's ernst«, wiederholte Bob und bohrte mit dem Finger in die Kaffeetheke, um seine Worte zu unterstreichen. »Du musst ihr Blumen mitbringen. Keine Rosen. Rosen sind zu bedeutsam, zu symbolträchtig. Eine unverfänglichere Blume oder einen gemischten Strauß.«

»Ich weiß nicht. Vielleicht.« Noch etwas, worüber er sich Gedanken machen musste.

»Nichts Großes oder Bombastisches. Sie wird die Blumen in eine Vase stellen wollen, und das gibt dir Zeit, reinzugehen, mir ihr zu reden, das Eis zu brechen. Also sieh zu, dass du die Tischbestellung entsprechend vornimmst. Für wann hast du reserviert?«

»Noch gar nicht.«

»Das musst du bald tun.« Mit oberschlauem Nicken schlürfte Bob seinen Kaffee mit fettarmem Kaffeeweißer. »Wohin gehst du mit ihr?«

»Ich bin noch nicht ganz sicher.«

»Du musst irgendwas aussuchen, was einen Tick über dem Durchschnitt liegt. Beim ersten Mal muss es noch nicht supernobel sein, aber auch kein Billiglokal. Du willst ein stimmungsvolles Ambiente, nicht so bieder. Ein schönes, gediegenes Restaurant.«

»Bob, du machst mir noch ein Magengeschwür.«

»Das ist alles Munition, Cart. Alles Munition. Du willst doch eine schöne Flasche Wein bestellen können. Oh, und wenn sie nach dem Essen sagt, sie möchte kein Dessert, dann schlägst du vor, dass sie eins aussucht und ihr es euch teilt. Das *lieben* die Frauen. Es ist sexy. Und rede beim Essen bloß nicht die ganze Zeit über deinen Job. Das ist der sichere Tod. Bring sie dazu, über ihre Arbeit zu reden und darüber, was sie gern tut. Dann ...«

»Soll ich mir das vielleicht aufschreiben?«

»Könnte nicht schaden. Wenn das Essen bis, sagen wir, zehn dauert oder länger, dann solltest du noch etwas in petto haben, wo ihr danach hingeht. Am besten was mit Musik, irgendwas, wo ihr Musik hören könnt. Wenn ihr früher mit dem Essen fertig seid, solltest du einen Kinofilm vorschlagen. Vorausgesetzt, sie sendet keine ›Lass uns zurück zu mir gehen‹-Signale. In diesem Fall …«

»Nicht darüber reden, Bob. Lass uns nicht darüber reden.« *Im wahrsten Sinne des Wortes vom Klingeln erlöst*, dachte Carter, als die Schulglocke läutete. »Ich muss in den Unterricht.«

»Wir unterhalten uns später noch. Ich versuche, dir einen Teil davon aufzuschreiben.«

»Super.« Carter ergriff die Flucht und schloss sich der Schar von Schülern und Lehrern im Korridor an. Vermutlich, dachte er, würde er die Tage bis Samstag nicht überleben. Zumindest nicht bei geistiger Gesundheit.

7

Er kaufte Blumen – und ärgerte sich darüber, weil er von Anfang an vorgehabt hatte, Mac Blumen mitzubringen. Aber dank Bobs Anleitung war aus der schlichten Geste nun ein komplizierter, bedeutungsvoller symbolischer Akt geworden, der so voller Fallstricke war, dass er beschlossen hatte, die Blumen einfach wegzulassen.

Eine von Mackensies besten Freundinnen war Floristin – also konnte sie ihr ganzes Studio mit Blumen auslegen, wenn sie wollte.

Dann machte er sich Sorgen, dass er, wenn er keine Blumen mitbrächte, irgendein ungeschriebenes, allgemein bekanntes Gesetz für Verabredungen brechen würde. Und so überlegte er es sich wieder anders. Er hatte reichlich Zeit für die Fahrt von seiner Wohnung zu Mac eingeplant – schließlich konnte es einen Stau geben oder eine Massenkarambolage mit zahllosen Verletzten.

Er stürzte in den Supermarkt, wo er zweifelnd und grübelnd vor den angebotenen Blumen stand, bis ihm Schweißperlen auf die Stirn traten.

Bob hätte bestimmt eine bissige Bemerkung über das Blumenangebot von Supermärkten auf Lager, dachte er. Doch er war zu spät losgefahren, um noch ein Blumengeschäft aufzusuchen, und er konnte ja schlecht zu Emma hinübereilen und sich ihr auf Gedeih und Verderb ausliefern.

Er wünschte, er hätte es bei einer Verabredung auf einen Kaffee bewenden lassen. Dann hätten sie sich nett unterhalten und einen angenehmen Nachmittag miteinander verbracht. Jetzt gehst du wieder deiner Wege und ich meiner, fertig. Doch so war alles zu kompliziert, zu intensiv. Allerdings konnte er Mac wohl kaum mit irgendeiner Ausrede anrufen, selbst wenn es ihm gelingen würde, überzeugend zu lügen. Und die Chancen dafür waren gleich null.

Es kam ständig vor, dass Leute ein Date hatten, oder? Und sie starben selten daran. Er schnappte sich einen Strauß, den er bunt und unverfänglich fand, und stapfte zur Expresskasse.

Die Blumen waren bunt, dachte er ein wenig widerstrebend. Und sie dufteten gut. Ein paar von diesen Gerbera waren darin, die ihm irgendwie freundlich vorkamen. Keine der gefürchteten Rosen, die laut Bobs Gesetzbuch bedeuteten, dass er im Grunde um Mackensies Hand anhielt und ihr sagte, dass er mit ihr Kinder haben wollte.

Diese Blumen sollten also harmlos sein.

Vielleicht zu harmlos.

Die Kassiererin mit den freundlichen Augen lächelte ihn kurz an. »Sind die nicht hübsch? Eine Überraschung für Ihre Frau?«

»Nein, ich bin nicht verheiratet.«

»Oh, also für Ihre Freundin.«

»Nicht direkt.« Carter fummelte nach seiner Brieftasche, während die Kassiererin den Preis der Blumen eingab. »Nur ein ... Dürfte ich Sie vielleicht fragen, ob diese Blumen Ihrer Meinung nach passend für ein Date sind? Ich meine, um sie der Frau zu schenken, mit der ich heute Abend essen gehen will?«

»Aber sicher. Die meisten Leute mögen Blumen, oder?

Vor allem wir Mädels. Sie denkt bestimmt, dass Sie echt süß sind und sehr aufmerksam.«

»Aber nicht zu …« Nein, das geht zu weit, sagte sich Carter.

Die Kassiererin nahm das Geld und gab ihm heraus. »Bitte schön.« Sie schob den Blumenstrauß in eine Klarsichttüte. »Einen schönen Abend wünsche ich Ihnen.«

»Danke.« Etwas entspannter ging Carter zurück zu seinem Wagen. Wenn man sich nicht einmal mehr auf die Kassiererin an der Schnellkasse eines Supermarktes verlassen konnte, auf wen dann?

Mit einem prüfenden Blick auf seine Armbanduhr stellte er fest, dass er, falls keine schlimmen Verkehrsunfälle passierten, immer noch gut in der Zeit lag. Obwohl er sich dabei albern vorkam, zog er die Liste aus der Tasche, die der hilfsbereite Bob ihm ausgedruckt hatte, und hakte sorgfältig den Punkt »Blumen kaufen (keine Rosen)« ab.

Danach folgten verschiedene Vorschläge für Begrüßungen oder erste Gesprächsthemen, zum Beispiel *Du siehst bezaubernd aus, Tolles Kleid, Als ich diese Blumen sah, habe ich an dich gedacht.*

Carter stopfte die Liste wieder in die Tasche, ehe er sich womöglich eine dieser Floskeln einprägte. Zuvor fiel sein Blick jedoch noch auf Bobs Anweisung, im Autoradio leichte klassische Musik oder sanften Jazz anzustellen, aber leise.

Irgendwann würde er Bob umbringen, dachte er.

Während der ersten Kilometer suchte er wie verrückt nach einer Hintergrundmusik, bis er entnervt das Radio abstellte. Zum Kuckuck! Er bog in die lange, geschwungene Auffahrt des Brownschen Anwesens ein.

»Und wenn sie gar kein Kleid trägt?«, brummelte er, als

ihm trotz aller Anstrengungen Bobs Liste wieder in den Sinn kam. Unglücklicherweise tauchte durch diese Frage vor seinem geistigem Auge das Bild von Mac in schwarzer Hose und weißem BH auf und verdrängte Bob.

»Das meine ich doch nicht. Um Himmels willen. Ich meine, sie könnte ja etwas *anderes* tragen als ein Kleid. Was sage ich dann: Schöne Hose? Outfit, Outfit, tolles Outfit. Man nennt so was Outfit. Mein Gott, halt die Klappe.«

Er fuhr ums Haupthaus herum und folgte der schmaler werdenden Zufahrt zu Macs Zuhause.

Die Lichter waren an, oben und unten, so dass das ganze Gebäude leuchtete. Durch die großzügigen Fenster im Erdgeschoss konnte er Macs Studio sehen, die Beleuchtungsständer, einen dunkelblauen Vorhang, der von großen silbernen Klammern hochgehalten wurde. Vor dem Vorhang standen ein Tischchen und zwei Stühle. Weingläser funkelten auf dem Tisch.

Bedeutete dies, dass sie zuerst etwas trinken wollte? Dafür hatte er keine Zeit eingeplant. Sollte er die Reservierung verschieben? Er stieg aus dem Wagen und betrat den Weg zu Macs Haus. Machte wieder kehrt, um die Blumen zu holen, die er auf dem Beifahrersitz vergessen hatte.

Er wünschte, der Abend wäre schon vorbei. Mit einem flauen Gefühl im Magen musste er sich regelrecht dazu zwingen, die Hand zu heben und anzuklopfen. Er wollte, es wäre schon der nächste Morgen, ein ruhiger Sonntagvormittag. Er würde schriftliche Arbeiten benoten, lesen, spazieren gehen. Zu seiner bequemen Routine zurückkehren.

Dann öffnete Mac die Tür.

Er nahm nicht wahr, was sie trug. Alles, was er sah, war ihr Gesicht. Es war immer ihr Gesicht gewesen – diese glatte, milchweiße Haut, umkränzt von dem hellen, wilden

Haar. Diese grünen Hexenaugen und der unerwartete Zauber der Grübchen.

Nein, er wollte doch nicht, dass der Abend schon vorüber war, stellte er fest. Er wollte, dass er begann.

»Hallo, Carter.«

»Hallo, Mackensie.« Keiner von Bobs Vorschlägen fiel ihm ein. Er reichte Mac die Blumen. »Für dich.«

»Das hatte ich gehofft. Komm rein.« Sie schloss die Tür hinter ihm. »Sind die schön. Ich liebe Gerbera. Sie wirken so fröhlich. Ich will sie rasch ins Wasser stellen. Möchtest du einen Drink?«

»Äh …« Carter warf einen Blick zum Tisch hinüber. »Wenn du extra alles dafür vorbereitet hast.«

»Das da? Nein, das ist nur von einem Shooting heute Nachmittag.« Mac ging zur Küche und bedeutete ihm, ihr zu folgen. »Verlobungsfotos. Die beiden sind Weinfreunde. Sie schreibt sogar für eine Zeitschrift für Weinliebhaber, und er ist Restaurantkritiker. Daher kam ich auf die Idee, dieses Bistro-Ambiente zu schaffen.« Während sie sprach, holte Mac eine Vase und begann, die Blumen auszupacken.

»Es ist toll, wie du eine Aufnahme so auf die Menschen zuschneiden kannst, die du fotografierst. Sherry war ganz begeistert von ihren Bildern.«

»Das war einfach. Ein total verknalltes Pärchen, das auf der Couch miteinander kuschelt.«

»Es ist nur dann einfach, wenn du instinktiv spürst, dass Sherry und Nick nie in einem schicken Bistro sitzen und Wein trinken oder inmitten von Büchern auf dem Boden sitzen würden – in Gesellschaft einer ziemlich fetten Katze.«

»Die Verlobung von Mason und Collari. Die hat heute stattgefunden, oder? Liest du immer die Hochzeits- und Verlobungsanzeigen in der Zeitung?«

»Erst, seit ich dich wiedergesehen habe.«

»Galant, galant.«

Da dieses Adjektiv noch nie jemand auf ihn angewandt hatte, wusste Carter nicht, was er darauf sagen sollte.

Mac stellte die Vase mitten auf die Arbeitsplatte in ihrer Küche. »Die werden mich morgens aufmuntern, noch vor dem Kaffee.«

»Die Kassiererin im Supermarkt hat gesagt, sie würden dir bestimmt gefallen. Ich hatte eine kleine Krise, über die sie mir hinweggeholfen hat.«

Die Grübchen in Macs Wangen zuckten belustigt. »Auf die Kassiererin im Supermarkt kann man sich immer verlassen.«

»Das habe ich mir auch gedacht.«

Mac verließ die Küche und ging zu der Couch, um den Mantel zu ergreifen, der über der Armlehne hing. »Ich bin so weit, wenn du es auch bist.«

»Klar.« Er ging zu ihr, um den Mantel zu nehmen. Als er ihr hineinhalf, warf sie einen Blick zurück über die Schulter. »Jedes Mal, wenn du das tust, wünschte ich, ich hätte längeres Haar, damit du es aus dem Kragen ziehen musst.«

»Ich mag dein kurzes Haar. Dadurch kann man deinen Hals sehen. Du hast einen sehr schönen Hals.«

Mac drehte sich um und starrte Carter an. »Wir gehen essen.«

»Ja. Ich habe reserviert. Halb acht im …«

»Nein, nein. Ich meine, wir gehen essen, und es soll jetzt nicht so aussehen, als würde ich lieber hierbleiben. Aber ich glaube, ich muss wirklich erst etwas loswerden, damit ich das Essen genießen kann, ohne ständig daran zu denken.«

Mac erhob sich auf die Zehenspitzen und verschränkte die Hände hinter Carters Kopf. Und legte die Lippen auf die seinen, weich und auffordernd. Eine Woge der Erregung schoss durch seinen Körper, und er musste sich beherrschen, um Mac nicht zu packen, wie er es schon einmal getan hatte, und wenigstens einen Teil der aufgestauten Lust loszuwerden. Seine Hände wanderten an ihrem Körper hinauf, der bedauerlicherweise in den Mantel gehüllt war, dann wieder hinunter, bis die Woge langsam verebbte.

Mac trat zurück, und eine bezaubernde Röte verlieh ihrer porzellanweißen Haut einen warmen Schimmer. »Dazu haben Sie wirklich Talent, Herr Professor.«

»Ich habe mir oft vorgestellt, dich zu küssen – damals, vor all den Jahren. In letzter Zeit habe ich diese Gedanken wiederbelebt. Vielleicht ist das der Grund dafür.«

»Oder du bist einfach ein Naturtalent. Wir sollten lieber gehen, sonst rede ich mich noch um mein Abendessen.«

»Ich erwarte gar nicht, dass du …«

»Aber ich könnte trotzdem.«

Da es ihm wieder einmal die Sprache verschlug, erreichte sie vor ihm die Tür und öffnete sie selbst.

Sie füllte das ganze Auto aus. So empfand er es zumindest. Ihr Duft, ihre Stimme, ihr Lachen. Ihre bloße Anwesenheit. Seltsamerweise beruhigte er sich jetzt.

»Hältst du dich immer so genau an die Geschwindigkeitsbegrenzung?«, fragte Mac.

»Schrecklich, oder?« Er warf einen Blick in ihre Richtung, und als er in ihre lachenden Augen sah, musste er grinsen. »Wenn ich nur ein paar Stundenkilometer schneller fahre, komme ich mir schon wie ein Verbrecher vor. Corrine hat immer …«

»Corrine?«, hakte Mac nach, als er abbrach.

»Ach, die habe ich auch immer mit meinem Fahrstil genervt.« Und mit allem anderen, offenbar.

»Eine frühere Freundin.«

»Nein, nichts, ehrlich.« Warum hatte er bloß das Radio nicht angestellt?

»So, das ist ja mysteriös, und jetzt bin ich noch neugieriger. Aber ich erzähle dir erst von einem meiner Ex – um die Sache anzukurbeln.« Mac wandte ihm das Gesicht zu, bis er spürte, dass diese grünen Augen ihn wieder anlachten. »Wie wär's mit dem Nachwuchs-Rockstar, der in meiner verzückten Wahrnehmung Ähnlichkeit mit Bon Jovi hatte? Rein äußerlich, nicht in Sachen Talent. Er hieß Greg, aber er wurde lieber Rock genannt. Ernsthaft.«

»Rock was?«

»Oh, *nur* Rock. Wie Prince oder Madonna. Jedenfalls fand ich ihn mit zwanzig unglaublich toll und cool, und in meinem sexuellen Wahn habe ich eine Menge Zeit, Talent und Geld dafür verschwendet, von ihm und seiner Band Porträtaufnahmen zu machen, Gruppenfotos und Bilder für ihre selbst produzierte CD. Ich habe ihren Transporter gefahren, den Groupie und den Roadie gespielt. Über zwei Monate lang. Bis ich ihn dabei erwischt habe, wie er mit seinem Bassisten geknutscht hat. Einem Typen namens Dirk.«

»Oh. Das ist aber traurig.«

»Du machst dich über mich lustig.«

»Nicht, wenn es dir wirklich wehgetan hat.«

»Ich war am Boden zerstört. Mindestens fünf Minuten lang. Danach war ich wochenlang stinksauer auf den Mistkerl. Ich war nur seine Alibi-Freundin gewesen. Deshalb befriedigt es mich zutiefst, dass er heute in Stamford Küchengeräte verkauft. Nicht einmal große, nur so was wie Mixer und Toaster.«

»Oh, ein guter Toaster ist etwas Feines.«

Mac lachte, während Carter auf einen Parkplatz fuhr. »Das Willows – ausgezeichnete Wahl, Carter. Das Essen ist hier immer gut. Bevor wir mit Vows angefangen haben, hat Laurel hier als Patissier gearbeitet, und auch noch eine Weile danach, bis wir festen Boden unter den Füßen hatten.«

»Das wusste ich nicht. Ich war schon ein paar Monate nicht mehr hier. Das letzte Mal war ich mit …«

»Corrine.«

»Nein.« Carter lächelte ein wenig. »Mit ein paar Freunden, die mir ein Blind Date vor die Nase gesetzt haben. Ein sehr seltsamer Abend, aber das Essen war, wie du sagtest, gut.«

Carter stieg aus und wollte um den Wagen herumgehen, um Mac die Tür zu öffnen, doch bevor er bei ihr ankam, war sie schon ausgestiegen. Als sie ihm zwanglos die Hand hinstreckte, machte sein Herz ein paar rasche Extraschläge.

»Warum seltsam?«

»Ihre Stimme klang wie eine Violine, wenn man vergessen hat, den Bogen einzustreichen. Das ist vielleicht unfair, aber so war es nun einmal. Außerdem machte sie seit kurzem eine Diät – keine Kohlenhydrate, kein Fett, kein Salz. Sie aß einen Salat ohne Dressing, immer ein Blatt, einen Stiel und ein Karottenscheibchen auf einmal. Es war sehr merkwürdig.«

»Ich futtere wie ein Scheunendrescher.«

»Das kann ich kaum glauben.«

»Du wirst schon sehen.«

Gerade als sie an der Tür ankamen, öffnete sich diese. Der Mann, der herauskam, trug einen offenen Mantel und weder Hut noch Handschuhe oder Schal. Sogleich fegte ihm der Wind das dunkle Haar in das unverschämt gut aussehende Gesicht. Bei einem Blick auf Mac verzogen sich seine fein geschnittenen Lippen, und seine Augen, tiefblau wie das Meer zur Mitternacht, hellten sich auf.

»He, Macadamia.« Er hob sie an den Ellbogen hoch und schmatzte ihr einen Kuss auf den Mund. »Von allen Kaschemmen der ganzen … Carter?« Er ließ Mac wieder herunter und streckte erfreut die Hand aus. »Mann, wie geht's dir denn?«

»Mir geht's gut, Del. Und dir?«

»Super. Ist ja eine Ewigkeit her. Was macht ihr beiden hier?«

»Da wir gehört haben, dass es hier was zu futtern geben soll, dachten wir, wir gehen essen.«

Del grinste Mac an. »Guter Plan. Ihr geht also essen. Zusammen. Ich wusste nicht, dass ihr ein Paar seid.«

»Sind wir auch nicht«, sagten sie wie aus einem Munde.

Dann räusperte sich Carter. »Wir gehen essen.«

»Ja, schon klar. Ich hatte eine kurze geschäftliche Besprechung bei einem Drink, und jetzt treffe ich am anderen Ende der Stadt ein paar Freunde. Sonst würde ich mit reinkommen, mit euch einen trinken und die Zeugen ins Kreuzverhör nehmen. Aber ich muss los. Bis dann.«

Mac sah Delaney Brown nach, wie er im Laufschritt zum Parkplatz eilte. »Wer war denn *der* Typ?«, fragte sie und brachte Carter damit zum Lachen.

Als sie in die Bank rutschte, fragte sich Mac, ob Carter extra um eine Ecknische gebeten hatte oder ob sie lediglich Glück hatten. Jedenfalls setzte es dem unaufdringlich gehobenen Stil des Restaurants eine intime Note entgegen. Anstelle des Cocktails, den Carter ihr anbot, bevorzugte sie Wein zum Essen, ließ jedoch dann die Speisekarte links liegen, um sich Carter zuzuwenden.

»Also, die salatmampfende, kreischende Violine. Gab es kein Wiedersehen?«

»Ich glaube, daran war keiner von uns interessiert.«

»Gehst du oft zu Blind Dates?«

»Das war das erste und letzte Mal. Und du?«

»Niemals. Bin zu feige. Außerdem haben wir vier einen Pakt geschlossen, vor Jahren schon, dass wir niemals versuchen wollen, einander zu verkuppeln. Das hat sich sehr bewährt. Also, würden Sie eine Flasche Wein mit mir trinken, Doktor Maguire?«

Er schob ihr die Weinkarte rüber. »Such einen aus.«

»Das ist mutig von dir.« Mac schlug die Karte auf und überflog sie. »Ich bin kein Weinkenner, ich fotografiere die Flaschen nur, aber sie haben hier einen Shiraz, den ich gern trinke.«

Noch während sie sprach, trat der Kellner mit einer Flasche Shiraz an ihren Tisch.

»Das nenne ich ausgezeichneten Service«, bemerkte Mac.

»Mr Maguire? Mr Brown hat angerufen und lässt Ihnen diesen Wein bringen, mit freundlichen Grüßen. Oder, wenn es nicht der Richtige ist, eine beliebige andere Flasche.«

»Diese Brown-Kinder.« Mac schüttelte den Kopf. »Sie denken einfach an alles. Ich hätte gern ein Glas, vielen Dank. Okay?«, sagte sie zu Carter.

»Klar. Das ist schrecklich nett von ihm.«

Ist es, dachte Mac, und außerdem ein dezenter Hinweis. Bei nächster Gelegenheit, das wusste sie genau, würde Del sie gnadenlos aufziehen.

In Carters Augen aß Mac nicht wie ein Scheunendrescher, aber sie pickte auch nicht anderthalb Stunden lang an einem einsamen Salat herum. Es gefiel ihm, wie sie beim

Reden mit ihrem Weinglas oder der Gabel gestikulierte. Und wie sie sich zum Probieren ein Stück von seinem Wolfsbarsch von seinem Teller stibitzte, ohne ihn zu fragen.

Er hätte es ihr erlaubt, aber nicht zu fragen war … vertrauter.

»Hier, nimm ein Stück von meinem Steak.« Sie schnitt eine Portion ab.

»Nein, danke.«

»Isst du rotes Fleisch?«

»Ja.«

»Dann probier mal. Es ist, als hätten wir Steak mit Meeresfrüchten bestellt.«

»Na gut. Magst du ein bisschen Reis?«

»Nein. Ich verstehe nicht, wie man den mögen kann. Aber egal, zurück zu unserem Thema. Du hast mit deinen Schülern echt *Clueless* angeschaut, um sie beurteilen zu lassen, wie zeitgemäß der Stoff noch ist.«

»Der Film zeigt, dass Literatur – und die Erzählkunst – nicht stagnieren, dass die Themen, die Dynamik, sogar die gesellschaftlichen Sitten aus *Emma* sich in die heutige Zeit übertragen lassen.«

»Ich wünschte, ich hätte Lehrer wie dich gehabt. Hat er dir gefallen? Der Film?«

»Ja. Er ist geschickt gemacht.«

»Ich liebe Kinofilme. Gestern Abend hatten wir ein Double-Feature, aber ich hab mich an der Pastete überfressen und bin bei *Mitten ins Herz* eingeschlafen. Hugh Grant.« Mac gestikulierte wieder mit ihrem Weinglas. »*Sinn und Sinnlichkeit*. Hast du den gesehen?«

»Ja. Ich fand, es war eine gelungene, werkgetreue Verfilmung. Hast du das Buch gelesen?«

»Nein. Ich weiß, schrecklich. Ich habe *Stolz und Vor-*

urteil gelesen. Fand ich klasse. Ich habe vor, es noch einmal zu lesen, nun da ich Colin Firth als Mr Darcy im Kopf habe, also umso besser. Was ist denn deine liebste Literaturverfilmung?«

»Mein persönlicher Favorit? *Wer die Nachtigall stört.*«

»Oh, Gregory Peck. Ich habe das Buch gelesen«, fügte Mac hinzu. »Es ist super, aber, oh, Gregory Peck. Atticus Finch. Der perfekte Vater. Diese Szene ganz am Ende, als das Mädchen – wie heißt sie noch?«

»Scout.«

»Ja, als sie die Erzählerstimme ist und man ihn durchs Fenster sieht, wie er am Bett seines Sohnes sitzt. Das ist der Hammer. Es ist so schön. Als Kind habe ich mir bei dem Film immer vorgestellt, Atticus wäre mein Vater. Oder Gregory Peck – beide wären gut gewesen. Er wäre da gewesen, wenn ich morgens aufwachte. Wahrscheinlich bin ich darüber nie hinweggekommen. Erbärmlich.«

»Finde ich nicht. Ich weiß nicht, wie es ist, ohne Vater aufzuwachsen. Du siehst deinen nicht oft?«

»Nein, kaum. Und wenn doch – alle paar Jahre einmal – ist er immer ganz süß und sehr zärtlich. Dann lasse ich mich schließlich einwickeln und leide, wenn er gleich darauf wieder verschwindet und mich vollkommen ignoriert. Er ist so ein Typ, für den nur der Augenblick zählt. Und wenn du in diesem Augenblick nicht bei ihm bist, existierst du gar nicht.«

»Das tut dir weh.«

»Ja. Immer wieder. Aber das Thema ist zu deprimierend für dieses schöne Essen. Nenn mir lieber noch eine Verfilmung, die dir gefällt.«

Am liebsten hätte Carter ihr übers Haar gestrichen, den Arm um sie gelegt. Aber das war nicht die Art Trost, nach der sie verlangte. Er kramte in seiner Erinnerung. »*Stand by Me.*«

Mac runzelte die Stirn und versuchte offensichtlich, den Titel einzuordnen. »Das kenne ich nicht. Wer hat es geschrieben? Steinbeck? Fitzgerald? Yeats?«

»Stephen King. Der Film basiert auf der Novelle *Die Leiche.*«

»Im Ernst? Du liest Stephen King? Ich grusele mich dabei immer fürchterlich, aber aufhören kann ich auch nicht. Warte! Das ist doch der Film mit den Kindern, den Jungs, die umherziehen und jemanden suchen, einen Toten, der vielleicht von einem Zug überfahren wurde? Jetzt erinnere ich mich. Kiefer Sutherland spielt darin so einen Rowdy, ein absolutes Arschloch. Total genial.«

»Es geht um Freundschaft und Loyalität. Ums Erwachsenwerden, das Zusammenhalten.«

»Du hast Recht«, erwiderte Mac und sah Carter prüfend an. »Stimmt. Ich glaube, du bist echt ein super Lehrer.«

»Manchmal.«

Mac schob ihren Teller beiseite und lehnte sich mit dem Weinglas in der Hand zurück. »Was machst du, wenn du gerade nicht unterrichtest, liest oder Verfilmungen von Romanen oder Novellen anschaust?«

»Das ist ja schon eine ganze Menge.«

»Golf, Felsenklettern, Briefmarkensammeln?«

Lächelnd schüttelte Carter den Kopf. »Nein.«

»Internationale Intrigen, Aquarellmalerei, Entenjagd?«

»Die internationalen Intrigen musste ich wegen Reisemüdigkeit aufgeben. Ich bin ziemlich langweilig.«

»Nein, gar nicht. Obwohl ich immer noch damit rechne, glaub mir.«

»Ah … danke.«

Mac beugte sich vor und bohrte einen Finger in seinen Arm, lehnte sich dann wieder zurück. »Also, Carter, nun da du – ach du meine Güte! – schon fast drei Viertel von einem einzigen Glas Wein getrunken hast ...«

»Ich muss noch fahren.«

»Mit Richtgeschwindigkeit«, bekräftigte Mac. »Jetzt ist es an der Zeit, dass du mir von Corrine erzählst.«

»Oh, na ja, da gibt es eigentlich nichts zu erzählen.«

Sie sah es, nur ein Flackern in seinen Augen. »Sie hat dich verletzt. Tut mir leid. Ich bin unsensibel und aufdringlich.«

»Nein, nein. Obwohl ich immer noch damit rechne.«

Mac lächelte. »Sieh an, wie schlagfertig du sein kannst, du kleiner Schlaukopf. Warum bestellst du dir kein Dessert, damit ich schön selbstgerecht sein kann und darauf verzichte – und dann die Hälfte von deinem esse?«

Sie blieben noch. Mac hatte ganz vergessen, wie es war, mit einem Mann essen zu gehen, mit dem sie lange, verwickelte Gespräche führen konnte. Mit einem, der zuhörte, der aufmerksam war – ob er dabei nun an den potenziellen Bonus am Ende des Abends dachte oder nicht.

Sie merkte, dass er sie zum Nachdenken brachte. Und er war unterhaltsam. Und, verdammt, der Mann war charmant, auf so schlichte, ungekünstelte Weise.

Wenn er dann noch seine Brille aufsetzte, um die Speisekarte zu studieren, brachte er echt ihre Säfte zum Fließen.

»Möchtest du noch woanders hingehen?«, fragte er sie auf dem Rückweg zum Auto. »Fürs Kino ist es wahrscheinlich zu spät. In einen Club?«

»Ich war gerade erst mit den Freundinnen in einem Club.« Aber ein andermal, dachte sie. Ihr kam der Gedanke, dass sie völlig falsch gelegen hatte, als sie dachte, Carter Maguire würde nicht in einen Club passen. »Ich sollte besser nach

Hause. Es ist diese Woche ein paarmal spät geworden, und ich muss für morgen noch Arbeit nachholen.«

Er hielt ihr die Tür auf. »Sehen wir uns wieder?«

Bei seiner Frage – und der Art, wie er fragte – kribbelte es ein wenig in Macs Bauch. Er gab ihr die Macht, dachte sie. Beängstigend. »Ich denke drüber nach.«

»Okay.«

Als er ebenfalls eingestiegen war und den Motor angelassen hatte, beugte sie sich zu ihm. »Die Top fünf der Gründe, warum du mich wiedersehen willst.«

»Müssen sie nach Priorität geordnet sein?«

Verdammt, sie mochte ihn wirklich. »Nein. Ganz schnell, was dir spontan einfällt.«

»Okay. Ich mag deine Art zu reden. Ich finde dich wunderschön. Ich will mehr über dich wissen. Ich will mit dir schlafen. Und wenn ich mit dir zusammen bin, fühle ich.«

»Fühlst du was?«

»Ich fühle einfach.«

»Das sind gute Antworten«, sagte Mac nach einem Augenblick. »Richtig gute Antworten.«

»Verrätst du mir auch deine fünf?«

»Ich arbeite noch dran. Aber wenn wir schon so gnadenlos offen zueinander sein wollen, solltest du wissen, dass ich bei Dates gut bin, aber dazu neige, in Beziehungen nachzulassen.«

»Das sehe ich anders. Wie kann das sein, wenn du doch mit deinen drei Freundinnen lebenslange Beziehungen pflegst? Und das auf verschiedenen Ebenen.«

»Ich habe keinen Sex mit ihnen.«

»Das ist ein interessantes Ausschlusskriterium, aber das Intimleben ist nur ein Teil von Beziehungen, die über Freundschaft hinausgehen. Es macht sie nicht aus.«

»Na komm, Carter, Sex ist doch der Knaller. Ganz zu schweigen von den Bemühungen, der Arbeit, die es kostet, eine Beziehung aufrechtzuerhalten, die Sex einschließt. Aber lass uns noch kurz beim Sex bleiben.«

»Ich weiß nicht, ob das so gut ist, während ich fahre.«

»Was, wenn wir so weit kommen, und der Sex ist grottenschlecht? Was dann?«

»Also, ich würde zuerst die Grundregel anwenden: Das meiste wird durch Übung besser. Ich wäre bereit, ziemlich viel zu üben.«

»Clever. Aber wenn der Sex nicht grottenschlecht wäre, würde es echt kompliziert.«

Carter warf Mac einen Blick zu. »Suchst du immer nach Problemen, wo keine sind?«

»Ja, in Sachen Beziehungen schon. Ich kann von keinem meiner Exfreunde sagen, dass ich mich noch gut mit ihm verstehe. Es ist nicht so: ›Ich hasse ihn und wünsche ihm einen langsamen, qualvollen Tod oder zumindest soll er bis in alle Ewigkeit Toaster verkaufen‹. Aber wenn es vorbei ist, bricht einfach der Kontakt zwischen uns ab. Und dich *mag* ich.«

Eine Weile fuhr Carter schweigend weiter. »Ich fasse zusammen. Du magst mich, und du denkst, wenn wir Sex haben und er nicht gut ist, mögen wir uns nicht mehr. Wenn er aber gut ist, wird alles kompliziert, und wir mögen uns am Ende auch nicht mehr.«

»Wenn du es sagst, klingt es dämlich.«

»Stoff zum Nachdenken.«

Mac lachte schnaubend. »Du bist ein Klugscheißer, Carter. Ganz subtil und raffiniert, aber doch ein Klugscheißer. Auch das gefällt mir.«

»Und mir gefällt, dass du das nicht besonders subtil ausdrückst. Ich schätze also, unsere Beziehung ist zum Scheitern verurteilt.«

Mac schleuderte ihm einen vernichtenden Blick zu, doch um ihren Mund zuckte es. Als er vor ihrem Studio parkte, lächelte er sie an. »Du beschäftigst meine grauen Zellen ganz schön, Mackensie. Ob ich mit dir zusammen bin oder nicht.«

Er stieg aus und begleitete sie zur Tür. »Wenn ich dich morgen anrufe, wäre das aufdringlich?«

»Nein.« Mac sah ihn unverwandt an, während sie in ihrer Tasche nach dem Schlüssel kramte. »Ich überlege, ob ich dich noch hereinbitten soll.«

»Aber …«

»He, ich bin diejenige, die ›aber‹ sagen muss.«

»Nur keine Hemmungen. Aber es ist keine gute Idee. Noch nicht. Denn wenn – falls«, korrigierte Carter sich, »wir ins Bett gehen, sollte es nicht sein, um etwas zu beweisen oder eine Frage zu beantworten. Ich finde, es muss sein, weil wir einander wollen.«

»Sehr vernünftig, Carter. Ich glaube, du gibst mir besser einen Gutenachtkuss.«

Er beugte sich vor und nahm ihr Gesicht zwischen beide Hände. Lange Finger, dachte sie, kühl auf ihrer Haut. Augen von sanfter Farbe und intensivem Ausdruck, die ihren Blick festhielten. Einen Moment, noch einen, so dass ihr Herz schon raste, bevor seine Lippen ihren Mund streiften.

Sanft, zart, so dass ihr rasendes Herz aufseufzte.

Als ihre Haut, ihr Blut erglühten, zog er sie enger an sich und küsste sie tiefer, tiefer, jeder Kuss ein Raunen, bis alles verschwamm.

Sie wurde ganz anschmiegsam, und ihr langer, leiser Seufzer bedeutete, dass sie sich ergab. Er wollte sie berühren, wollte ihre wundervollen Brüste unter den Händen spüren, mit den Fingern ihren Rücken hinunterstreichen, den Kick spüren, wenn sie die Beine fest um seine schlang.

Er wollte mehr als vernünftig war.

Er trat zurück und begnügte sich damit, mit dem Daumen über die Unterlippe zu streichen.

»Das könnte ein Fehler sein«, sagte sie. Rasch schloss sie die Tür auf und lehnte sich von innen dagegen. Und fragte sich, ob der Fehler darin bestand, Carter nicht hereinzulassen, oder darin, dass sie wusste, es würde nicht mehr lange dauern, bis sie es tun würde.

8

Mac verbrachte geschlagene vier Stunden mit Thumbnails, Photoshop und Ausdrucken. Durch die Arbeit blieb sie konzentriert und ausgeglichen. Ihre Gedanken durften nicht zu sexy Englischlehrern abschweifen, wenn die Kunden – zu Recht – von ihr verlangten, dass sie ihr Bestes gab.

Sie konzentrierte sich darauf, den Farbkontrast auszubalancieren und die Helligkeit zu erhöhen oder abzudämpfen, um die Stimmung, die Empfindung, zu übermitteln.

Sie stellte einen Schnappschuss von Braut und Bräutigam scharf, wie sie beide lachend den Mittelgang herunterkamen, die Hände ineinander verschränkt, und sie ließ den Hintergrund verschwimmen. Hier zählten nur diese beiden.

Nur diese beiden, dachte sie, trunken vor Glück in diesen ersten Sekunden der Ehe. Alles um sie herum mit Weichzeichner und wie im Traum, ihre Gesichter, ihre Bewegungen, ihre Einheit dagegen ganz klar.

Das andere würde wieder auf sie einstürmen, dachte sie, andere Stimmen, Bewegungen, Anweisungen, Beziehungen. Aber in diesem Augenblick, auf diesem Bild, gab es nur sie.

Zufrieden fügte sie ein Bildrauschen ein, nur den Hauch einer Körnung, bevor sie den Abzug eines Soft-Proofs versuchte, um ihr Papier zu testen. Sobald sie das Bild ausgedruckt hatte, untersuchte sie es gründlich nach Fehlern.

Sie fügte es, wie sie es manchmal tat, den bestellten Bildern bei. Ein kleines Geschenk für das frischgebackene Ehepaar. Dann ging sie an einen anderen Arbeitsplatz, packte das kombinierte Album aus, das ihre Kunden ausgewählt hatten, und begann, auf den Seiten Bilder zu arrangieren, die dem Betrachter die Geschichte des Tages erzählten.

Sie wiederholte die Prozedur für die kleineren Alben und Fotos, die sich die Eltern ausgesucht hatten.

Zurück am Computer fertigte sie die individuellen Danksagungskarten an, für die sie das von der Kundin ausgewählte Porträt verwendete. Sie verpackte sie zu je fünfundzwanzig Stück in Schachteln und band um jede eine weiße Schleife, bevor sie eine Pause machte.

Sie musste noch ein Dutzend Porträts mattieren und einrahmen, die das Paar für seine private Galerie und zum Verschenken an Freunde ausgesucht hatte.

Doch sie würde mit dem Auftrag fertig werden, heute noch, dachte sie, während sie aufstand und sich reckte. Sie hatte einen Lauf, und am Morgen würde sie ihre Kundin kontaktieren, um einen Termin für Abholung oder Lieferung zu vereinbaren.

Sie beugte sich vornüber und ließ die Arme locker herunterhängen. Als es an der Tür klopfte, rief sie: »Es ist offen.«

»Du hast immer noch keinen Hintern.«

Mac wandte den Kopf, um Delaney von oben bis unten zu mustern. »Hab ich mir's doch gedacht.«

»Kam gerade hier lang, um ein paar Unterlagen vorbeizubringen und bei Parker reinzuschauen, bevor ich zu Jack gehe, um mir das Spiel anzusehen.« Delaney schälte sich aus seiner Jacke und schleuderte sie in Richtung Sofa. »Und, wie war der Wein?«

»Gut, vielen Dank, Mr Charmebolzen.«

»Du und Carter Maguire, hm?« Als wäre er bei sich zu

Hause, schlenderte er in die Küche. Sie hörte, wie der Kühlschrank aufging, dann Dels entsetzte Stimme: »Mac, du hast keinen Hintern – warum hast du hier drin nur Diätcola?«

»Damit Leute wie du nicht meinen ganzen Vorrat wegschlucken.«

Sie stellte sich wieder gerade hin, als Del zurückkam und den Verschluss einer Dose knallen ließ. »Wie war das mit dem Teufel und den Fliegen? Hab gehört, du und Carter sollt angebandelt haben, weil seine Schwester eine Kundin ist.«

»Wir sind uns deshalb zufällig über den Weg gelaufen.«

»Und du hast ihm bei der ersten Gelegenheit deine Titten präsentiert.«

Mac zog die Augenbrauen hoch. »So hat Parker das bestimmt nicht gesagt, die ja deine Quelle sein muss. Wenn du rumzicken willst, warum setzen wir uns dann nicht und flechten einander die Haare wie Mädchen, während wir tratschen?«

»Deine Haare sind zu kurz.« Del trank einen Schluck Cola und verzog ein wenig das Gesicht. »Bah. Aber zurück zum Thema. Ein Mann darf doch wohl noch neugierig und ein bisschen misstrauisch sein, wenn es um andere Typen und seine kleine Schwester ehrenhalber geht.«

Mac holte sich gleichfalls eine Cola aus der Küche. »Wir sind essen gegangen. Meines Wissens tun die Menschen das schon seit einigen Jahren.«

»Date Nummer zwei, laut meiner sicheren Quelle. Die Präsentation nicht mitgerechnet.« Del wackelte vielsagend mit den Augenbrauen, als Mac zurückkam.

»Das war keine Präsentation, ich hatte nur gerade keine Bluse an. Perversling.«

»Ich trage viele Namen. Und da du so ausweichst, frage ich mich, ob das etwas Ernstes ist.«

»Ich weiche nicht aus, und was für ein Problem hast du mit Carter?«

»Überhaupt keins, außer dass du du bist, und er ist ein Mann. Ich mag ihn.« Achselzuckend setzte Del sich auf die Armlehne ihres Sofas. »Mochte ihn schon immer. Seit er wieder hier lebt, habe ich ihn noch nicht gesehen, bis gestern Abend. Ich hatte gehört, er wäre mit Corrine Melton zusammen – sie hat für einen Kunden von Jack gearbeitet, und er, also Jack, fand sie wahnsinnig nervig.«

»Was weißt du von ihr?«

»Aha, es ist also doch etwas Ernstes.«

»Halt die Klappe. Nun sag schon.«

»Beides gleichzeitig geht nicht.«

»Komm schon, Del.«

»Ich weiß gar nichts, außer dass sie Jack auf den Keks gegangen ist und ihn offenbar angebaggert hat. Während sie noch mit Carter zusammen war. Was sie jetzt nicht mehr ist, nehme ich an.«

»Wie sieht sie aus? Ist sie hübsch?«

»Mein Gott, Mac, jetzt zickst *du* rum. Ich habe keine Ahnung. Frag Jack.«

Mit finsterer Miene zeigte Mac auf die Tür. »Wenn du nichts zu sagen hast, nimmt deine Cola und geh. Ich arbeite.«

Del grinste sie an, mit dem entwaffnenden Brown-Grinsen. »Aber ich amüsiere mich gerade so gut.«

»Wenn ich nichts von dir erfahre, erfährst du auch nichts von mir.«

Das Telefon klingelte. Mac schaute auf das Display, erkannte jedoch weder Namen noch Nummer. »Hochzeitsagentur Vows, Macs Fotostudio.«

»Mackensie! Hallo aus dem schönen, sonnigen Florida.«

»Mama.« Impulsiv hielt sich Mac den Zeigefinger an die Schläfe und knickte den Daumen wie einen Abzugshahn.

Del warf seine Jacke zurück auf die Couch. Freunde ließen einander nicht allein, wenn einer nicht gut drauf war. Und wenn Linda am Telefon war, würde Mac danach mies drauf sein.

»Es geht mir so *gut* hier. Ich fühle mich wie eine ganz neue Frau!«

»Von wessen Telefon rufst du an?«

»Oh, von Aris. Ich habe meins im Hotelzimmer vergessen, und wir sitzen gerade draußen am Pool. Oder vielmehr, ich sitze dort. Ari ist nur nachsehen gegangen, wo unsere Drinks so lange bleiben. Der Süße. Oh, es ist fantastisch hier! Gleich habe ich eine Behandlung, aber ich musste vorher einfach mit dir sprechen, deshalb hat Ari mir sein Telefon geliehen. Er ist *so* ein Gentleman.«

Himmel, dachte Mac, genau das hatte sie vorhergesehen. »Ich freue mich, dass es dir gutgeht.«

»Es hat mir unglaublich viel gebracht. Meiner Gesundheit, meinem Wohlbefinden, mental, emotional und spirituell. Ich brauche noch eine Woche.«

Mac schloss die Augen. »Ich kann dir nicht helfen.«

»Natürlich kannst du! Liebes, ich muss das hier zu Ende führen. Wenn nicht, komme ich zurück und sacke gleich wieder in ein Loch. Dann wäre alles umsonst gewesen, als ob du dein Geld zum Fenster hinausgeworfen hättest. Ich brauche nur noch einmal tausend von dir. Na ja, zwei, um ganz sicherzugehen. Damit ich am Ende ganz wiederhergestellt bin.«

»Ich habe kein Geld mehr übrig.« Mac dachte an die Arbeit, die sie getan hatte – über vier Stunden Arbeit an einem Sonntag.

»Du kannst es überweisen.« Lindas Stimme klang allmählich schriller. »Mein Gott, es ist ja nicht so, dass du herkommen und es mir in bar geben müsstest. Ruf einfach hier im Büro an und gib deine Kreditkartendaten an, dann erledigen sie den Rest. So einfach ist das. Ich habe ihnen schon gesagt, dass du anrufst, also ...«

»Du kannst das nicht immer wieder mit mir machen.« Mac versagte fast die Stimme. »Du kannst nicht von mir verlangen, dass ich zahle und zahle und zahle. Ich ...«

Mac fuhr zusammen, als Del ihr den Hörer aus der Hand riss. »Nicht«, begann sie, doch mit einem Blick brachte er sie zum Schweigen.

»Linda? Hallo, hier spricht Delaney Brown. Es tut mir leid, Mac wurde weggerufen.«

»Wir waren noch nicht fertig ...«

»O doch, Linda. Sie waren fertig. Was immer Sie auch diesmal von ihr verlangen, sie hat Nein gesagt. Und jetzt hat sie zu tun.«

»Sie haben kein Recht, so mit mir zu reden. Glauben Sie, weil Sie ein *Brown* sind, weil Sie *Geld* haben, können Sie sich zwischen mich und mein eigenes Kind drängen?«

»Nein, ich glaube, dass ich das tun kann, weil ich Macs Freund bin. Ich wünsche Ihnen einen wunderschönen Tag.«

Er legte auf und wandte sich zu Mac um, die ihn kläglich ansah. »Nicht weinen«, befahl er.

Sie schüttelte den Kopf und sank direkt in seine Arme, um das Gesicht an seiner Schulter zu bergen. »Verdammt, verdammt, warum lasse ich mir das von ihr antun?«

»Weil du eine gute und liebevolle Tochter wärst, wenn du die Wahl hättest. Aber sie lässt dir keine Wahl. Es liegt an ihr, Mac. Ging es wieder ums Geld?«

»Ja, wieder einmal.«

Del strich ihr über den Rücken. »Du hast das Richtige getan. Du hast Nein gesagt. Mach weiter so. Und jetzt versprich mir, dass du nicht ans Telefon gehst, wenn – falls – sie zurückruft. Wenn du mir nicht dein Wort gibst, schleife ich dich hier raus und zwinge dich, bei Jack das Spiel mitanzusehen.«

»Ich verspreche es. Ich wäre auch nicht drangegangen, aber ich habe die Nummer nicht erkannt. Sie hat vom Telefon eines gewissen Ari angerufen und meine Geschäftsnummer gewählt. Sie weiß, wie sie mich drankriegt.«

»Du solltest deine Anrufe mit dem Anrufbeantworter überprüfen, wenigstens so lange, bist du weißt, wer dran ist. Okay?«

»Ja, okay. Danke, Del. Danke.«

»Ich hab dich lieb, Baby.«

»Ich weiß.« Mac trat einen Schritt zurück und lächelte Del an. »Ich dich auch. Jetzt geh Football gucken. Und sag Parker nichts. Wenn ich das Bedürfnis habe, erzähle ich es ihr selbst.«

»Geht klar.« Del nahm seine Jacke. »Wenn du mich brauchst …«

»… rufe ich dich an. Auch das verspreche ich.«

Sie konnte nicht sofort weiterarbeiten, noch nicht, erst, wenn sie den Kopf wieder frei hatte und sich erneut konzentrieren konnte. Und die Jammertour, die sie mit wehenden Fahnen kommen fühlte, würde dafür nicht hilfreich sein.

Spazieren gehen, dachte sie. Das hatte neulich auch funktioniert, mit Carter. Sie würde sehen, ob es auch allein ging.

Es war weder Abend, noch schneite es, doch die Luft war klar und kalt. Alle anderen sind gemütlich im Haus, dachte sie. Im Haus drüben, aber ganz in der Nähe. Wenn sie

Gesellschaft wollte oder brauchte, konnte sie welche finden.

Nicht jetzt, dachte sie. Noch nicht. Als ihr die Vogelhäuschen wieder einfielen, stapfte sie durch den Schnee, um sie mit Futter aus der fest verschlossenen Dose aufzufüllen. Geht zur Neige, dachte sie, während sie Futter herausschaufelte. Etwas für den Einkaufszettel.

Zehn Pfund Vogelfutter. Einen Viertelliter Milch. Ein neues Rückgrat.

Zu dumm, dass sie Letzteres nicht im örtlichen Supermarkt kaufen konnte. Es würde ihr eben eines wachsen müssen, wenn Linda Elliot Meyers Barrington wieder in Erscheinung trat.

Nachdem sie die Dose wieder geschlossen hatte, ging sie zum Teich und trat unter eine der Weiden. Dort wischte sie den Schnee von der Bank unter dem Fächer aus Weidenruten und setzte sich für eine Weile. Der Boden war noch weiß bedeckt, doch die Sonne hatte die Äste entblößt, so dass die Bäume wie Speere, Winterknochen, in den Himmel ragten, der die Farbe von alten, verwaschenen Jeans hatte.

Sie konnte die Rosenlaube sehen, weiß wie Schnee, mit den gewundenen, ineinander verschlungenen Zweigen voller spitzer Dornen. Und dahinter die Pergola, an der die üppige Glyzinie schlummerte. Sie nahm an, es war ein friedliches Bild, wie Farben und Leben ihren Winterschlaf hielten. Doch in diesem Augenblick kam ihr nur das Wort einsam in den Sinn.

Sie erhob sich, um ins Haus zurückzukehren. Bei der Arbeit würde es ihr bessergehen. Wenn sie Fehler machte, würde sie wieder und wieder von vorn anfangen, bis sie das Stimmungstief überwunden hatte.

Sie würde Musik anstellen, laut, damit sie ihre eigenen Gedanken nicht hören musste.

Schon während sie die Tür öffnete, hörte sie das Schluchzen und die tränenerstickte Stimme ihrer Mutter. »Ich weiß nicht, wie du so kalt, so gefühllos sein kannst. Ich brauche deine *Hilfe*. Nur noch ein paar Tage, Mackensie. Nur …«

Gott sei Dank schnitt ihr Anrufbeantworter den Rest des Gesprächs ab.

Mac schloss die Tür und zog den Mantel aus. Arbeiten? Wem wollte sie denn etwas vormachen?

Sie rollte sich auf der Couch zusammen und zog den Überwurf über sich. Sie würde das Ganze verschlafen, gelobte sie. Den Katzenjammer verschlafen.

Als das Telefon erneut klingelte, rollte sie sich schutzsuchend zu einer Kugel zusammen. »O Gott, o Gott, lass mich in Ruhe, bitte, hör auf damit. Lass mich in Frieden.«

»Äh, hallo. Hier ist Carter. Du bist wohl an der Arbeit, oder du musstest mal weg. Oder, ha, du bist einfach nicht in der Stimmung, um dich zu unterhalten.«

»Ich kann nicht reden«, murmelte sie von der Couch. »Ich kann nicht. Rede du. Sprich mit mir.«

Sie schloss die Augen und ließ sich von seiner Stimme einlullen.

In seinem Stadthaus legte Carter den Telefonhörer auf. Der dreibeinige rote Kater, den er Triad nannte, sprang ihm auf den Schoß. Geistesabwesend kraulte er ihn zwischen den Ohren und wünschte, er hätte mit Mac reden können. Wenigstens ganz kurz. Dann würde er nämlich jetzt nicht hier sitzen und an sie denken, anstatt seinen sonntäglichen Pflichten nachzukommen.

Er musste Wäsche waschen und den morgigen Unterricht

fertig vorbereiten. Weitere schriftliche Arbeiten korrigieren und die Entwürfe seines Kurses in kreativem Schreiben lesen und beurteilen. Auch sein Aufsatz mit dem Titel »Der Dualismus bei Shakespeares Frauenfiguren« war noch nicht fertig, und der Kurzgeschichte, die er in Arbeit hatte, musste er sich ebenfalls noch einmal widmen.

Außerdem erwarteten ihn seine Eltern am Abend zum Sonntagsessen.

Er sehnte sich nach Mac. Dass ihm das bewusstwurde, änderte nichts daran.

»Zuerst die Wäsche«, erklärte er dem Kater und ließ ihn auf den Stuhl gleiten, den er nun räumte. In der fürchterlich beengten Wäschekammer neben seiner Küche stopfte er die erste Ladung in die Waschmaschine. Gerade wollte er sich eine Tasse Tee kochen, als er plötzlich die Stirn runzelte.

»Ich kann auch einen Kaffee trinken, wenn ich will. Es gibt kein Gesetz, das mir verbietet, nachmittags einen gottverdammten Kaffee zu trinken.«

Er brühte sich einen auf, mit einem gewissen Trotz, durch den er sich etwas albern vorkam, auch wenn ihn niemand sehen konnte. Während seine Kleider in der Maschine waren, nahm er den Kaffee mit nach oben in das kleinere der beiden Zimmer, das er sich als Arbeitszimmer eingerichtet hatte.

Er begann, die Arbeiten zu korrigieren, und seufzte, weil er einem seiner intelligentesten – und faulsten – Schüler eine Drei minus geben musste. Er ahnte, dass deshalb ein Gespräch auf ihn zukommen würde. Zwecklos, es aufzuschieben, entschied er und schrieb ein *Komm nach der Stunde zu mir* unter die Note.

Als die Zeitschaltuhr, die er gestellt hatte, piepte, ging er wieder nach unten, um die feuchte Wäsche in den Trockner umzufüllen und eine zweite Ladung in die Waschmaschine zu stecken.

Zurück an seinem Schreibtisch, beurteilte er die Textentwürfe. Er kommentierte, machte Vorschläge, brachte Korrekturen an. Mit seinem Rotstift fügte er Lob und Ratschläge hinzu. Diese Arbeit liebte er – zu sehen, wie seine Schüler ihren Grips anstrengten, ihre Gedanken gliederten und ihre eigenen Welten erschufen.

Als er sowohl mit der Arbeit für die Schule als auch mit der Wäsche fertig war, blieb ihm immer noch über eine Stunde Zeit, die es totzuschlagen galt, bevor er sich zum Abendessen auf den Weg machen musste.

Ganz beiläufig begann er, im Internet nach Rezepten zu suchen.

Das bedeutete nicht, dass er Mac zum Abendessen zu sich einladen würde. Er tat es mehr in weiser Voraussicht. Falls er den Verstand verlor und Bobs Ratschlägen folgte, war es gut, einen Plan zu haben.

Sozusagen einen Entwurf.

Nichts zu Ausgefallenes oder Kompliziertes, dachte er, denn das konnte nur in einer Katastrophe enden. Aber auch nichts zu Einfaches oder Banales. Wenn man für eine Frau kochen wollte, sollte man dann nicht ein bisschen mehr tun, als nur etwas in die Mikrowelle zu stellen?

Er druckte verschiedene Möglichkeiten aus und machte sich Notizen zu potenziellen Menüfolgen und passenden Weinen. Mac trank gern Wein. Er hatte keine Ahnung von Wein, aber er konnte ja lernen. Schließlich heftete er alles in einen Ordner.

Vermutlich würde er sie ohnehin ins Kino einladen. Das übliche Date im Kino, gefolgt von Pizza. Ganz zwanglos, ohne Druck oder Erwartungen. So würde es höchstwahrscheinlich laufen, dachte er, während er aus dem Arbeitszimmer in sein Schlafzimmer ging, um ein frisches Hemd anzuziehen.

Trotzdem konnte es nicht schaden, ein paar Kerzen aufzustellen, vielleicht auch Blumen. Er sah sich im Zimmer um und versuchte, sich Mac hier vorzustellen. Im Kerzenschein. Stellte sich vor, wie er sie sanft aufs Bett legte, wie sie sich unter ihm bewegte. Wie er ihr ins Gesicht sah, das im Kerzenlicht schimmerte. Wie er sie berührte, sie schmeckte.

»Junge, Junge.«

Nachdem er tief durchgeatmet hatte, um sich zu beruhigen, starrte Carter zu dem Kater hinunter, der zu ihm heraufsah. »Sie hat Recht. Sex ist der Knaller.«

Das Haus in der Chestnut Lane mit dem großen Hof und den alten Bäumen war einer der Gründe dafür gewesen, dass Carter seine Stelle in Yale aufgegeben hatte. Er hatte es vermisst: die blauen Fensterläden und weißen Schindeln, die stabile Veranda, die hohen Gauben – und die Menschen, die darin wohnten.

Er konnte nicht behaupten, dass er nun öfter zu dem Haus kam als damals, als er noch in New Haven gelebt und gearbeitet hatte. Doch es tat gut zu wissen, dass er jederzeit dort vorbeischneien konnte, wenn ihm danach war. Er trat ein und ging in der Diele auf eine Tür zu, um einen Blick in den großen Salon zu werfen, in dem Chauncy, der Cockerspaniel der Familie, sich auf dem Sofa zusammengerollt hatte.

Der Hund wusste genau, dass die Möbel für ihn tabu waren, so dass sein belämmerter Gesichtsausdruck und das hoffnungsvolle Schwanzwedeln eine Bitte um Stillschweigen waren.

»Ich habe nichts gesehen«, raunte Carter und ging weiter auf das große Zimmer und den Lärm zu. Er roch den Duft des Schmorbratens nach Yankee-Art, den seine Mutter zubereitete, hörte das Lachen seiner kleinen Schwester, gefolgt von verschiedenen männlichen Ausrufen und Flüchen.

Das Spiel, so schloss er daraus, hatte schon angefangen.

In der Tür blieb er stehen, um das Bild zu betrachten. Seine Mutter, die knochig war und robust wie das Felsgestein von Neuengland, rührte irgendetwas auf dem Herd, während Sherry sich neben ihr an die Arbeitsplatte lehnte, ohne Punkt und Komma quasselte und dabei mit einem Glas Wein gestikulierte. Seine ältere Schwester Diane stand an der Fensterfront, die Hände in die Hüften gestemmt, und starrte hinaus. Carter konnte ihre beiden dick eingemummten Kinder sehen, die auf bunten Poporutschern den Abhang hinter dem Haus hinunterschlitterten.

Sein Vater, sein Schwager und Nick kommentierten immer noch lautstark das Geschehen auf dem Bildschirm auf der anderen Seite der Frühstückstheke. Da er von Football entweder Kopfschmerzen bekam oder einschlief, entschied Carter sich für die Mädchenecke und schlich sich von hinten an seine Mutter heran, um sich zu ihr hinunterzubeugen und sie aufs Haar zu küssen.

»Dachte schon, du hättest uns vergessen.« Pam Maguire hielt ihrem Sohn zum Probieren einen Löffel der Erbsensuppe hin, die auf dem Herd köchelte.

»Ich musste noch ein paar Sachen fertig machen. Schmeckt gut«, sagte Carter, nachdem er gehorsam probiert hatte.

»Die Kinder haben nach dir gefragt. Sie dachten, du wärst rechtzeitig hier, um mit ihnen Schlitten zu fahren.«

In Dianes Stimme schwang ein Hauch von Kritik mit. Da

er wusste, dass sie sich erst dann richtig wohlfühlte, wenn sie an irgendetwas oder irgendjemandem herummäkeln konnte, ging er zu ihr und küsste sie auf die Wange. »Schön, dich zu sehen.«

»Nimm dir einen Wein, Carter.« Hinter Dianes Rücken verdrehte Sherry demonstrativ die Augen. »Wir können sowieso erst essen, wenn das Spiel vorbei ist. Das dauert noch.«

»Bei uns zu Hause verschieben wir wegen einer Sportsendung kein Familienessen«, sagte Diane.

Was, so dachte Carter, vermutlich erklärte, wieso sein Schwager die weniger strengen Regeln der Maguires ausnutzte.

Seine Mutter stand gerade summend über ihrer Suppe, als die Footballfans wie ein Mann aus Sessel oder Sofa aufsprangen und in Jubel ausbrachen.

Touchdown.

»Warum trinkst du nicht auch ein schönes Glas Wein, Di?« Pam klopfte ihren Löffel ab und regulierte die Flamme unter dem Topf. »Den Kindern geht's prima da draußen. Wir haben schon seit über zehn Jahren keine Lawine mehr gehabt. Michael! Dein Sohn ist da.«

Mike Maguire hob einen Finger und pumpte mit der anderen Hand, als der Spieler versuchte, einen Extrapunkt zu machen. »Und er *hat* ihn!« Über die Schulter warf er Carter ein Grinsen zu. Sein helles irisches Gesicht, das von dem silbergrauen Bart eingerahmt wurde, war vor Freude gerötet. »Die Giants liegen fünf Punkte vorn.«

Sherry reichte Carter ein Glas. »Da sowohl hier als auch dort«, sie nickte zu den Tribünen hinüber, »alles im grünen Bereich ist, setz dich doch und erzähl uns von dir und Mackensie Elliot.«

»Mackensie Elliot? Die Fotografin? *Wirklich?*« Pam dehnte das Wort wie Kaugummi.

»Ich glaube, ich schaue mir lieber den Schluss des Spiels an.«

»Kommt nicht infrage.« Sherry dirigierte ihn zurück an die Frühstückstheke. »Ich habe es von jemandem, der es von jemandem hat, der euch beim Tête-à-tête im Coffee Talk gesehen hat.«

»Wir haben Kaffee getrunken. Und geredet. Wie der Name Coffee Talk schon sagt.«

»*Dann* hörte ich von jemandem, der von jemandem gehört hat, gestern Abend im Willows wärt ihr noch dichter zusammengerückt. Was geht da vor?«

Sherry hörte immer etwas von jemandem, der es von jemand anderem gehört hatte, dachte Carter matt. Seine Schwester war wie ein leibhaftiger Radioempfänger. »Wir sind ein-, zweimal miteinander ausgegangen.«

»Du triffst dich mit Mackensie Elliot?«, fragte Pam.

»Sieht so aus.«

»Dieselbe Mackensie Elliot, für die du auf der Highschool monatelang geschwärmt hast.«

»Woher weißt du …« Dämlich, dachte Carter. Seine Mutter wusste alles. »Wir waren nur zusammen essen. Das ist keine überregionale Nachricht.«

»Eher regional«, korrigierte Pam. »Du hättest sie heute Abend hierher einladen können. Du weißt, dass es immer mehr als genug gibt.«

»Wir sind nicht … es ist nicht … Wir sind nicht so weit, dass Familientreffen angesagt wären. Wir waren essen. Es war ein einziges Date.«

»Zwei, mit dem Kaffee«, berichtigte ihn Sherry. »Siehst du sie wieder?«

»Wahrscheinlich. Vielleicht.« Er merkte, wie er die Schultern hochzog, als er die Hände in die Taschen schob. »Keine Ahnung.«

»Ich höre viel Gutes über sie, und sie macht sehr gute Arbeit. Sonst wäre sie auch nicht für Sherrys Hochzeit beauftragt worden.«

»Ist sie nicht die Tochter von Linda Elliot? Oder Barrington, so heißt sie jetzt.«

»Ihre Mutter habe ich nicht kennengelernt. Wir waren nur essen.«

Die Neuigkeiten lockten sogar Diane vom Fenster weg. »Linda Barrington, klar. Ihre Tochter ist eng mit den Browns befreundet und mit Emmaline Grant und dem anderen Mädel. Sie betreiben zusammen die Hochzeitsagentur.«

»Ja, dann ist sie das wohl«, räumte Carter ein.

»Linda Barrington.« Carter wusste, dass Dianes verkniffene Miene Missbilligung ausdrückte. »Das ist die Frau, die eine Affäre mit Stu Gibbons hatte und seine Ehe zerstört hat.«

»Für das Verhalten ihrer Mutter kannst du Mackensie aber kaum verantwortlich machen.« Pam öffnete den Ofen, um nach ihrem Braten zu sehen. »Und seine Ehe hat Stu selbst zerstört.«

»Also, ich habe gehört, dass sie Stu dazu gedrängt hat, Maureen zu verlassen, und als er nicht wollte, hat sie Maureen selbst von der Affäre erzählt. Bei der Scheidung hat Maureen Stu ausgenommen – und wer wollte ihr das verdenken? Danach hatte Linda plötzlich kein großes Interesse mehr an Stu.«

»Reden wir über Mackensie oder über ihre Mutter?«, wunderte sich Pam.

Diane zuckte die Achseln. »Ich erzähle nur, was ich weiß. Die Leute sagen, sie sei ständig auf der Jagd nach dem nächsten Ehemann, vor allem, wenn er mit einer anderen verheiratet ist.«

»Mit Mackensies Mutter habe ich keine Dates.« Carter klang so ruhig und gelassen, dass Dianes Augen aufblitzten.

»Wer hat das denn behauptet? Aber du kennst das Sprichwort vom Apfel und dem Stamm. Du solltest vielleicht lieber vorsichtig sein, weiter nichts, damit du keine zweite Corrine Melton am Hals hast.«

»Warum musst du eigentlich so unausstehlich sein, Di?«, wollte Sherry wissen.

»Ich bin ja schon still.«

»Gute Idee.«

Pam verdrehte die Augen zur Decke, als ihre älteste Tochter wieder zum Fenster stolzierte. »Sie hat total schlechte Laune, seit sie hier ist.«

»Sie hat schon schlechte Laune, seit sie auf der Welt ist«, murmelte Sherry.

»Schluss jetzt. Sie ist hübsch, soweit ich mich erinnere. Mackensie Elliot. Und wie gesagt, ich habe viel Gutes über sie gehört. Ihre Mutter ist schwierig, kein Zweifel. Und ihr Vater ist charmant, aber nie da, wenn ich mich recht entsinne. Man muss schon ordentlich Mumm und Rückgrat haben, um es zu etwas zu bringen, wenn man so gar keinen Rückhalt hat.«

Carter beugte sich zu seiner Mutter herunter und küsste sie auf die Wange. »Nicht jeder hat so viel Glück wie wir.«

»Allerdings. Diane, ruf die Kinder herein, damit sie sich saubermachen können. Das ist die Zwei-Minuten-Vorwarnung.«

Als das Gespräch beim Essen von einer Beurteilung des

Footballspiels zur Schulaufführung seiner Nichte wechselte, sich dann um Hochzeitsangelegenheiten drehte und schließlich darum, wie sehr sich sein Neffe einen kleinen Hund wünschte, entspannte sich Carter.

Seine Beziehung zu Mac – wenn es denn eine solche gab – war offenbar vom Tisch.

Nick räumte ab, eine Geste, durch die er seit dem ersten Familienessen Pams Herz gewonnen hatte. Mike lehnte sich zurück und schaute über die lange Tafel im offiziellen Speisezimmer. »Ich habe euch etwas mitzuteilen.«

»Schenkst du mir einen kleinen Hund, Opa?«

Mike beugte sich zu seinem Enkel hinunter und raunte: »Lass mich deine Mama noch ein wenig bearbeiten.« Dann lehnte er sich wieder zurück. »Eure Mutter und ich haben nächsten Monat Hochzeitstag. Du bist immer noch meine Liebste«, fügte er hinzu und zwinkerte Pam zu.

»Ich dachte, ihr wollt vielleicht eine kleine Party im Club feiern«, begann Diane. »Nur die Familie und enge Freunde.«

»Das ist eine schöne Idee, Diane, aber sechsunddreißig Jahre glücklicher Ehe feiern meine Braut und ich im sonnigen Spanien. Das heißt, wenn sie damit einverstanden ist.«

»Michael!«

»Vor ein paar Jahren mussten wir die geplante Reise verschieben, weil ich die Stelle als Chefarzt der Chirurgie übernommen hatte. Ich habe mir im Februar zwei Wochen Urlaub genommen, unwiderruflich. Wie findest du das, Schatz? Lass uns Paella essen gehen.«

»Gib mir fünf Minuten zum Packen, und ich bin dabei.« Pam sprang vom Stuhl auf, stürzte auf Mike zu und ließ sich auf seinen Schoß plumpsen.

»Ihr seid alle entschuldigt«, sagte er und winkte seine Kinder hinaus.

Das war ein weiterer Grund dafür, dass er nach Hause gekommen war, dachte Carter. Die Beständigkeit.

9

Miese Stimmung galt nicht als Entschuldigung, um nicht an der Frühstücksbesprechung am Montagmorgen teilzunehmen. Wie einen knurrenden Hund an der Leine nahm Mac also ihre Laune mit in den Konferenzraum im Haupthaus. Laurel und Parker saßen bereits in der ehemaligen Bibliothek der Browns und knabberten an Preiselbeer-Muffins.

Die Bücher waren geblieben und bildeten eine Art Rahmen für den großen Raum. Im Kamin prasselte ein munteres Feuer. Auf dem alten, glänzenden Bibliothekstisch standen alle Utensilien zum Kaffeekochen, und Mac wusste, dass die geschnitzte Konsole einen Vorrat an Wasserflaschen barg.

Ihre Freundinnen saßen an dem runden, mit Intarsien verzierten Tisch in der Mitte des Raums. Strahlend und schön, dachte sie. Alle beide. Um acht Uhr morgens schon saß jedes gottverdammte Haar untadelig. Bei ihrem bloßen Anblick fühlte sie sich in den zerrissenen Jeans, die sie übergestreift hatte, schlampig, linkisch und irgendwie *minderwertig*.

»Und wenn ich ihn deswegen anrufe?« Laurel hob ihre Tasse mit dem, wie Mac wusste, perfekt zubereiteten Cappuccino. »Er hat gesagt, ›Ich gehe nie ohne meine Zahnbürste aus dem Haus‹.« Sie schnaubte verächtlich und lächelte dann Mackensie an. »Du hast gerade eine meiner Erzählungen verpasst – *Der Niedergang des Martin Boggs*. Warum zum Teufel bin ich überhaupt mit jemandem ausgegangen, der Martin Boggs heißt? Ich hoffe, dein Date war besser als meins.«

»Es war schön.«

»Oh, so gut, hm?«

»Ich habe gesagt, es war schön.« Mac deponierte ihren Laptop auf dem Konferenztisch und stapfte zur Kaffeetheke. »Können wir anfangen? Ich habe heute viel zu erledigen.«

»Da ist jemand mit dem falschen Fuß aufgestanden.«

Mac ließ den Mittelfinger in die Luft schnellen.

»Danke, gleichfalls.«

»Mädels, Mädels.« Parker stieß einen gedehnten Seufzer aus. »Muss ich euch auseinander setzen? Nimm dir einen Muffin, Mac.«

»Ich will keinen dämlichen Muffin. Ich will mit unserer Besprechung vorankommen, die ohnehin völlige Zeitverschwendung ist.«

»Wir haben am Wochenende drei Veranstaltungen, Mac«, erinnerte Parker sie.

»Die alle komplett skizziert, organisiert, durchdiskutiert, mikroskopisch genau durchleuchtet und bis ins letzte bombastische Detail geplant sind. Wir wissen, was wir tun. Wir müssen nicht alles totreden.«

»Trink mal einen Kaffee«, schlug Parker vor, doch ihr Ton hatte sich abgekühlt. »Klingt, als bräuchtest du einen.«

»Ich brauche weder Kaffee noch einen bescheuerten Muffin.« Mac wirbelte wieder herum. »Lass mich kurz alles zusammenfassen. Es werden Leute kommen. Zwei von ihnen werden heiraten – höchstwahrscheinlich. Irgendetwas wird schiefgehen und behoben werden. Irgendjemand wird sich betrinken, und wir werden uns darum kümmern. Es wird gegessen, es wird Musik gespielt. Die Leute gehen wieder, und wir werden bezahlt. Die beiden, die höchstwahrscheinlich heiraten, lassen sich höchstwahrscheinlich binnen fünf Jahren wieder scheiden. Aber das ist nicht unser Problem. Besprechung beendet.«

»Wenn das so ist, da ist die Tür.« Laurel deutete darauf. »Warum benutzt du sie nicht?«

Mac knallte ihren Kaffee auf die Theke. »Gute Idee.«

»Einen Moment. Verdammt, nur einen Moment!« Parkers barsche Stimme vermasselte Mac ihren wütenden Abgang. »Hier geht es ums Geschäft. Um *unser* Geschäft. Wenn es dir nicht gefällt, wie wir arbeiten, berufen wir eine Besprechung ein, auf der du äußern kannst, was dir nicht passt. Aber dein Zickenterror steht heute Morgen nicht auf der Tagesordnung.«

»Stimmt. Ich vergaß, dass wir ja nach Tagesordnungen leben und sterben. Wenn etwas nicht in der Heiligen Tabelle steht oder in den Magischen Blackberry eingetippt wurde, ist es einer Parker Brown nicht würdig. Die Kunden dürfen glauben, sie wären Menschen mit Grips und Gefühlen, während du sie nur deine vorherbestimmten Wege hinunterscheuchst. Wer sich Parker nicht anpasst, dem helfe Gott.«

Parker erhob sich, ganz langsam. »Wenn du ein Problem damit hast, wie ich das Geschäft führe, dann reden wir darüber. Aber in ungefähr fünfzig Minuten kommt eine Gruppe zu mir wegen einer Führung. Um zwei habe ich heute eine Stunde frei, dann können wir das wieder aufgreifen. Vorerst finde ich, dass Laurel eine ausgezeichnete Idee hatte. Da ist die Tür.«

Mit von der Kälte geröteten Wangen rauschte Emma herein. »Ich wäre pünktlich gekommen, aber ich habe etwas fallen gelassen, eine ganze …« Sie machte große Augen, als Mac sich an ihr vorbeidrängte und hinausstürmte. »Was ist denn mit Mac los? Was ist passiert?«

»Mac macht einen auf Zicke.« Mit zornig funkelnden Augen griff Laurel zu ihrem Kaffee. »Wir wollten aber nicht mitspielen.«

»Habt ihr sie gefragt, warum?«

»Sie war zu sehr damit beschäftigt, uns niederzumachen.«

»Oh, Mann. Ich gehe ihr nach.«

»Nein.« Mit eiskaltem Blick schüttelte Parker den Kopf. »Lass es. Sie tritt dir bloß in den Hintern für deine Bemühungen. Heute Morgen kommen potenzielle Kunden zu mir, und wir müssen uns um aktuelle Kunden kümmern. Wir arbeiten vorerst um Mac herum.«

»Parker, wenn eine von uns ein Problem hat, haben wir alle eins. Nicht nur beruflich.«

»Ich weiß, Emma.« Parker presste die Finger an die Schläfe. »Aber selbst wenn Mac jetzt zuhören würde, was nicht der Fall ist, haben wir einfach keine Zeit.«

»Außerdem, wenn wir alle explodieren würden, wenn wir mal ein mieses Date hatten, wäre dieses Zimmer schon voll von unseren blutigen Überresten.«

»Mac und Carter?« Emma sah Laurel kopfschüttelnd an. »Ich kann mir nicht vorstellen, dass es das ist. Meine Mutter hat gestern Abend mit Carters Mutter gesprochen und mich danach angerufen, um mich auszuquetschen. Soweit ich weiß, ist alles gut gelaufen, als sie aus waren.«

»Aber was sonst?«, wollte Laurel wissen. »Was kann eine Frau zickiger machen als ein Mann? Okay, vielleicht manchmal andere Frauen. Aber …« Sie brach ab und schloss die Augen. »Ihre Mutter. Gott, sind wir Idioten. Nichts geht Mac so sehr auf die Nerven wie ihre Mutter.«

»Ich dachte, ihre Mutter wäre in Florida.«

»Glaubst du, die räumliche Entfernung bedeutet irgendeinen Hinderungsgrund für Linda Elliot?«, wandte Laurel sich an Parker. »Vielleicht ist es das. Wahrscheinlich ist es das, zumindest teilweise. Aber das ist immer noch kein Grund, uns so anzupampen.«

»Wir biegen das schon wieder hin. Bestimmt. Aber es stehen drei Veranstaltungen an, und wir müssen die Details durchgehen.«

Emma öffnete erneut den Mund, schluckte jedoch ihre Worte hinunter, als sie sah, wie Parker eine Magentablette aus der Rolle schnippte, die sie aus der Tasche geholt hatte. Es wurde nicht besser, wenn sich gleich zwei Freundinnen aufregten. »Also, ich wollte mit dir über die Vasen für Freitag reden.«

»Super.« Parker setzte sich wieder. »Fangen wir an.«

Mac wusste es, wenn sie einen auf Zicke gemacht hatte. Dazu benötigte sie keine Grafik, und man musste ihr auch keine Muffins anbieten wie einer Zweijährigen, die einen Keks brauchte. Außerdem brauchten ihre Freundinnen ihr nicht die Tür zu zeigen. Die fand sie allein.

Sie wusste, wie sie ihre Arbeit zu machen hatte. Und immerhin *arbeitete* sie jetzt, oder etwa nicht? Sie schnitt das erste Passepartout für die Fotos, die sie am Vorabend nicht mehr aufkaschiert hatte, weil ihr einfach nicht mehr danach gewesen war und ihr auch die Energie gefehlt hatte. In wenigen Stunden würde sie ein komplettes, nach individuellen Wünschen zusammengestelltes Paket und eine sehr zufriedene Kundin haben. Denn zum Kuckuck, sie wusste, was sie tat, auch ohne dass sie ihren Geschäftspartnerinnen jeden einzelnen gottverdammten Schritt erklärte.

Musste sie wissen, warum Emmaline Eukalyptus über Spargelkraut als Grün in einem Blumenarrangement verwendete?

Nein, musste sie nicht.

Musste sie Laurels geheime Zutat für Buttercremeüberzug kennen?

Ebenfalls nein.

Musste sie über Parkers letzten Eintrag in ihrem Crackberry diskutieren?

Um Gottes Willen, nein.

Warum zum Teufel interessierte es dann irgendjemanden, welchen Filter sie benutzen wollte oder für welches Kameragehäuse sie sich entschied?

Die anderen machten ihr Ding, sie machte ihres, und alle waren glücklich.

Sie leistete ihren Beitrag. Sie investierte genauso viel Zeit und gab sich ebensolche Mühe wie der Rest. Sie …

Sie hatte das verdammte Passepartout falsch zugeschnitten.

Verärgert schleuderte Mac den ruinierten Karton durch den Raum. Sie schnappte sich einen anderen und kontrollierte diesmal ihre Abmessungen doppelt und dreifach. Doch als sie ihr Passepartoutmesser hob, zitterte ihre Hand.

Ganz vorsichtig legte sie es wieder hin und trat zwei Schritte zurück.

Ja, sie wusste es, wenn sie herumgezickt hatte, dachte sie. Und sie wusste, wann sie sich am Riemen reißen musste. So wie jetzt. Außerdem wusste sie es – wie sie sich seufzend eingestand –, wenn sie zweien der Menschen, die ihr am meisten bedeuteten, eine Bitte um Verzeihung schuldig war.

Selbst wenn sie rotzfrech gewesen waren – und das waren sie –, so hatte sie doch damit angefangen.

Sie schaute auf die Uhr und seufzte erneut. Sie konnte das nicht jetzt erledigen, konnte sich nicht von dieser Last befreien. Nicht wenn Parker gerade Kunden durch das Haus führte.

Wir bieten Ihnen einen Rundum-Service. Wir können jedes Detail auf Ihre individuellen Bedürfnisse und Ihre Vorstellung von diesem Tag abstimmen. Die verrückte Zicke, die dort kommt, ist unsere Fotografin, die den Tag für Sie in Bildern festhalten wird.

Wäre das nicht perfekt?

Sie ging ins Bad, um sich kaltes Wasser ins Gesicht zu spritzen. Es waren ihre Freundinnen, erinnerte sie sich. Sie mussten ihr verzeihen. So war die Regel.

Etwas gefestigter kehrte sie zurück in ihr Studio.

Sie ließ den Anrufbeantworter ihre Gespräche entgegennehmen und konzentrierte sich voll und ganz auf ihre Aufgabe. Als sie fertig war, dachte sie, die Kundin würde nie darauf kommen, dass dieses Paket von einer Zicke in den Fängen eines heftigen Anfalls von Selbstmitleid erstellt worden war.

Sobald sie alles in ihren Wagen geladen hatte, fuhr Mac zum Haupthaus. Sie würden ihr verzeihen, ja, aber zuerst musste sie darum bitten. So lautete eine weitere Regel.

Aus Gewohnheit ging sie zum Hintereingang. Als sie in die Küche trat, sah sie Laurel, die an der Arbeitsplatte beschäftigt war. Mit einer Hand, die so ruhig und sicher war wie die eines Chirurgen, schrieb sie Monogramme auf herzförmige Schokoladentäfelchen.

Da Mac wusste, dass sie die Freundin jetzt nicht unterbrechen durfte, verhielt sie sich ganz still.

»Ich höre dich atmen«, sagte Laurel kurz darauf. »Geh weg.«

»Ich bin nur gekommen, um ein bisschen Kreide zu fressen. Geht ganz schnell.«

»Ich bitte darum. Ich muss noch fünfhundert von diesen Dingern fertig machen.«

»Es tut mir leid, wie ich mich aufgeführt habe und was ich gesagt habe. Ich habe das nicht so gemeint. Und es tut mir leid, dass ich einfach weggegangen bin.«

»Okay.« Laurel legte den Pinsel hin und drehte sich um. »Die Frage ist jetzt, warum.«

Mac wollte etwas sagen, doch die Kehle war ihr mit einem Mal wie zugeschnürt. Dass Laurel sich so querstellte, trieb ihr die Tränen in die Augen. Sie konnte nur den Kopf schütteln, als sie zu fließen begannen.

»Okay, okay.« Laurel kam herüber und nahm Mac in die Arme. »Es wird alles wieder gut. Na komm, setz dich mal.«

»Du musst noch fünfhundert Schokoherzen mit Monogrammen beschriften.«

»Wahrscheinlich sind es nur noch vierhundertfünfundneunzig.«

»O Gott, Laurel. Ich bin so ein Idiot.«

»Ja, stimmt.«

Kurzerhand setzte Laurel Mac an die Arbeitsplatte und stellte ihr eine Box mit Taschentüchern und ein Tellerchen mit unverzierten Schokoherzen vor die Nase.

»Ich kann nicht deine Schokolade wegessen.«

»Sie schmeckt viel besser als Kreide, und ich habe reichlich davon.«

Schniefend nahm Mac ein Täfelchen. »Du machst die beste.«

»Die von Godiva sollten sich vor Angst in die Hosen machen. Was ist passiert, Schätzchen? War es deine Mutter? Bei mir hat es klick gemacht«, fügte sie hinzu, als Mac keine Antwort gab. »Direkt nach deinem wütenden Abgang.«

»Warum kann ich das nicht einfach wegstecken, Laurel?«

»Weil sie ganz genau weiß, welche Knöpfe sie bei dir drücken muss. Und egal, wie viel du wegsteckst, sie setzt immer noch einen drauf.«

Damit traf sie, wie Mac zugeben musste, den Nagel auf den Kopf. »Sie wird sich nie ändern.«

»Damit meinst du wohl mich.« Mac biss noch einmal von der Schokolade ab. »Ich weiß es. Ich habe Nein gesagt. Ich habe Nein gesagt und Nein gemeint, und ich hätte es auch weiterhin gesagt, selbst wenn Del mir nicht den Hörer aus der Hand genommen und einfach aufgelegt hätte.«

Laurel, die sich gerade ein Glas herunterholen wollte, warf ihr über die Schulter einen Blick zu. »Del war da?«

»Ja, er kam vorbei, um mich wegen Carter zu necken – noch so ein Kapitel zum Thema, was zum Teufel ich da eigentlich mache. Und gerade da rief sie aus Florida an und wollte nochmal zweitausend, damit sie noch eine Woche bleiben und sich vollends erholen könne.«

»Ich traue Del zu, dass er einfach den Hörer auflegt, aber er hätte herkommen und es uns erzählen sollen.«

»Ich habe ihn gebeten, das nicht zu tun.«

»Na und?«, fragte Laurel energisch. »Wenn er einen Funken Verstand hätte, dann hätte er getan, was gut für dich gewesen wäre, nicht, worum du gebeten hast. Dann hättest du dich nicht die ganze Nacht herumgewälzt und wärst nicht so mit dem falschen Fuß aufgestanden.«

Sie stellte ein Glas Eiswasser neben die Schokolade. »Trink das. Wahrscheinlich bist du dehydriert. Wie oft hat sie noch angerufen, nachdem Del weg war?«

»Es ist nicht seine Schuld. Zweimal. Ich bin nicht drangegangen.« Mac seufzte tief. »Tut mir echt leid, dass ich das an euch ausgelassen habe.«

»Wozu sind Freundinnen denn da?«

»Hoffen wir, dass Parker es genauso sieht. Kann ich die hier mit hochnehmen, um das Gespräch sozusagen zu versüßen?«

Laurel suchte zwei weiße Schokoherzen aus ihrem Vorrat heraus. »Weißer Schokolade kann sie nicht widerstehen, und den Vorteil wirst du vielleicht brauchen. Mich hast du nur genervt. Das lässt sich leicht verschmerzen. Aber Parker hast du richtig verletzt.«

»O Gott.«

»Ich denke, es ist besser, du weißt das, wenn du reingehst. Genervt ist sie auch, aber du musst an ihre verletzten Gefühle heran.«

»Okay. Danke.«

Da Mac Parker kannte, und das konnte man wohl sagen, ging sie schnurstracks zum Konferenzraum. Der Streit war dort vorgefallen, also gebot es die Parker-Logik, dass auch die Fortsetzung am gleichen Ort stattfand.

Wie erwartet saß Parker am Tisch und arbeitete mit ihrem Crack …, nein: Blackberry. Das Feuer war bis auf ein behagliches Glimmen heruntergebrannt, und statt des Kaffees stand nun die Wasserflasche da, ohne die man Parker selten sah. Ihr Laptop war aufgeklappt, und daneben lag ein ordentlicher Stapel von Unterlagen und Ausdrucken.

Parker war niemals etwas anderes als *vorbereitet*.

Als Mac hereinkam, legte Parker den Blackberry beiseite. Ihre Miene war kühl und ausdruckslos. Ihr Ich-hab-zu-tun-Gesicht, dachte Mac.

»Sag nichts. Bitte. Ich bringe Schokolade und jede nur

denkbare Form der Entschuldigung mit. Du kannst so viel davon haben, wie du willst – von der Schokolade und den Entschuldigungen. Ich habe mich oberdämlich benommen. Alles, was ich gesagt habe, stammte aus dem Pott voll Dünnpfiff, den ich dabeihatte. Da ich nichts davon zurücknehmen kann, musst du mir verzeihen. Du hast keine andere Wahl.« Sie stellte den Teller ab. »Hier ist weiße Schokolade.«

»Das sehe ich.« Schweigend musterte Parker das Gesicht der Freundin. Selbst wenn sie Mac nicht ihr ganzes Leben lang gekannt hätte, wären ihr die Spuren eines noch nicht lange zurückliegenden Heulanfalls nicht entgangen.

»Nachdem ich die ganze Arbeit gemacht habe, kommst du einfach hier rein und sagst, es tut dir leid, damit wir die Sache ausfechten können und ich dich dazu bringe, zu Kreuze zu kriechen?«

»Ja.«

Nachdenklich nahm sich Parker ein weißes Schokoladenherz. »Ich nehme an, du hast das alles schon mit Laurel durchgekaut.«

»Ja. Daher die Schokolade. Ich habe mich bei ihr ausgeheult. Das meiste ist schon raus, aber wenn du das nicht isst, damit ich weiß, dass zwischen uns alles wieder gut ist, fange ich von vorn an. Es ist wie ein Symbol. Männer geben sich die Hand, nachdem sie einander zusammengeschlagen haben. Wir essen Schokolade.«

Ohne den Blick von Mac zu wenden, biss Parker in die Schokolade.

»Danke, Parker.« Mac ließ sich in einen Sessel plumpsen. »Ich komme mir so idiotisch vor.«

»Das hilft. Aber lass uns reinen Tisch machen. Wenn du ein Problem damit hast, wie ich unsere Agentur führe, müssen wir in der Lage sein, darüber zu reden, unter vier Augen oder alle zusammen.«

»Habe ich ja gar nicht. Wie könnte ich, Parks? Wie könnte eine von uns? Klar, die ständige Wiederholung ist manchmal zum Gähnen, aber wir kennen alle den Grund dafür. Genau wie wir alle wissen, dass du, indem du zig Details ausarbeitest und regelst, uns anderen den Rücken freihältst, damit wir unseren spezifischen Teil zum Ganzen beisteuern können. Ich kann tun, was ich tue – und das Gleiche gilt für Em und Laurel –, weil du an alles Weitere denkst. Einschließlich dessen, was wir anderen tun, damit wir alle hammermäßige Hochzeiten auf die Beine stellen.«

»Ich habe nicht davon angefangen, damit du mir Honig um den Bart schmierst.« Parker biss erneut von der Schokolade ab. »Aber mach nur weiter.«

Alles wieder im Lot, dachte Mac lachend. »Es ist doch so. Du bist pingelig und besessen, und dein Gedächtnis für Einzelheiten ist ein bisschen erschreckend. Und das trägt nun einmal entscheidend dazu bei, dass unsere Arbeit so hammermäßig ist. Ich will deinen Job nicht machen, Parks. Keine von uns will das. Aber weil ich den Pott voll Dünnpfiff aufgemacht habe und so mies drauf war, musste ich dich an deiner empfindlichsten Stelle treffen.«

Mac warf einen Blick auf die Unterlagen. »Du hast Berichte erstellt, oder? Dokumentation, Kostenanalysen und andere echt eklige Sachen.«

»Eigentlich wollte ich dich plattmachen wie einen Käfer.«

Mac nickte und griff zu einem dunklen Schokoherz. »Süßkram essen ist besser.«

»Allerdings.«

»Sag mal ... wie ist die Führung gelaufen?«

»Sie hatten ihre Mütter dabei und eine Tante. Und ein kleines Kind.«

»Ein kleines Kind?«

»Die Enkelin der Tante. Sie war süß – und echt flott auf den Beinen. Gestern haben sie Felfoot Manor angeguckt, und letzte Woche das Swan Resort.«

»Die ganz Großen. Wie halten wir dabei mit?«

»Sie wollen einen Samstag im April nächsten Jahres. Einen ganzen Samstag.«

»Wir haben den Auftrag gekriegt? Durch eine Führung und eine Beratung? Die haben ein Doppel gebucht?«

»Noch keinen Popowackel-Tanz, bitte.« Parker trank einen Schluck aus ihrer Wasserflasche. »Die Brautmutter – die mit der tollen Pradatasche am Arm, in der das Scheckheft verstaut ist – will uns alle kennenlernen. Keine Entscheidung ohne komplette Beratung. Sie hat bestimmte Vorstellungen.«

»Aha.«

»Sie hat *Ideen*, solche, die ein Riesenevent aus der Sache machen. Ein Event, das wirklich Aufmerksamkeit erregt. Der Vater der Braut ist Wyatt Seaman, von Seaman-Möbel.«

»Der ›Wir machen Ihr Haus zum Zuhause‹-Seaman?«

»Genau der, und seine Frau hält es für möglich, dass wir der Sache würdig sind. Nicht mit einem großen W, noch nicht. Aber wir werden ihr die ultimative Präsentation bieten, nach der sie keine andere mehr braucht.«

In Parkers Augen blitzte der Kampfgeist und ließ ihr Gesicht aufleuchten. »Danach zieht sie ihr Scheckheft aus der tollen Pradatasche und gibt uns eine Anzahlung, bei der wir Halleluja singen.«

»Und dann tanzen wir.«

»Dann tanzen wir.«

»Wann ist die Präsentation?«

»Heute in einer Woche. Du brauchst neue Paketangebote. Alles muss ganz frisch sein. Sie haben bei Emma reingeschaut, und sie hat ein kurzes Beratungsgespräch geführt. Da du ja so mies drauf warst, habe ich sie vom Studio ferngehalten.«

»Sehr vernünftig.«

»Aber wir hatten unsere Muster hier, so dass sie eine Vorstellung bekommen haben. Nächsten Montag müssen wir mit jedem Foto protzen, das du jemals in einer Zeitschrift hattest. Und … du weißt, was zu tun ist.«

»Und das tue ich.«

Parker schob Mac einige Papiere herüber. »Hier ist ein grober Überblick darüber, mit wem wir es zu tun haben. Ich habe ein bisschen gegoogelt. Und hier sind die Stichpunkte und die neuesten Zeitpläne für die drei anstehenden Events.«

»Ziehe ich mir rein.«

»Mach das.« Parker reichte Mac eine Flasche Wasser. »Und jetzt erzähl mal, was passiert ist.«

»Ach, bloß wieder Lindaitis. Das Fieber ist gesunken, und es geht mir wieder gut.«

»Sie kann kein Geld gewollt haben. Du hast doch gerade erst …« Parker brach ab, als sie Macs Gesichtsausdruck sah. »*Schon wieder?*«

»Ich habe Nein gesagt. Mehrfach. Dann hat Del einfach aufgelegt.«

»So ist mein Bruder.« Aus Parkers Stimme klang der Stolz. »Ich bin froh, dass er da war, als der Anruf kam. Aber Del könnte wahrscheinlich noch mehr tun. Etwas Legales. Vielleicht ist es an der Zeit, Mac.«

Mac starrte brütend ins Feuer. »Könntest du das, bei deiner eigenen Mutter?«

»Ich weiß nicht. Aber ich glaube schon. Ich bin gemeiner als du.«

»Ich bin ziemlich fies.«

»Ich bin gemein, Laurel ist knallhart, Emma ist ein Umfaller. Und du liegst irgendwo zwischen Laurel und Em. Wir decken die ganze Bandbreite ab«, sagte Parker und legte die Hand auf Macs Rechte. »Deshalb sind wir auch so ein gutes Team. Warum hast du Del gebeten, er soll mir nichts sagen?«

»Woher weißt du das?«

»Sonst hätte er es getan.«

Mac atmete einmal tief durch. »Ich wollte euch nicht mit in den Linda-Strudel hineinziehen. Dann habe ich geschmollt und vor mich hingebrütet, bin als Oberzicke aufgewacht und habe euch am Ende doch in alles reingezogen.«

»Beim nächsten Mal lass den Mittelteil aus und denk dran, dass wir immer gern bereit sind, uns in irgendwas reinziehen zu lassen.«

»Verstanden. So, bevor ich jetzt wieder darangehe, meinen Lebensunterhalt zu verdienen und ein produktives Mitglied unseres Teams zu sein, habe ich eine Frage. Würdest du mit Carter Maguire schlafen?«

»Äh, er hat mich noch nicht gefragt. Lädt er mich vorher zum Essen ein?«

»Ich meine es ernst.«

»Ich auch. Er kann nicht verlangen, dass ich mit ihm ins Bett hüpfe, ohne ein Essen springen zu lassen. Aber wenn wir von dir reden« – Parker gestikulierte mit der Wasserflasche – »müsste ich dich fragen, ob du ihn attraktiv findest, in sexueller Hinsicht.«

»Man kann nicht einfach mit jedem Typen schlafen, den

man sexuell attraktiv findet. Selbst wenn das Essen inklusive ist.«

»Stimmt, dann würden wir überhaupt nichts schaffen. Offenbar magst du ihn, du denkst an ihn, verbringst Zeit mit ihm – und ziehst in Erwägung, mit ihm zu schlafen.«

»Ich hatte schon öfters Sex.«

Parker gab es auf und aß das andere weiße Schokoladenherz. »Davon habe ich gehört.«

»Ich weiß auch nicht, warum ich mich bei Carter deswegen so verrückt mache. Ich sollte damit klarkommen. Ich sollte einfach mit ihm schlafen, es hinter mich bringen, und dann weiterziehen.«

»Du bist hoffnungslos romantisch, Mackensie. Immer geblendet von den Sternen.«

»Das kommt davon, dass ich im Hochzeitsgeschäft arbeite.«

Es war nicht direkt ein Umweg, auf dem Weg zu ihrer nächsten Kundin bei der Winterfield Academy vorbeizufahren. Und bis zu ihrem Termin musste sie ohnehin noch ein wenig Zeit totschlagen. Auf jeden Fall hatte sie auf Carters Anruf nicht reagiert, was unhöflich war. Was konnte es also schaden, rasch bei ihm vorbeizuschauen?

Vermutlich würde er im Unterricht sein. Sie würde kurz nachsehen und ihm dann im Sekretariat eine Nachricht hinterlassen. Sie würde sich etwas Lustiges, Fröhliches ausdenken und so den Ball, den sie einander ständig zuspielten, wieder in seine Hälfte befördern.

War es damals, als sie hier zur Schule ging, auch so still in den Korridoren gewesen? Hatte es im Gebäude so gehallt, dass ihre Schritte wie Gewehrschüsse knallten?

Die Treppe, die sie hinaufstieg, war die gleiche, die sie

auch vor zwölf Jahren benutzt hatte. Ein ganzes Leben war das her. So lange, dass sie gar kein genaues Bild mehr davon hatte, wie sie damals ausgesehen hatte, nur eine vage Vorstellung – wie ein Bild, dessen Konturen mit dem Weichzeichner verwischt worden waren.

Sie hatte das Gefühl, mit einem Geist ihrer selbst unterwegs zu sein, einem Geist, der zu allem fähig und für alles offen war.

Der furchtlos war.

Wohin war dieses Mädchen verschwunden?

Mac ging zur Tür des Klassenraums und spähte durchs Schlüsselloch. Sofort verflog ihre nachdenkliche Stimmung.

Carter trug wieder das Tweedjackett, mit Hemd, Krawatte und V-Pullover darunter. Gott sei Dank hatte er seine Brille nicht auf, sonst wäre sie vor lauter Begehren zu einer klebrigen Pfütze auf dem Boden zerflossen.

Er lehnte sich zurück an sein Pult, ein feines Lächeln auf den Lippen, und richtete seine Aufmerksamkeit auf eine Schülerin, die – sofern ihre Miene und ihre Gesten ein Indikator dafür waren – sehr leidenschaftlich sprach.

Mac beobachtete, wie Carter nickte, etwas sagte, dann seine Aufmerksamkeit – ungeteilt – einem anderen Schüler zuwandte.

Er ist verliebt, dachte sie. Verliebt in den Augenblick, und in all die Augenblicke, die das ausmachten, was in dem Klassenraum geschah. Er war so vollkommen bei der Sache. Ob den Schülern das klar war, fragte sie sich. Kapierten diese Kinder, dass sie Carter ganz und gar für sich hatten?

Wussten sie, konnten sie – jung und unerschrocken wie sie waren – wissen, wie wundervoll es war, jemanden ganz für sich zu haben?

Als die Klingel schrillte, zuckte Mac zusammen und legte sich die Hand aufs Herz, das ihr vor Schreck bis zum Hals schlug. Stühle scharrten über den Boden, es entstand Bewegung. Mac konnte gerade noch verduften, bevor mit Schwung die Tür aufgerissen wurde.

»Bis morgen lest ihr den dritten Akt und bereitet euch auf eine Diskussion darüber vor. Das gilt auch für dich, Grant.«

»Och Mensch, Dr. Maguire.«

Mac stellte sich so hin, dass sie dem Massenansturm entging, aber dennoch sehen konnte, wie drei Schülerinnen an Carters Pult stehen blieben. Er scheuchte sie nicht weg, sondern – Gott im Himmel – setzte die Brille auf, um ein Papier durchzulesen, das ihm eine der drei hinhielt.

Mackensie, dachte sie, während ihre Hormone Achterbahn fuhren, du bist erledigt.

»Du hast heute ein paar gute Argumente gebracht, Marcie. Schauen wir einmal, ob wir morgen darauf aufbauen können, wenn wir über den dritten Akt diskutieren. Ich bin gespannt ...«

Mac beobachtete, wie er herüberschaute, als sie in der Tür erschien. Beobachtete, wie er blinzelte und dann die Brille abnahm, um sie klar zu sehen. »Ich bin gespannt auf deinen Beitrag.«

»Danke, Dr. Maguire. Bis morgen.«

Als der Klassenraum sich leerte und die Korridore von Lärm erfüllt wurden, legte Carter seine Brille hin. »Mackensie.«

»Ich war gerade in der Nähe, und da fiel mir ein, dass ich dich gar nicht zurückgerufen habe.« Mac ging auf seinen Tisch zu.

»Herzukommen ist noch besser.«

»Auf jeden Fall interessanter für mich. Du siehst echt wie ein Professor aus.«

Carter senkte den Blick, als sie ein wenig am Knoten seiner Krawatte zupfte. »Oh. Teambesprechung am Montagmorgen.«

»Du auch? Ich hoffe, deine ist besser gelaufen als meine.«

»Wie bitte?«

»Nichts. Schnee von heute.«

»Von gestern eigentlich.«

»Stimmt. Außer, wenn es noch nicht so lange her ist. Es hat mir gefallen, dich in deinem natürlichen Lebensraum zu sehen.«

»Willst du einen Kaffee trinken gehen? Das war für heute meine letzte Stunde. Wir könnten …«

»Hallo, Carter, ich wollte schnell …« Ein kleiner Mann mit Hornbrille und einer dicken Aktentasche mit Schulterriemen kam herein. Er blieb stehen und starrte Mac verdutzt an. »Oh, Entschuldigung. Ich wollte nicht stören.«

»Äh, Mackensie Elliot, einer meiner Kollegen, Bob Tarkinson.«

»Angenehm«, sagte Mac, während Bob hinter seinen Brillengläsern große Augen machte. »Unterrichten Sie auch Englisch?«

»Englisch? Nein, nein, ich bin Mathelehrer.«

»Mathe mochte ich immer gern. Vor allem Geometrie. Ich konstruiere gern Perspektiven.«

»Mackensie ist Fotografin«, erklärte Carter, doch dann fiel ihm ein, dass Bob das bereits wusste. Und vielleicht auch sonst noch ein bisschen zu viel.

»Verstehe. Fotografin. Perspektiven. Gut. Also, Sie und Carter …«

»… überlegen gerade, ob wir einen Kaffee trinken gehen«, warf Carter rasch ein. »Wir sehen uns morgen, Bob.«

»Also, ich könnte … oh, schon klar.« Bei Bob fiel der Groschen, so dass er nur die Hälfte von Carters Giftpfeilen abbekam. »Morgen. Nett, Sie kennenzulernen, Mackensie.«

»Tschüss, Bob.« Mac wandte sich wieder zu Carter um.

Bob nutzte die Gelegenheit, um Carter beim Hinausgehen ein breites Grinsen zu schenken und begeistert beide Daumen in die Höhe zu recken.

»So, äh, Kaffee.«

»Würde ich gern, aber ich bin unterwegs zu einer Kundin. Wenn ich dort fertig bin, muss ich heim und dort meine Hausaufgaben machen. Ich pauke für einen Test.«

»Oh. Was für einen?«

»Großauftrag, bedeutende Kundschaft. Wir müssen die ultimative Präsentation abliefern. Uns bleibt eine Woche, um etwas auf die Beine zu stellen, wodurch wir die Sache dingfest machen. Aber wenn du für heute fertig bist, kannst du mich vielleicht bis zum Auto begleiten.«

»Klar.«

Mac wartete, bis Carter seine Jacke geholt hatte. »Ich wünschte fast, ich hätte ein paar Bücher dabei, die du für mich tragen könntest. Das würde zu den nostalgischen Gefühlen passen, die ich immer bekomme, wenn ich wieder hier bin. Obwohl ich mich nicht erinnern kann, dass mir jemals ein Junge meine Bücher getragen hätte.«

»Du hast mich nie gefragt.«

»Tja, wenn wir damals schon gewusst hätten, was wir heute wissen. Vorhin im Unterricht haben Sie gut ausgesehen, Dr. Maguire. Und ich meine nicht den Professorenanzug. Das Unterrichten steht dir.«

»Oh. Na ja, eigentlich habe ich nur eine Diskussion geleitet. Habe die Schüler die Arbeit machen lassen. Es war eher eine Art Dirigieren.«

»Carter, sag danke schön.«

»Danke schön.«

Sie verließen das Schulgebäude und gingen die Eingangstreppe hinunter, um den Weg zum Besucherparkplatz einzuschlagen. »Für Teenager ist es nie zu kalt, um draußen herumzuhängen«, meinte Mac.

Schüler streiften über den Rasen, saßen auf den Steinstufen, lungerten auf dem Parkplatz herum.

»Da drüben habe ich meinen ersten richtigen Kuss bekommen.« Mac zeigte zur Seite des Gebäudes hinüber. »John C. Prowder hat ihn mir nach einer Pep Rally aufgedrückt. Zwischen der fünften und sechsten Stunde musste ich schnell Parker und Emma zusammentrommeln, um ihnen auf dem Mädchenklo alles haarklein zu erzählen.«

»Ich habe einmal an einem Nachmittag gesehen, wie du ihn geküsst hast. Ihr standet auf der Treppe. Ich war am Boden zerstört.«

»Wenn wir gewusst hätten … Das muss ich unbedingt wiedergutmachen.« Mac wandte sich zu Carter, schlang ihm die Arme um den Hals und presste ihm die Lippen auf den Mund. Sie küsste ihn im Schatten der Schule, mit all den Geistern, die dort durch die Korridore schwirrten, all den alten Träumen, die sich regten.

»Weiter so, Dr. Maguire«, rief jemand, gefolgt von johlendem Beifall.

Mit belustigter Miene zupfte Mac erneut an Carters Krawatte. »Jetzt habe ich deinen Ruf ruiniert.«

»Oder entscheidend verbessert.« Carter räusperte sich, als sie bei Macs Wagen ankamen. »Ich nehme an, du bist die ganze Woche mit diesem Angebot beschäftigt.«

»Ja, schon«, räumte Mac ein, als Carter ihr die Tür öffnete. »Aber ich komme zwischendurch ab und zu raus, um frische Luft zu schnappen.«

»Ich könnte mal Abendessen für dich kochen, vielleicht am Donnerstag, wenn du dann gerade Luft schnappen gehst.«

»Du kochst?«

»Ich bin nicht ganz sicher. Es ist ein Wagnis.«

»Ich habe nichts dagegen zu zocken, schon gar nicht, wenn es dabei um etwas zu essen geht. Sieben Uhr? Bei dir?«

»Das wäre ideal. Ich gebe dir meine Adresse.«

»Ich finde dich schon.« Mac stieg ein. »Ich bringe den Nachtisch mit«, sagte sie noch und bekam dann vor Lachen über Carters Gesichtsausdruck kaum noch Luft. »Das war keine Metapher für Sex, Carter. Ich meine richtigen Nachtisch. Ich bequatsche Laurel, dass sie mir irgendwas macht.«

»Verstanden. Aber eine gute Metapher ist etwas Feines.«

Kopfschüttelnd fuhr Mac davon. Die Punkte gingen an den Professor. Nun hatte sie bis Donnerstag Zeit, um zu entscheiden, ob sie bei Laurels italienischer Sahnetorte bleiben oder die Metapher weiter ausbauen sollte.

10

Zum dritten Mal kontrollierte Carter den Tisch in dem Raum, der ihm als Esszimmer diente. Er benutzte ihn selten, da er meistens an der Theke in der Küche oder an seinem Schreibtisch aß. Es war sogar das erste Mal, dass er eine Tischdecke auf den Tisch gelegt hatte.

Er glaubte, die richtige Mitte zwischen elegant und locker getroffen zu haben. Weiße Teller auf einem dunkelblauen Tischtuch, und die gelben Streifen in den Servietten hellten das Ganze auf. Dachte er. Hoffte er.

Er nahm den dreiarmigen Leuchter vom Tisch; er wirkte zu gelehrt. Dann stellte er ihn wieder hin, da es ohne ihn unfertig aussah.

Er fuhr sich mit der Hand durchs Haar und befahl sich selbst, sich nicht so verrückt zu machen. Dann kehrte er dem Tisch den Rücken zu und ging in die Küche.

Das war schließlich das größere Problem.

Die Speisenfolge war in Ordnung. Er hatte sie kurz mit der Hauswirtschaftslehrerin durchgesprochen, nach ihren Vorschlägen abgeändert und um ihr Rezept für eine Honigvinaigrette zum grünen Salat ergänzt.

Sie hatte ihm eine Liste gegeben – was zu tun war und wann, und wie viel Zeit er für die einzelnen Schritte einplanen musste. Außerdem hatte sie ihm hilfreiche Tipps für das Anrichten der Speisen gegeben.

Das Anrichten war offenbar ebenso wichtig wie das Essen selbst. Weshalb er nun eine Tischdecke und bunte Servietten besaß.

Seinen Probelauf hatte er absolviert. Alles war hergerichtet, alles sah ... gut aus.

Nun blieb ihm noch fast eine Stunde Zeit, um sich vollends verrückt zu machen. In dieser Stimmung öffnete er die Schublade, in der sich Bobs Liste befand. Die Liste, von der Carter sich geschworen hatte, dass er sie ignorieren würde.

»Musik. Verdammt. Daran hätte ich noch gedacht«, murmelte er Bobs Geist zu. »Ganz bestimmt.«

Er eilte ins Wohnzimmer, um hastig seine CD-Sammlung durchzusehen. Der Kater rollte sich auf seinem Sessel auseinander und gesellte sich mit seinem hinkenden Gang zu ihm.

»Auf keinen Fall Barry White. Auch wenn Bob sagt, damit könne man nie etwas falsch machen. Nichts gegen Mr White, aber wir müssen ja nicht sämtliche Klischees erfüllen. Stimmt's?«

Triad stieß mit dem Kopf an Carters Knie.

Noch während er krampfhaft nach CDs suchte, ging die Tür auf, und Sherry platzte herein.

»Hallo! Kann ich das hierlassen?«

»Ja. Warum? Was ist es?«

»Ein Valentinsgeschenk für Nick. Eine Arzttasche. Ich habe sie gravieren lassen und habe sie gerade abgeholt. Sie wird ihm total gut gefallen! Und ich weiß, wenn ich sie mit nach Hause nehme, kann ich der Versuchung nicht widerstehen, sie ihm sofort zu geben. Also musst du sie vor ihm verstecken. Und vor mir.« Sie schnupperte. »Kochst du was?«

»Ja. O Gott, brennt etwas an?«

Wie von der Tarantel gestochen fuhr er hoch.

»Nein, es riecht gut. Richtig lecker.« Da Carter schon in die Küche stürzte, folgte Sherry ihm. »Gar nicht wie die überbackenen Käsesandwiches, die du sonst … He, Carter, sag mal! Du hast ja was im Backofen. Und wie schön der Tisch aussieht. Kerzen und Weingläser und … du kochst für eine Frau.« Sie bohrte ihm den Finger in den Bauch, wie sie es schon als Kind getan hatte. »Mackensie Elliot!«

»Hör auf.« Er konnte regelrecht fühlen, wie die Nervosität in seiner Magengegend wuchs. »Ich flehe dich an. Ich bin schon völlig durchgedreht.«

»Aber es ist doch schön. So süß. Nick hat für mich gekocht, als wir unser erstes Date hatten. Es war eine Katastrophe.« Sherry seufzte verträumt. »Ich fand es einfach wundervoll.«

»Du fandest es toll, dass es eine Katastrophe war?«

»Er hat sich solche Mühe gegeben. Zu große Mühe, denn er kocht eigentlich gut. Dann hat er irgendwas vermasselt, weil er mich unbedingt beeindrucken wollte. Oh.« Sie seufzte erneut und legte sich die Hand aufs Herz. »Es war so süß.«

»Ich wusste gar nicht, dass ich alles vermasseln muss. Warum gibt es für so was kein Handbuch?«

»Nein, nein, du *musst* es nicht vermasseln. Bei Nick hat es nur funktioniert, weil, na ja, eben darum.« Sherry öffnete den Kühlschrank, um hineinzuspähen. »Du marinierst Hähnchen. Carter, du *marinierst* etwas. Das muss Liebe sein.«

»Raus mit dir. Aber schnell.«

»Willst du die Sachen anlassen?«

Carters Ton wurde schärfer. »Sherry, ich explodiere gleich.«

»Zieh ein anderes Hemd an. Das blaue, das Mama dir gekauft hat. Das steht dir echt gut.«

»Wenn ich verspreche, ein anderes Hemd anzuziehen, gehst du dann?«

»Ja.«

»Aber bevor du gehst, kannst du noch Musik aussuchen? Ich halte das nicht mehr aus.«

»Du wirst mit CDs eingedeckt. Geh nach oben und zieh das andere Hemd an.« Sherry packte Carter bei der Hand und zog ihn aus der Küche. »Ich suche stimmungsvolle Musik aus und bin weg, bevor du wieder runterkommst. Nimm mein Geschenk mit hoch, ja? Sag mir nicht, wo du es versteckst, für den Fall, dass ich versuche, hier herumzuschnüffeln und es vor dem Valentinstag zu holen.«

»Wird gemacht.«

»Carter«, rief Sherry ihm nach, als er schon auf der Treppe war. »Zünde die Kerzen rechtzeitig an, ungefähr zehn Minuten, bevor sie kommen wird.«

»Okay.«

»Und hab einen schönen Abend.«

»Danke. Aber jetzt sieh wirklich zu, dass du verschwindest.«

Carter wechselte das Hemd und trödelte dabei extra lange, um Sherry genug Zeit zu lassen. Das in Geschenkpapier gewickelte Paket versteckte er im Wandschrank seines Büros.

Als er wieder herunterkam, fand er einen Post-it-Zettel an seinem CD-Player. *Fünf Minuten, bevor sie kommt, drückst du auf Play. Ich umarme dich.*

»Das ist ja wie ein Feldzug«, brummelte Carter und knüllte den Zettel zusammen, während er in die Küche ging, um mit dem Hähnchen anzufangen.

Er hackte und zerkleinerte, sautierte, maß ab, achtete auf die Zeit – und verbrannte sich nur ein einziges Mal. Als das

Hähnchen duftend vor sich hin schmorte, zündete er die Kerzen auf dem Tisch an, ebenso wie die auf dem schlanken Sideboard. Er stellte die Schälchen mit Oliven und Cashewnüssen bereit. Als er die Fünf-Minuten-Schwelle überschritt, schaltete er die Stereoanlage ein. Alanis Morissette.

Gute Wahl.

Um sieben Uhr klopfte es.

»Parker hat mich erzogen«, erklärte Mac ihm, als er die Tür öffnete. »Deshalb bin ich so überpünktlich. Ich hoffe, das ist okay.«

»Absolut. Lass mich deinen Mantel nehmen. Oh, und ...«

»Der Nachtisch«, sagte Mac und reichte ihm die glänzende Schachtel der Vows-Konditorei. »Italienische Sahnetorte, einer meiner Favoriten. Schönes Haus, Carter. Passt zu dir«, fügte sie hinzu, während sie ins Wohnzimmer mit seiner Bücherwand spazierte. »Oh, du hast eine Katze.«

»Ich habe vergessen zu fragen, ob du dagegen allergisch bist.«

»Bin ich nicht. Hallo, Süße.« Mac wollte sich gerade hinkauern, hielt jedoch inne und legte den Kopf schräg. »Du hast eine Katze mit drei Beinen.«

»Triad. Er wurde von einem Auto angefahren.«

»Ach, der Arme!« Schon war Mac unten auf dem Fußboden, um den entzückten Kater zu streicheln und zu kraulen. »Das muss für euch beide schlimm gewesen sein. Gott sei Dank warst du zu Hause.«

»Nein, ich kam gerade aus der Schule heim. Das Auto vor mir hat Triad angefahren und ist einfach weitergerast. Ich verstehe nicht, wie man so etwas tun kann. Als ich anhielt, dachte ich zuerst, Triad wäre tot. Ich nehme an, er hatte einen Schock. Das Bein konnte der Tierarzt nicht retten, aber damit kommt er ganz gut klar.«

Mac strich dem Kater weiter der Länge nach über das Fell und starrte Carter an. »Das glaube ich auch.«

»Möchtest du ein Glas Wein?«

»Gern.« Mac kraulte Triad ein letztes Mal und erhob sich. »Und ich würde gern sehen, was da so gut riecht.«

»Ich dachte, das wärst du.«

»Außer mir«, erwiderte Mac, während Carter ihren Mantel ordentlich in seinen Garderobenschrank hängte.

»Komm mal mit.« Er nahm ihre Hand und führte sie in die Küche. »Du siehst hübsch aus. Das hätte ich gleich sagen sollen.«

»Nur wenn du eine Liste mit Stichpunkten abhakst.«

Da Carter merkte, wie er zusammenzuckte, war er froh, dass Mac gerade mehr auf die Küche achtete als auf sein Gesicht.

»Es riecht wirklich gut. Was hast du da drin, Carter?« Sie ging zum Ofen, um an dem Tiegel zu schnuppern.

»Also, schauen wir mal. Es gibt einen gemischten grünen Salat, Rosmarinhähnchen in Weißweinsauce, rotschalige Ofenkartoffeln und Spargel.«

Mac fiel die Kinnlade herunter. »Du machst Witze.«

»Magst du keinen Spargel? Ich kann …«

»Nein, das meine ich nicht. Das hast du alles gekocht?« Sie hob den Deckel des Tiegels.

»Den soll man erst öffnen, wenn … Na ja.« Carter zuckte die Achseln, als Mac erneut schnupperte und den Deckel wieder auflegte.

»Ich mache dir solche Umstände, Carter.«

»Warum? Magst du kein Hähnchen?«

»*Du* hast dir solche Umstände gemacht. Ich dachte, du schmeißt ein paar Steaks unter den Grill oder kippst eine Dose Ragout in einen Topf und behauptest, du hättest es selbst gekocht. Aber das hier ist richtige Kochkunst. So zeitaufwendig, und überhaupt. Ich bin platt. Und wie schön du den Tisch gedeckt hast.«

Sie spazierte ins Esszimmer und ging um den Tisch herum. »Du bist echt ein stilles Wasser, oder?«

»Warum bin ich nicht auf das Ragout gekommen?« Carter nahm die Flasche Wein, die er geöffnet hatte. »Ich habe Weißwein, wegen des Hähnchens, aber ich wusste nicht, welchen du magst. Dieser soll gut sein.«

»Soll?«

»Ich kenne mich mit Wein nicht besonders aus. Ich habe nachgelesen.«

Mac nahm das Glas, das er ihr anbot, probierte und sah Carter dabei die ganze Zeit an. »Deine Recherche hat sich gelohnt.«

»Mackensie.« Er beugte sich zu ihr herab und streifte mit den Lippen leicht über ihren Mund. »So. Jetzt geht es mir besser.«

»Als?«

»Vermutlich als sämtlichen Männern im Umkreis von zwanzig Meilen, weil sie dich nicht in ihrer Küche küssen können.«

»Du haust mich um, Carter.«

»Das gehört zu meinem Plan. Ich muss nur noch ein paar Sachen herrichten. Du solltest dich schon mal setzen.«

»Ich kann dir helfen.«

»Aber ich habe ein System – hoffe ich. Wenn du mitmachst, veränderst du das, na ja, das System. Am Dienstagabend habe ich einen Test gemacht, und ich glaube, ich kriege das hin.«

»Einen Test?«

Während er die Hitze unter dem Tiegel regulierte, fragte

Carter sich, warum er das ausgeplaudert hatte. »Tja, ich war mir nicht sicher, wie das Ganze wird, und man muss so darauf achten, alles zum richtigen Zeitpunkt zu machen. Deshalb habe ich einen Probelauf gemacht.«

»Du hast ein Probeessen gekocht?«

»Mehr oder weniger. Bobs Frau war auf dem Treffen von ihrem Buchklub, also ist er vorbeigekommen. Ich habe gekocht. Wir haben gegessen. Du müsstest also auf der sicheren Seite sein. Wie läuft's mit der Lernerei?«

»Der Lernerei?«

»Für die Präsentation am Montag.«

»Ich bin fertig damit. Das ist auch gut so, denn ab morgen sind wir absolut ausgebucht. Heute Morgen hatten wir die Zusammenfassung einer geplanten Veranstaltung, und am Nachmittag zwei Probeläufe. Von denen der zweite besonders tückisch war, weil die erste Brautjungfer und der Trauzeuge nicht mehr miteinander reden, seit vor kurzem herauskam, dass er eine Affäre mit seiner Geschäftspartnerin hatte.«

»Wie geht ihr mit so etwas um?«

»Wie mit einer Ladung Dynamit. Das Hochzeitsgeschäft ist nichts für Weicheier.«

»Das sehe ich.«

»Und am Montag machen wir für Mrs Seaman-Möbel eine Show, nach der sie uns nur Standing Ovations geben kann.«

»Seaman-Möbel ist euer potenzieller Kunde?«

»Genau genommen Seaman-Möbels Tochter, aber die Mutter zahlt alles.«

»Wir essen gleich an einem Tisch und sitzen auf Stühlen, die ich dort gekauft habe. Ich würde sagen, das ist ein gutes Omen.«

Also saßen sie auf den Glücksbringerstühlen am Glücksbringertisch, bei Kerzenschein, Wein und Musik. Sie wurde, dachte Mac, gründlich und völlig hemmungslos umworben.

Und es gefiel ihr.

»Weißt du was, Carter, es schmeckt so gut, dass ich gar kein schlechtes Gewissen mehr habe, weil du diese Woche zweimal das gleiche Essen gegessen hast.«

»Du kannst es auch gehobenes Resteessen nennen. Reste sind normalerweise ein wesentlicher Teil des Essens in diesem Haus.« Carter warf einen Blick auf den Kater, der neben seinem Stuhl saß und mit seinen gelben Augen zu ihm aufsah, ohne zu blinzeln.

»Ich glaube, dein Kumpel wartet schon darauf.«

»Er ist nicht daran gewöhnt, mich am Tisch essen zu sehen. Normalerweise sitze ich in der Küche, deshalb ist er wahrscheinlich verwirrt. Soll ich ihn rausschmeißen?«

»Nein. Ich mag Katzen. Ich war sogar schon ein paarmal mit welchen verheiratet.«

»Das wusste ich nicht. Wenn ich es richtig verstehe, hat es aber nicht geklappt.«

»Das kommt auf den Standpunkt an. Ich denke sehr gern an diese Ehen zurück, so kurz sie auch waren. Als wir noch Kinder waren, haben wir vier oft Heiraten gespielt. Sehr oft.« Über ihr Weinglas hinweg lachte Mac. »Ich glaube, wir haben angefangen, wie wir später weitermachen wollten, auch wenn wir das noch nicht wussten. Wir hatten Kostüme und Requisiten, und jede hat verschiedene Rollen übernommen. Wir haben einander geheiratet, unsere Haustiere oder auch Del, wenn Parker ihn dazu erpressen konnte.«

»Das Foto in deinem Studio. Mit dem Schmetterling.«

»Die Kamera war ein Geschenk meines Vaters, das vermutlich nicht altersgerecht war. Meine Großmutter hat deshalb fürchterlich auf ihn geschimpft. Wieder einmal. Es war ein heißer Sommertag, an dem ich lieber schwimmen gehen als Heiraten spielen wollte. Parker hat mich besänftigt, indem sie mich zur offiziellen Hochzeitsfotografin erklärt hat statt zur EBJ.«

»Wie bitte?«

»EBJ, erste Brautjungfer. Ich wollte das Kleid nicht anziehen, deshalb hat Parker mich zur offiziellen Hochzeitsfotografin bestimmt.«

»Sehr schicksalsträchtig.«

»Durchaus. Und durch die Kombination dieser Elemente und den glücklichen Zufall, dass gerade der Schmetterling vorbeiflog, erlebte ich meine persönliche Offenbarung. Ich begriff, dass ich eine Erinnerung, einen Augenblick, ein Bild nicht nur festhalten konnte, sondern das auch tun wollte.«

Mac aß noch einen Bissen Hähnchen. »Ich wette, du hast Sherry gezwungen, Schule zu spielen.«

»Kann sein. Hin und wieder. Sie ließ sich mit Aufklebern bestechen.«

»Wer nicht? Ich weiß gar nicht, ob wir Glückskinder oder Langweiler sind, weil wir so früh schon wussten, was wir einmal werden wollten.«

»Also, ich hatte eigentlich vorgehabt, meine unendliche Weisheit in der dünnen Luft der Hallen von Yale zu vermitteln, während ich gleichzeitig den großen amerikanischen Roman schrieb.«

»Wirklich? Warum hast du das nicht gemacht?«

»Weil ich gemerkt habe, dass mir Schule spielen gefiel.«

Ja, dachte Mac, das stimmte. Sie hatte es selbst gesehen. »Hast du das Buch geschrieben?«

»Oh, ich habe einen Roman in Arbeit, so wie jeder anständige Englischlehrer. Und er wird wahrscheinlich noch für den beachtlichen Zeitraum der Ewigkeit in Arbeit bleiben.«

»Was hast du schon geschrieben?«

»Bisher ungefähr zweihundert Seiten.«

»Nein.« Mac piekte Carter in die Schulter. »Ich meine, worum geht es darin?«

»Um die große Liebe, Verlust, Verzicht, Verrat und Mut. Das Übliche. Ich habe gedacht, es muss noch eine dreibeinige Katze vorkommen, vielleicht auch eine Palme im Topf.«

»Wer ist die Hauptfigur?«

»Das willst du nicht wirklich wissen.«

»Sonst würde ich nicht fragen. Wer ist er, was macht er?«

»Der Held ist – und jetzt wirst du geschockt sein – Lehrer.« Lächelnd füllte Carter Macs Wein auf. Er konnte sie immer noch nach Hause fahren. »Er wird betrogen, natürlich von einer Frau.«

»Natürlich.«

»Sein Leben ist zerstört, genau wie seine Karriere und seine Seele. Angeschlagen wie er ist, muss er ganz von vorn anfangen und den Mut finden, zu heilen, was in ihm zerbrochen ist. Zu lernen, wieder zu vertrauen, wieder zu lieben. Dafür ist die Palme im Topf unbedingt notwendig.«

»Warum hat die Frau ihn betrogen?«

»Weil er sie geliebt hat, ohne sie wirklich zu sehen. Sie hat ihn fertiggemacht, damit er sie wahrnimmt. Glaube ich.«

»Die dreibeinige Katze könnte also eine Metapher für seine geschundene Seele sein, und für seine Entschlossenheit, mit seinen Narben weiterzuleben.«

»Das ist gut. Dafür würdest du eine Eins bekommen.«

»Aber jetzt zur entscheidenden Frage.« Mac beugte sich

näher zu Carter. »Gibt es in deinem Roman Sex, Gewalt und unanständige Wörter?«

»Gibt es.«

»Gebongt. Dann musst du ihn fertig schreiben. Gibt es in deinen Kreisen nicht den Zwang, etwas zu veröffentlichen?«

»Es muss aber kein Buch sein. Ich habe schon Aufsätze, wissenschaftliche Publikationen und Kurzgeschichten veröffentlicht, um mich in dieser Hinsicht über Wasser zu halten.«

»Kurzgeschichten? Im Ernst?«

»Nur bei kleinen Verlagen. Die Art von Texten, die außerhalb der akademischen Kreise gar nicht bekanntwerden. Du solltest deine Fotografien veröffentlichen. In einem Kunst-Bildband.«

»Manchmal spiele ich mit dem Gedanken. Wahrscheinlich ist das wie mit deinem Roman. Wenn gerade andere Dinge anstehen, rückt es in den Hintergrund. Parker hatte die Idee, dass wir alle zusammen einen Prachtbildband herausgeben. Hochzeitsblumen, Hochzeitstorten, Hochzeitsfotografie. Das Beste vom Besten, das wir haben.«

»Eine gute Idee.«

»Andere hat Parker auch selten. Das Problem ist nur, die Zeit zu finden, um das alles so zusammenzustellen, dass man es jemandem anbieten könnte – wer auch immer so etwas publiziert. Im Moment sind wir bei drei Veranstaltungen innerhalb von drei Tagen, und der Job am Samstag ist eine echt heikle Angelegenheit. Du solltest kommen.«

»Zu … zur Hochzeit von irgendwelchen Leuten? Das kann ich nicht. Ich bin nicht eingeladen.«

»Dann gehörst du zum Personal«, entschied Mac spontan. »Für diese Sache könnten wir weiß Gott noch einen Mann mit einem bisschen Grips gebrauchen. Bei manchen

Veranstaltungen arbeite ich mit einem Assistenten zusammen – wenn es sein muss. Meistens mache ich es lieber ohne. Aber diesmal hatte ich das ohnehin vor, wegen dieser hochexplosiven Mischung. Und die Leute, die ich normalerweise dafür habe, können alle nicht. Du bist eingestellt.«

»Ich habe keine Ahnung von Fotografie.«

»Aber ich. Du reichst mir einfach, worum ich dich bitte, machst den Springer und spielst nötigenfalls den Packesel. Hast du einen dunklen Anzug? Der nicht aus Tweed ist?«

»Ich ... ja, aber ...«

Mac schenkte Carter ein langsames, verführerisches Lächeln. »Es gibt auch Torte.«

»Oh, ja dann.«

»Jack springt als Begleiter der EBJ ein, wegen des UMTZ.«

»Wie bitte?«

»EBJ, erste Brautjungfer. UMTZ ist der untreue Mistkerl von Trauzeuge. Und Del hilft auch aus, weil Jack ihn dazu verdonnert. Du kennst die beiden. Du kennst uns.« Mac aß noch ein Stück Kartoffel. »Und du bekommst Torte.«

Das alles konnte Carter nicht umstimmen. Ganz im Gegensatz zu der Vorstellung, mit Mac zusammen zu sein, anstatt nur an sie zu denken. »Also gut, wenn du dir sicher bist.«

»Fünfzehn Uhr am Samstag. Das wird super.«

»Diesmal sehe ich dich in deiner natürlichen Umgebung.«

»Ja, genau. Da wir gerade von Torte sprechen, ich habe noch keinen Platz für den Nachtisch. Ich arbeite erst dieses köstliche Essen ab, indem ich den Abwasch erledige.«

»Nein, ich will nicht, dass du hier schuftest.«

»Du hast gekocht, sogar zweimal. Ich spüle, während du dir einen Brandy genehmigst, oder eine Zigarre.«

Beim Aufstehen klopfte Mac Carter auf die Schulter. »Ein Englischlehrer sollte eine Metapher erkennen. Trink noch ein Glas Wein, du musst ja nicht mehr fahren.«

Sie schenkte es ihm selbst ein, bevor sie die Teller aufeinanderstapelte. »Ich spüle sogar gern. Es ist die einzige Hausarbeit, die ich mag.«

Sie ließ heißes Wasser ins Spülbecken laufen, fand das Spülmittel im Unterschrank und spritzte es für die Töpfe und Pfannen ins Wasser. Carter gefiel es, dazusitzen und ihr bei dieser einfachen, alltäglichen Arbeit zuzusehen. Und er hoffte, dass sie nichts Bedeutendes sagte, da sich in seinem Kopf alles drehte.

Das lag nicht am Wein, sondern vielmehr an seiner Vorstellung, wie es wäre, wenn Mac auch nächste Woche, nächsten Monat noch da sein und die Küche aufräumen würde. Nächstes Jahr. Wenn sie mit ihm hier sitzen und essen würde.

Zu schnell, zu weit gedacht, das war ihm klar. Aber er konnte nicht anders. Es hatte ihn voll erwischt, so dass er Hals über Kopf in die Liebe hineinschlitterte.

»Wo sind deine Geschirrtücher?«

»Was? Bitte?«

»Geschirrtücher«, wiederholte Mac und öffnete willkürlich irgendeine Schublade.

»Nein, da nicht. Andere Seite. Ich geb sie dir.«

Carter stand auf, zog die rechte Schublade auf und holte ein Tuch heraus. »Ich kann doch schon mal die Töpfe abtrocknen«, begann er. Als er sich umdrehte, sank ihm das Herz in die Hose.

Mac stand mit schräg gelegtem Kopf da und las Bobs Liste.

»Du hast eine Liste.«

»Nein. Ja. Die ist nicht von mir. Ich meine, doch, sie ist von mir, aber ich habe sie nicht geschrieben. Gemacht. Mein Gott.«

Nachdenklich las Mac weiter. »Sie ist sehr detailliert.«

»Bob. Du hast ihn kennengelernt. Er ist wahnsinnig – ich glaube, das habe ich bei der Vorstellung nicht erwähnt.«

»Sie hat Stichpunkte.«

»Ich weiß. Ich weiß. Tut mir leid. Bob ist wild entschlossen, den Cyrano zu spielen. Ich meine …«

Mac sah ihm über das Blatt hinweg in die Augen. »Die Cyrano-Anspielung kapiere ich schon, Carter.«

»Oh, natürlich. Bob hat vor ein paar Jahren geheiratet, und jetzt ist ein Baby unterwegs.«

»Da kann man ihm ja gratulieren.«

»Er hat es sich in den Kopf gesetzt, mir auf diesem, äh, Gebiet behilflich zu sein. Am Dienstag hat er die Liste mitgebracht. Ich habe dir ja erzählt, dass er zum Abendessen hier war, oder?«

»Für den Probelauf.«

»Ja, genau, für den Probelauf. Ich hätte den Zettel wegwerfen sollen, nachdem Bob gegangen war, aber ich habe ihn in die Schublade gelegt. Nur …«

»Für alle Fälle? So als Sicherheit.«

»Ja, und ich habe zu meiner Verteidigung nichts zu sagen. Ich mache dir keinen Vorwurf, dass du sauer bist.«

Mac blickte von der Liste auf Carter. »Sehe ich sauer aus?«

»Äh … Nein, jetzt, wo du es sagst. Tust du nicht. Das ist gut. Das ist eine Erleichterung. Würdest du sagen, du bist … amüsiert?«

»Einerseits«, erwiderte Mac. »Nach Bobs Liste liegen wir ziemlich gut in der Zeit.«

»Ich habe mich nicht danach gerichtet. Ehrenwort.« Carter hielt eine Hand hoch wie zum Schwur. »Ich habe meine eigene Liste. Im Kopf. Die genauso blöd ist, wie ich gerade merke.«

»Wie stehen wir nach deiner Liste?«

Mac lächelte, doch Carter konnte nicht ergründen, wie sie das meinte. Möglicherweise stand etwas zwischen den Zeilen. »Gut. Alles bestens. Vielleicht könnten wir jetzt Torte essen.«

Mac drohte ihm mit dem Finger, als er nach dem Zettel greifen wollte. »Ich lese hier, dass wir das Geschirr lediglich zusammenstellen sollen – außer, wie hier in Klammern steht, wenn du das Gefühl hast, dass ich das schlampig finde. Bob glaubt, und wir kennen Bob, dass der gemeinsame Abwasch notfalls als Vorspiel dienen kann.«

Das Ganze war Carter so peinlich, dass er die Augen schloss. »Bring mich einfach um. Bitte.«

»Tut mir leid, aber das steht nicht auf der Liste. Hier steht, dass du passende Musik anstellen sollst – Bob schlägt Barry White vor – und dann mit mir tanzt. Ob in der Küche oder im Wohnzimmer ist egal. Langsames Tanzen, das zum nächsten Teil des Abends, der Verführung, überleitet. Bob rät dir, dass du bis zu diesem Zeitpunkt in der Lage sein solltest, zu sagen, ob ich wohl dafür empfänglich bin, nach oben zu gehen.«

»Möchtest du, dass ich ihn umbringe? Ich habe auch schon daran gedacht.«

»Ich höre keine Musik von Barry White.«

»Ich glaube auch nicht, dass ich welche ... und selbst wenn, hätte ich sie nicht ... Habe ich schon gesagt, dass Bob wahnsinnig ist?«

»Eine Sache wundert mich, Carter.« Ohne Carter aus

dem Blick zu lassen, legte Mac die Liste auf die Arbeitsplatte. »Ich frage mich, warum du nicht mit mir tanzt.« Sie trat auf ihn zu und hob die Arme, um sie ihm um den Hals zu schlingen.

»Oh.«

»Wir wollen Bob doch nicht enttäuschen.«

»Er ist ein echt guter Freund.« Carter lehnte die Wange an Macs Scheitel, als alles wieder an seinen Platz rückte. »Ich kann nicht so gut tanzen. Meine Füße sind zu groß. Falls ich auf deine trete, sag …«

Mac hob das Gesicht. »Halt den Mund und küss mich, Carter.«

»Das kann ich tun.«

Taumelnd drückte er die Lippen auf Macs Mund. Sanft und zart, wie es zu dem Augenblick passte. Behutsam drehte er sich, während Macs Finger in sein Haar glitten und ihr Seufzen ihm die Sinne vernebelte.

Sie wandte den Kopf, um mit den Lippen an seinem Kinn entlangzustreichen. »Carter?«

»Hm?«

»Wenn du aufgepasst hast, müsstest du spüren, dass ich empfänglich bin.« Sie hielt die Augen offen und auf seine gerichtet, als ihre Lippen sich wieder fanden. »Warum gehst du nicht mit mir nach oben?« Sie trat einen Schritt zurück und streckte die Hand aus. »Wenn du mich willst.«

Er nahm ihre Hand und führte sie an die Lippen. »Ich habe das Gefühl, ich habe mein ganzes Leben lang nichts anderes gewollt.«

Er zog sie aus der Küche. Unten an der Treppe musste er innehalten, um sie erneut zu küssen. Er fragte sich, ob ihr vor lauter Wein, Sehnsucht und Bildern ebenso der Kopf schwirrte wie ihm.

Dann führte er sie nach oben, und bei jedem Schritt hämmerte sein Puls.

»Ich habe an Blumen und Kerzen gedacht, für alle Fälle«, sagte er, als sie sein Schlafzimmer betraten. »Dann habe ich gedacht – obwohl ich normalerweise nicht abergläubisch bin –, dass ich genau damit alles vermasseln würde. Und ich wollte dich zu sehr hier haben, um das zu riskieren. Ich wollte dich in meinem Bett.«

»Dass du das zu mir sagst, ist besser als Kerzen und Blumen, glaub mir.« Wie das ganze Haus, so passte auch dieses Zimmer zu ihm, dachte Mac. Schlichte Linien, gedeckte Farben, klare Ordnung.

»Ich wollte auch hier sein. Ich wollte in dein Bett.«

Als sie darauf zuging, sah sie das Foto des Kardinals an der gegenüberliegenden Wand. Gerührt drehte sie sich um, sah Carter an. Sie wollte ihn mehr, als sie es je für möglich gehalten hätte.

Sie hob die Hände, um ihre Bluse aufzuknöpfen.

»Nicht. Bitte. Ich will dich ausziehen. Wenn du nichts dagegen hast.«

Mac ließ die Hände sinken. »Nein. Habe ich nicht.«

Carter knipste die Lampe neben dem Bett an und dimmte sie herunter. »Und ich will dich dabei sehen.«

Er strich ihr über die Wange und ließ beide Hände an ihr hinuntergleiten, während er sie an sich zog.

Dann ergriff sein Mund Besitz von ihren Lippen.

11

War sie jemals so geküsst worden? So, dass die Begegnung der Lippen, der Zungen, durch ihren ganzen Körper vibrierte? War sie jemals so verführt worden, ebenso sehr durch Worte wie durch diesen einen atemberaubenden Kuss?

Wie hatte sich das Blatt gewendet? Sie hatte vorgehabt, *ihn* zu verführen, ihn nach oben und ins Bett zu locken. Sie hatte alles ganz locker angehen wollen, wie der Abend locker gewesen war – um schlicht und einfach der Lust nachzugeben, die sich in ihr staute, wenn sie mit Carter zusammen war.

Es sollte schlicht und einfach sein.

Aber das war es nicht.

Carter berührte mit den Lippen ihre Wangen, ihre Stirn. Dann sahen diese ruhigen blauen Augen sie an, während er ihre Bluse aufknöpfte. Er berührte sie kaum, und doch blieb ihr die Luft weg. Und doch überließ sie ihm plötzlich die Führung. Während sie in dem sanften Licht dastand und er ihren Blick erwiderte, war ihr das auch völlig gleichgültig.

Als ihre Bluse offen war, strich Carter mit einer Fingerspitze über ihr Schlüsselbein, dann hinunter über die Rundung ihrer Brüste. Nur ein Hauch, er streifte sie kaum. Doch ihre Haut begann zu beben.

»Ist dir kalt?«, fragte er, als sie zitterte.

»Nein.«

Und er lächelte. »Dann ...« Langsam schob er ihr die Bluse von den Schultern und ließ sie zu Boden gleiten. »Hübsch«, murmelte er und strich mit den Daumen über die spitzenbesetzten Cups ihres BHs.

Sie atmete schwer aus, hielt dann inne, holte wieder heftig Atem. »Carter, du machst mich ganz schwach.«

»Ich liebe deine Augen. Magische Seen.« Carter wanderte mit den Fingern an ihrem Körper hinunter, wieder herauf, hinunter, und hinterließ jedes Mal eine Spur intensiver Empfindungen. »Ich wollte dir in die Augen sehen, während ich dich berühre. So wie jetzt.«

Langsam, aber zielstrebig erforschte er sie. Rundungen und Höhlungen, Kurven und Winkel. Ihr Körper bebte, als er den Knopf an ihrem Bund öffnete und den Reißverschluss aufzog.

Noch einmal strich er mit den Händen an ihren Seiten hinunter, Stückchen für Stückchen. Ihre Hose glitt über ihre Hüften, ihre Beine.

»Hier.« Er reichte ihr die Hand. »Steig heraus.«

Sie gehorchte wie in Trance und spürte, wie ihr Puls stolperte, als er nun mit seinen Blicken an ihr herunterwanderte wie zuvor mit den Händen. Langsam. Seine Mundwinkel hoben sich. »Deine Stiefel gefallen mir.«

Als sie hinunterschaute, sah sie die Stiefeletten mit den spitzen Absätzen, zu denen sie jetzt nur noch BH und Höschen trug. »Was für ein Anblick.«

Lächelnd hakte er den Finger in den Taillenbund ihres Höschens. Als er daran zupfte, um sie wieder an sich zu ziehen, brachte Mac nur noch ein »O Gott« heraus.

Diesmal trafen seine Lippen wie im Fieber ihren Mund, wie ein glühender Punkt. Noch während Mac sich dem Kuss hingab, drehte er sie um und zog ihren Rücken an sich. Er knabberte sachte an ihrer Halsbeuge, so dass Mac unwillkürlich den Kopf in den Nacken sinken ließ.

Mit der freien Hand wanderte er über ihre glatte Haut, über Kurven und Bögen, während er sein Hemd aufknöpfte. Als sie sich Haut an Haut spürten, schlang Mac ihm den Arm um den Hals und drängte sich leidenschaftlich an ihn.

Nicht zu schnell, ermahnte er sich. Er wollte jeden Moment auskosten, jede Berührung, jeden Atemzug. Er hielt Mackensie in den Armen!

Ihr Herz hämmerte unter seiner Hand, und das allein war schon ein Wunder für ihn. Sie war bei ihm, sie spürte ihn, wollte ihn. Und heute Abend würden endlich die Träume des Schuljungen, die Sehnsüchte des Mannes durch die leibhaftige Gegenwart der Frau verdrängt.

Er schleuderte die Schuhe von den Füßen und genoss es dabei, wie Macs Nacken schmeckte, sich anfühlte. Mit den Zähnen schnappte er den Träger ihres BHs und schob ihn beiseite, um die wunderschöne Rundung ihrer Schulter freizulegen.

Sie beugte sich rücklings gegen ihn und erschauerte.

Lust, dachte er, so viel zu geben und zu nehmen. Er wollte Mac beglücken, sie mit Empfindungen sättigen, zusehen, wie sie davongetragen wurde. Während sein eigenes Begehren in ihm pulsierte, hakte er ihren BH auf und glitt mit der anderen Hand hauchzart über das schmale Dreieck ihres Höschens. Er tastete über die Innenseite ihres Schenkels und schob aufreizend leicht eine Fingerspitze unter die zarte Spitze.

»Carter.« Mac presste die Hand auf die seine, drängte ihn, weiterzumachen. Doch er zog den Finger wieder zurück und wandte Mac erneut zu sich um, damit sie ihn ansah.

»Tut mir leid. Ich bin noch nicht fertig.«

In ihren Zauberaugen tobte nun ein Sturm, die Porzellanhaut glühte vor Leidenschaft. Für ihn, dachte er. Noch ein Wunder. Sie streckte die Arme nach ihm aus und küsste ihn voller Verlangen.

Warte, dachte er, während sein Puls hämmerte. Warte, es gibt noch mehr.

Sanft schob er Mac zum Bett und sank mit ihr darauf.

»Die Stiefel …«, begann sie.

»Mir gefallen sie.« Damit senkte Carter den Kopf, um Macs Brust zu liebkosen.

Ihr Leib erschauerte und erglühte, schmerzte und seufzte. Aus ihren Sinnen schwand alles außer Carter und dem, was er ihr schenkte.

Behutsame Hände, kundige Lippen überfluteten ihren Körper mit Empfindungen, eine hauchdünne Schicht nach der anderen, bis die Schleier so dick lagen, dass sie kaum noch Luft bekam.

»Ich kann nicht. Ich kann nicht.«

»Schsch, ist ja gut.« Carter ließ einen Finger an ihr hinuntergleiten, über ihre Haut, in sie hinein.

Mit einem Mal zerrissen die Schleier.

Während Macs Körper erbebte, wanderte Carter mit den Lippen an ihr herunter und brachte sie mit seinem Mund um den Verstand. Sie bäumte sich auf und sank wieder hin. So schnell, so rasch. So viel, als eine Empfindung die andere jagte, bis alles zu Schatten, Licht und wilden Zuckungen verschwamm. Ein Meer der Gefühle überrollte sie, ein Sturm fegte durch ihren Leib und peitschte sie zur Verzweiflung, bis sie über die nächste Welle trieb.

Als er schließlich in sie hineinglitt, stöhnten sie beide auf.

Mac bäumte sich empor und hätte beinahe seine schwindende Selbstbeherrschung mitgerissen. Er schaute ihr unverwandt in die Augen, die ganz dunkel, ganz glasig geworden waren, und trieb sie beide mit seinen tiefen, langsamen Stößen in den Wahnsinn. Er spürte und sah, wie sie immer höhere Höhen erklomm, tauchte tief in sie ein.

»Mackensie«, sagte er, nur »Mackensie«, als er sich in ihre Augen fallenließ, in ihren Leib, und ertrank.

Sie fühlte sich berauscht und wie unter Drogen. Selbst ihre Zehen fühlten sich schwer an, dachte Mac. Luft strömte wieder durch ihre Lungen, und das war gut so. Sie war sich ziemlich sicher, dass sie ein paarmal aufgehört hatte zu atmen, während Carter …

… sie vernichtet, ausgelöscht hatte, entschied sie.

Selbst jetzt noch, als er schlaff über ihr lag und ihrer beider Herzschlag hämmerte wie wild gewordene Tennisbälle, berührte er mit den Lippen sanft ihre Kehle.

»Bist du okay?«, fragte er.

Okay? Hatte er den Verstand verloren? Okay war man, wenn man auf dem Eis ausgerutscht war und sich noch rechtzeitig abgefangen hatte, bevor man hinfiel und sich den Knöchel brach. Okay war man, wenn man nach einem harten Tag in das schöne warme Badewannenwasser sank.

Aber man war nicht *okay,* wenn jemand einem das Innerste nach außen gekehrt und wieder auf rechts gewendet hatte.

»Ja.« Was sollte sie sonst sagen? »Und du?«

»Hm. Mackensie liegt nackt mit mir im Bett. Ich bin echt okay.«

»Ich habe immer noch meine Stiefel an.«

»Ja. Umso besser. Entschuldige, ich bin bestimmt schwer.« Carter rollte sich von ihr herunter, um sie eng an sich zu ziehen.

»Carter, du bist beinahe so dünn wie ich. Du bist nicht schwer.«

»Ich weiß – dass ich dünn bin, meine ich. Das lässt sich anscheinend nicht ändern. Cor … Jemand hat mir einmal geraten, mit einem Personal Trainer zu arbeiten. Aber wer hat schon Zeit für all so was? Ein durchtrainierter Körper liegt mir nicht in den Genen.«

»Du hast einen verlockend schlanken Körper. Das ist das Einzigste, was man darüber sagen kann. Außerdem gehst du damit ran wie ein Tarzan.«

»Ich habe lange Kräfte gesammelt.« Grinsend betrachtete Carter ihr Gesicht. »Du bist so schön.«

»Bin ich gar nicht. Das weiß ich, weil ich Profi bin. Ich habe ein interessantes Gesicht, dessen Vorzüge ich ins rechte Licht zu rücken weiß. Ansonsten bin ich ebenfalls dünn, wenn auch halbwegs durchtrainiert von – na ja, ebenso sehr von den Gedanken ans Training wie vom tatsächlichen Sporttreiben. Ich bin wie ein Kleiderständer. Kleider sehen ziemlich gut an mir aus. Ansonsten bin ich bloß ein Drahtgestell.«

»Du bist schön. Das ist das, äh, das Einzige, was man darüber sagen kann. Entschuldige. Ich kann einfach nicht anders. Es heißt das Einzige, nicht das Einzigste.«

Lachend kuschelte Mac sich an ihn. »Ja, Herr Professor. Und machen wir beide uns nicht tolle postkoitale Komplimente?«

»Du warst schon immer schön. Du hast rote Haare und die Augen einer Meerhexe. Und Grübchen.« Carter dachte, noch eine Viertelstunde oder so, und er würde Mac auflecken können wie Eiscreme und zusehen, wie sie von neuem erregt wurde.

Mac hob den Kopf, um ihn anzulächeln. Er hatte die Augen geschlossen, und sein Gesicht war vollkommen entspannt. So sieht er bestimmt aus, wenn er schläft, dachte sie. Wenn sie vor ihm aufwachte, würde sie ihn genau so sehen.

Träge strich sie mit dem Finger unter seinem Kinn entlang. »Und was ist das hier für eine reizende kleine Narbe?«

»Von einem Missgeschick beim Fechten.«

»Du kannst fechten – wie Captain Jack Sparrow?«

»Schön wär's. Ich wette, du schwärmst für Johnny Depp.«

»Ich bin lebendig, und ich bin eine Frau. Nächste Frage.«

»Er fasziniert Frauen jeden Alters. Das ist interessant. Erwachsene Frauen finden ihn sexuell ebenso anziehend wie die Teenager, die ich unterrichte.«

»Ich habe ihn zuerst gesehen. Aber im Moment finde ich einen anderen Mann anziehend, sexuell. Ein Missgeschick beim Fechten«, gab sie ihm das Stichwort, als er grinste.

»Ach, das. Ich bin vor ein paar Jungs weggerannt, die sich einen Spaß daraus machen wollten, mit mir zu fechten und mich zu verprügeln. Dabei musste ich über einen Zaun klettern. Dank meiner geschickten und eleganten Bewegungen, die leider weder an Piraten erinnern noch an die Schauspieler, die sie spielen, habe ich es geschafft abzurutschen. Habe mir an dem Draht die Haut aufgerissen.«

»Autsch. Wann war das?«

»Erst letzte Woche.«

Kichernd rollte sich Mac auf Carter. »Brutale kleine Biester.«

»Allerdings. Ich war zehn, aber sie waren brutale kleine Biester.«

»Bist du ihnen entkommen?«

»Bei diesem Mal ja.«

Carter zupfte an Macs kurzen Haaren, um sie für einen Kuss zu sich herunterzuziehen. Mit einem wohligen Seufzer schmiegte sie den Kopf in seine Halsbeuge.

Es fühlte sich so gut an, dachte sie, an ihn gekuschelt. Haut an Haut, während ihr doppelter Herzschlag sich allmählich beruhigte und jeder Quadratzentimeter ihres Körpers bei einem Mann aufgehoben war, den sie in jeglicher Hinsicht geradezu lächerlich attraktiv fand.

So, genau so konnte sie noch stundenlang bleiben. Tagelang. Ganz schläfrig und warm und verknäuelt mit dem köstlichen Carter Maguire. Und am Morgen könnten sie …

Mit einem Ruck riss sie die Augen auf. Was dachte sie da? Was *machte* sie hier? Am Morgen? Stunden- und tagelang? Von plötzlicher Panik durchzuckt, fuhr sie auf.

»Was ist los?«

»Was? Oh, nichts. Nichts. Was soll los sein?«

Carter setzte sich mit ihr auf, dermaßen zerzaust und sexy, dass ihr Herz und ihre Hormone Amok zu laufen drohten.

Sie musste hier raus. Sofort. Zurück in die Realität. Zurück zum gesunden Menschenverstand, bevor sie so dämlich war, sich zu verlieben.

»Ich habe nur … Himmel, guck mal auf die Uhr. Ich muss gehen.«

»Gehen? Aber …«

»Es war super. Alles … echt super.« Gott im Himmel, sie trug nichts als ihre Stiefeletten. »Ich habe jedes Zeitgefühl verloren. Es ist schon spät.«

Verwirrt sah Carter auf die Uhr. »Nicht so sehr. Bleib …«

»Morgen ist Schule«, fiel Mac ihm ins Wort. Sie bemühte sich verzweifelt um einen unbefangenen Ton, während sie Jagd auf ihre Unterwäsche machte und die Panik in ihr galoppierte wie wilde Mustangs.

Wo war ihr BH, wo war er nur?

Zum Teufel mit dem Ding.

»Ich habe noch tausenderlei Sachen zu erledigen. Morgen muss ich echt früh anfangen.«

»Ich stelle den Wecker. Ich stehe ohnehin um sechs auf. Bleib, Mackensie.«

»Ich wünschte echt, ich könnte. Echt.« Wie oft konnte sie in fünf Minuten »echt« sagen? Sie war drauf und dran, den bestehenden Rekord zu brechen. »Aber, na ja, die Pflicht ruft. Nein, bleib liegen.«

Bitte, bitte, bleib liegen, dachte sie, als Carter aufstand.

»Bleib«, sagte er und berührte ihre Wange, während sie die Bluse überstreifte. »Ich will mit dir hier schlafen.«

»Das haben wir doch von der Liste abgehakt, und wie.« Mac lächelte strahlend.

»Schlafen.«

»Oh, das ist echt süß, Carter. Ich würde gern – ein andermal. Drei Veranstaltungen, eine Präsentation. Arbeit, Arbeit.« Sie gab ihm einen raschen Kuss. »Ich muss los. Danke für alles. Ich rufe dich an.«

Damit ergriff sie die Flucht.

Oh, sie war ein schrecklicher Mensch. Total verrückt, dachte Mac auf der Fahrt nach Hause. Wahrscheinlich würde sie in die Hölle kommen. Sie hatte es verdient. Aber sie hatte das Richtige getan, das einzig Wahre. Für sich und für Carter.

Ausschließlich für Carter, redete sie sich ein.

In die Hölle kommen? Lächerlich. Sie sollte eine Medaille erhalten – sie sollten ihr, verdammt nochmal, ein Denkmal setzen, dafür dass sie das Richtige getan hatte.

Sie hatte das Richtige getan, und das war alles. Jetzt würde alles gut, alles in Ordnung sein.

Perfekt, sozusagen.

Als sie sah, dass im Haupthaus noch Licht brannte, dachte sie: Gott sei Dank. Parker und Laurel würden ihr zustimmen, sie in dem bestärken, was sie gemacht hatte. Genau das brauchte sie jetzt, beschloss sie, als sie mit quietschenden Reifen vor dem Haus anhielt. Bloß ein bisschen Bestätigung von ihren Freundinnen, damit ihr Magen sich wieder entknotete.

Sie stürmte ins Haus, stürzte die Treppe hinauf und rief nach Parker.

»Wir sind alle hier oben.« Parker trat in den Korridor hinaus. »Mein Gott, was ist los? Hattest du einen Unfall?«

»Nein, es war alles geplant. Oder vielleicht auch nicht. Es gab eine Liste.«

»Okay. Verletzt bist du offenbar nicht. Wir sind im Salon und gehen schnell die letzten Einzelheiten durch, da wir ohnehin alle noch auf sind.«

»Emma auch?«

»Ja.«

»Gut, das ist ja noch besser.«

Mac stürmte an Parker vorbei in den Salon, wo Laurel und Emma bei Keksen, Tee und Akten saßen.

»Hallo. Wir haben gedacht, du würdest nach einer heißen Nacht erst morgen früh heimkommen.« Laurel warf einen Stift hin. »Wir haben daran gedacht, eine Videokamera zu installieren.«

»Wie war dein Essen?«, erkundigte sich Emma.

»Ich bin gegangen. Einfach gegangen.« Mit wildem Blick streifte Mac den Mantel ab. »Das hättet ihr auch gemacht.«

»So gut, ja?« Laurel reichte ihr den Teller. »Nimm einen Keks.«

»Nein, nein. Er hat am Dienstag einen Probelauf gemacht. Könnt ihr euch das vorstellen? Und heute dieses wundervolle Essen mit Kerzen und Weinsaucen.«

»Weinsaucen. Hm.« Parker setzte sich wieder. »Gott sei Dank bist du lebendig entkommen. Wir sollten die Polizei rufen.«

»Okay, wartet, das war noch nicht alles.« Mac versuchte sich zu sammeln, indem sie ein paarmal tief Luft holte. Es schien allerdings nicht zu helfen. »Er hat sich solche Mühe gegeben, und es war, na ja, toll. Und lustig. Bob hat eine Liste geschrieben.«

»Wer zum Teufel ist Bob?«, wollte Laurel wissen.

»Das spielt keine Rolle, aber Carter war das so peinlich. Total süß. Seine Ohrspitzen werden rot.«

»Oh«, sagte Emma.

»Ich *weiß*. Was kann man da machen? Ich bin total durcheinander. Ich musste mit ihm ins Bett gehen.«

»Ich weiß – wenn ein Typ rote Ohren bekommt, fange ich immer an, mir die Kleider vom Leib zu reißen.« Da Mac offenbar keinen Keks wollte, nahm Laurel sich selbst noch einen. »Ihr hattet also Sex.«

»Nicht einfach Sex. Wir hatten den tollsten, weltbewegendsten, die Sinne vernebelndsten Sex in der Geschichte dieses Planeten.«

»Jetzt wird es interessant.« Parker schlug die Beine übereinander und machte es sich bequem. »Heißt das zärtlicher, sanfter, herzzerreißender Sex oder wilder, hemmungsloser Sex, bei dem man am Kronleuchter schwingt?«

»Es war ... Noch nie hat jemand solche Gefühle in mir ausgelöst oder so für mich empfunden.« Mac setzte sich auf die Armlehne von Parkers Sessel und starrte ins Feuer, während sie nach Worten suchte. »Es ist, wie wenn du weißt, dass du der Mittelpunkt bist, das Einzige, was er sieht. Nur dich allein. Es ist zärtlich und wild, beängstigend und wundervoll. Da ist dieser Mensch, der nur dich allein sieht. Und wenn er dich berührt, ist da nur er.«

Drei tiefe Seufzer ertönten, gefolgt von ehrfürchtigem Schweigen.

»Und warum liegst du jetzt nicht an ihn geschmiegt im Bett?«, fragte Emma.

»Himmel nochmal!« Macs Kopf fuhr herum, so dass sie Emma ansehen konnte. »Hast du nicht zugehört?«

»Zugehört, mir vorgestellt, dich beneidet.«

»Ich musste gehen. Ich wollte bleiben, also musste ich gehen.« Wild gestikulierend sprang Mac wieder auf. »Ich wollte an ihn gekuschelt liegen bleiben. Ich wollte in dem verdammten Bett *leben*, deshalb musste ich raus.«

»Du hast Panik gekriegt«, vermutete Parker.

»Natürlich habe ich Panik gekriegt. Wer hätte das nicht? Er war so süß und schläfrig und zufrieden, und mit der kleinen Narbe von dem Fechtunfall.«

»Carter kann fechten?«, hakte Emma nach.

»Nein, vergiss es. Gehört nicht zum Thema. Ich sage euch, es war, als wäre ich hypnotisiert oder unter Drogen. Ich musste da raus. Und ... o Gott, ich habe mich wie ein Typ benommen.« Beim Gedanken daran schlug Mac die Hände vors Gesicht. »Wie ein Typ, der danach von dir runterrollt und sagt: ›Das war super, Schätzchen. Morgen muss ich früh raus. Ich rufe dich an.‹«

»Oh, Mac, sag, dass das nicht wahr ist.«

Mac zeigte energisch mit dem Finger auf Emma. »Ich *musste.* Reiner Selbstschutz. Und Carterschutz. Nach dem Sex hätte meine Lust eigentlich weg sein müssen. Und mich nicht von neuem überschwemmen. Es war einfach zu viel für mich, weiter nichts. Carter ist zu viel für mich. Er ist süß und witzig, er ist clever und total liebenswürdig. Er ist sexy, und er hat diese Brille. Dann noch das mit den roten Ohren. Er liebt das Unterrichten. Ich habe zugeschaut, wie er vor einer Klasse stand, und es ist ... Das bleibt alles hier hängen.« Sie rieb sich die Stelle zwischen ihren Brüsten. »Da stauen sich all diese Gefühle und Bedürfnisse.«

Sie griff zur nächstbesten Tasse Tee und kippte sie hinunter. »Er ist aufmerksam. Er hört zu, und er denkt über das nach, was ich sage. Er bringt mich zum Nachdenken.«

»Also, das muss wirklich aufhören.« Laurel schüttelte den Kopf. »Mac, Schätzchen? Du bist in ihn verliebt.«

»Aber das kommt nicht infrage. Was glaubst du, warum ich so überstürzt gegangen bin? Es ist, als würde man in Treibsand hineingesogen. Nur in ganz weichen, warmen, schönen Treibsand. Dafür bin ich nicht gemacht. Ich glaube nicht an so was. Es ist nicht von Dauer. Es ist ein flüchtiger Moment, oder meinetwegen ein paar Momente, und dann geht alles den Bach runter, oder es zerbröselt und löst sich auf. Mein Gott, wie viele Hochzeiten haben wir schon gemacht, bei denen es der zweite Anlauf war? Mann, wir haben sogar schon welche gemacht, die zumindest für eine der beiden Parteien der dritte Versuch waren. Wer braucht denn so was? Ich weiß, wie es ist, wenn alles auseinanderbricht. Das kann es nicht wert sein.«

»Lass uns die Sache mal auf den Punkt bringen«, schlug Laurel vor. »Du hast Angst davor, dich in einen Mann zu verlieben, den du gerade als die Mary Poppins der Männer beschrieben hast. Quasi perfekt in jeder Hinsicht«, erklärte sie, als alle sie verständnislos ansahen. »Du hast Panik gekriegt und bist davongelaufen, nachdem du Sex hattest, der offenbar eine geradezu religiöse Erfahrung war, und das mit diesem Typen, den du respektierst und bewunderst, auf den du scharf bist. Und das alles, weil deine Mutter so eine Schlampe ist.«

»Laurel!«

»Nein.« Mac schaute Emma an und schüttelte den Kopf. »Es stimmt schon. Meine Mutter ist eine Schlampe. Aber sie sieht sich selbst nicht so, und das ist der Punkt. In ihren Augen ist sie ewig auf der Suche nach Liebe. Dabei geht es mehr um Geld, Status und Sicherheit, aber sie würde schwören, dass es nur um die Liebe geht. Mein Vater hat sie verlassen, woraus ich ihm keinen Vorwurf machen kann, und auch mich – woraus ich ihm sehr wohl einen Vorwurf machen kann. Und das nur, weil es einfach nicht der Mühe wert war.«

»Aber sie sind nicht du, Mac«, sagte Parker ruhig.

»Ich weiß. Und vielleicht ist es zynisch zu glauben, dass sie keine große Ausnahme sind, sondern eher die Regel. Aber so kommt es mir vor. Und mir gefällt mein Leben, wie es gerade ist; ich fühle mich sehr wohl dabei, wie es läuft.«

Ein bisschen ruhiger geworden, setzte sie sich wieder hin. »Carter ist ein ernsthafter Mann. Unter der Oberfläche ist er sehr ernsthaft und konventionell. Er ist total in mich verknallt, das muss man einfach so sagen. Und das schlummert seit *Jahren* in ihm. Wenn ich das ausarten lasse, fängt er noch an, darüber nachzudenken, uns für die Feier zu engagieren. Am Ende fragt er Parker, wo er den Ring kaufen soll. Das kann ich ihm nicht antun. Es war richtig, dass ich gegangen bin. Es ist besser, das Ganze jetzt abzubrechen als …«

»... zu riskieren, mit jemandem glücklich zu werden, der verrückt nach dir ist?«, schlug Emma vor.

»Okay, wenn du es so ausdrückst ... ja. Von meiner Warte aus stimmt das ungefähr.«

»Kann ich ihn haben?«

Mac warf Laurel einen wütenden Blick zu. »Das ist nicht witzig.«

»Nein, ist es auch nicht.«

»Weißt du, warum es von deiner Warte aus ungefähr stimmt?« Emma musterte Mac mit ihren großen, dunklen Augen. »Weil noch nie jemand verrückt nach dir gewesen ist, jedenfalls nicht ernst und wahrhaftig und so, dass es von Bedeutung gewesen wäre. Und du hast auch noch nie so für jemanden empfunden. Das weiß ich, weil es mir genauso geht – und ich würde sagen, uns allen. Mit einem Unterschied: Ich hoffe immer, dass es noch passiert.«

»Deshalb hast du auch ein Date nach dem anderen.«

»Hör doch auf, Laurel«, tadelte Parker.

»Du hast Recht. Tut mir leid. Ich bin so sarkastisch, weil ich eifersüchtig bin. Bis ins Mark. Es hat noch nie jemand nur mich allein gesehen.«

»Aber er sieht mich durch die Brille einer Schülerschwärmerei.«

»Ich kenne ihn nicht so gut wie du, weder im biblischen Sinne noch sonst, aber so dumm kommt er mir nicht vor.«

»Liebe und Klugheit gehen nicht Hand in Hand.«

»Nein, das stimmt.« Laurel streckte Mac die Arme entgegen. »Hier steht der lebende Beweis. Du bist bis über beide Ohren verliebt in den Kerl.«

»Sehr hilfreich. Parker?«

»Du hast Angst, ihm wehzutun. Ihn, weil er im Grunde

ein netter Kerl ist, einfach zu überrennen, ihm das Herz zu brechen und ihn völlig fertigzumachen.«

»Das ist ein bisschen pathetisch, aber ja. Im Wesentlichen schon.«

»Und du bist fest entschlossen zu glauben, dass du zu keiner reifen, ernsthaften Beziehung in der Lage bist. Du hältst dich nicht nur für nicht liebenswert, sondern du bezweifelst auch, dass du das nötige Rückgrat und den Mumm hast, an der Liebe zu arbeiten.«

»Das ist ein bisschen heftig, aber ...«

»Ich glaube, du unterschätzt ihn und dich selbst.« Parker stand auf und ging zu einer Fotografie, die in einem silbernen Rahmen auf dem Kaminsims stand. »Erinnerst du dich noch an das hier?«

Mac nahm das Foto, auf dem Parkers Eltern sich lachend umarmten. Ihre Blicke strahlten vor Freude, sprühten vor Lebenslust und vor Zuneigung zueinander. »Natürlich.«

»Die Aufnahme hast du wenige Monate vor ihrem Tod gemacht. Von allen Fotos, die ich von ihnen habe, ist mir dieses das liebste. Weißt du, warum?«

Beim Anblick des Bildes kamen Mac die Tränen. Wie immer.

»Man sieht darauf, wie sehr sie sich geliebt haben«, fuhr Parker fort. »Wie glücklich sie einander gemacht haben. Sie haben sich gestritten, gezofft, und ich denke mir, es hat auch Zeiten gegeben, in denen sie die Nase voll voneinander hatten. Aber sie haben sich dennoch geliebt. Ihr halbes Leben lang haben sie diese Liebe erhalten. Und das hast du in diesem Bild eingefangen. Weil du es gesehen hast. Du hast es erkannt.«

»Sie waren etwas Besonderes.«

»Das bist du auch. Ich verschwende meine Zeit nicht an

Freundinnen, die nichts Besonderes sind.« Parker nahm das Foto und stellte es zurück auf den Kaminsims. »Atme mal tief durch, Mac. Die Liebe macht einem Angst, und manchmal ist sie auch vergänglich. Aber es lohnt sich, für sie etwas zu riskieren, es lohnen sich die Nerven, die sie kostet. Es lohnt sich sogar der Schmerz.«

Sie war sich nicht sicher. Wie konnte irgendjemand sicher sein? Doch Mac wusste, das Einzige, was sie tun konnte, tun *musste*, war, alles beiseitezuschieben, um zu arbeiten. Ihre Geschäftspartnerinnen, ihr Betrieb, ihre Kunden hingen davon ab, dass sie ihren Beitrag leistete. Also musste sie zur Ruhe kommen und Prioritäten setzen.

Eine ordentliche Mütze voll Schlaf, beschloss sie, und am Morgen früh raus. Und sich vollkommen und professionell auf die Bedürfnisse ihrer Kunden konzentrieren.

Sie verbrachte eine unruhige Nacht, in der sie hin- und herüberlegte und schließlich – verbittert – dachte, dass sie zum letzten Mal wegen eines Mannes eine Nacht nicht geschlafen hatte, als sie sechzehn gewesen war.

Sie brühte sich einen Kaffee auf, der so stark war, dass fast der Löffel darin stand, und der ihre Erschöpfung mit Koffein zudröhnte. Da die Schachtel mit den Pop-Tarts zu sagen schien, dass sie die Vorlieben und die emotionale Festigkeit einer Sechsjährigen hatte, bereitete sie sich ein Frühstück zu, das ihr richtig erwachsen vorkam: Joghurt, frisches Obst und ein Muffin, den sie aus Laurels Vorrat stibitzt hatte.

Nachdem sie brav das Geschirr gespült hatte, las sie sich nochmals ihre Notizen für die heutige Veranstaltung durch und überprüfte ihre Ausrüstung. Eine vergleichsweise kleine Feier, sinnierte sie, während sie auswählte, was sie brauchte. Eine einzige Begleiterin der Braut, die damit auch die erste Brautjungfer war. Die Kunden wünschten es sich schlicht und intim.

Sie wusste, dass die Braut sich für ein wadenlanges Kleid in Blau entschieden hatte, zu dem sie statt Schleier und Kopfschmuck einen sehr pfiffigen Hut tragen wollte. Ihre Blumen würden drei weiße Gardenien sein, deren Stängel mit Satinband umwickelt waren.

Alles gute Entscheidungen, fand Mac, denn für beide war es bereits die zweite Eheschließung.

Wieder so ein Beispiel dafür.

»Jetzt fang nicht damit an«, murmelte sie.

Der Brautvater würde die Braut zum Altar führen, doch die Übergabe an den Bräutigam würden sie auslassen. Denn, hallo, das hatten sie ja schon hinter sich.

Als ihre Ausrüstung, der Zeitplan für die Veranstaltung und ihre Notizen bereitlagen, sah Mac auf die Uhr. Es war noch Zeit genug, rasch in ihre E-Mails zu schauen.

Sie rief die Seite auf und blieb beim Überfliegen der Liste sofort an einer ungeöffneten Mail von *MaguireC101* hängen. Sie schob sich von ihrem Arbeitsplatz weg und tigerte im Studio herum.

Dann stapfte sie zurück in die Küche, um sich noch eine Tasse von dem mörderischen Kaffee zu genehmigen.

Sie brauchte die E-Mail ja nicht sofort zu öffnen. Ja, sie sollte es nicht tun. Schließlich musste sie sich auf ihre Arbeit konzentrieren, nicht wahr? So war es vernünftig. Es war erwachsen, so wie Joghurt und frisches Obst.

Die Mail konnte nicht dringend sein. Carter hätte sie angerufen, wenn er ihr etwas Wichtiges zu sagen hätte. Oder mit ihr zu besprechen.

Zum Beispiel: Warum hast du mich sitzengelassen, nachdem wir eine Nummer geschoben haben?

Nein, so etwas Plumpes würde er nie sagen.

Es galt jetzt nach oben zu gehen, zu duschen, sich anzuziehen und dann zu Besprechung und Aufbau ins Haupthaus hinüberzueilen. Sie hatte keine Zeit für persönliche …

»Oh, bitte, mach dir doch nichts vor.«

Sie ging zurück zum Computer und klickte auf Carters E-Mail.

Mackensie,
ich habe diese Adresse von deiner Visitenkarte. Ich hoffe, es ist in Ordnung, dass ich mich auf diese Weise bei dir melde. Da ich weiß, wie viel du heute zu tun hast, wollte ich nicht anrufen und dich stören.

Zuerst wollte ich sagen, wie sehr ich den gestrigen Abend genossen habe. Jede Minute mit dir. Mein Haus kommt mir heute heller und vollständiger vor, weil du darin warst.

»O Gott. Carter.«

Was Bob, seine Frau und ihr ungeborenes Kind betrifft, so bin ich froh, dass ich ihn nun doch nicht umbringen muss. Du hast etwas gut bei ihm.

Und zuletzt, falls du danach gesucht hast, ich habe einen deiner Handschuhe auf dem Boden des Garderobenschranks gefunden. Er muss herausgefallen sein, als du deinen Mantel geholt hast. Ursprünglich wollte ich dich fragen, ob ich ihn als Andenken behalten kann, wie bei den Frauen im Mittelalter und ihren Rittern. Aber als ich ein wenig darüber nachdachte, war das selbst mir zu merkwürdig.

Du bekommst ihn bald zurück.

Vorerst hoffe ich, dass deine Veranstaltung heute gut läuft. Alles Gute für das glückliche Paar.

Carter

»Oh, Mann.«

Mit dem Gedanken, dass Carter Maguire wie eine Droge auf sie wirkte, las sie die gesamte Nachricht noch einmal durch. Dann druckte sie die E-Mail aus, obwohl sie sich dabei töricht vorkam. Sie nahm sie mit nach oben und stopfte sie in eine Schublade.

12

Am Samstagmorgen hatte Mac das Gefühl, ihr Gleichgewicht wiedergefunden zu haben. Die Veranstaltung am Freitag war nicht nur reibungslos über die Bühne gegangen, sondern Vows hatte auch einen neuen Kunden gewonnen. Die Eltern des Bräutigams hatten eine Feier zu ihrem Hochzeitstag im kommenden November gebucht.

Im Übrigen hatte sie es mit einer fröhlichen, kein bisschen nervösen Braut zu tun gehabt, die sich einfach traumhaft fotografieren ließ.

Vor lauter Begeisterung hatte Mac bis weit nach Mitternacht an den Abzügen gesessen.

Und Carters E-Mail hatte sie nur noch zweimal gelesen, bevor sie ins Bett sank und in einen traumlosen Schlaf fiel.

Es ging nur darum, die richtige Einstellung zu finden. Darum, sich selbst zu kennen, die eigenen Stärken, Schwächen, Ziele. Sie musste das mit Carter etwas herunterfahren, klarmachen, wo sie beide standen – und wo die Grenzen waren. Dann konnten sie Spaß miteinander haben, und niemand würde verletzt.

Sie hatte überreagiert, das war ihr jetzt bewusst. Ein bisschen Freiraum, ein bisschen Abstand, ein bisschen Zeit, und schon kam alles wieder ins Lot. Die heutige Hochzeit, die ein regelrechtes Minenfeld war, stellte das perfekte Gegenmittel zu dem irren Wochenende dar. In ein paar Tagen, vielleicht in einer Woche, würden sie miteinander reden. Carter war vernünftig. Er würde verstehen, dass es keinen Sinn hatte, das, was zwischen ihnen war, ausufern zu lassen.

Sie war sich sicher, dass er bereits in einer früheren Beziehung verletzt worden war, von dieser mysteriösen Corrine. Diese Erfahrung wollte er bestimmt nicht noch einmal machen. Ja, wahrscheinlich ging es ihm genau wie ihr, und er würde dankbar sein, wenn sie die Dinge beim Namen nannte.

Freundlich, vernünftig, geradeheraus. So machte man das.

Und an der beruflichen Front würden sie und ihre Partnerinnen gut aufpassen, um das heutige Minenfeld zu überwinden. Ohne dass es Verletzte gab.

Sie wählte einen perlgrauen, nur ganz leicht schimmernden Hosenanzug und Schuhe mit flachen Absätzen, die elegant genug für den festlichen Anlass waren, aber auch bequem genug, um die Füße, auf denen sie den ganzen Tag stehen würde, nicht zu sehr zu strapazieren.

Während sie ihr Handwerkszeug zusammenpackte, überflog sie noch einmal ihre Notizen und Eindrücke. Das Kleid war ein Prachtstück, erinnerte sie sich. Glitzernde, trägerlose Corsage und üppig weiter Rock mit meterweise Stoff. Sie erinnerte sich auch daran, dass die Braut eine Workout-Fanatikerin war und einen schönen Teint hatte. Und das Brautpaar, das schon seit dem College zusammen war, hatte eher konservative Ansichten.

Bis an die Zähne mit ihrer Ausrüstung bewaffnet kam sie im Haupthaus an.

»Alarmstufe Rot!«

Mit offenem Mund starrte Mac Emma an, die gerade die Treppe heruntereilte. »Jetzt schon?«

»Du bist weder ans Telefon noch ans Handy gegangen.«

»Ich habe gerade erst das Studio verlassen. Das Handy habe ich noch nicht eingeschaltet. Was ist los?«

»Die EBJ hat Wind davon bekommen, dass der UMTZ vorhat, die SGP zum Empfang mitzubringen. Seine Vorstellung von einem Kompromiss, den er aber weder mit der Braut noch mit dem Bräutigam abgesprochen hat. Als das Brautpaar davon gehört hat, haben beide wohl gedroht, dem Kerl etwas anzutun, was er auch mehr als verdient hätte, wenn an dem Gerücht was dran ist. Parker versucht gerade, den Brand zu löschen.«

»Scheiße. So eine Scheiße.« Mac verstand die Abkürzungen sofort. Untreuer Mistkerl von Trauzeuge, Schlampe von Geschäftspartnerin. Wenn sich der Brand löschen ließ, würde Parker das auch gelingen.

Doch das Ganze verhieß nichts Gutes.

»Wie sollen wir vorgehen?«

»Alle Helfer müssen gewarnt werden. Parker hat ein Bild von der SGP, aus einem Zeitungsartikel. Sie macht Kopien. Jeder Helfer braucht eine. Wenn jemand die SGP erspäht, muss sie aufgehalten, am Weitergehen gehindert, in den Schwitzkasten genommen werden.« Wie zum Beweis, dass sie es ernst meinte, schlug sich Emma mit der Faust in die Hand. »Egal was, bis Parker sich mit ihr befassen kann.«

»Ich hoffe, es wird der Schwitzkasten. Das gäbe einen schönen Schnappschuss für das Album mit unseren unveröffentlichten Fotos.«

»Laurel versucht, Jack zu erreichen, damit er zeitig herkommt und der EBJ jegliche Vergeltungspläne ausredet, die sie eventuell ausgeheckt hat. Ich muss meine Leute zusammentrommeln, sie informieren und dann anfangen, die

Blumen herüberzuschleppen. Laurel muss noch was an der Torte machen. Es ist ihre ›Seide und Spitzen‹-Torte.«

»Ich weiß. Hab ich mir notiert.«

»Die wiegt eine Tonne, und die Perlen und die Krone für obendrauf werden erst beim Empfang aufgesetzt. Laurel wird ein paar Leute brauchen, die ihr helfen, das Ding reinzutragen. Das bedeutet weniger Späher, die nach der SGP Ausschau halten.« Emma holte tief Luft. »Die Besprechung vor Beginn der Veranstaltung ist gecancelt«, fuhr sie fort. »Wir arbeiten uns also von einer Minute zur anderen vor. Du musst beim Aufbau im Großen Saal helfen. Irgendjemand piepst dich an, wenn wir die Braut gesichtet haben.«

»Okay, bin schon unterwegs. Aber lass mich zuerst in der Suite der Braut aufbauen, so viel ich kann. Bleib stark.«

»Ich werd's schon allen zeigen.«

Oben in der Suite der Braut baute Mac ihre Ausrüstung auf und hängte sich dann ihre Kameratasche mit einer Kamera und verschiedenen Objektiven um. Die zweite Kamera würde sie dazunehmen, sobald die Braut angekommen war. Bevor sie nach unten ging, begab sie sich eine Etage höher, um zu sehen, welche Fortschritte Parker machte.

Sie traf ihre Freundin dabei an, wie sie gerade eine neue Rolle Kautabletten gegen Magenbeschwerden aufmachte.

»Ist es schlimm?«

»Nein, nein, im Moment ist alles unter Kontrolle. Aber ich bin genervt. Ich habe gerade auf Wunsch der Braut mit dem UMTZ telefoniert. Der mir erst mal erklärt hat, dass niemand, auch nicht sein Bruder, ihm vorschreiben könne, mit wem er was haben dürfe. Scheißegoistischer Kindskopf.«

»Du hast ›scheiß‹ gesagt. Du bist echt genervt.«

»Und dann steigt er *mir* aufs Dach, weil ich mich in seine

Privatangelegenheiten eingemischt hätte. Das muss ich schlucken – besser, es trifft mich als Braut oder Bräutigam, aber ich will, dass er leidet. Es ist mir gelungen, ihn zu beruhigen und an das winzige bisschen Vernunft und Anstand in ihm zu appellieren. Er tut jetzt seine Pflicht und hat vor, sofort nach seinem – zweifellos von Herzen kommenden – Toast auf das Brautpaar zu verschwinden.«

»Glaubst du ihm?«

Parker kniff die Augen zu schmalen Schlitzen zusammen. »Keine Sekunde. Er ist der Typ, der gern eine Szene macht. Wir müssen ihn mit Argusaugen überwachen, denn er bringt es fertig, diese Frau auf dem Empfang zu präsentieren, wenn wir ihn nicht daran hindern. Was wir natürlich niemandem von den Hochzeitsgästen sagen.«

Parker schnaufte tief durch und reichte Mac einen Stapel Ausdrucke mit dem Foto einer attraktiven Blondine. Unter dem Bild stand:

Roxanne Poulsen
Kein Einlass

»Verteil die an unsere Helfer. Ich gebe Laurel noch einen Stapel für die Caterer.«

»Bin schon unterwegs. Weißt du, Parks, manchmal liebe ich diesen Job echt total. Seltsamerweise ist das jetzt so ein Moment.«

»Geht mir ganz genauso.« Parker zerkaute ihre Tablette. »Wahrscheinlich brauchen wir eine Therapie.«

Mac brachte Emma und ihrem Team die Zettel mit dem Verbrecherfoto, wie sie es nannte, und verteilte den Rest an den kleinen Trupp, der im Großen Saal arbeitete. Sie half, die Tafeln herzurichten – lavendelfarbene Tischwäsche über Blau – und einzudecken, während Emma den Tischschmuck lieferte. In breiten Glasschalen schwammen weiße Sternlilien über einem Bett aus schimmernden Steinen.

»Hübsch«, entschied Mac.

Um die Schale in der Mitte ordnete Emma weiße Kerzen und kleine Vasen mit dicken Rosenköpfen an, verstreute Blütenblätter, kleine rote Herzen und blaue Sternchen. »Noch hübscher. Nur noch neunzehn Stück. Lasst uns die Gastgeschenke herrichten«, rief sie. »Und die … oh, hallo, Carter.«

»Was?« Mac fuhr herum.

In einem dunkelgrauen Anzug stand Carter mitten im Vorbereitungschaos. Er sah aus, dachte Mac, wie eine etwas verdutzte Insel der Ruhe in einem Meer aus Bewegung und Farben.

»Äh, eine gewisse Lois hat gesagt, ich soll einfach herkommen. Hier wird fleißig gearbeitet. Ich stehe bestimmt im Weg.«

»Nein, gar nicht«, versicherte Emma. »Aber pass auf, alles, was sich regen oder gar etwas hochheben oder schleppen kann, wird gnadenlos eingespannt.«

»Ich helfe gern, wenn ich kann.«

»Die Zauberformel. Wir haben hundertachtundneunzig Gastgeschenke, Seifenblasenfläschchen und Stoffsäckchen mit Süßigkeiten zu verteilen. Mac, erklär unserem neuen Sklaven doch mal, wie das geht. Ich muss nachsehen, wie es im Salon läuft.«

»Klar.« Wie hatte sie nur vergessen können, dass sie ihn gebeten hatte zu kommen? Und wie sollte sie mit den Schmetterlingen in ihrem Bauch umgehen, die einfach nicht aufhören wollten zu flattern, wenn sie Carter ansah? »Hübscher Anzug.«

»Kein Tweed. Du siehst schön und professionell zugleich aus.«

»Das Personal muss blenden. Tut mir leid, ich bin etwas durcheinander. Wir haben Alarmstufe Rot. Es kann sein, dass der UMTZ versucht, die SGP auf den Empfang zu schmuggeln.«

»Warte mal.« Carter runzelte die Stirn. »Ich glaube, ich habe verstanden. Der Trauzeuge und die Geschäftspartnerin. Die, mit der er eine Affäre hatte. Die will er mitbringen? Das ist übel.«

»Gelinde gesagt. Es kann zu Tätlichkeiten kommen. Also.« Mac öffnete ihre Kameratasche und holte das Verbrecherfoto heraus. »Das ist die Zielperson. Wenn du sie siehst, sofort melden. Okay?«

»In Ordnung.« Carter studierte das Foto, lächelte ein wenig und faltete es dann zusammen, um es in seine Innentasche zu stecken. »Ist da noch etwas anderes? Ich habe das Gefühl ... du wirkst aufgebracht.«

»Aufgebracht? Nein, nein, nur durcheinander. Das habe ich schon gesagt, oder? Die Braut ist aufgebracht, und das könnte sich auf die Porträts auswirken. Daher ...«

Weich nicht aus, befahl sie sich. Erklär ihm einfach, was Sache ist.

»Hör mal, Carter.« Sie nahm seinen Arm, um ihn in dem Raum, der summte wie ein Bienenschwarm, in eine relativ ruhige Ecke zu führen. »Ich wollte sagen, ich habe mir gedacht, wir sollten mal darüber reden – verdammt.« Sie hielt das Funkgerät schräg, das sie an ihre Tasche gehakt hatte. »Das ist mein Stichwort. Die Braut ist auf dem Gelände eingetroffen. Ich muss los. Am besten kommst du wohl mit mir.«

»Soll ich dir noch irgendwas von deiner Ausrüstung

holen?«, fragte er, während er sich ihren eiligen Schritten anpasste. »Nein. Ich habe alles, was ich dafür brauche. Der Rest ist oben in der Suite der Braut. Dorthin geht sie gleich. Aber ich muss Aufnahmen von ihrer Ankunft machen. Pass nur auf, dass du mir nicht ins Bild läufst.«

»Hallo, Carter«, sagte Parker und hastete mit ihnen weiter. Sie warf Mac den Hauch eines fragenden Blicks zu, schaltete jedoch sofort wieder aufs Geschäftliche um. »Die Braut hat gute Neun-Komma-fünf auf der Emotionenskala. Braucht ständigen Beistand und Beruhigung.«

»Verstanden.«

»Wir müssen sie sobald wie möglich nach oben schaffen, wo sie beschäftigt ist und sich auf sich selbst konzentriert. Ich habe schon Champagner hochgebracht, aber sie darf keinen auf Karen machen.«

»Das kriegen wir hin.«

»Die EBJ und zwei der Brautjungfern sind bei ihr, außerdem die Brautmutter. Die ist ein Fels in der Brandung. Wenn ich nicht zu erreichen bin und die Braut oder die EBJ loslegen, holt die BM.«

»Ist Jack unterwegs?«

»Er kommt voraussichtlich in fünfzehn Minuten. Ich schicke ihn sofort hoch.«

»Wer ist denn Karen?«, wunderte sich Carter.

»Eine ehemalige Braut. Kam halbbetrunken an und war völlig am Ende, bevor wir irgendwas machen konnten. Kurz vor der Trauzeremonie hat sie die ganze Terrasse vollgekotzt.«

»Oh.«

Draußen traten die Frauen an die Seite der Veranda, wo die Geländer bereits mit Lichterketten und Tüll geschmückt waren.

»Wo sind eure Mäntel?«, fragte Carter. »Ich hole sie euch.«

»Nicht nötig.« Mac nahm die Kamera heraus. »Das Adrenalin reicht.«

Als die weiße Limousine die Einfahrt herunterrollte, kamen auch Emma und Laurel heraus.

»Ich wollte, dass wir alle vier da sind«, erklärte Parker. »Eine feste Bank, die sagt, ›Wir sind hier, um deinen Tag perfekt zu machen‹. Also, ich will fröhliche Gesichter sehen.«

Die Limousine hielt an. Mac nahm die Braut ins Bild, wie sie sich umdrehte, um aus der offenen Wagentür zu steigen. Das Lächeln auf ihrem Gesicht konnte man nur tapfer und verunsichert nennen.

Mist, dachte Mac.

»Das ist Ihr Tag«, sagte Parker von der Treppe aus. »Garantiert.« Das Lächeln hellte sich etwas auf, gerade genug. Mac gelang die Aufnahme, bevor die Braut die Fassung verlor. Sie sprang mit ausgestreckten Armen aus dem Wagen und rief:

»Oh, Parker!«

»He!« Macs Stimme ließ die Braut mitten im Schritt innehalten. »Wollen Sie etwa wegen dieser Schlampe auf Ihren Hochzeitsfotos rot verquollene Augen haben? Kommen Sie, ein ganz schönes für mich. Eins, bei dem sie heult wie ein Schlosshund, wenn sie es sieht.«

Es mochte vor Wut sein, doch das Gesicht der Braut begann zu strahlen. »Ich heirate!«

»Stimmt genau!«

»Jetzt eins von uns beiden.« Die Braut ergriff die Hand ihrer ersten Brautjungfer und schenkte ihrer Freundin ein grimmiges Lächeln. »Wir beide. Wir halten zusammen.«

»Das klingt schon besser.«

Mac fing die Bewegung ein, den Schwung, als Kleiderhüllen und Taschen ausgeladen wurden, als Frauen sich zusammendrängten. Und zweifellos, dachte sie, auch die Anspannung.

»Parker, was mache ich, wenn …«

»Gar nichts«, beruhigte Parker die Braut. »Wir haben alles im Griff. Sie müssen nur schön und glücklich sein; den Rest erledigen wir. Lassen Sie uns nach oben gehen. Dort wartet eine Flasche Champagner.«

Mac gab Carter das Zeichen, nach vorn zu kommen, und eilte um Parker und die Braut mit ihrem Gefolge herum. »Wir flößen ihr ein Glas Champagner ein und der EBJ auch. Um ihre Freundschaft zu feiern«, erklärte Mac, während sie die Treppe hinaufsprang. »Es geht um den Lebensweg, und in diesem Fall ist die Beziehung zwischen den beiden ein Teil des Ganzen. Darauf zielen wir ab. Anstatt eine gewisse Distanz zwischen ihnen zu wahren, wie ich es ursprünglich vorhatte, dokumentieren wir ihre Einigkeit. Die Vorbereitung der Braut als Band zwischen den Frauen sowie als Hochzeitsritual.«

»Okay.« Carter betrat hinter Mac das Zimmer. »Ein wundervoller Raum.« Sein Blick schweifte über Spitze, Blumen, Kerzen, Seidenbahnen. »Hm, sehr weiblich.«

»Ach nee.« Mac zog den zweiten Kamerakorpus aus der Tasche und hängte ihn sich um.

»Darf ich hier überhaupt rein? Mir kommt das irgendwie nicht … richtig vor.«

»Ich könnte dich vielleicht gebrauchen. Vorerst ist dein Posten aber an der Tür. Niemand kommt rein ohne die Parole.«

»Und die lautet?«

»Denk dir eine aus.«

Carter ging in Position, während Parker mit der Braut an ihm vorbeifegte. Eine Brünette blieb stehen und musterte ihn kurz, aber so gnadenlos, dass ihm ganz mulmig wurde.

»Jack?«

»Äh, nein, ich bin Carter.«

»Oh. Schade.« Sie schenkte ihm ein steifes, schneidendes Lächeln. »Bleiben Sie in der Nähe, Carter. Sie könnten uns noch nützlich sein.«

Die Tür schlug zu. Durch die Türfüllung konnte Carter Frauenstimmen hören, dann das fröhliche Ploppen eines Korkens, der aus der Flasche fliegt. Das folgende Gelächter musste ein gutes Zeichen sein.

Im nächsten Augenblick steuerte ein kleiner Trupp von Männern und Frauen mit Taschen und Schachteln auf ihn zu. »Verzeihung«, begann er, doch schon schwang die Tür hinter ihm auf.

»Ist gut, Carter. Die sind für Frisur und Make-up.« Parker winkte die Leute herein. »Lass auch Jack durch, wenn er kommt.«

Die Tür schloss sich erneut, und der Geräuschpegel dahinter stieg.

Carter fragte sich, ob das typisch war, ob Mac und die anderen dieses Muster mehrmals wöchentlich wiederholten. Emotionen, höchste Dringlichkeit, Alarmstufe Rot, Headsets, Walkie-Talkies. Es war wie ein ständiger Kampf.

Oder eine ewig laufende Show am Broadway.

Wie auch immer, er wäre am Ende eines jeden solchen Tages erschöpft, dachte Carter.

Mac öffnete die Tür und drückte ihm ein Glas Champagner in die Hand. »Bitte schön.« Damit schloss sie die Tür wieder.

Er starrte auf das Glas und überlegte, ob es ihm wohl gestattet war, im Dienst zu trinken. Dann musste er über sich selbst schmunzeln und trank achselzuckend einen Schluck.

Er warf einen Blick hinüber zu dem Mann, der sich oben an der Treppe umwandte und auf ihn zukam.

»Hallo, Carter, wie geht's?«

Jack trug einen dunklen Anzug mit feinen Nadelstreifen. Sein dunkelblondes Haar fiel in lässigen Locken um sein Gesicht. Die Augen, rauchgrau und freundlich, blitzten unter fragend hochgezogenen Brauen. »Gehörst du zu der Hochzeit?«

»Nein. Ich helfe nur.«

»Ich auch.« Jack Cooke vergrub die Hände in den Taschen und entspannte sich. Er kam Carter immer vollkommen locker vor. »Also. Ich bin da drin verabredet. Hast du sie zufällig schon gesehen? Megan. Für ihre Freunde Meg.«

»Oh, die erste Brautjungfer. Ja, sie ist da drin.«

»Und?« Jack wartete kurz. »Erzähl mal ein bisschen. Parker hat nur das übliche ›Sie ist schön‹ rausgelassen, aber sie wollte ja auch etwas Bestimmtes erreichen. Ich gehe so oder so da rein, aber vorher kann ich mir ebenso gut eine objektive Meinung anhören.«

»Sehr attraktiv. Brünett.«

»Temperament?«

»Ein bisschen furchterregend. Im Moment machen sie da drin irgendwas mit den Haaren.«

»Super.« Jack atmete tief durch. »Was wir aus Freundschaft und für eine Kiste guten Wein nicht alles tun. Na, dann stürmen wir mal.« Er klopfte an. »Fremdes Chromosom«, rief er.

Parker öffnete die Tür. »Perfektes Timing«, sagte sie und zerrte ihn herein.

Carter lehnte sich an die Wand neben der Tür, nippte an

seinem Champagner und dachte über die Rituale der Menschen nach.

Als die Tür das nächste Mal aufging, zog Mac ihn herein.

Frauen saßen unter schützenden Frisierumhängen, während Friseure ihrem Geschäft nachgingen, mit Gerätschaften, bei deren Anblick Carter sich immer ein wenig beklommen fühlte. Wenn jemand glattes Haar hatte – hier war ein seltsames Ding, um es zu kräuseln. Hatte jemand lockiges Haar, konnte man es mit einem anderen Gerät glätten.

Nur *warum*, das war die Frage.

Doch die behielt er für sich, hielt einen Belichtungsmesser, wenn es von ihm verlangt wurde, eine Bahn weißer Spitze vor ein Fenster, ein Objektiv. Es machte ihm nichts aus, nicht einmal als Jack das Feld räumte und er als einziges männliches Wesen inmitten des weiblichen Heers zurückblieb.

Er hatte Mac noch nie zuvor bei der Arbeit gesehen, und das allein war sowohl lehrreich als auch ein Genuss. Selbstsicher, konzentriert, dachte er, mit effizienten, fließenden Bewegungen. Sie wechselte Perspektiven, Kameras, Objektive, umkreiste die Frauen und schlängelte sich zwischen ihnen hindurch, sprach selten mit denen, die sie fotografierte.

Sie ließ sie in Ruhe, begriff er. Sie ließ sie sein, wie sie waren und wer sie waren.

Jetzt tippte sie an ihr Headset. »Der Bräutigam kommt. Es geht weiter.«

Hier konnte von Solidarität nicht die Rede sein, bemerkte Carter, als der Trauzeuge nicht mit seinem Bruder zusammen eintraf. Mac erledigte ihre Arbeit, in der Kälte, und ihr Atem bildete feine Dampfwölkchen.

»Der Bräutigam kommt hoch«, sprach sie in ihr Headset. »UMTZ wird noch vermisst. Alles klar.« Sie drehte sich zu Carter um. »Wir haben einen Spion auf den Dreckskerl angesetzt. Ich mache mich jetzt für die förmlichen Fotos der Braut im Brautkleid bereit. Schau doch mal, ob du Jack und Del findest, und entspann dich ein bisschen.«

»Na gut.« Carter betrachtete die Reihen weiß verhüllter Stühle im Salon, das Blumenmeer, die in Gruppen angeordneten Kerzen. »Was für eine Verwandlung. Wie Zauberei.«

»Ja, und Zauberei ist schweißtreibend. Ich finde dich schon wieder.«

Daran hatte Carter keinen Zweifel, doch er war sich nicht sicher, wohin er gehen sollte, um sich finden zu lassen.

Er spazierte zwischen den Blumen, dem Tüll und den kleinen funkelnden Lichtern hindurch in den Großen Saal. Zu seiner Erleichterung traf er dort Jack und Del an, die an der Bar saßen.

»Willst du ein Bier?«, rief Del ihm entgegen.

»Nein, danke. Ich versuche nur, nicht im Weg zu sein.«

»Hier ist der beste Platz für uns«, pflichtete Jack ihm bei. »Übrigens hast du in puncto Megan den Nagel auf den Kopf getroffen.« Jack hob seine Flasche Bass. »Es gibt schlechtere Arten, einen Samstag zu verbringen, als damit, eine hübsche Brünette zu trösten. Ein Kanapee?«

Carter blickte prüfend auf das kleine Tablett. »Vielleicht.«

»Del hat dem Caterer ein paar Kostproben abgeschwatzt.«

»Man kann seine Samstage wirklich schlechter verbringen«, bestätigte Del. »Also, Carter, nun da wir alle hier sind, was läuft da zwischen dir und meinem Mädchen?«

»Deinem – was?«

»Du hast ein Auge auf meine Macadamia geworfen. Oder etwa noch mehr?«

»Del macht einen auf Platzhirsch. Probier mal ein Krabbenbällchen.«

Er selbst ebenfalls, bemerkte Carter. »Seit wann ist sie die Deine – aus deiner Sicht?«

»Seit sie zwei Jahre alt war. Komm wieder runter, Carter. Wir sind wie Bruder und Schwester; das ist eine ganz andere Geschichte.«

»Dann solltest du lieber sie fragen.«

»Diskret.« Del nickte. »Das ist eine gute Eigenschaft. Wenn du ihr wehtust, kriegst du es mit mir zu tun.«

»Beschützerisch. Das ist eine gute Eigenschaft«, konterte Carter.

»Dann sind wir quitt. Und aufgeflogen sind wir auch«, stellte Del fest, als Emma hereinkam.

»Habe ich euch nicht gesagt, dass dieser Raum tabu ist?« In ihrem blauen Kostüm, das üppige Haar zurückgesteckt, strich sie um die Tische herum. »Woher habt ihr das Essen?«

»Das war Del.« Ohne zu zögern lieferte Jack seinen Freund ans Messer.

»Ich will hier drin keine Bierflaschen und Krümel haben. Geht raus und nehmt das Zeug mit. Geht nach draußen oder nach oben in den Privattrakt. Von den beiden erwarte ich ja nichts anderes«, fügte Emma hinzu. »Aber über dich muss ich mich doch wundern, Carter.«

»Ich bin nur … ich habe kein Bier getrunken. Oder sonst etwas.«

Emma warf ihm nur einen eisigen Blick zu und zeigte auf die Tür.

»Wir wollten alles aufräumen.« Jack schlich mit den anderen hinaus und warf noch einen Blick zurück, um zu beobachten, wie Emma die Tischblumen kontrollierte.

In der Tür stieß Carter mit ihm zusammen. »Entschuldige.«

»Kein Problem.« Jack sah zu Del hinüber, als dessen Walkie-Talkie piepte.

»Ich bin dran«, erklärte Del. »Der Dreckskerl ist gerade eingetroffen. Allein. Ich schätze, das heißt, dass wir nicht dazu kommen, rauszugehen und ihn einzuschüchtern, ihm vielleicht eine reinzuhauen. Schade.«

Es schien alles gutzugehen, dachte Carter. Wenn er nicht so viel davon mitbekommen hätte, was hinter den Kulissen ablief, hätte er glauben können, es liefe alles von selbst. Die Blumen, die Musik, die strahlende Braut im Kerzenschein. Er stand mit Del und Jack im Hintergrund und beobachtete, wie zwei Menschen versprachen, einander zu lieben.

Doch er konnte den Blick nicht von Mac wenden.

Sie bewegte sich so geschmeidig, so lautlos. Nicht wie ein Schatten, dachte er. Dafür strahlte sie zu hell. Und doch schien es, als verursachte sie kaum einen Lufthauch, so dass sich um sie herum die Aufmerksamkeit voll und ganz auf die beiden Menschen vor dem knisternden Feuer richtete.

»Dich hat's voll erwischt, oder?«, murmelte Del.

»Ja, schon.«

Als das frisch vermählte Paar sich umwandte, um den Rückzug anzutreten, stürzte Mac nach hinten in den Saal und drängte Carter nach links. Als die beiden an ihr vorbei ins Foyer gingen, ließ sie kurz die Kamera sinken. »Ich kann dich für die Gruppenbilder gebrauchen. Bleib einfach hinter mir.«

Die Gäste wurden durch eine andere Tür hinausgeleitet.

Mac nutzte das Treppenhaus, das Foyer, den jetzt leeren Salon.

Sie arbeitete rasch, beobachtete Carter. Sie schien nicht zu hetzen, doch sie knipste in einem fort, ließ verschiedene Gruppen und Paare posieren – und vermied elegant jede Konstellation, durch die das zerstrittene Paar, die erste Brautjungfer und der Trauzeuge, in die Nähe zueinander gerückt worden wäre.

Sobald sie fertig war, übernahm Parker sofort das Regiment.

»Parker postiert jetzt alle für die Vorstellungsrunde. Wir gehen hier herum.«

»Lass mich deine Tasche tragen.«

»Nein, daran bin ich gewöhnt.« Mac ging voraus, durch Türen, durch die Küche, in der emsig das Essen vorbereitet wurde, und hinaus in den Großen Saal. »Ich mache ein paar Aufnahmen, wenn sie hereinkommen. Das Brautpaar bekommt den ›Sweetheart Table‹, einen kleinen Extratisch. Es gibt Tellergerichte und nummerierte Tische. Sobald alle sitzen, geht es nur darum, die Augen nach guten Motiven offenzuhalten. Kannst du noch?«

»Ja, alles bestens. Du machst ja die ganze Arbeit.«

»Es gilt immer noch Alarmstufe Rot. Wir müssen den UMTZ weiter auf dem Schirm haben. Wenn er die Eingangshalle verlässt, muss einer von uns ihm folgen, um sicherzugehen, dass er nur mal pinkeln muss oder eine rauchen will. Wenn wir hier drin fertig sind und nach oben in den Ballsaal zum Tanzen gehen, wird es chaotischer. Nicht mehr so durchstrukturiert und schwieriger, den Kerl im Auge zu behalten.«

Mac hatte Recht. Carter blieb bei ihr, wo er konnte, als die

Party richtig losging. Die Gäste tanzten zur Musik der Band oder standen in Grüppchen zusammen, um sich zu unterhalten. Manche kamen herein, andere spazierten hinaus. Da Carter wusste, wonach er Ausschau halten musste, bemerkte er, dass überall an den Ausgängen Helfer standen. Das Ganze war seltsam prickelnd.

»Ich denke, wir könnten jetzt aus dem Schneider sein.« Laurel gesellte sich zu ihnen. »Nach dem nächsten Set bringe ich die Torte rein, und der Kerl hat noch keinen Mucks gemacht. Von der Zielperson auch keine Spur. Das Brautpaar scheint sich keine Sorgen mehr zu machen.«

»Sie könnten nicht glücklicher aussehen«, stimmte Mac ihr zu. »Noch neunzig Minuten, dann ist alles paletti.«

»Ich kontrolliere mal den Desserttisch.«

»Warte nur, bis du eine Portion davon bekommst«, sagte Mac zu Carter. »Von der Torte. Die ist der Hammer.«

»Carter? Carter!« Eine hübsche Blondine im roten Kleid stürzte auf Carter zu, packte ihn an den Armen und sah strahlend zu ihm auf. »Dachte ich mir's doch, dass du es bist. Wie geht es dir?«

»Gut. Äh …«

»Steph. Stephanie Gorden. Corrines Freundin. Wie schnell die Männer vergessen.« Lachend stellte sie sich auf die Zehenspitzen, um Carter auf die Wange zu küssen. »Ich wusste gar nicht, dass du mit Naomi und Brent befreundet bist.«

»Eigentlich bin ich …«

»Brent ist mein Cousin. Was für eine schöne Hochzeit. Dieses Anwesen ist einfach fantastisch. Ehrlich, stell dir vor, du hättest einen eigenen *Ballsaal* bei dir zu Hause. Na ja, ich nehme an, die Browns vermieten das Ganze, damit sie es unterhalten können. Jetzt muss ich unbedingt Greg finden –

du erinnerst dich doch an Greg, meinen Mann, oder? Wird der staunen, dich hier zu treffen. Wie lange ist es her? Mindestens ein Jahr. Wir haben dich nicht mehr gesehen, seit Corrine und du ...«

Sie brach ab und sah ihn mitfühlend an. »Es tut mir so leid, dass das mit euch nicht geklappt hat. Wir dachten immer, ihr passt perfekt zueinander.«

»Äh, na ja. Nein. Das ist Mackensie Elliot. Die Hochzeitsfotografin.«

»Hallo, wie geht's? Sie müssen erschöpft sein! Ich habe gesehen, wie sie herumgeflitzt sind und Fotos gemacht haben. Naomi macht es Ihnen aber sicher leicht. Sie ist so eine schöne Braut.«

»Es war ... ein Kinderspiel.«

»Ich habe auch ein paar echt schöne Fotos geschossen. Diese Digitalkameras machen ja praktisch alles allein, nicht?«

»Ich bin so gut wie überflüssig. Aber Sie müssen mich entschuldigen. Ich muss so tun, als würde ich arbeiten.«

Als Carter sie wieder einholte, machte Mac gerade Schnappschüsse auf der Tanzfläche.

»Tut mir leid. Ich glaube nicht, dass sie dich beleidigen wollte, aber sie ist eine Idiotin und kann nicht anders.«

»Kein Problem.« Mac nahm eine neue Kamera und hielt Carter die andere hin. »Neue Speicherkarte. Weißt du noch, wie das geht?«

»Ja.«

»Draußen wird gerade die Limousine geschmückt. Ich will gern ein paar Fotos davon machen, bevor die Torte reingebracht wird.« Mac marschierte los, mit Carter im Schlepptau. »Ist also ein Jahr her – die Trennung?«

»Die ... richtig. Mehr oder weniger. Wir waren auch

etwa so lange zusammen und haben ungefähr acht Monate lang zusammengewohnt. Vielleicht neun. Dann hat Corrine beschlossen, mit einem anderen zusammenzuziehen, und hat es auch getan.«

Mac hielt inne. »Sie hat dir wehgetan.«

»Nicht so sehr, wie man es unter diesen Umständen erwartet hätte. Was zeigt, dass wir nicht perfekt füreinander waren. Bei weitem nicht.«

»Aber wenn du mit ihr zusammengewohnt hast, musst du sie geliebt haben.«

»Nein. Ich wollte sie lieben. Das ist nicht dasselbe, ganz und gar nicht. Mackensie ...«, begann Carter, als sie nach draußen gingen.

»Verdammte Scheiße.«

»Wie bitte?«

»Die SGP. Alarmstufe Rot!«, sagte Mac in ihr Headset. »SGP an der Südseite des Haupteingangs gesichtet. UMTZ ist bei ihr. Los, Carter, wir müssen sie abfangen, bis Verstärkung eintrifft.«

13

Carter wusste nicht genau, was er tun sollte, geschweige denn, was Mac vorhatte. Doch als sie quer über den verschneiten Rasen stapfte, nahm er sie instinktiv auf die Arme.

»He, was tust du?«

»Du hast nur dünne Schuhe an.«

»Du auch! Lass mich runter! Ich kann nicht gebieterisch und abschreckend wirken, wenn du mich herumträgst. Runter, runter, oder sie entwischen uns.«

Kaum hatte er sie abgesetzt, war sie auch schon weg. In einer Art leichtem Galopp, dachte Carter. Eine langbeinige Gazelle, die durch den Schnee sprang. Er bewegte sich nicht gewandt, das wusste er. Aber er war schnell, wenn es sein musste.

Er überholte Mac. Im Geiste sah er vor sich, wie er dank seiner nun ruinierten und glatten Schuhe ungelenk über den Weg schlitterte und erst von der Absperrung gebremst wurde, doch es gelang ihm, den vor Wut schäumenden Trauzeugen und seine aktuelle Liebschaft am Weitergehen zu hindern.

»Tut mir leid. Mr und Mrs Lester haben ausdrücklich angeordnet, dass Ms Poulsen keinen Zutritt zu der Veranstaltung hat.«

»Sie ist meine Begleiterin, und wir gehen jetzt da rein.«

Nicht nur wütend, dachte Carter, sondern auch leicht

angetrunken. »Noch einmal, es tut mir leid, aber wir müssen die Wünsche des Brautpaars respektieren.«

Nur leicht außer Atem stieß Mac zu ihnen. »Es ist Ihnen ausdrücklich und wiederholt mitgeteilt worden, dass Ihre Freundin hier keinen Einlass erhält.«

»Donny.« Roxanne zupfte Donny am Ärmel. »Du hast gesagt, es wäre in Ordnung.«

Eine Mischung aus Zorn und Verlegenheit ließ ihrem Begleiter die Röte ins Gesicht steigen. »Es ist auch in Ordnung, weil ich das sage. Es ist die Hochzeit meines Bruders, und dazu kann ich mitbringen, wen ich will. Meg ist stinksauer, und das ist schade. Aber sie bestimmt nicht über mein Leben. Aus dem Weg.« Er fuchtelte mit dem Finger vor Mac und Carter herum. »Euch hat sie doch bloß als Helfershelfer angeheuert.«

»Sie geht da nicht rein«, erklärte Mac. Zu oft an der Bar gewesen, überlegte sie, so dass sein Ego, sein Stolz, sein Zorn jetzt im Alkohol schwammen.

Wo zum Teufel blieb die Verstärkung?

»Sie haben selbst gesagt, es ist die Hochzeit Ihres Bruders. Wenn die Dame Ihnen wichtiger ist als das Glück Ihres Bruders an diesem Tag, dann können Sie sich umdrehen und mit ihr verschwinden. Das hier ist Privatgelände, und sie ist hier heute nicht willkommen.«

»Donny.« Roxanne zupfte ihn erneut am Ärmel. »Es hat doch keinen Zweck …«

»Ich habe gesagt, du bist meine Begleiterin.« Donny wirbelte wieder zu Mac herum. »Was glauben Sie eigentlich, wer Sie sind? Sie haben mir nichts über meinen Bruder zu erzählen. Platz da jetzt!« Mit einem gefährlichen Funkeln in den Augen legte er Mac eine Hand auf die Schulter und stieß sie zurück.

Wie der Blitz fuhr Carter dazwischen. »Fassen Sie sie nicht noch einmal an! Sie sind betrunken und offenbar auch ein Idiot; das will ich mal berücksichtigen. Kommen Sie wieder runter, und beruhigen Sie sich, denn eigentlich wollen Sie das hier doch gar nicht.«

»Sie haben Recht. Viel lieber will ich das hier.« Damit schlug er Carter mit der Faust ins Gesicht.

Carters Kopf flog nach hinten, doch er wich nicht von der Stelle. Roxanne kreischte, Mac fluchte. Bevor sie einen Satz nach vorn machen konnte, hatte Carter sie hinter sich geschoben. »Die Dame geht da nicht rein. Und Sie gehen auch nicht mehr da rein. Sie haben gezeigt, dass Sie zu egoistisch sind, um an irgendjemand anderen zu denken als an sich selbst. Sie haben Ms Poulsen in Verlegenheit gebracht, und das ist eine Schande. Aber sie erhalten keine Gelegenheit, heute auch noch Ihren Bruder und seine Frau zu blamieren. Sie können jetzt entweder freiwillig gehen, oder ich kann Ihnen dabei helfen.«

»Warum helfen wir ihm nicht alle dabei?«, fragte Del, während er und Jack sich rechts und links von Carter aufstellten.

»Ich glaube, das ist nicht nötig.« Parker eilte den Pfad herunter und bahnte sich mit den Ellbogen einen Weg nach vorn. Da stand sie, eine Eiskönigin in Armani, und starrte den Trauzeugen vernichtend an. »Oder, Donny?«

»Wir haben Besseres zu tun. Komm, Roxie. Ist sowieso ein Saftladen hier.«

»Ich passe auf, dass sie auch wirklich gehen.« Del schüttelte angewidert den Kopf. »Geht wieder rein. Was macht dein Gesicht, Carter?«

»War nicht das erste Mal, dass mir jemand eine reingehauen hat.« Fachmännisch wackelte Carter mit dem Unterkiefer. »Tut trotzdem jedes Mal weh.«

»Eisbeutel.« Parker beobachtete mit kaltem Blick, wie der UMTZ und die SGP verschwanden. »Emma.«

»Komm mit mir, Carter.«

»Ist schon gut. Wirklich.«

»Eisbeutel.« Parkers Ton duldete keinen Widerspruch. »Hiermit gebe ich das Zeichen zur Entwarnung, und jetzt gehen wir wieder rein. Niemand erfährt etwas von dem Vorfall.«

»Hast du gesehen, was er gemacht hat?«, murmelte Mac.

»Wer?«, erkundigte sich Del.

»Carter. Er hat einfach ... Jedes Mal, wenn ich denke, ich kenne ihn, verblüfft er mich. Das verwirrt mich.«

Da hatte es noch jemanden voll erwischt, dachte Del, während Mac den Weg hinuntereilte, um ihren Job zu erledigen.

Es dauerte noch fast zwei Stunden, bis Mac fertig war und Carter nach einigem Suchen in Laurels Küche fand. Er saß allein in der Frühstücksecke und las. Als sie hereinkam, schaute er auf und nahm seine Brille ab. »Alles klar?«

»Mehr oder weniger. Tut mir leid, dass es so lange gedauert hat, Carter. Du hättest nach Hause fahren sollen. Es ist nach Mitternacht. Ich hätte dir Bescheid sagen sollen. Oh, dein armes Gesicht!« Sie zuckte zusammen, als sie die Prellung an seinem Kiefer sah.

»Ist nicht so schlimm. Aber wir haben beschlossen, dass ich besser hierbleibe. Wenn ich wieder rausgegangen wäre, hätte ich vielleicht erklären müssen, woher ich das hier habe.« Er fasste sich leicht an den Bluterguss. »Ich kann ganz schlecht lügen, daher war es so einfacher. Zumal es, wie versprochen, Torte gab.«

Mac rutschte auf den Platz ihm gegenüber. »Was liest du da?«

»Oh, Parker hatte einen Roman von John Irving, den ich noch nicht kenne. Ich bin bestens gepflegt, unterhalten und versorgt worden. Dafür haben deine Partnerinnen gesorgt. Und sowohl Jack als auch Del kamen nochmal für eine Weile zu mir. Mir ging es echt gut.«

»Du hast nicht mal gewankt.«

»Bitte?«

»Als dieser Volltrottel dir eine reingehauen hat. Du bist kaum zusammengezuckt.«

»Er war halb betrunken, so viel Kraft steckte also nicht dahinter. Er hätte dich nicht anfassen dürfen.«

»Du bist nicht einmal laut geworden. Du hast ihn ausgeschaltet – ich konnte es an seinem Gesicht erkennen, noch bevor die Hilfstruppe kam. Und dabei hast du ihn weder angerührt noch angebrüllt.«

»Das liegt an meiner Lehrerausbildung, nehme ich an. Und an reichlich Erfahrungen mit Rüpeln. Sind die Jungvermählten gut davongekommen?«

»Ja. Sie wissen nicht, was passiert ist. Eines Tages werden sie es wohl herausfinden, aber sie haben ihren Tag gehabt – und darum ging es uns. Du hast sehr dazu beigetragen.«

»Tja, es war eine Erfahrung. Die mich nichts als ein schmerzendes Kinn und ein Paar Schuhe gekostet hat.«

»Und du bist immer noch hier.«

»Ich habe auf dich gewartet.«

Mac starrte ihn an und gab dann einfach dem Aufflackern in ihrem Herzen nach. »Dann kommst du wohl am besten mit mir nach Hause, Carter.«

Er lächelte. »Ja, das wäre wohl das Beste.«

Jeder machte mal einen Fehler, oder? Das rief sich Mac ins Gedächtnis, als sie die Tür zu ihrem Studio öffnete. Wenn dies ein Fehler war, würde sie ihn korrigieren. Später. Wenn sie wieder klarer denken konnte. Doch im Moment war es nach Mitternacht, und da stand Carter in seinem dreiteiligen Anzug und den ruinierten Schuhen.

»Bei mir ist es nicht so adrett wie bei dir.«

»*Adrett*, das klingt so etepetete, findest du nicht?« Carter lächelte sie unbefangen an. »Dabei muss man an Großtante Margaret und ihre Teewärmer denken.«

»Ich habe keine Großtante Margaret.«

»Aber wenn, dann wäre sie bestimmt adrett und hätte einen Teewärmer. Der Begriff *organisiert* ist mir lieber.«

Mac schleuderte ihre Jacke auf die Armlehne ihrer Couch. Im Unterschied zu Carter besaß sie keinen Garderobenschrank. »Dann eben organisiert – das bin ich, wenn es um meine Arbeit geht, mein Geschäft.«

»Das habe ich heute gesehen. Du schienst genau zu wissen, was du zu tun hattest, wo du sein musstest, wonach du Ausschau halten musstest, bevor es überhaupt da war.« Carter legte seine Jacke auf ihre. »Der schöpferische Instinkt, der mit guter Organisation Hand in Hand geht.«

»Und beides nutze ich für meine Arbeit. Abgesehen davon bin ich eher schlampig.«

»Jeder ist schlampig, Mackensie. Manche Leute stopfen ihre Unordnung nur in einen Schrank oder eine Schublade – jedenfalls, wenn Besuch kommt. Aber sie ist trotzdem noch da.«

»Und manche Leute haben mehr Schubladen und Schränke als andere. Aber es war ein langer Tag. Lass uns vom Rand der philosophischen Klippe zurücktreten. Ich wollte damit nur sagen, dass mein Schlafzimmer nicht im besten Zustand ist.«

»Soll ich es etwa benoten?«

»Nur, wenn du dabei sehr großzügig bist. Kommen Sie mit nach oben, Dr. Maguire.«

»Das war früher das Poolhaus«, sagte Carter, als Mac voranging.

»Die Browns haben viele Gesellschaften gegeben, daher haben sie es zu einer Art zusätzlichem Gästehaus umgebaut. Zur Eröffnung unseres Betriebs haben wir es dann erneut umgebaut, zum Studio. Aber hier oben sind nur Privaträume.«

Ein großes Wohn-Schlafzimmer erstreckte sich über die erste Etage. Carter fiel auf, dass sich hier auch eine Sitzecke befand, wo Mac vielleicht las, ein Nickerchen machte oder fernsah.

Das Ganze wurde von Farben dominiert, wobei der gedämpfte Goldton der Wände als Hintergrund für kräftige Blau-, Grün- und Rottöne diente. Wie ein Schmuckkästchen, dachte Carter, mit einem wirren, funkelnden Berg von Schmuck. Kleider hingen über Armlehnen. Leuchtende Pullover, Blusen in gedeckteren Farben. Überwürfe und Kissen lagen auf dem Bett und der Couch verstreut wie markante Steine und Flüsse.

Ein auffällig verschnörkelter Spiegel hing über einer bemalten Kiste, die als Frisierkommode diente und auf der eine wilde Mischung faszinierender Habseligkeiten von Mac verteilt war. Ohrringe, Zeitschriften, Flaschen und Tiegel. Als Kunstgegenstände dienten Fotografien, Porträts von ihren Lieben. Gestellte Fotos und Schnappschüsse, nachdenkliche und fröhliche Gesichter. Mit dieser Sammlung an der Wand würde sie nie allein sein.

»Der Raum ist so voll von dir.«

»Ich versuche alle paar Wochen, einen Teil rauszuschaffen.«

»Nein, ich meine, der Raum spiegelt so viel von dir wider. Unten das Studio spiegelt deine professionelle Seite, und hier oben der Raum die private.«

»Womit wir wieder dabei wären, wie schlampig ich bin.« Mac zog eine Schublade auf und stopfte einen abgelegten Pullover hinein. »Mit vielen Schubladen.«

»Hier drin sind so viele Farben, so viel Energie.« Genau so sah Carter sie. Farben und Energie. »Wie schläfst du?«

»Mit ausgeschaltetem Licht.« Mac trat zu ihm und legte den Finger auf seinen lädierten Kiefer. »Tut es noch weh?«

»Ehrlich gesagt … ja.« Jetzt, allein in ihrem Schmuckkästchenzimmer, tat er, was er schon den ganzen Tag hatte tun wollen. Er küsste sie. »So ist es gut«, murmelte er, als ihre Lippen unter seinen erglühten. »Genau so.«

Sie ließ es zu, dass sie sich an ihn lehnte, dass sie aufseufzte, als sie den Kopf an seiner Schulter ruhen ließ. Ja, denken würde sie später. Wenn Carter sie nicht mehr festhielt, wenn Erschöpfung und Begehren ihr nicht mehr die Sinne vernebelten.

»Komm, wir schaffen dich mal ins Bett.« Carter küsste sie aufs Haar. »Wo ist dein Schlafanzug?«

Es dauerte einen Augenblick, bis sie die Frage verstanden hatte. Dann beugte sie sich zurück, um Carter anzustarren. »Mein *Schlafanzug*?«

»Du siehst so müde aus.« Er strich ihr mit dem Finger über die Wange. »Sieh nur, wie blass du bist.«

»Ja, und das ich mit meinem rötlichen Teint. Carter, jetzt bin ich ganz verwirrt. Ich dachte, du bleibst hier.«

»Das tue ich ja auch. Aber du warst den ganzen Tag auf den Beinen und hast dabei zum Teil noch Krieg geführt. Du bist müde.«

Er knöpfte die Jacke ihres Hosenanzugs auf, genauso pragmatisch, wie er damals ihren Mantel zugeknöpft hatte.

»Was ziehst du zum Schlafen an? Oh, vielleicht gar nichts.« Seine Augen wanderten zurück zu ihren. »Vielleicht ziehst du gar nichts an, meine ich.«

»Ich ...« Mac schüttelte den Kopf, doch dadurch wurde keiner der Gedanken darin zurechtgerückt. »Willst du nicht mit mir ins Bett gehen?«

»Ich gehe mit dir ins Bett. Um bei dir zu schlafen, denn du brauchst Schlaf.«

»Aber ...«

Carter küsste sie, sanft und lange. »Ich kann warten. Also, Schlafanzug? Ich hoffe, du sagst ja. Sonst schläft nämlich einer von uns beiden nicht viel.«

»Du bist ein seltsamer, verwirrender Mann, Carter.« Mac drehte sich um und öffnete eine Schublade, um Flanellhosen und ein verwaschenes T-Shirt herauszuholen. »Das benutze ich als Schlafanzug.«

»Gut.«

»Ich habe aber nichts, was dir passt.«

»Ich trage eigentlich keinen ... Oh. Hm.«

Er würde seine Meinung schon noch ändern, wenn sie im Bett waren, dachte Mac, als sie sich auszogen. Trotzdem bekam Carter Pluspunkte für seinen guten Willen. Ja, sie war müde, ihre Füße schmerzten, und ihr brummte der Schädel, doch das bedeutete nicht, dass sie nicht mehr genug Energie aufbringen konnte, um Sex zu haben.

Vor allem richtig guten Sex.

Als Carter neben ihr ins Bett schlüpfte, kuschelte sie sich an ihn, wanderte mit der Hand über seine Brust und hob ihm die Lippen entgegen. Sie würde ihn erregen, verführen, und dann ...

»Habe ich dir schon von der Unterrichtsreihe erzählt, die ich plane? Über die methodische und theoretische Analyse von Romanen, mit besonderem Schwerpunkt auf dem Zuhause – im wörtlichen und übertragenen Sinne – als Motiv?«

»Äh – nee.«

Im Dunkeln lächelte Carter und strich Mac sanft und rhythmisch über den Rücken. »Das ist für die Fortgeschrittenen in meiner zwölften Klasse.« Mit monotoner Stimme, bei der sogar Tote eingeschlafen wären, begann er, seine Idee zu erläutern. Und zwar so langweilig wie möglich. Er schätzte, es würde höchstens fünf Minuten dauern, bis Mac im Reich der Träume war.

Sie brauchte nur zwei.

Zufrieden lehnte Carter die Wange an ihr Haar, schloss die Augen und schlummerte ebenfalls ein.

Als Mac erwachte, fielen ihr die schrägen Strahlen der Wintersonne ins Gesicht. Ihr war ganz warm.

Irgendwann in der Nacht hatte Carter sich an ihren Rücken geschmiegt, so dass sie nun in der Löffelchen-Stellung dalagen. Kuschelig, dachte Mac, ausgeruht und entspannt.

Er wollte, dass sie schlief, also hatte sie geschlafen. War es nicht komisch, wie er seinen Willen durchsetzte, ohne zu fordern, ohne sie zu drängen?

Raffiniert.

Aber da war er nicht der Einzige.

Er hatte den Arm um ihre Taille geschlungen. Sie nahm seine Hand und drückte sie an ihre Brust. *Fass mich an.* Sie drängte sich zurück gegen ihn und schob einen Fuß zwischen seine Beine. *Spür mich.*

Sie lächelte, als seine Hand sich unter ihrer bewegte und

ihre Brust umfasste. Als seine Lippen sich in ihre Halsbeuge pressten. *Schmeck mich.*

Sie wandte sich um, so dass sie einander gegenüberlagen und sie in das sanfte Blau seiner Augen schauen konnte. »Ich fühle mich … erfrischt«, murmelte sie. Ohne den Blick von seinem abzuwenden, glitt sie mit der Hand über seine Brust, seinen Bauch, bis sie ihn gefunden hatte. »Oh, du auch.«

»Es kommt öfters vor, dass gewisse Teile von mir vor dem Rest erwachen.«

»Tatsächlich?« Sie bewegte sich so, dass sie ihn auf den Rücken rollen konnte, um sich rittlings auf ihn zu setzen. »Ich glaube, das muss ich ausnutzen.«

»Wenn's sein muss.« Mit schläfriger Morgenträgheit wanderten seine Hände an ihrem Leib herunter über ihre Hüften. »Du siehst sogar schön aus, wenn du wach wirst.«

»Ich habe total zerzaustes Haar, aber das fällt dem Teil von dir, der zuerst aufwacht, nicht auf.« Sie kreuzte die Arme und ergriff den Saum ihres T-Shirts. Zog es hoch, über den Kopf, schleuderte es beiseite. »Der Teil weiß nicht einmal, ob ich überhaupt Haare habe.«

»Er fühlt sich an, als hätte jemand die Sonne angezündet.«

»Du hast eine Art, Carter.« Mac beugte sich herunter und schnappte mit den Zähnen seine Unterlippe. »Aber jetzt mache ich mit dir, was ich will.«

»Okay.« Als sie sich zurücklehnte, setzte er sich auf. »Aber stört es dich, wenn ich …« Damit schloss er die Lippen um ihre Brust.

»Nein.« Ihr Bauch spannte sich an, als sie auf den Reiz reagierte. »Das stört mich überhaupt nicht. Gott, das kannst du aber gut.«

»›Was es wert ist, getan zu werden …‹«

Weich, straff, warm, geschmeidig. All das war sie. Er konnte sich an ihr weiden, sich an ihren verlockenden, verführerischen Düften laben. Sie zog ihn enger an sich, drängte ihn, mehr zu nehmen, während sie ihn mit ihren wiegenden Hüften in Fahrt brachte.

Sie beugte sich über ihn, rückte dann wieder von ihm ab, um sich aus den Flanellhosen zu winden. Sie schob ihn von sich, hob ein wenig ihren schlanken, bleichen Körper, auf den das fahle Licht, das zaghaft durchs Fenster hereinfiel, ein Muster zeichnete. Dann nahm sie ihn in sich auf, umschloss ihn.

Sie bäumte sich auf, gefangen im Netz ihrer eigenen Lust, und bewegte sich zum Pulsieren ihres Blutes. Langsam, voll und schwer, gleitende Seide an Seide, Stahl an Samt. In der morgendlichen Stille waren nur Seufzer zu vernehmen, bebender Atem, ein geraunter Name.

Der Rhythmus steigerte sich, während die Lust allmählich an Schmerz grenzte. Mac beobachtete, wie Carter sie beobachtete, sah, wie sie seinen Blick erfüllte, während der Schmerz zunahm, anschwoll. Der Rhythmus pulsierte, drängend nun, schneller nun. Sie ritt ihn, ritt sie beide, bis der Schmerz den Höhepunkt erreichte, zerriss, zerschellte.

Als sie erschlaffte, zog er sie zu sich herunter und hielt sie fest, wie er es in der Nacht getan hatte.

Sich treiben lassen, dachte sie, es war, als ließe sie sich treiben auf einem langen, ruhigen Fluss mit warmem, klarem Wasser. Und selbst wenn sie sinken würde, wäre er doch da, um sie zu halten.

Warum konnte sie das nicht haben und einfach genießen, ohne Hindernisse zu errichten, Probleme auszugraben, sich Sorgen über Fehler, über morgen zu machen? Warum ließ sie es zu, dass die Vielleichts, die Wenns, die Wahrscheinlichs so etwas Wundervolles verdarben?

»Am liebsten würde ich einfach so bleiben«, sagte sie leise. »Genau so. Den ganzen Tag.«

»Okay.«

Mac verzog den Mund. »Bist du überhaupt jemals faul? Gammelst so richtig herum?«

»Mit dir zusammen sein ist nicht faul sein. Wir könnten das Ganze als Experiment betrachten. Wie lange können wir in diesem Bett bleiben, ohne zu essen, zu trinken oder rauszugehen? Wie oft können wir uns an einem Sonntag lieben?«

»Ich wünschte, das könnte ich herausfinden, aber ich muss arbeiten. Wir haben heute noch eine Veranstaltung.«

»Wie viel Uhr?«

»Hm, um drei, was heißt, dass ich um eins drüben sein muss. Und ich muss noch die Aufnahmen von gestern hochladen.«

»Willst du mir damit sagen, dass ich dir im Weg bin?«

»Ich dachte eher an eine Dusche und Kaffee für zwei. Ich könnte sogar ein bisschen Rührei machen, statt dir nur meine üblichen Pop-Tarts anzubieten.«

»Ich mag Pop-Tarts.«

»Ich wette, du isst richtiges Erwachsenenfrühstück.«

»Ich mache mir dauernd Toaster-Strudel.«

Mac hob den Kopf. »Die sind super. Wenn ich heißes Wasser, Kaffee und Pop-Tarts mit Rührei-Beilage zur Verfügung stelle, könntest du dir dann vorstellen, zu der heutigen Veranstaltung hierzubleiben?«

»Durchaus – wenn noch eine Zahnbürste und ein Rasierer zum Programm gehören. Ein extra Paar Schuhe hast du vermutlich nicht.«

»Ich habe viele Schuhe, aber du meinst wahrscheinlich welche für Herren.«

»Das wäre am besten. Bei hochhackigen Schuhen kriege ich immer einen Krampf in den Zehen.«

»Sehr witzig. Aber vielleicht können wir dir tatsächlich helfen. Parker hat einen Vorrat an Anzugschuhen für Veranstaltungen. Klassische schwarze für Männer, schwarze Highheels für Frauen.«

»Das ist … guter Service.«

»Es ist zwanghaft, aber wir haben tatsächlich schon ein paarmal darauf zurückgegriffen. Welche Größe?«

»Neunundvierzig.«

Diesmal schoss Macs Kopf in die Höhe. »Neunundvierzig?«

»Leider ja.«

»Das sind ja wahre Flugzeugträger.« Sie schleuderte die Bettdecke beiseite, um seine Füße zu mustern. »Deine Füße sind echte Schlachtschiffe.«

»Deshalb trete ich mir ja auch so oft darauf. Ich glaube nicht, dass Parker so zwanghaft ist, dass sie Schuhe in Größe neunundvierzig bereithält.«

»Nein, nicht einmal Parker. Tut mir leid. Aber die Zahnbürste und den Rasierer kann ich dir geben.«

»Dann ist der Deal perfekt.«

»Ich glaube, wir sollten mit der Dusche anfangen. Wir müssen heiß und nass und rundum schlüpfrig werden.« Mac sah an Carter hinunter und grinste. »He, sieh mal, wer da wieder wach wird.« Lachend rollte sie sich aus dem Bett und rannte zur Dusche.

Als Mac sich in ein Handtuch wickelte, hatte sie bereits festgestellt, dass Carter horizontal ebenso kreativ war wie vertikal. Gelöst kramte sie eine neue Zahnbürste hervor, einen Einwegrasierer und eine Dose Rasiercreme in Reisegröße.

»Bitte schön.« Sie drehte sich um, gerade als Carter sich beim Aussteigen aus der Dusche den Ellbogen anstieß. »Ich habe eine Frage. Wie kommt es, dass du beim Sex so gar nicht ungeschickt bist?«

»Wahrscheinlich passe ich dabei besser auf.« Stirnrunzelnd rieb Carter sich den Ellbogen. »Außerdem hast du mich in deinem Handtuch abgelenkt.«

»Da du dich jetzt rasieren willst, mache ich lieber mal Kaffee. Dann lenke ich dich nicht so ab, dass du dein Gesicht in Streifen schneidest.«

Sie tätschelte ihm die Wange und wurde prompt an ihn gerissen und sehr gründlich abgelenkt. Als es ihr gelang, sich aus seinem Griff zu winden, warf sie ihm ihr Handtuch hin. »Das kannst du nehmen, da es so ein Problem ist.«

Sie schnappte sich ihren Morgenmantel von der Tür und schlenderte nackt hinaus.

Als sie verschwunden war, nahm Carter den Rasierer, musterte ihn kritisch und beäugte die heftigen Regenbogenfarben an seinem Kiefer. »Okay, mal sehen, ob wir das ohne Narben im Gesicht hinkriegen.«

Unten summte Mac vor sich hin, während sie Kaffeebohnen abmaß. Eigentlich brauchte sie gar keinen Kaffee mehr zum Wachwerden, dachte sie. Darum hatte Carter sich schon gekümmert. Er kümmerte sich um sie, dachte sie aufseufzend, so dass sie sich umsorgt und wertgeschätzt fühlte, herausgefordert und erregt. Wann hatte ein Mann das letzte Mal all das in ihr hervorgerufen? Mal überlegen … Überhaupt noch nie. Und was kam noch hinzu? Sie war glücklich.

Sie öffnete den Kühlschrank und zählte vier Eier ab. Das müsste reichen. Sie holte eine Schüssel heraus, einen Schneebesen, eine Bratpfanne. Ihr wurde bewusst, dass sie für Carter das Frühstück zubereiten wollte – genau das. Sie wollte eine kleine Mahlzeit für ihn herrichten. Ihn umsorgen, nahm sie an, so wie er sie umsorgte.

Das musste doch …

Sie wurde in ihren Gedanken unterbrochen, als die Tür aufging. »Emma? Falls du Kaffee schnorren willst, solltest du besser einen meiner Becher zurückbringen, mit denen du verschwunden bist.«

Mac wandte sich um und erwartete, ihre Freundin vor sich zu sehen – statt dessen sah sie ihre Mutter in die Küche spazieren.

»Mama.« Ihre Miene versteinerte sich. »Was machst *du* denn hier?«

»Wollte mal vorbeikommen, um meine Tochter zu besuchen.« Mit strahlendem Lächeln breitete Linda die Arme aus, eilte auf Mac zu und riss sie unsanft an sich. »Oh, du bist so dünn! Du hättest Model werden sollen, nicht Fotografin. Kaffee, wunderbar. Hast du fettarme Milch?«

»Nein, Mama. Entschuldige, aber das passt mir jetzt gar nicht.«

»Oh, warum willst du mir immer wehtun?« An Linda war ein Schmollmund immer hübsch und wirkungsvoll, und das wusste sie auch. Ihre babyblauen Augen blickten schmerzerfüllt, ihre weichen rosa Lippen drückten Hilflosigkeit aus und zitterten ganz leicht.

»Das will ich gar nicht. Es ist nur … wir haben heute eine Veranstaltung, und …«

»Du hast *immer* eine Veranstaltung.« Linda machte eine wegwerfende Handbewegung. »Du kannst fünf Minuten für deine Mutter opfern.« Noch während sie sprach, warf Linda ihre Jacke über einen Stuhl. »Ich bin den ganzen Weg hergekommen, um dir für die Tage im Spa zu danken. Und um mich zu entschuldigen.« In die blauen Augen trat ein Hauch von Sentimentalität und unvergossenen Tränen. »Ich hätte nicht so ruppig zu dir sein dürfen, vor allem, nachdem du so süß zu mir warst. Es tut mir leid.«

Das war ehrlich gemeint, wusste Mac. So lange es dauerte.

Anstatt auf Gefühle einzugehen, die doch nur flüchtig sein würden, holte Mac einen Kaffeebecher heraus. Gib ihr Kaffee, damit sie verschwindet, dachte sie. »Schicke Klamotten. Ganz schön nobel, um nur mal vorbeizuschauen.«

»Ach, das?« Wie auf dem Laufsteg drehte sich Linda in ihrem knallroten Anzug, der ihre Kurven betonte und grell von ihrer blonden Mähne abstach. »Super, oder?« Lachend warf sie den Kopf zurück, bis Mac lächeln musste.

»Allerdings. Vor allem an dir.«

»Was meinst du – die Perlen passen gut dazu, oder? Sind sie nicht zu matronenhaft?«

»An dir könnte nichts matronenhaft aussehen.« Mac reichte ihrer Mutter den Becher.

»Oh, Liebes, hast du keine anständige Tasse mit Untertasse?«

»Nein. Wohin gehst du mit dem Anzug?«

»Zum Brunch in die Stadt. Ins Elmo, mit Ari.«

»Mit wem?«

»Ari. Ich habe ihn im Spa kennengelernt. Ich habe dir von ihm erzählt. Er wohnt in der Stadt. Er besitzt Olivenhaine und Weinberge und – ach, ich weiß nicht so genau, aber es ist auch egal. Sein Sohn führt inzwischen den Großteil der Geschäfte. Ari ist Witwer.«

»Ah.«

»Vielleicht ist er der Richtige.« Linda ließ ihren Kaffee links liegen und presste die Hand aufs Herz. »Oh, Mac, wir waren uns geistig und seelisch sofort so nahe, einander so verbunden. Es muss das Schicksal gewesen sein, das mich zur gleichen Zeit in das Spa geschickt hat, zu der er auch dort war.«

Meine dreitausend Dollar haben dich hingeschickt, dachte Mac.

»Er sieht sehr gut aus, so distinguiert. Und er reist *überallhin*. Er hat einen Zweitwohnsitz auf Korfu, eine Stadtwohnung in London und ein Sommerhaus in den Hamptons. Ich hatte nach der Rückkehr aus dem Spa kaum die Tür aufgeschlossen, als er mich schon anrief, um mich für heute zum Brunch einzuladen.«

»Na dann viel Spaß. Du solltest lieber losfahren; bis in die Stadt ist es weit.«

»Das stimmt, und mein Wagen hat gestern so ein komisches Geräusch gemacht. Ich muss mir deinen ausleihen.«

»Ich kann ihn dir nicht geben. Ich brauche ihn.«

»Du kannst ja meinen dafür haben.«

Mit dem komischen Geräusch, dachte Mac. »Dein Zweisitzer-Cabrio kann ich nicht gebrauchen. Ich habe morgen Termine mit Kunden, außerdem ein Fotoshooting draußen, was bedeutet, das ich meine Ausrüstung mitnehmen muss. Ich brauche mein eigenes Auto.«

»Ich bringe es dir heute Abend zurück. Mein Gott, Mackensie.«

»Das hast du beim letzten Mal auch gesagt, als ich es dir geliehen habe, und dann habe ich drei Tage lang weder von dir noch von dem Wagen etwas gesehen.«

»Das war ein spontanes langes Wochenende. Dein Problem ist, dass du nie etwas Spontanes machst. Bei dir muss alles nach Plan laufen und geregelt sein. Willst du etwa, dass ich am Straßenrand eine Panne habe? Oder einen Unfall? Kannst du denn nie an jemand anderen denken als an dich selbst?«

»Verzeihung.« Carter stand am Fuß der Treppe. »Entschuldigen Sie die Störung. Hallo, Sie müssen Mackensies Mutter sein.«

14

In Carters Augen hätten sie verschiedener nicht aussehen können, die zierliche, kurvenreiche Blondine im maßgeschneiderten Hosenanzug und der gertenschlanke Rotschopf im Morgenrock mit Schottenkaro.

Doch beide erstarrten und warfen ihm Blicke zu, aus denen eine Mischung aus Entsetzen und Verlegenheit sprach. Dann verschwand selbst diese Gemeinsamkeit, als Mac ihn voller Verzweiflung ansah, Linda hingegen schlau und berechnend.

»Sieh mal einer an. Mackensie hat gar nicht erwähnt, dass sie in Gesellschaft ist. Und dann auch noch in so gut aussehender. Mackensie, wo sind deine Manieren? Man sollte meinen, sie wäre im Kuhstall großgeworden. Ich bin Linda Barrington, Mackensies Mutter.« Sie blieb, wo sie war, streckte jedoch die Hand aus. »Und ich freue mich, Sie kennenzulernen.«

»Carter Maguire.« Er ging zu ihr hinüber und ergriff ihre Hand. Als er sie kurz schütteln wollte, legte sie ihre andere Hand darauf.

»Guten Morgen, Carter. Wo hat Mac Sie denn aufgegabelt?«

»Mir gefällt die Vorstellung besser, dass ich sie gefunden habe.«

»Was für ein Charmeur Sie sind.« Mit leisem Lachen

schüttelte Linda ihr Haar zurück. »Stammen Sie aus Greenwich, Carter?«

»Ja. Meine Familie lebt hier.«

»Maguire, Maguire. Ich frage mich, ob ich sie kenne. Mackensie, um Himmels willen, gib dem Mann mal einen Kaffee. Setzen Sie sich, Carter.« Einladend klopfte sie auf den Sitz eines Hockers. »Und erzählen Sie mir alles.«

»Ich wünschte, dafür hätten wir Zeit, aber Mackensie und ich müssen uns auf eine Veranstaltung vorbereiten.«

»Oh? Sind Sie auch Fotograf?«

»Nein, ich helfe nur aus.«

Linda ließ ihren Blick über ihn schweifen, rasch und kokett. »Sie sehen zweifellos so aus, als könnten Sie sehr nützlich sein. Leisten Sie mir wenigstens Gesellschaft, während ich meinen Kaffee trinke und Mac nach oben geht, um sich anzuziehen. Mac, geh nach oben und mach dich zurecht. Du siehst aus wie eine Vogelscheuche.«

»Ich dachte gerade, wie schön du aussiehst«, sagte Carter zu Mac. »So nach Sonntagmorgen.«

Linda lachte leise auf. »Ich habe doch gesagt, Sie sind ein Charmeur. Das erkenne ich immer sofort. Pass gut auf, Mackensie. Den könnte dir jemand klauen. Also, Carter, jetzt setzen Sie sich hierher und erzählen mir alles über sich. Ich bestehe darauf.«

»Nimm den Wagen.« Mac schnappte ihre Schlüssel aus dem Körbchen auf der Theke. »Nimm den Wagen und geh.«

»Also wirklich, Mackensie, du brauchst nicht grob zu werden.« Trotzdem nahm Linda die Schlüssel.

»Du willst den Wagen, hier hast du die Schlüssel. Das Angebot gilt genau dreißig Sekunden lang.«

Mit erhobenem Kinn griff Linda zu ihrer Jacke. »Ich entschuldige mich für das Benehmen meiner Tochter, Carter.«

»Nicht nötig. Überhaupt nicht.«

»Hoffen wir mal, dass er tolerant ist, sonst sitzt du bald allein da. Wieder einmal.« Mit einem letzten Blick auf Mac stolzierte Linda hinaus.

»Na, das war ja erfrischend. Ich wünschte, du hättest ihr die Schlüssel nicht gegeben«, begann Carter und wollte auf Mac zugehen.

Sofort hob diese abwehrend die Hand. »Nicht. Bitte nicht. Tut mir leid, dass du da hineingeraten bist, aber bitte nicht.«

»Bitte nicht was?«

»Alles.« Mac hob die Hand noch ein wenig höher und trat einen Schritt zurück. »Ich weiß nicht, was ich mir dabei gedacht habe. Gott weiß, was ich mir gedacht habe. Ich habe mir gesagt, dass es ein Fehler war. Ich wusste, ich hätte das Ganze beenden sollen, einfach beenden, bevor es kompliziert würde. Aber ich habe mich darin verstrickt. Es ist meine Schuld.«

»Ich nehme an, du sprichst nicht mehr über deine Mutter.«

»Tut mir leid, Carter. Das zwischen dir und mir ... kann zu nichts führen. Es kann nicht da hinführen, wo du es hinhaben willst. Es liegt nicht an dir, es liegt ...«

»Hör auf«, fiel Carter ihr ins Wort. »Mach kein Klischee daraus. Du bist besser als das. Wir sind besser.«

»Es liegt an *mir*.« Da ihr beinahe die Stimme versagte, wurde ihr Ton schärfer. »Ich bin nicht dafür gemacht. Ich bin kein Mädchen für Langzeitgeschichten. Ich bin der Typ, der Panik bekommt und aus deinem Haus davonrennt, weil es ein bisschen zu gemütlich wurde.«

»Ah! Das erklärt einiges.«

»Das bin *ich*. Kapierst du? Ich bin nicht, wonach du suchst.«

»Du kannst mir sagen, was *du* willst, Mackensie, aber nicht, was *ich* will.«

»Doch, natürlich. Du bist so … verknallt, dass du dir denkst, wir hätten eine Zukunft. Das wünschst du dir. Du bist stockkonservativ, Carter, und es würde nicht lange dauern, bis du eine feste Bindung willst, Hochzeit und Familie mit Haus und dreibeiniger Katze. So bist du gestrickt, aber ich sage dir, das alles war ein Missverständnis.«

Sie warf den Schneebesen, den sie noch gar nicht benutzt hatte, in die Spüle. »Du kennst mich überhaupt nicht. Das Ganze war ein Flirt, ein sexuelles Geplänkel, die Erinnerung an etwas Vergangenes. Eine Schwärmerei, die dich fasziniert und mir geschmeichelt hat, und wir haben es viel zu schnell viel zu weit kommen lassen. Wir rasen geradewegs ins Nirgendwo, weil die Straße bisher so eben war. Aber es kommen Schlaglöcher und Bodenwellen. Mein Gott, wir haben uns noch nicht einmal gestritten, wie können wir also denken …«

»Kein Problem«, fiel Carter ihr ins Wort. »Wir sind auf dem besten Wege dazu. Ich weiß nicht genau, von wem du im Moment weniger hältst, von dir selbst oder von mir. Will ich eine feste Beziehung, Hochzeit, Familie, das Haus und die dämliche Katze – die ich schon habe, vielen Dank? Ja, irgendwann. Aber deshalb bin ich noch lange kein Idiot.«

»Das habe ich auch nicht …«

»Schlaglöcher und Bodenwellen? Willkommen in der Welt. Die gibt es auf jedem Weg. Da muss man vorsichtig fahren, ihnen ausweichen, darüber oder auf die andere Seite durchrollen. Dein Problem ist, dass du schnurstracks in ein bestimmtes Schlagloch hineinrast, nämlich in deine Mutter, und davon lässt du dir dann die ganze Fahrt versauen. Sie kann aber nichts für deine miserablen Fahrkünste. Dafür bist du verantwortlich.«

»Ich weiß sehr gut ... warte mal. Miserable Fahrkünste?« Ein Anflug von Zornesröte stieg Mac in die Wangen. »Ich weiß, wohin ich gehe und wie ich dort hinkomme. Ich habe nur einen Umweg gemacht. Hör auf, in Metaphern zu reden.«

Carter zog die Brauen hoch. »Ich glaube, du willst gerade Fahrerflucht begehen. Umweg, so ein Quatsch. Zwischen uns ist etwas. Es ist vielleicht etwas, womit keiner von uns gerechnet hat, aber es ist da.«

»Ich empfinde etwas für dich, Carter. Natürlich. Offensichtlich. Und genau deshalb sage ich dir, dass wir zurückrudern müssen. Wir müssen das Ganze neu bewerten.«

»Warum lässt du sie über dein Leben bestimmen?«

»Was? Das tue ich doch gar nicht.«

»Sie ist eine egoistische Frau, die dich dazu bringt, deine Seele zu entblößen, weil du es zulässt. Du gibst nach, du gibst ihr, was sie will, anstatt dich zu wehren.«

»Das ist lächerlich und unfair!« Macs zorniges Keifen stand im Gegensatz zu Carters ruhigem Ton, und sie kam sich albern vor. »Ich habe ihr den verdammten Wagen nur geliehen, um sie loszuwerden. Und das hat überhaupt nichts mit unserem Thema zu tun.«

»Dann würde ich sagen, dass du dein offensichtlich ungesundes Verhältnis zu ihr neu bewerten musst.«

»Das ist meine Sache.«

»Ja, stimmt.«

Mac atmete einmal tief durch, dann noch einmal. »Ich will mich nicht mit dir streiten. Das kann ich jetzt gar nicht, selbst wenn ich wollte. Ich muss arbeiten und mich auf die Veranstaltung vorbereiten, und ... Himmel.«

»Verstanden. Ich verziehe mich.«

»Carter, ich will nicht, dass wir sauer aufeinander sind.« Mac fuhr sich mit der Hand durchs Haar, als sie seine Jacke nahm. »Ich will dir nicht wehtun. Ich will auch nicht, dass du das Gefühl hast, du und all das würden mir nichts bedeuten.«

»Das sind viele ›Ich will nicht‹, Mackensie.« Carter sah sie prüfend an, während er seine Jacke anzog. »Du könntest die Münze mal umdrehen und nachsehen, was du *willst.*« Er ging zur Tür. »Und noch eine Korrektur: Ich bin nicht fasziniert von dir. Ich liebe dich. Damit müssen wir beide klarkommen.«

Er ging hinaus und schloss leise die Tür.

Sie stand es durch. Was auch immer in ihrem Herzen, in ihrem Inneren vorging, durfte ihr während einer Veranstaltung nicht in den Kopf kommen. Sie musste es aus dem Bild herausschneiden, denn an diesem Tag ging es ebenso wenig um sie, wie es am Vortag um den idiotischen Bruder des Bräutigams gegangen war.

»Willst du mir erzählen, was mit dir los ist?«, fragte Emma, als sie um die Tanzfläche herumgingen.

»Nein. Das gehört nicht hierher.«

»Ich habe den Wagen deiner Mutter vor deinem Studio gesehen. Dein Auto aber nicht.«

»Nicht jetzt, Em.«

»Das hier neigt sich dem Ende entgegen. Wir reden später.«

»Ich will nicht reden. Ich habe keine Zeit für Kekse und Seelenbeschau. Ich arbeite.«

Von wegen, dachte Emma und machte sich auf die Suche nach Parker. »Mit Mac stimmt etwas nicht.«

»Ja, ich weiß.« Parker stand an dem langen Tisch am Eingang und überwachte den Transport der Geschenke zu der Limousine draußen. »Darum kümmern wir uns später.«

»Sie wird versuchen, uns auszuweichen.« Wie Parker behielt auch Emma ihr ungezwungenes Lächeln bei. »Ich mache mir Sorgen, weil sie nicht wütend ist. Normalerweise ist sie stinksauer, wenn irgendwas mit ihrer Mutter war. Es kann sie fertigmachen, aber die Wut ist auf jeden Fall da.«

»Vorerst können wir aber nichts tun. Der letzte Tanz beginnt gleich«, überlegte Parker mit einem Blick auf ihre Armbanduhr. »Danach will sie sicher die Außenaufnahmen von der Abfahrt machen. Wenn sie richtig grüblerisch drauf ist, geht sie von dort bestimmt direkt nach Hause. Wir fangen sie also ab und sehen nach, was Sache ist.«

Wenn sie ihren Kopf benutzt hätte, wäre Mac klar gewesen, dass sie ihr auflauern würden. Doch sie war so erleichtert darüber, es überstanden zu haben, zu wissen, dass sie ihre Arbeit gemacht – und zwar gut gemacht – hatte, dass sie alles andere verdrängte.

Sie ließ die Kamera sinken, als die Limousine die Auffahrt hinunterrollte.

»Kurze Besprechung, wenn alle weg sind«, verkündete Parker.

»Hör mal, ich bin hinten im Studio. Ich kopiere mir eure Notizen.«

»Es dauert nicht lang. Wir müssen nur sehen, ob für die Präsentation morgen alles ist, wie es sein sollte.« Parker lächelte einer Gruppe von Gästen zu, die gerade gingen. »Ich glaube, dass sind so ziemlich die Letzten. Machen wir den Kehraus. Übernimm du den ersten Stock, ja?«

Verärgert stampfte Mac nach oben. Sie wollte nach Hause, verdammt. Sie wollte allein sein, arbeiten. Und zwar arbeiten, bis ihr alles vor Augen verschwamm. Dann wollte sie ins Bett gehen und den ganzen Jammer ausschlafen.

Aber nein, zuerst musste alles wieder an seinen Platz gerückt werden. Das war ein Parkersches Gesetz.

Die Suiten von Braut und Bräutigam hatten die Helfer bereits wieder hergerichtet, doch sie kontrollierte trotzdem die Badezimmer, nur für alle Fälle. Einmal hatten sie einen Hochzeitsgast gefunden, der zusammengerollt in der Badewanne mit den Klauenfüßen im Bereich der Braut geschlafen hatte – am Morgen *nach* einer Veranstaltung.

Während sie die Sicherheitskontrolle durchführte, überlegte sie, ob sie durch eine der Seitentüren hinausschlüpfen sollte, um die Besprechung zu schwänzen. Doch dann wären die anderen nur genervt und würden ihr nachlaufen.

Sie wollte nicht noch einen Streit, nicht noch eine aufwühlende Szene. Mein Soll ist schon mehr als erfüllt, dachte sie. Also würde sie ein braves Mädchen sein, den Routinecheck erledigen, der nach jeder Veranstaltung fällig war, und die Besprechung für die morgige Präsentation hinter sich bringen.

Ist eh besser, dachte sie. Weniger Zeit zum Nachdenken. Nachdenken stand auf der Liste der Tätigkeiten, nach denen ihr jetzt war, ganz weit unten.

Es wunderte sie nicht, dass Laurel Tee und kleine Häppchen herrichtete. Zu den Besprechungen von Vows gehörte traditionell etwas zu essen und zu trinken.

»Schöne Feier«, sagte Laurel beiläufig. »Niemand hat irgendjemandem die Faust ins Gesicht gerammt. Kein Rausschmiss draußen im Gebüsch, und soweit uns bekannt ist, hat auch niemand verbotenen Sex auf dem Klo gehabt.«

»Die Sonntagsveranstaltungen sind generell eher zahm.« Emma schlüpfte aus ihren Schuhen und reckte sich.

»Du vergisst die Greenburg-Fogelman-Hochzeit.«

»Oh, ja. Die hatte alles, was du eben aufgezählt hast, und noch mehr.«

Mac schaffte es nicht, sich hinzusetzen, zur Ruhe zu kommen, und spazierte zum Fenster. »Es fängt an zu schneien. Wenigstens hat der Schnee gewartet, bis wir fertig sind.«

»Und das sind wir«, sagte Parker, die gerade hereinkam. »Die Putzkolonne hat im Ballsaal angefangen. Vielleicht möchte Mrs Seaman sich morgen noch einmal umschauen, also müssen wir glänzen. Laurel, die Speisenfolge?«

»Eine Auswahl von Mini-Gebäckstücken, Kaffee, Tee, frischer Orangensaft. Während meiner Präsentation, die am Schluss stehen wird, folgt dann die Kostprobe der Torte. Außerdem zeigen wir eine Auswahl von Schokoladen mit Namen oder Monogramm des Brautpaars in Gold. Ich habe verschiedene Stilrichtungen angefertigt. Dazu habe ich sowohl Fotos als auch Skizzen von Torten – Hochzeitstorte, Bräutigamstorte und ein paar Vorschläge für den Fall, dass sie Kuchen als Gastgeschenke möchten. Das Gleiche gilt für das Angebot des Nachspeisentischs. Die Braut und ihre Mutter bekommen Geschenkboxen mit der Schokolade, von denen ich noch ein paar mehr in petto habe, für den Fall, dass noch jemand anders mitkommt. Ich bin gut ausgestattet.«

»Okay. Emma?«

»Die Braut mag Tulpen und hat angedeutet, dass sie sich die bei der Feier als Hauptblume wünscht. Ich biete eine Gartenhochzeit an, da das Fest im April stattfinden soll. Ich habe Unmengen von Tulpen. Klare Glasvasen in verschiedenen Formen und Größen. Und Rosen natürlich. Ich stelle Arrangements zusammen – Frühlingsfarben, Düfte. Dazu Knopflochsträußchen. Eine weiße Tulpe mit einem kleinen Lavendelzweig als Kontrast. Ich habe drei Seidensträuße gemacht, die ich eigens für sie entworfen habe. Darunter ist einer, in dem ihre Tulpen besonders zur Geltung kommen, denn ich denke, dass sie sich für den entscheidet. Wenn sie uns eine Zusage gibt.«

Emma hielt inne und rieb sich den linken Fuß, bevor sie weiter ihre Liste abarbeitete. »Dann habe ich noch verschiedene Sträuße für die Brautjungfern im Angebot – auch hier in Frühlingsfarben, da die Braut sich noch nicht auf bestimmte Farbtöne festgelegt hat. Außer den Beispielsträußen, die ich gebunden habe, zeige ich noch Fotos. Die Braut hat meinen Bereich und viele meiner Muster und Ausstellungsstücke bereits gesehen, aber ich habe einige verändert und speziell auf sie zugeschnitten. Laurel hat mir geholfen, ein paar Ideen für den Bereich der Pergola zu skizzieren. Ich dachte da an Hartriegel. Junge Hartriegelsträucher in weißen Vasen als Hintergrund. Wir können sie mit Lichterketten schmücken. Für die Mütter möchte ich statt Anststräußchen Tussie-Mussies vorschlagen, diese kleinen Sträußchen, die in einem Halter aus Metall getragen werden. Ich habe ein paar angefertigt, um sie zu zeigen. Ich packe jeder von ihnen ein Arrangement zusammen, das sie mit nach Hause nehmen können.«

»Wir haben jede Menge Fotos von allen Bereichen mit Deko für Frühlingshochzeiten.« Parker warf einen Blick zu Mac hinüber.

»Ich habe herausgesucht, was meinem Gefühl nach die besten Beispiele für diese Kundin sind. Und andere, auf denen ich Details fotografiert habe. Wie bereits gesagt ist das Aprilwetter launisch, so dass sie bestimmt Zelte wollen.«

»Seidenzelte.«

Mac nickte Parker zu. »Ich habe dein Angebot gelesen. Und Laurels Skizzen gesehen. Wir haben keine Fotos von genau diesen Entwürfen, aber ein paar, die sehr ähnlich sind. Ich habe ein echt starkes Portfolio mit Porträts zusammengestellt – Verlobung und Hochzeit – und eine Extramappe mit Fotos, die wir in Zeitschriften veröffentlicht haben. Als sie neulich hier waren, haben sie die Alben durchgeblättert, und man konnte sehen, wie Mamas Augen aufleuchteten, als sie von der Idee hörte, einen Kunstbildband zu machen. Ich bringe ein Muster mit. Ich werde während der Präsentation ein Porträt von Mutter und Tochter machen. Das drucke ich aus, rahme es, packe es in eine Schachtel und schenke es Mama.«

»Das ist super.« Parker grinste. »Ausgezeichnet. Ich meinerseits habe drei Szenarios in verschiedenen Stilrichtungen vorbereitet. Dabei lernen sie von der Generalprobe bis zur Abfahrt alles kennen. Ich habe hin- und herüberlegt und dann beschlossen, mit dem Vorschlag zu beginnen, den ich am besten finde.«

»›Die Märchenprinzessin des einundzwanzigsten Jahrhunderts‹«, sagte Emma. »Mein Favorit.«

»Wir vier haben zusammen schon etwa einhundert Stunden da reingesteckt«, bemerkte Laurel. »Ich drücke sämtliche Daumen, die ich habe.«

Emma nickte entschlossen. »Ich habe ein gutes Gefühl.«

»Du hast bei fast allem ein gutes Gefühl. Wenn das alles ist – ich muss noch arbeiten.«

»Beinahe«, sagte Parker, als Mac schon aufstehen wollte. »Was tut dir weh, Mac?«

»Vor allem die Füße.«

»Komm schon, spuck's aus.« Laurel suchte sich ein Häppchen aus. »Wir sind drei gegen eine.«

»Es ist nichts. Und ich weiß auch nicht, wieso wir uns jedes Mal aussprechen müssen, wenn eine von uns mal schlechte Laune hat.«

»Wir sind Mädels«, erinnerte Emma sie. »Deine Mutter hat dein Auto.«

»Ja, meine Mutter hat mein Auto. Sie hat mich heute Morgen überfallen. Ich bin sauer. Ich werde auch sauer sein, wenn sie sich entschließt, mir den Wagen zurückzubringen, vermutlich ohne Benzin, vermutlich mit einer Beule im Kotflügel. Ende der Geschichte.«

»Ich weiß, wie du bist, wenn du sauer bist.« Parker zog die Beine an. »So warst du heute nicht.«

»Aber jetzt bin ich es.«

»Das ist ja auch das mindeste. Carter war bei dir, als sie dich überfallen hat, oder?«

»Sie hat ihn angebaggert, wie sie es mit allem macht, was einen Schwanz hat. Könnt ihr euch vorstellen, wie peinlich das war?«

»War er wütend?«, erkundigte sich Emma.

»Auf sie?« Mac schob ihren Stuhl zurück, um zurück ans Fenster zu gehen. »Ich weiß nicht. Ich bin nicht sicher. Ich war zu sehr damit beschäftigt, im Boden zu versinken, um darauf zu achten. Also habe ich ihr die Schlüssel gegeben, um sie loszuwerden.«

»Ich frage jetzt nicht, wofür sie deinen Wagen haben wollte.« Laurel schenkte sich eine Tasse Tee ein. »Was für einen Unterschied macht das? Ich frage mich aber, warum du wütend auf Carter bist.«

»Das bin ich nicht. Ich bin wütend auf mich selbst. Weil ich es geschehen lassen habe, weil ich zugelassen habe, dass das Ganze so weit geht – ohne zu *denken*. Ohne auch nur in der Nähe des Planeten Realität zu bleiben.«

»Jetzt sprichst du aber nicht mehr von der schrecklichen Linda«, stellte Laurel fest.

»Nein. Doch. Nein.« Frustriert wirbelte Mac herum. »Mit einem Menschen wie ihm kann man sich nicht streiten. Im Streit brüllen Leute sich an und stapfen wütend herum. Sie sagen Sachen, die sie später bereuen. Deshalb nennt man das ja auch Streit. Aber Carter kann nicht anders als besonnen und vernünftig sein.«

»So ein Schlimmer«, bemerkte Laurel und erntete dafür einen bösen Blick.

»Versuch es mal. Versuch mal, jemandem wie Carter klarzumachen, dass du einen falschen Weg eingeschlagen hast, wenn alles, was du sagst, von einer Wand nüchterner Logik abprallt.«

»Du hast mit ihm Schluss gemacht.« An Emmas Ton hörte man, dass sie eindeutig für Carter Partei ergriff.

»Ich weiß nicht, was ich getan habe. Außerdem, wie kann man mit jemandem Schluss machen, wenn man gar nicht beschlossen hat, dass man zusammen ist? Jedenfalls nicht offiziell. Es liegt an mir, es ist meine Schuld, und er hört mir nicht einmal zu. Ich weiß, dass ich das Ganze zu weit habe gehen lassen. Ich habe mich darin verfangen, mich mitreißen lassen. Irgendwas in der Art. Und als meine Mutter heute Morgen hereinkam, wurde ich mit einem Schlag in die Wirklichkeit zurückgeholt.«

»Du lässt dich dabei so von deiner Mutter provozieren?«, wollte Parker wissen.

»Nein. So ist es nicht.« Mac klang trotzig, weil ein Teil von ihr Angst hatte, dass es doch so war. »Ich will ihn nicht verletzen. Darauf läuft es doch hinaus. Er denkt, er wäre in mich verliebt.«

»Denkt?«, wiederholte Laurel. »Ist er es nicht?«

»Er hat das Ganze verklärt. Mich. Alles.«

»Und das soll derselbe Mann sein, der nur besonnen und vernünftig sein kann. Die Wand nüchterner Logik.« Mit vorgeschobenen Lippen legte Parker den Kopf schräg. »Aber im Hinblick auf dich ist er in Fantasien gefangen.«

»Er kann doch verschiedene Seiten haben«, widersprach Mac, die sich auf einmal müde und unterlegen fühlte.

»Ich denke, die Frage sollte nicht sein, was Carter für dich empfindet oder nicht empfindet, sondern was du für ihn empfindest oder nicht empfindest. Liebst du ihn, Mac?«

Mac starrte Parker an. »Er bedeutet mir viel. Das ist der entscheidende Punkt.«

»Du weichst aus«, sagte Laurel. »Parkers Frage lässt sich mit Ja oder Nein beantworten.«

»Ich weiß es nicht! Ich bin voll von Gefühlen und weiß nicht, was ich damit machen soll. Er marschiert in mein Leben, rennt mit dem Kopf gegen die Wand, und ich bin diejenige, der schwindelig wird. Du hast gesagt, er sei nicht mein Typ, ganz spontan hast du das gesagt. Und du hattest Recht.«

»Ehrlich gesagt glaube ich, dass dies einer der seltenen Fälle ist, in denen ich mich geirrt habe. Aber das musst du selbst entscheiden. Sauer und enttäuscht wäre ich nur, wenn du in Sachen Liebe Linda als Maßstab nehmen würdest. Denn das kann sie wirklich nicht sein.«

»Ich brauche etwas Zeit, das ist alles. Ich brauche Zeit, um mein Gleichgewicht wiederzufinden, meinen Rhythmus. Wenn ich mit Carter zusammen bin, klappt das scheinbar nicht.«

»Dann nimm dir die Zeit«, riet Parker. »Bis du dir sicher bist.«

»Das werde ich. Das muss ich.«

»Nur eines noch. Wenn er dich liebt, bin ich auf seiner Seite.«

Um Punkt zehn Uhr am Montagmorgen erschien Kathryn Seaman mit ihrer Tochter Jessica. Mac wusste, dass dies die Art von Pünktlichkeit war, bei der Parkers geschäftstüchtiges Herz aufging. Ihr war es jedoch ein bisschen unheimlich.

Überarbeitung, die Nerven und das Gefühlschaos in ihr sorgten dafür, dass sie sich mit einem mulmigen Gefühl im Bauch zu ihren Partnerinnen und den potenziellen Kundinnen in den Salon setzte. Emmas Flut von Tulpen holte den Frühling in den Raum, auch wenn dieser noch vom knisternden Feuer erwärmt wurde. Parker hatte das traumhafte Meißener Tee- und Kaffeeservice ihrer Großmutter hervorgeholt, dazu das Waterford-Kristall und das georgianische Silber, alles perfekte Ergänzungen zu Laurels kunstvollem Gebäck.

Wenn sie eine Vorstellung von etwas gebraucht hätte, für das die Begriffe opulent, elegant und weiblich zutreffend gewesen wären, hätte dies genau gepasst.

Nach dem rituellen Smalltalk über das Wetter kam Parker gleich zur Sache. »Wir sind so begeistert, dass Sie in Erwägung ziehen, Vows für Ihren großen Tag zu engagieren. Wir verstehen, wie wichtig es für Sie ist, bei der Planung einer Hochzeit, die widerspiegelt, wer Sie und Josh sind und was Sie einander bedeuten, bis ins letzte Detail ein gutes, vertrauensvolles Gefühl zu haben. Wir möchten, dass Sie diesen Tag und alle Tage, die bis dahin noch vergehen, genießen – im Wissen, dass *Sie* für uns im Mittelpunkt stehen. Wir wollen, was auch Sie wollen: einen perfekten und schönen Tag voller Erinnerungen, die Sie bis an Ihr Lebensende begleiten. Mit diesem Ziel vor Augen haben wir verschiedene Ideen zusammengestellt. Bevor ich Ihnen das erste Angebot unterbreite, haben Sie noch Fragen?«

»Ja.« Kathryn Seaman klappte das Notebook auf ihrem Schoß auf. Während ihre Tochter lachend die Augen verdrehte, begann sie, Parker mit Fragen zu bombardieren.

Parkers Antwort lautete stets Ja. Sie boten dies an, würden sich um jenes kümmern, hatten eine Quelle für dies oder ein Muster von jenem. Als die Fragen in Richtung Landschaftsgestaltung gingen, übernahm Emma das Ruder.

»Zusätzlich zu den Hochzeitsblumen verwenden wir in den Blumenbeeten und Gärten einjährige Pflanzen und Blumenkübel. Die Anpflanzungen werden genau auf die Arrangements abgestimmt, für die Jessica sich letztendlich entscheidet. Mir ist klar, dass der Zeitpunkt noch früh im Jahr liegt, aber ich kann Ihnen für Ihren Hochzeitstag den Frühling versprechen.«

»Wenn sie doch bis Mai warten würden.«

»Mama.« Jessica tätschelte ihrer Mutter die Hand. »Wir haben uns im April kennengelernt und wollen in diesem Punkt unbedingt sentimental sein. Bis dahin scheint es noch lange zu sein, reichlich Zeit für die ganze Planung. Aber schon jetzt gibt es eine Million Details zu bedenken.«

»Dafür sind wir da«, versicherte ihr Parker.

»Gerade jetzt stehen die Verlobungsfeier im Club und die Versendung der Save-the-Date-Karten an, damit unsere Gäste sich den Termin schon einmal vormerken.«

»Das können wir für Sie übernehmen.«

Jessica hielt inne und spitzte die Lippen. »Wirklich?«

»Selbstverständlich. Dazu brauchen wir lediglich Ihre Gästeliste. Für die Karten haben wir verschiedene Hersteller. Persönlicher wird es, wenn Sie eine Karte mit Ihrem

Verlobungsfoto entwerfen oder mit einem Foto von Josh und Ihnen, das Ihnen besonders gut gefällt.«

»Das ist eine tolle Idee. Findest du nicht, Mama?«

Mein Part, dachte Mac. »Das Verlobungsfoto selbst kann Ihnen bei der Entscheidung helfen, ob Ihnen dieser Stil zusagt oder ob Sie es lieber klassischer hätten. Das Datum und den Veranstaltungsort festzulegen, das perfekte Kleid zu finden und das Verlobungsfoto machen zu lassen, all diese Details stehen am Anfang. Wenn sie erledigt sind, haben Sie den Kopf frei für den Rest. Außerdem geben Sie damit den Ton an für die weitere Gestaltung Ihrer Hochzeit.«

»Sie haben Beispiele von Fotos mitgebracht, die Sie gemacht haben.«

»Ja.« Mac erhob sich, griff zu dem Portfolio mit den Verlobungsfotos und reichte es Kate. »Nach meinem Empfinden ist das Verlobungsfoto ebenso wichtig wie das Hochzeitsfoto. Es veranschaulicht das gegebene Versprechen, die Absichten, die Freude und die gespannte Erwartung. Was hat diese beiden Menschen zusammengeführt? Warum haben sie einander dieses erste Versprechen gegeben? Dieses Porträt maßzuschneidern, das Freunden, Verwandten, allen Freunden verkündet, dass Jessica und Josh einander gefunden haben, ist mein Job.«

»In Ihrem Studio?«, erkundigte sich Kate.

»Ja, oder an einem beliebigen Ort, den das Paar sich wünscht.«

»Also im Club«, entschied Kate. »Bei der Verlobungsfeier. Jessie hat ein hinreißendes Kleid. Sie und Josh sehen in festlicher Garderobe fantastisch aus. Und Jessie trägt die Rubine meiner Mutter.«

Mit feuchten Augen streckte Kate den Arm aus und ergriff die Hand ihrer Tochter.

»Das ist eine reizende Idee, und ich kann das sehr gern so machen. Allerdings hatte ich noch eine andere Idee für dieses Porträt. Sie und Josh haben sich beim Reiten kennengelernt, und Sie sind beide passionierte Reiter. Ich würde gern ein Porträt von Ihnen auf dem Pferderücken machen.«

»Auf dem Pferderücken?« Kate runzelte die Stirn. »Es geht hier nicht um einen Schnappschuss. Ich will nicht, dass Jessica auf ihrem Verlobungsfoto Reithosen und eine Reitkappe trägt. Ich will, dass sie vor Eleganz sprüht.«

»Ich dachte eher an einen sanften Schimmer. Romantisch, ein bisschen märchenhaft. Sie haben einen Fuchswallach. Trooper.«

»Woher wissen Sie das?«

»Es ist unser Job, über unsere Kunden Bescheid zu wissen. Aber nicht auf unangenehme Weise«, fügte Mac hinzu und brachte Jessica damit zum Lachen.

»Ich stelle mir vor, dass Sie und Josh auf Trooper reiten, beide zusammen. Josh im Smoking mit gelockerter Krawatte, die obersten Hemdknöpfe geöffnet, und Sie hinter ihm, in einem traumhaften, wallenden Gewand – und mit den Rubinen Ihrer Großmutter«, ergänzte Mac. »Sie schlingen die Arme um Joshs Taille, und der Wind spielt mit Ihrem offenen Haar. Der Hintergrund besteht nur aus verschwommenen Farben und Formen.«

»O mein Gott.« Jessica hauchte die Worte beinahe. »Das ist wundervoll. Wirklich wundervoll. Mama.«

»Es klingt … hübsch. Voller Magie.«

»Und ich denke, Sie werden sehen, wie diese Idee sich nahtlos an unser Konzept für Ihre Hochzeit anfügt. Parker.«

Parker erhob sich und ging zu der aufgestellten Schautafel. »Wir haben Fotos, die Ihnen einen Überblick und auch Details von unseren bisherigen Arbeiten zeigen, von dem, was wir bieten. Da Ihre Hochzeit jedoch einzigartig sein wird, haben wir von unseren Vorstellungen für diesen Tag Skizzen angefertigt.«

Sie entfernte das Deckblatt von der ersten Skizze. »Märchenland«, sagte sie, und Mac war sich sicher, dass ihre Partnerinnen die gleiche freudige Erregung durchzuckte, als die Braut nach Luft schnappte.

»Ich glaube, wir haben es geschafft. Ihr auch? Gott, bin ich erledigt.« Emma streckte sich auf dem Sofa aus. »Und ein bisschen übel ist mir. Ich habe zu viel Süßkram gegessen, um meine Nerven zu beruhigen. Glaubt ihr, wir haben es geschafft?«

»Wenn nicht, gehe ich sammeln, um Kathryn Seaman abmurksen zu lassen.« Laurel legte die Füße auf den Stapel Alben auf dem Beistelltisch. »Die Frau ist knallhart.«

»Sie liebt ihre Tochter«, stellte Parker fest.

»Ja, das hat man gemerkt, aber mein Gott, wir haben hier quasi die perfekte Hochzeitsplanung hingelegt und sie nicht dazu bringen können, zu unterschreiben.«

»Das kommt noch. Wenn nicht, brauchen wir auch nicht sammeln zu gehen. Dann bringe ich sie nämlich eigenhändig um.« Parker rieb sich den Nacken, während sie auf und ab tigerte. »Sie muss es sich überlegen, mit ihrem Mann darüber reden, genau wie Jessica es mit Josh besprechen und seine Meinung einholen muss. Das ist vernünftig. Und ganz normal.«

»Kate sitzt am Ruder«, betonte Mac. »Ich glaube, sie will uns nur auf die Folter spannen. Von der Hochzeitstorte in Form eines Königsschlosses war sie hin und weg.«

Laurel kaute auf ihrer Lippe. »Meinst du?«

»Ich habe sie beobachtet, sie angestarrt wie eine Katze

die Maus – oder vielleicht war ich auch die Maus und sie die Katze. Jedenfalls habe ich sie beobachtet. Bei der Torte haben ihre Augen geleuchtet. Ich konnte förmlich hören, wie sie dachte: ›Diesen Tortenpalast bekommt niemand anders als mein kleines Mädchen.‹ Wir haben mit allem ins Schwarze getroffen. Bei Emmas Hartriegelsträuchern und Lichterketten gerieten beide ins Träumen. Und der Tulpenstrauß in Wasserfallform? Den will Jessie unbedingt haben. Dann erwähnt die Mama beiläufig die zwei linken Füße ihres Mannes, und Parker greift in ihre fantastische Sammlung von Visitenkarten und zaubert einen privaten Tanzlehrer aus dem Hut.«

»Das war gut«, pflichtete Emma ihr bei. »Wie auch immer, die Mama will, was ihre Kleine will, und die Kleine will uns. Das habe ich im Gefühl.« Mit einem Seufzer stemmte sie sich hoch. »Ich muss fünfundfünfzig Narzissen für einen Wasserfall-Brautstrauß eintopfen. Nehmt euch alle ein paar Tulpen.«

»Ich sehe mal nach, ob mein Wagen wieder da ist. Ich habe einen Termin für Außenaufnahmen und noch einen Haufen Sachen zu erledigen.« Mac sah Parker an. »Wenn sie noch nicht wieder aufgetaucht ist, kann ich mir dann deinen Wagen leihen?«

Manche Leute, dachte Parker, würden sagen, sie mische sich ein, und das Ganze gehe sie nichts an. Manche Leute, dachte sie, kannten sie eben nicht.

Sie löste Probleme. Und wenn sie es nicht wenigstens versuchte, das Problem einer ihrer ältesten Freundinnen zu lösen, wozu war es dann überhaupt gut, ein Problemlöser zu sein?

Sie betrat das Coffee Talk mit dem festen Vorsatz, ihr Bestes zu geben, zum Wohle aller.

Es war Sonntagabend, und in dem Lokal herrschte gedämpftes Stimmengewirr. Parker hörte das Zischen des Milchaufschäumers, das Brummen der Kaffeemühle, während sie sich umschaute. Sie erspähte Carter an einem Zweiertisch und setzte ein Lächeln auf, als sie hinüberging, um sich zu ihm zu setzen.

»Hallo, Carter. Danke, dass du gekommen bist.«

»Kein Problem. Ihr hattet heute eine Veranstaltung.«

»Am Nachmittag. Ist sehr gut gelaufen.« Wozu lange herumreden, dachte sie. »Mac war unglücklich und aufgewühlt, aber das hat sie um der Kunden willen verdrängt.«

»Tut mir leid, dass ich sie durcheinandergebracht habe.«

»Und sie dich. Aber«, fuhr Parker fort, bevor Carter etwas sagen konnte, »hinter all dem steckt ihre Mutter. Ich denke, das wissen wir alle drei, auch wenn wir unterschiedlich darauf reagieren.«

»Ihr war das peinlich – Mackensie. Das brauchte es aber nicht. Nicht meinetwegen.«

»Ihre Mutter wird ihr immer peinlich sein.« Parker warf der Bedienung, die am Tisch stehen blieb, einen kurzen Blick zu. »Einen Jasmintee, bitte.«

»Kommt sofort. Dr. Maguire?«

»Für mich auch. Also zwei.«

»Carter, ich will dir die Hintergründe ein bisschen erklären, damit du es besser verstehst. Was ihr beiden dann daraus macht, liegt an euch.«

Während sie sprach, zog Parker ihre Handschuhe aus und lockerte ihren Mantel. »Ich weiß nicht, wie viel Mac dir erzählt hat, und sie wäre stinksauer auf mich, wenn sie wüsste, dass ich auf irgendetwas davon näher eingehe, aber ich tue es trotzdem. Ihre Eltern haben sich scheiden lassen, als sie vier war. Ihr Vater – den sie abgöttisch liebte – verließ sie ebenso leichthin wie seine Frau. Er ist ein Luftikus. Nicht berechnend wie Linda, nur sorglos. Er ist in einer begüterten Familie aufgewachsen, mit einem hübschen, fetten Treuhandfonds. Das mag aus meinem Mund heuchlerisch klingen, aber …«

»Nein, gar nicht. Du und Del, eure Eltern, ihr habt immer gespendet, euren Beitrag geleistet. Das ist der richtige Ausdruck.«

»Danke. Geoffrey Elliot marschiert einfach, wohin er will, tut, was ihm gefällt, und geht jeglichen Schwierigkeiten möglichst aus dem Weg. Linda schubst, drängt und bettelt sich durchs Leben. Sie hat von Macs Vater eine ansehnliche Abfindung bekommen, von der sie den größten Teil verjubelt hat.« Parker lächelte. »Kinder hören Sachen, auch wenn sie eigentlich noch nicht wissen sollten, was sie bedeuten.«

»Er muss doch auch Unterhalt für das Kind gezahlt haben.«

»Ja. Macs Wohnsituation, Ernährung und Kleidung waren immer sehr gut. Das Gleiche gilt natürlich für ihre Mutter. Beide Eltern haben wieder geheiratet, bevor Mac sieben Jahre alt war. Linda hat sich innerhalb von zwei Jahren erneut scheiden lassen.«

Parker machte eine Pause, als der Tee serviert wurde. »Danach gab es viele Männer, viele Affären und viele dramatische Szenen. Linda braucht das. Geoffrey wurde ebenfalls wieder geschieden und hat ein drittes Mal geheiratet. Mit seiner dritten Frau hat er einen Sohn, und sie leben die meiste Zeit in Europa. Linda hat mit ihrem zweiten Mann eine Tochter.«

»Ja, Mac hat mir erzählt, dass sie zwei Halbgeschwister hat.«

»Sie sehen einander nur selten. Eloisa war und ist häufig bei ihrem Vater, der sie offenbar sehr liebt.«

»Das muss hart gewesen sein. Zu sehen, wie ihre Schwester das hatte, sie selbst aber nicht.«

»Ja. Und weil zu Hause meistens nur Mac war, hat Linda all ihre Erwartungen und Forderungen an sie gerichtet. Sie hat Mac benutzt. So ist sie eben. Dann hat sie wieder geheiratet. Jedes Mal, wenn sie heiratete, sind sie in ein anderes Haus, eine andere Umgebung gezogen. Das bedeutete für Mac eine neue Schule. Als sie sich von ihrem dritten Mann scheiden ließ, hat Linda Mac von der Winterfield Academy genommen. Hat sie ein paar Jahre später dann für kurze Zeit wieder hingeschickt, weil sie, wie sich herausstellte, etwas mit einem Mann – einem verheirateten Mann – aus der Schulleitung hatte.«

»Keine Stabilität, zu keiner Zeit. Nichts, worauf sie sich verlassen konnte«, murmelte Carter.

Parker seufzte. »Mac hat ihr Leben lang nichts anderes gekannt, als dass ihre Mutter sich an ihrer Schulter ausheulte – wegen irgendeiner Kränkung, wegen Liebeskummers, wegen irgendwelcher Probleme. Linda ist dazu erzogen worden, sich für den Nabel der Welt zu halten, und sie hat ihr Bestes gegeben, damit Mac das Gleiche denkt. Sie ist eine starke Frau, unsere Mac. Clever, selbstsicher, super in ihrem Job. Doch diese verwundbare Stelle ist wie eine schmerzende Wunde. Linda kratzt immer wieder den Schorf ab. Mac hat in ihrer Kindheit und Jugend viel Herzlosigkeit erfahren; nun fürchtet sie, selbst herzlos zu sein.«

»Sie vertraut uns nicht, weil sie in ihrem Leben nie die Grundlagen dafür erhalten hat, anderen zu vertrauen.«

»Du hörst gut zu. Das war eines der ersten Dinge, die sie mir über dich erzählt hat. Ich will dir einen Vorteil verschaffen, Carter, noch etwas, wofür Mac sich nicht bei mir bedanken würde. Ich tue es, weil ich Mac so gernhabe.«

»Einen Vorteil könnte ich gebrauchen.«

Parker streckte die Hand über den Tisch und legte sie auf die seine. »Ich habe sie noch nie so erlebt, wie sie mit dir ist. So war sie bisher mit niemandem. Ich habe noch nie erlebt, dass ihr etwas so am Herzen liegt. Und deshalb macht ihr das, was sie mit dir hat, was sie mit dir findet, einfach Angst.«

»So etwas Ähnliches habe ich mir gedacht, jedenfalls das mit der Angst. Als jemand, der Mac auch liebt, was würdest du mir raten?«

»Ich hatte gehofft, dass du das fragen würdest«, erwiderte Parker lächelnd. »Lass ihr ein wenig Raum, ein wenig Zeit – aber nicht zu viel. Und gib nicht auf. Die einzigen Konstanten in ihrem Leben waren bisher ich und meine Familie, Emma und Laurel. Sie braucht dich.«

»Ich kann sie gar nicht aufgeben«, sagte Carter schlicht. »Schließlich habe ich fast mein ganzes Leben lang auf sie gewartet.«

15

Am Montag tauchten weder der Wagen noch Macs Mutter auf. Am Dienstag, als Macs Geduld schon sehr strapaziert war, erreichte sie telefonisch bei ihrer Mutter zu Hause oder auf dem Handy nur den Anrufbeantworter.

Am Mittwoch überlegte sie ernsthaft, ob sie ihren Wagen als gestohlen melden sollte. Doch dann würde sie nur eine Kaution zahlen müssen, um ihre Mutter wieder aus dem Gefängnis zu holen.

Also ging sie ins Haupthaus hinüber, um Frühstück zu schnorren.

»Parker macht gerade einen Hausbesuch – ein Notfall. Die Braut von Samstag ist mit einem Pickel oder so was aufgewacht. Emma wartet auf eine frühe Lieferung, bleiben also nur du und ich.«

»Heißt das, es gibt keine Pfannkuchen?«

»Ich habe keine Zeit für Pfannkuchen. Mein Gott, ich wünschte, Mrs G. würde den Inselsand abschütteln und nach Hause kommen. Ich muss Blätter und Blüten anfertigen. Iss einen Muffin.«

»Hat Parker gesagt, wann sie zurück ist?«

Laurel hob den Kopf und hörte auf, die Masse für ihre Blütenblätter auszurollen. »Hast du dein Auto noch nicht zurück?«

»Sowohl das Auto als auch Linda sind spurlos verschwunden. Ich habe ihr schon ein Dutzend Nachrichten hinterlassen. Wenn sie die hört, fallen ihr die Ohren ab. Ich habe damit gedroht, den Wagen als gestohlen zu melden.«

»Mach das. Da ist das Telefon.«

»Wahrscheinlich komme ich dann wegen Dummheit in den Knast, weil ich ihr selbst die Schlüssel gegeben habe. Ich werde mal bei ihr vorbeifahren. Ich habe einen weiteren Fototermin und muss noch maßgefertigtes Papier abholen, das am Montag nicht fertig war. Außerdem will ich, glaube ich, neue Schuhe.«

»Hast du nichts von Carter gehört?«

»Warum fragst du?«

»Weil du Schuhe kaufen gehst, was ein Seelentröster für dich ist. Hast du ihn angerufen?«

»Um ihm was zu sagen? Es tut mir leid? Das habe ich schon gesagt. Ich war im Unrecht? Das war ich, und das weiß ich auch, aber das ändert nichts an meinen Gefühlen.«

»Und die wären?«

»Verwirrung, Angst, und ich komme mir blöd vor. Um so mehr, als ich ihn vermisse«, gab sie zu. »Es fehlt mir, mit ihm zu reden. Deshalb denke ich, es ist besser, ihn nicht zu sehen oder anzurufen.«

»Deine Logik scheint nicht die der menschlichen Wesen zu sein.«

»Wahrscheinlich will er mich sowieso nicht sehen und nicht mit mir reden.«

»Feigling.«

»Vielleicht. Ich bin ein Feigling ohne Auto.« Schweigend wartete Mac, während Laurel weiter ihre Zuckerpaste ausrollte. »Du könntest mir deins leihen.«

»Könnte ich. Aber damit würde ich dir einen Freifahrtschein ausstellen, so weiterzumachen wie bisher, genau wie du es immer wieder mit Linda tust. Und dazu mag ich dich zu gern.«

»Es wäre kein Freifahrtschein. Es geht ums Geschäft. Ich könnte meine Ausrüstung auch in ihr lächerliches kleines Spielzeugauto stopfen – aber wie seltsam, sie hat den Wagen dagelassen und nicht die Schlüssel. Die Kunden sind nicht schuld daran, dass ich ihr nachgegeben habe oder daran, dass sie nur an sich selbst denkt und meinen Wagen nicht zurückbringt.«

»Das stimmt.« Vorsichtig nahm Laurel eine Schablone und begann, die ersten Blumen auszuschneiden.

»Ich bin so angenervt. Zugegeben, das hilft mir ein bisschen über das Elend mit Carter hinweg, aber im Moment wäre es mir lieber, es würde mir seinetwegen schlechtgehen, wenn ich dafür mein Auto hätte. Warum *macht* sie das? Jetzt sag nicht, weil ich es zulasse. Ich schwöre hoch und heilig, dass ich nicht vorhatte, ihr den verdammten Wagen zu leihen. Ich hätte mich nie noch einmal in diese Lage gebracht, wenn die Umstände nicht genau so gewesen wären.«

»Das würde ich gern glauben, aber jetzt stehst du da, Mac, und musst wieder einmal den Preis für deine Gutmütigkeit hinblättern. Während deine Mutter wie gewöhnlich gar nichts zahlt. Keinerlei Konsequenzen für Linda. Sie bringt dir deinen Wagen zurück, wann immer es ihr passt. Dann streitest du mit ihr, zickst und jammerst. Worauf sie dir ihren üblichen Mist auftischt. Dann vergisst sie das Ganze, weil sie ja bekommen und gemacht hat, was sie wollte und sich für dich obendrein wieder einmal alles um sie gedreht hat. Und du zickst und jammerst weiter.«

»Was soll ich denn machen? Sie mit dem Stativ erschlagen?«

»Ich helfe dir, die Leiche zu verstecken.«

»Das würdest du glatt machen.« Mac seufzte. »Du bist eine echte Freundin. Meistens bin ich aber nicht so ein Feigling und Umfaller.«

»Nein, bist du nicht. Im Gegenteil. Deshalb macht es mich wahrscheinlich auch so wütend, wenn du es mal bist. Wenn Linda dich dazu bringt, beides zu sein. Lass sie ein einziges Mal dafür bezahlen, Mackensie. Ich wette, dann wird es beim nächsten Mal einfacher.«

»Nur wie? Glaub mir, es stimmt, wenn ich sage, dass ich das wirklich will. Aber ich kann nicht einfach die Bullen rufen. Ich habe ihr die Schlüssel gegeben. Und vielleicht glaube ich – weiß ich«, korrigierte sie sich, »dass es eine passiv-aggressive Kiste von ihr war, mir ihre Schlüssel nicht dazulassen. Trotzdem ...«

»Der Blick gefällt mir. Das ist nicht der Blick eines feigen Umfallers. Was?«

»Sie hat ihren Wagen dagelassen.«

»Oh, ja, wir machen ihr Spielzeug kaputt. Ich hole meinen Mantel und Dels alten Baseballschläger.«

»Nein. Himmel, du bist echt brutal.«

»Ich liebe es, etwas kaputtzuschlagen. Das ist eine prima Therapie.«

»Wir lassen das Auto ganz. Es ist ein unschuldiger Unbeteiligter. Aber ich lasse es abschleppen.«

»Nicht schlecht, aber es zu ihr nach Hause abschleppen zu lassen bedeutet nur, dass sie sich nicht die Mühe machen muss, herzukommen, um es zu holen.«

»Nicht zu ihr nach Hause.« Mac kniff die Augen zusammen, während sie das Ganze in Gedanken durchspielte. »Weißt du noch, wie vor ein paar Monaten dieser Typ hinten in Dels neuen Wagen gefahren ist? Er musste auch abgeschleppt werden. Und der Typ, der Automechaniker, der sich darum gekümmert hat … Er hat den Abschleppwagen, die Werkstatt, den Platz. Verdammt, wie hieß der noch? Wo ist Parker mit ihren magischen Visitenkarten?«

»Ruf Del an. Der erinnert sich bestimmt. Und lass mich nur noch sagen, deshalb sind wir Freundinnen. Wenn du dich an einer Sache festbeißt, bist du schön, Mac.«

»Dann leih mir dein Auto.«

»Wenn du die Anrufe machst, kannst du es haben.«

Sie fühlte sich selbstgerecht und stark. Nachdem sie ihren Fototermin absolviert, ihre Besorgungen gemacht und noch angehalten hatte, um mehr 0,8-mm-Draht für Laurel zu kaufen, entschied sie, dass sie jetzt neue Schuhe verdient hatte. Wenn man bedachte, welche traumatischen Erlebnisse und welche Triumphe ihr die letzten Wochen beschert hatten, so hatte sie vielleicht auch noch neue Ohrringe verdient.

Die Ohrringe wegen Linda, beschloss sie. Und die Schuhe wegen Carter. Freud und Leid.

Vielleicht würde sie auf dem Heimweg bei Carter zu Hause vorbeifahren. Solange sie sich noch stark und selbstgerecht fühlte. Sie waren zwei gescheite Leute, die einander am Herzen lagen. Bestimmt würden sie einen Kompromiss finden, einen Mittelweg, irgendeine Lösung.

Sie wollte ihn nicht verlieren, dachte sie. Sie wollte nicht carterlos durchs Leben gehen.

Sie spazierte durch das Einkaufszentrum, bis sie den Heiligen Gral erreichte. Die Schuhabteilung des Nordstrom-Kaufhauses.

Vielleicht brauchte sie auch noch neue Stiefel. Stiefel konnte man nie zu viele haben. Neue Schuhe *und* neue Stiefel würden ihr genügend Selbstvertrauen geben, um bei Carter vorbeizufahren. Sie konnte eine Flasche Wein mitnehmen, sozusagen als Friedensangebot. Dann würden sie reden, und Carter würde sie so ansehen, wie er es immer tat. Und … das wäre ganz Lindas schlechter Stil, entschied sie, weil sie Laurels Wagen hatte.

Aber vorbeifahren konnte sie trotzdem, und den Wein mitbringen. Sie konnte Carter zum Abendessen zu sich nach Hause einladen. Mit der Flasche konnte sie einen Witz machen, um das Eis zu brechen. Hallo, ich habe hier einen Wein für dich. Komm doch heute Abend zum Essen zu mir und bring ihn mit. Dann würde sie natürlich noch einen Zwischenstopp einlegen müssen, um etwas zum Kochen zu kaufen. Oder sie würde einfach Mrs G.'s Vorräte plündern.

Nein, nein, dachte sie, während sie ein Paar neonblauer Stiefeletten in die Hand nahm, die laut ihren Namen riefen. Sie musste *kochen*. Musste ihm zeigen, du bedeutest mir so viel, dass ich mir für dich die Mühe mache. Er war ihr wichtig. Das Ganze war ihr wichtig.

Deshalb machte es sie ja auch so fertig.

»Das ist doch … Meredith, nicht wahr?«

Mac wandte sich um und betrachtete eine Blondine, die ihr entfernt bekannt vorkam.

»Nein, tut mir leid.«

»Aber sind Sie nicht die Hochzeitsfotografin?«

»Doch. Ich heiße Mackensie.«

»Natürlich! Entschuldigung. Ich bin Stephanie Gorden. Ich habe Sie letzten Samstag auf der Hochzeit meines Cousins kennengelernt.«

»Oh, ja. Wie geht es Ihnen?«

»Ringsum nichts als Schuhe – es geht mir blendend. Was für tolle Stiefel. Corrine und ich schwänzen heute Nachmittag. Corrine! Komm her, damit ich dir Mackensie vorstelle.«

O Gott, dachte Mac. Wie konnte das Schicksal ihr fantastische Stiefel bescheren und ihr gleichzeitig einen Tritt in den Hintern versetzen?

»Corrine, das ist Mackensie. Sie ist Hochzeitsfotografin und eine *sehr* gute Freundin von Carter.«

»Ach ja?«

Und Corrine war perfekt, dachte Mac. Also bekam sie nicht nur einen Tritt in den Hintern, sondern auch noch eine Ohrfeige. In exquisiten zehenfreien Pumps, rot, schwebte Corrine heran, und das schimmernde dunkle Haar fiel ihr in romantischen Locken auf die Schultern. Ihre Augen, unergründlich und sinnlich, musterten Mac, während sich die zarten, geschwungenen Lippen zu einem kühlen Lächeln verzogen.

»Hallo.«

»Hi. Klasse Schuhe.«

»Ja. Ich glaube, die gehören bald mir.«

Sogar ihre Stimme war perfekt, dachte Mac bitter. Tief und nur ein ganz klein wenig kehlig.

»Sie kennen also Carter Maguire.«

»Ja. Wir sind zusammen zur Highschool gegangen. Eine Zeit lang.«

»Wirklich?« Geistesabwesend griff Corrine zu einem Paar Pantoletten mit Pfennigabsatz. »Er hat Sie nie erwähnt. Wir waren eine ganze Weile zusammen.«

»Corrine und Carter«, sagte Stephanie fröhlich. »Das war quasi ein Wort. Wie lustig, Sie so zufällig zu treffen. Ich habe Corrine gerade erzählt, mir wäre zu Ohren gekommen, dass Carter wieder jemanden hätte, und dass ich Sie beide auf Brents Hochzeit gesehen hätte.«

»Lustig.«

»Und wie geht es Carter?«, fragte Corrine, als sie ihre Pantoletten wieder hinstellte. »Vergräbt er die Nase immer noch in seinen Büchern?«

»Er scheint Zeit zu haben, zwischendurch mal frische Luft zu schnappen.«

»Sie sind noch nicht lange mit ihm zusammen, oder?«

»Lange genug, danke.«

»Ihr beiden solltet eure Erfahrungen austauschen.« Stephanie stieß Corrine freundschaftlich mit der Hüfte an. »Corrine könnte Ihnen im Hinblick auf Carter viele Tipps geben, Mackensie.«

»Wäre das nicht witzig? Aber ich mache gern selbst Entdeckungen. Carter ist ein faszinierender und aufregender Mann, der sich nicht in ein paar Sätzen beschreiben lässt. Entschuldigen Sie mich. Ich sehe da ein Paar Slingbacks, auf denen mein Name steht.«

Als Mac auf die gegenüberliegende Seite der Abteilung zusteuerte, zog Stephanie die Augenbrauen hoch. »Aufregend? Carter? Er muss sich verändert haben, seit du ihm den Laufpass gegeben hast, Cor. Ich muss sagen, er sah wirklich knackig aus, als ich ihm am Samstag begegnet bin. Vielleicht hättest du doch ein bisschen länger durchhalten sollen.«

»Wer sagt, dass ich ihn nicht zurückhaben kann, wenn ich ihn will?« Corrine schaute auf ihre Pumps. »Ich könnte mit meinen neuen Schuhen einen kleinen Besuch machen.«

Stephanie kicherte. »Du bist ein böses Mädchen.«

»Gelangweilt bin ich.« Stirnrunzelnd sah Corrine zu Mac hinüber und dachte, dass eigentlich sie diese Stiefel haben sollte. An ihr würden sie garantiert besser aussehen als an so einem verklemmten Rotschopf. »Außerdem, warum sollte sie Carter haben? Ich habe ihn zuerst gesehen.«

»Ich dachte, er hätte dich gelangweilt.«

»Das war früher.« Mit einem tiefen Seufzer setzte Corrine sich hin und musterte den kleinen Berg von Schuhen, die sie in die engere Auswahl gezogen hatte. »Das Problem bei dir ist, dass du verheiratet bist, Steph. Du hast vergessen, wie aufregend die Jagd auf einen Typen ist, der Konkurrenzkampf. Die Eroberung.«

Sie streifte die Pumps ab und schlüpfte in ein Paar Stiletto-Sandaletten in Metallic-rosa. »Männer sind wie Schuhe. Man probiert sie an, trägt sie eine Weile – solange sie gut an einem aussehen. Dann schmeißt man sie in die Abstellkammer und kauft sich neue.«

Sie stand auf und drehte sich, um das Ergebnis im Spiegel zu betrachten. »Hin und wieder holt man dann wieder ein Exemplar heraus, probiert es noch einmal an und schaut, wie es einem steht.«

Sie warf einen Blick zu Mac hinüber und runzelte missmutig die Stirn, als sie sah, wie diese die blauen Stiefel anprobierte. »Was aber überhaupt nicht infrage kommt, ist, dass man jemanden in seiner Abstellkammer stöbern lässt.«

Der Alltagstrott, dachte Carter, hatte auch seine Vorteile. Man bekam einen Haufen Dinge erledigt, er bot einem eine gewisse Bequemlichkeit und beschäftigte Kopf und Hände. Er hing seine Jacke auf und ging in sein Arbeitszimmer, um sein Arbeitspensum für den Abend auf den Schreibtisch zu legen. Dann hörte er seinen Anrufbeantworter ab.

Es versetzte ihm einen Stich, als Macs Stimme nicht durchs Zimmer klang, aber auch das war schon Routine.

Parker hatte ihm geraten, Mac ein wenig Zeit und Raum zu lassen. Er würde ihr noch Zeit geben. Noch einen Tag oder zwei.

Er konnte warten. Darin war er gut. Und ihm wurde klar, dass es sein sehnlichster Wunsch war, sie möge auf ihn zukommen.

Er ging nach unten, um den Kater zu füttern und sich einen Tee zu kochen. Diesen trank er dann an der Theke, während er seine Post durchsah.

Und er fragte sich, ob sein Leben überhaupt noch banaler, noch biederer werden konnte. Würde er sich in einem Jahr immer noch in derselben Schleife – lesen, lesen, lesen – wiederfinden? Oder gar in zehn Jahren?

Bevor Mac wieder in sein Leben getreten war, hatte er sich dabei ganz wohlgefühlt.

»Es ist ja nicht, als hätte ich vor, für immer allein zu bleiben«, sagte er zu dem Kater. »Aber es war noch reichlich Zeit, oder? Zeit, eine gewisse Routine zu genießen, mein Zuhause, meine Arbeit, die Freiheit, die man als Single hat. Himmel, ich bin erst knapp dreißig«, entfuhr es ihm. »Und ich rede mit einem Kater – so will ich nicht bis an mein Lebensende meine Abende verbringen. Nicht böse sein. Aber niemand will sich mit einem Zustand einfach zufriedengeben. Oder mit jemandem zusammen sein, nur, weil das Alleinsein die einzige Alternative ist. Liebe ist nicht irgendetwas Gestaltloses, Unerreichbares, das nur für Bücher und Gedichte erfunden wurde. Sie ist real und lebendig, und sie ist notwendig. Verdammt. Sie verändert etwas. Alles. Ich kann nicht mehr der sein, der ich war, bevor ich Mac geliebt habe. Es ist lächerlich, das zu erwarten.«

Nachdem der Kater zu Ende gefressen hatte, setzte er sich hin, starrte Carter lange an und begann dann, sich zu putzen.

»Na ja, sie ist nicht so vernünftig wie du. Aber ich sage

dir noch was, wo wir schon dabei sind. Ich bin gut für sie. Ich bin genau das, was sie braucht. Ich verstehe sie. Okay, nein, ich verstehe sie nicht. Das nehme ich zurück. Aber ich kenne sie, was etwas ganz anderes ist. Und ich weiß, dass ich sie glücklich machen kann, wenn sie nicht mehr zu starrsinnig ist, um das zuzugeben.«

Er entschied, Mac noch vierundzwanzig Stunden zu geben. Wenn sie binnen dieser Frist nicht zu ihm kam, würde er die Sache in die Hand nehmen müssen. Dazu brauchte er einen Plan, ein grobes Konzept davon, was er sagen und tun wollte. Er stand auf, um Block und Stift zu holen.

»Oh, zum Kuckuck! Ich pfeife auf Pläne und Konzepte. Ich handele einfach spontan.« Vor Zorn klemmte er sich den Finger in der Schublade. Typisch, dachte er, während er an der schmerzenden Stelle lutschte. Er beschloss, sich mit einem überbackenen Käsesandwich zu trösten.

Wenn Mac zur Vernunft gekommen wäre, dann wären sie jetzt zusammen, würden vielleicht zusammen etwas kochen. Etwas, worüber sie reden könnten. Er wollte wissen, ob Vows den großen Auftrag ergattert hatte. Wollte mit ihr feiern, das mit ihr teilen.

Er wollte ihr von der witzigen Kurzgeschichte erzählen, die einer seiner Schüler abgegeben hatte – und von den Ausreden, die ein anderer ihm aufgetischt hatte, um zu erklären, warum er eine Aufgabe nicht erledigt hatte.

Er musste zugeben, dass das mit dem vorübergehenden Gedächtnisverlust originell gewesen war.

All das wollte er mit Mac teilen. Die großen und die kleinen Dinge, all das, woraus sich ihrer beider Leben zusammensetzte. Er musste ihr nur zeigen, dass sie das auch wollte. Nein, nicht nur wollte, erinnerte er sich. Er musste ihr zeigen, dass sie es haben konnte.

Er legte das Sandwich in die Pfanne und öffnete einen Schrank, um einen Teller herauszuholen. Als es an der Haustür klopfte, hätte er sich beinahe den Kopf an der offenen Schranktür gestoßen.

Er dachte: Mackensie, und eilte aus der Küche.

Er hatte schon ihr Bild vor Augen, als er die Tür öffnete – daher dauerte es einen Moment, bis er begriff, dass Corrine dort stand.

»Carter.« Lachend trat sie ein und drehte sich anmutig im Kreis, bis sie an seinem Hals landete. Mit dunkel blitzenden Augen legte sie den Kopf in den Nacken und presste ihm die Lippen auf den Mund.

»Überraschung«, schnurrte sie.

»Äh, ja. Allerdings. Corrine.« Carter befreite sich aus ihrer Umarmung. »Du ... siehst gut aus.«

»Oh, ich bin total am Ende. Ich bin bestimmt dreimal um den Block gefahren, bevor ich den Mut aufgebracht habe, anzuhalten. Jetzt brich mir nicht das Herz, Carter, indem du sagst, du freust dich nicht, mich zu sehen.«

»Nein. Ich meine ... mit dir habe ich überhaupt nicht gerechnet.«

»Willst du mich nicht hereinbitten?«

»Du bist doch schon drin.«

»Nimm doch nicht immer alles so wörtlich. Machst du die Tür zu, oder willst du mich hier in der Kälte zu Kreuze kriechen lassen?«

»Entschuldige.« Carter schloss die Tür. »Du hast mich so überrumpelt. Was willst du, Corrine?«

»Mehr als ich verdient habe.« Corrine zog den Mantel aus und hielt ihn Carter mit flehentlichem Blick hin. »Hör mich an, ja?«

Hin- und hergerissen zwischen guten Manieren und Verwirrung hing Carter ihren Mantel auf. »Ich dachte, das hätte ich schon.«

»Ich war dumm und so gleichgültig dir gegenüber. Es ist dein gutes Recht, mich hochkant rauszuwerfen.« Sie spazierte ins Wohnzimmer. »Wenn ich zurückblicke auf das, was ich getan und gesagt habe ... Carter, ich schäme mich so. Du warst so gut zu mir, so gut für mich. Du hast aus mir einen besseren Menschen gemacht, als ich war. Ich habe über dich nachgedacht. Sehr viel sogar.«

»Und was ist mit ...« Carter musste überlegen, bis ihm der Name einfiel. »James?«

Corrine rollte die sinnlichen Augen. »Mein Fehler. Meine Strafe dafür, dass ich dir wehgetan habe. Ich habe schnell erkannt, dass er nur ein oberflächliches Abenteuer war. Im Vergleich zu dir war er ein Jüngelchen, Carter. Bitte, sag, dass du mir verzeihst.«

»Das sind alte Geschichten, Corrine.«

»Ich möchte mich wieder mit dir versöhnen, wenn du mich lässt. Gib mir eine Chance, es dir zu beweisen.« Sie ging wieder zu ihm und strich ihm mit dem Finger über die Wange. »Weißt du noch, wie es mit uns beiden war, wie gut es war? Das könnten wir wiederhaben, Carter.« Sie schmiegte sich an ihn. »Du könntest mich wiederhaben. Du brauchst nur zuzugreifen.«

»Ich denke, wir sollten ...«

»Vernünftig können wir später sein.« Sie drängte sich an ihn, als er versuchte, sie sanft von sich zu schieben. »Ich will dich. Ich will dich so sehr. Ich kann an nichts anderes mehr denken.«

»Warte. Hör auf. Daraus wird ...«

»Schon gut. Du bist der Boss.« Mit ihrem gekonnt aufgesetzten strahlenden Lächeln schüttelte Corrine ihr Haar.

»Dann reden wir zuerst. So viel du willst. Warum schenkst du mir nicht ein Glas Wein ein, und wir … Brennt da etwas an?«

»Ich weiß … oh, verdammt.«

Carter stürzte in die Küche, und Corrines Lächeln gefror. Ihr wurde klar, dass das hier mehr Zeit und Mühe kosten würde. Doch die Herausforderung schreckte sie nicht. Dass Carter nicht bei Fuß gehorchte, wie sie es erwartet hatte, machte ihn nur noch interessanter. Und sein Widerstand würde es auch noch befriedigender machen, ihn zu verführen.

Das Bett war schließlich der einzige Ort, an dem er sie nicht gelangweilt hatte.

Sie lächelte wieder weicher, als sie ihn zurückkommen hörte.

»Entschuldige, ich hatte gerade etwas auf dem Herd. Corrine, ich respektiere deine Entschuldigung und dein … Angebot, aber – entschuldige«, wiederholte er, als es erneut an der Tür klopfte.

»Schon gut. Ich warte.«

Kopfschüttelnd ging Carter hinaus, um die Tür zu öffnen. Sein ohnehin überstrapazierter Verstand setzte vollends aus, als er Mac vor sich sah.

»Hallo. Ein Friedensangebot.« Sie hielt ihm eine Flasche Wein hin. »Ich habe mich unmöglich benommen, und ich hoffe, du gibst mir eine Chance, es besser zu machen. Ich dachte, du könntest vielleicht heute Abend zum Essen zu mir kommen, wenn du magst. Und vielleicht eine Flasche Wein mitbringen. He, der, den du da in der Hand hältst, ist ein guter.«

»Du … ich … Mackensie …«

»Wer ist denn da, Carter?«

Nicht gut, konnte Carter nur denken. Das konnte nicht gut sein. In diesem Augenblick kam Corrine aus dem Wohnzimmer, und er sah das Entsetzen in Macs Gesicht.

»Das ist nicht …«

»Oh, Wein, wie nett.« Corrine nahm Carter die Flasche aus der wie gelähmten Hand. »Carter wollte mir gerade ein Glas einschenken.«

»Eigentlich wollte ich … Mackensie Elliot, das ist Corrine Melton.«

»Ja, ich weiß. Na dann, lasst euch den Wein schmecken.«

»Nein. Nicht.« Carter stürzte regelrecht aus der Tür, um Mac am Arm festzuhalten. »Warte. Warte doch. Komm rein.«

Mac schüttelte seine Hand ab. »Soll das ein Witz sein? Wenn du mich noch einmal anfasst«, warnte sie ihn, »hast du danach mehr als einen blauen Fleck am Kinn.«

Sie stapfte davon, und er sah, dass der Wagen, zu dem sie ging, nicht ihrer war. Da rief Corrine aus der Tür: »Carter! Komm rein, Liebster, sonst erkältest du dich noch!«

Routine, dachte er. Routine? Hatte er sich wirklich eben noch Sorgen gemacht, er könnte im Trott der Routine steckenbleiben?

Mac stürmte ins Haus. »Mann, wo seid ihr denn alle?«, rief sie.

»Wir sind hinten in der Küche! Wir haben es auf deinem Handy probiert«, rief Emma. »Komm her.«

»Ihr glaubt nicht, was ich für einen Tag hatte. Erst treffe ich in der Schuhabteilung im Nordstrom auf Carters sexy Ex, was mir beinahe die kleine Freude vergällt hat, dass ich den Wagen meiner Mutter habe abschleppen lassen. Warum hat mir keiner gesagt, wie umwerfend sie aussieht?«, beklagte sich Mac und warf ihren Mantel auf einen Hocker. »Und als wäre das noch nicht schlimm genug, sie so sexy und sinnlich in traumhaften zehenfreien Pumps, knallrot, Catwoman mit einer Stimme wie ein Peitschenknall, habe ich auch noch sechzig Dollar für eine Flasche Wein als Friedensangebot für Carter hingeblättert, und weitere achtzig auf dem Markt, wo ich diesen ganzen Mist gekauft habe, um für ihn zu kochen. Und was sehe ich, als ich bei ihm zu Hause vorbeifahre? Was sehe ich da? Ich will es euch sagen: *Sie.* Im schwarzen Kaschmirpulli mit Ausschnitt bis hier, unter dem gerade genug rosa Spitze hervorblitzt, um zu sagen, *nur herein, Süßer.* Und er steht da, total verdattert und durcheinander, und ihm fällt nichts Besseres ein, als uns einander *vorzustellen.* Und jetzt trinkt sie meinen gottverdammten Wein.«

Parker hob beide Hände. »Augenblick mal. Carter hatte Besuch von Corrine – seiner Ex?«

»Habe ich das nicht gesagt? Genau das? Und sie so: ›Oh, Liebster, komm rein, sonst erkältest du dich noch.‹ Nur mit einer ganz sexy Stimme. Und er hat was gekocht, das habe ich gerochen. Es roch zwar wie verbrannter Toast, aber trotzdem. Kaum haben wir einmal einen kleinen Streit, schon macht er ihr verbrannten Toast und schenkt ihr meinen Wein ein?«

»Ich kann mir nicht vorstellen, dass es Carter zu ihr zurückzieht.« Emma schüttelte den Kopf. »Auf gar keinen Fall.«

»Aber sie war da mit ihrer rosa Spitze im Ausschnitt, oder?«

»Wenn ja, hättest du erst ihm, dann ihr einen Arschtritt verpassen und deinen Wein wieder mitnehmen sollen.« Laurel kam zu Mac herüber, um ihr über den Rücken zu streichen. »Aber ich neige dazu, es genau wie Emma zu sehen. Lass uns nochmal auf das zurückkommen, was in der Schuhabteilung von Nordstrom war. Zunächst einmal, hast du was gekauft?«

»Wie findet ihr die?«

»Kannst du uns später zeigen. Woher wusstest du, dass sie Carters Ex war? Oder hat sie dich gekannt?«

»Sie war zusammen mit dieser, wie heißt sie noch gleich? Mit der Cousine des Bräutigams von der Hochzeit am letzten Samstag. Sie hat mich wiedererkannt. Und sie haben mich beide so kritisch gemustert, was ich hasse. Ich hasse es. Und dann fängt Wie-heißt-sie-noch an zu kichern und sagt: ›Ihr beiden solltet eure Erfahrungen austauschen.‹ Blöde Kuh.«

»Und kommt es dir nicht komisch vor, ist es nicht ein merkwürdiger Zufall, dass du sie am Abend genau desselben Tages plötzlich bei Carter antriffst? Für wen außer mir riecht das nach einem Komplott?«

Laurel und Emma hoben die Hand.

»Oh, mein Gott.« Angewidert ließ Mac sich auf einen Hocker sinken. »Sie hat mich zum Narren gehalten. Ich war zu perplex und wütend und, okay, eifersüchtig, um es zu bemerken. Aber Moment, sie wusste doch gar nicht, dass ich zu Carter fahren würde. Also …«

»Ich glaube, dass du dazukamst, war für sie nur das Sahnehäubchen. Denk daran, ich kenne sie ein bisschen«, sagte Emma. »Ihr Motto war immer: ›Ich will das, was du willst, aber noch mehr will ich deins.‹ Wahrscheinlich ist sie einfach zu Carter gefahren, um zu sehen, ob sie ihn dir wegschnappen kann, und dann …«

»… schenke ich ihr eine Flasche Wein.« Mac ließ den Kopf in die Hände sinken. »Ich bin ein Idiot.«

»Nein, bist du nicht. Du bist nur nicht so gemein und berechnend wie sie. Und Carter auch nicht«, fügte Parker hinzu. »Er war nicht mit ihr zusammen, Mac. Sie war einfach da.«

»Ihr habt Recht. Ihr habt vollkommen Recht. Und ich bin abgehauen und habe ihr das Feld überlassen. Aber Carter hat uns einander vorgestellt.«

»Das war sehr ungeschickt von ihm«, räumte Parker ein. »Was willst du jetzt machen?«

»Keine Ahnung. Das ist alles zu viel. Es macht mich völlig fertig. Ich glaube, ich esse Eis und schmolle.«

»Du könntest auch Kaviar essen und feiern.«

Mac sah Parker stirnrunzelnd an. »Was denn feiern? Dass Beziehungskisten oft so dämlich sind?«

»Nein, den Triumph, dass Vows den Vertrag für die Seaman-Hochzeit unterschrieben hat. Wir haben den Auftrag.«

»Hurra. Nein, entschuldige. Lass mir einen Augenblick Zeit zum Umschalten.« Mac rubbelte sich mit den Händen über das Gesicht und versuchte, den nervigen Ärger abzustreifen und die triumphierende Freude zu finden. »Wir haben den Auftrag echt gekriegt?«

»Haben wir, und wir haben Cristal-Schampus und Beluga-Kaviar, um es zu beweisen. Wir haben nur auf dich gewartet, damit wir diesen Korken knallen lassen können.«

»Was für ein verrückter Tag.« Mac presste die Finger auf die Augen. »Total verrückt. Und wisst ihr was? Das hier ist ein echt gutes Ende dafür. Mach das Ding auf, Parker.«

»Aber sobald der Korken geknallt hat, ist das hier eine offizielle Nichtschmollerzone.«

»Geht klar.« Mac erhob sich. »Mir ist jetzt eher nach einem Freudentänzchen. Lass es knallen!«

Als das feierliche Geräusch ertönte, brach Mac in Jubel aus.

»Auf uns.« Parker erhob ihr Glas. »Auf die besten Freundinnen aller Zeiten, auf uns superclevere Mädels.«

Sie stießen an, sie tranken. Und Mac dachte, dass sie alles durchstehen konnte, alles, was noch kam, solange sie diese drei hatte.

16

Mit glasigen Augen und offenem Mund starrte Bob Carter über den Tisch im Coffee Talk hinweg an. »Ach du Scheiße.«

»Sie ist nicht ans Telefon gegangen. Nachdem ich Corrine endlich rausgeschmissen hatte, habe ich versucht, sie anzurufen. Zu Hause, auf beiden Leitungen, auf dem Handy. Sie ist nicht rangegangen. Ich habe daran gedacht, einfach hinzufahren, aber da sie schon nicht ans Telefon ging ... Sie hat gedacht, ich hätte ... Das hätte sie nicht denken dürfen, aber in Anbetracht der Situation kann ich ihr auch keinen Vorwurf daraus machen. Nicht wirklich.« Grüblerisch starrte Carter in seinen grünen Tee. »Ich muss ihr das erklären. Offensichtlich muss ich das. Aber auf dem Gebiet kenne ich mich gar nicht aus. Ich weiß nicht, wo ich anfangen soll.«

»Es sind zwei Frauen gleichzeitig hinter dir her. Zwei. Mensch, Carter, du bist ein Casanova. Ein echter Ladykiller.«

»Um Himmels willen, Bob, du kapierst überhaupt nicht, worum es geht.«

»Doch, ich schon, Mann.« Der offene Mund hatte sich zu einem bewundernden Grinsen verzogen. »Es geht darum, dass zwei scharfe Bräute auf dich abfahren. Außerdem habe ich gehört, dass du auch mit Parker Brown was laufen hast. Ein heißes Trio.«

»Ich … *was?* Wer … Nein. Woher hast du das?«

»Ihr beiden wart neulich abends hier sehr vertraut miteinander. Im Coffee Talk wird viel geredet.«

»Mein Gott, wann ist das Ganze eigentlich zur Seifenoper geworden? Wir haben Kaffee getrunken und uns über Mackensie unterhalten. Wir sind Freunde. Mehr nicht. Nur Freunde. Eigentlich nicht einmal das.«

»Das ist gut.« Bob antwortete mit seinem weisen Nicken. »Denn das wollte ich dir sagen, Mann, mach niemals Dates mit zwei Frauen, die *Freundinnen* sind. Das ist nicht nur uncool, es ist tödlich. Die zerreißen dich und gehen dann zusammen shoppen.«

»Gut zu wissen, Bob.« Carter sah, wie der Sarkasmus ohne zu treffen über Bob hinwegschwebte. »Aber ich habe keine Dates mit Parker. Und seit wann können ein Mann und eine Frau in der Öffentlichkeit nicht mehr zusammen Kaffee – oder Tee – trinken, ohne … Ach, egal.« Da Carter spürte, wie er Kopfschmerzen bekam, ließ er das Thema fallen. »Es spielt wirklich keine Rolle.«

»Stimmt. Zurück zum Thema. Zwei scharfe Bräute machen Jagd auf den Cartman. Ich wette, wenn der Rotschopf in deine Wohnung gekommen wäre, hättest du den reinsten Zickenkrieg erlebt. Zickenkrieg um dich, Carter.« Bobs Augen leuchteten bei der Vorstellung. »Du bist der böse Ladykiller.«

»Ich will überhaupt kein Ladykiller sein.« Während der Arbeit hatte Carter den Vorfall wohlweislich für sich behalten. Doch welcher Teufel hatte ihn geritten, dass er geglaubt hatte, von Bob zu irgendeiner Zeit an irgendeinem Ort einen vernünftigen Ratschlag bekommen zu können? »Versuch mal, mir zuzuhören, Bob.«

»Das tue ich ja, aber ich sehe immer wieder Bilder von

dem Zickenkrieg vor mir. Weißt du, wie sie auf dem Boden herumrollen und einander an den Kleidern zerren.« Bob hob seinen fettarmen Latte macchiato mit Zimt. »Kann ich mir bestens vorstellen.«

»Sie haben nicht gekämpft.«

»Hätte aber sein können. Okay, du willst also nicht versuchen, es mit beiden gleichzeitig aufzunehmen. Ich glaube ja, dass du das könntest, aber ich merke schon, dass ich dir bei der Entscheidung helfen soll, welche von ihnen du nimmst.«

»Nein, nein, nein.« Carter ließ den Kopf in die Hände sinken. »Sie sind doch keine Krawatten, Bob. Es geht hier nicht um eine Vergleichsstudie. Ich liebe Mackensie.«

»Ehrlich? He, du hast nie gesagt, dass es dir so ernst mit ihr ist. Ich dachte, das wäre nur ein Techtelmechtel.« Bob rieb sich das Kinn und lehnte sich zurück. »Das ist natürlich etwas anderes. Wie sauer war sie?«

»Rate mal, und dann ungefähr doppelt so sehr.«

Bob nickte verständnisvoll. »Ihr Blumen bringen und dich entschuldigen reicht also nicht. Als Erstes musst du bei ihr einen Fuß in die Tür kriegen. Zum Beispiel, wenn du der unschuldige Part bist ... Du bist doch unschuldig, oder?«

»Bob.«

»Okay. Zuerst musst du dir von ihr in den Hintern treten lassen. Das rate ich dir.« Nachdenklich nippte Bob an seinem Latte macchiato. »Dann musst du ihr erklären, warum du unschuldig bist. Dann musst du sie anflehen. Und in einem solchen Fall willst du ihr zur Krönung sicher noch etwas Funkelndes schenken.«

»Schmuck? Ich soll sie bestechen?«

»Betrachte es nicht als Bestechung. Es ist eine *Entschuldigung*. Es spielt keine Rolle, dass du überhaupt nichts gemacht hast, Carter. Darum geht es nie. Willst du die Sache aus der Welt schaffen, etwas wiederhaben, *sie* zurückgewinnen und in diesem Jahrzehnt noch einmal Sex mit ihr haben, dann besorgst du ein paar hübsche, glitzernde Klunker. Bald ist ohnehin Valentinstag.«

»Aber das ist Manipulation und ziemlich hohl dazu.«

»Stimmt.«

Carter lachte. »Das mit den glitzernden Klunkern behalte ich als Plan B in petto. Aber ansonsten hast du Recht. Vor allem damit, dass ich mir zuerst von ihr in den Hintern treten lassen soll. Für sie sah die Situation übel aus. Ganz übel.«

»Hast du die Brünette als nette Abwechslung mitgenommen?«

»Himmel, nein.«

»Dann bist du ein anständiger Kerl. Denk daran. Du bist ein anständiger Kerl. Aber du bist auch der böse Ladykiller. Ich bin stolz darauf, dich zu kennen.«

In ihrem Studio stellte Mac einen Satz Probeabzüge fertig. Sie verpackte sie für die Kunden in eine Schachtel, zusammen mit einer Preisliste, ihrer Visitenkarte und einer Angebotsübersicht.

Sie warf einen Blick aufs Telefon und gratulierte sich dazu, dass sie genügend Rückgrat besessen hatte, nicht auf Carters Anrufe zu reagieren. Vielleicht hatte Corrine ein Spielchen mit ihm gespielt. Wahrscheinlich sogar. Aber trotzdem hatte er irgendwie mitgemacht.

Ein paar entschuldigende Anrufe reichten nicht, um das wiedergutzumachen. Außerdem, wenn er nichts falsch gemacht hatte, wofür entschuldigte er sich dann?

Das war auch egal, rief sie sich in Erinnerung.

Für diesen produktiven Tag würde sie sich belohnen – mit einem Schaumbad, einem Glas Wein und einem Abend mit Popcorn vor dem Fernseher. Mit einem Actionfilm, entschied sie. In dem jede Menge Sachen in die Luft flogen und der nicht die Spur romantisch war.

Sie packte ihre fertige Arbeit zur Auslieferung in eine Vows-Einkaufstüte. Als sie hörte, wie ihre Tür aufging, wirbelte sie herum.

Eine wutschnaubende Linda stürmte herein. »Wie kannst du es wagen? Wie kannst du es wagen, mein Auto zu irgendeiner zweitklassigen Werkstatt abschleppen zu lassen? Weißt du, dass sie zweihundert Dollar von mir haben wollten, damit ich es zurückbekomme? Du tätest gut daran, mir unverzüglich einen Scheck auszustellen.«

Okay, dachte Mac, das ist die Glocke für diese Runde. Und ausnahmsweise bin ich mal bereit. »Nie im Leben. Gib mir meine Schlüssel.«

»Die bekommst du, wenn du mir meine zweihundert Dollar gibst.«

Mac trat einen Schritt vor, schnappte sich die Handtasche ihrer Mutter und leerte den Inhalt auf dem Fußboden aus. Linda war so entgeistert, dass Mac Zeit hatte, sich hinzukauern, den Kram durchzuwühlen und ihre Schlüssel einzustecken.

»Wie …«

»… kann ich es wagen?«, fragte Mac kühl. »Ich kann es wagen, weil du dir mein Auto am Sonntag geliehen und es mir fünf Tage lang nicht zurückgegeben hast. Und auf meine Anrufe hast du nicht reagiert. Ich kann es wagen, weil ich es satthabe, benutzt und ausgenutzt zu werden. Glaub mir, wenn ich sage, dass es mir reicht. Ich habe die Nase voll. Das hört jetzt auf.«

»Es hat *geschneit*. Du kannst doch nicht von mir erwarten, dass ich das Risiko eingehe, in einem Schneesturm von New York herzufahren. Ich hätte einen Unfall haben können. Ich hätte …«

»… anrufen können«, fiel Mac ihr ins Wort. »Aber abgesehen davon gab es keinen Schneesturm, nur einen Hauch von Neuschnee. Gerade mal einen halben Zentimeter. Und das war am Sonntag.«

»Ari wollte nichts davon wissen, dass ich nach Hause fahre. Er hat mich eingeladen, noch zu bleiben, also habe ich es gemacht.« Achselzuckend wollte Linda die Sache abtun. »Wir haben ein paar Tage miteinander verbracht. Wir sind shoppen gegangen, ins Theater. Warum sollte ich nicht mein Leben genießen?«

»Das darfst du gern. Nur irgendwo anders.«

»Ach, sei doch nicht so ein Kind, Mackensie. Ich habe dir mein Auto hiergelassen.«

»Ein Auto, mit dem ich nichts hätte anfangen können, selbst wenn du dir die Mühe gemacht hättest, mir auch die gottverdammten Schlüssel dazu zu geben.«

»War ein Versehen. Du hast mich an dem Tag so schnell zur Tür hinausgeschoben. Kein Wunder, dass ich mich nicht erinnere. Und hör auf, mir gegenüber zu fluchen.« Sie brach in Tränen aus, so dass jede Menge dekorativer Tropfen aus ihren schockierten blauen Augen rannen. »Wie kannst du mich nur so behandeln? Wie kannst du mir die Chance auf ein bisschen Glück missgönnen?«

Es funktioniert nicht, sagte Mac sich, als sich ihr Magen zusammenkrampfte. Diesmal nicht. »Du weißt, dass ich mir selbst genau die gleichen Fragen gestellt habe, allerdings mit vertauschtem Ich und Du. Es ist mir nie gelungen, die Antwort herauszufinden.«

»Tut mir leid. Tut mir *leid.* Ich bin verliebt. Du weißt nicht, wie es ist, so für jemanden zu empfinden. Wie alles andere in den Hintergrund tritt und nur noch ihr beiden zählt. Es war doch nur ein Auto, Mackensie.«

»Es war nur *mein* Auto.«

»Schau, was du mit meinem gemacht hast!« Noch während die Tränen auf ihren Wangen glitzerten, kam Lindas Wut wieder durch. »Du hast es zu diesem … diesem Dreckschuppen abschleppen lassen. Und der schreckliche Kerl dort hält es fest wie eine Geisel.«

»Dann bezahl das Lösegeld«, schlug Mac vor.

»Ich verstehe nicht, wie du so gemein zu mir sein kannst. Das liegt daran, dass du dir nie Gefühle erlaubst. Du machst Fotos von Gefühlen, aber selbst hast du keine. Jetzt bestrafst du mich dafür, dass ich welche habe.«

»Okay.« Mac ging erneut in die Hocke und fegte den auf dem Boden verstreuten Inhalt energisch zurück in die Tasche ihrer Mutter. »Ich habe keine Gefühle. Ich bin eine schreckliche Tochter. Und deshalb möchte ich, dass du gehst. Ich will, dass du verschwindest.«

»Ich brauche das Geld für mein Auto.«

»Von mir bekommst du es nicht.«

»Aber … du musst …«

»Nein.« Energisch drückte Mac Linda die Tasche in die Hand. »Das ist es ja eben, Mama. Ich muss nicht. Und ich werde auch nicht. Es ist dein Problem, also sieh zu, wie du es löst.«

Lindas Lippen zitterten, ihr Kinn zuckte. Keine Manipulation, dachte Mac, nicht nur. Ihre Gefühle waren irgendwo sogar echt. Und sie sah sich als Opfer.

»Wie soll ich jetzt nach Hause kommen?«

Mac griff zum Telefonhörer. »Ich rufe dir ein Taxi.«

»Du bist nicht meine Tochter.«

»Weißt du, das Schlimme für uns beide ist, dass ich das doch bin.«

»Ich warte draußen. In der Kälte. Ich will keine Minute länger mit dir im gleichen Raum verbringen.«

»Du wirst vor dem Haupthaus abgeholt.« Mac wandte sich ab und schloss die Augen, als sie die Tür zuknallen hörte. »Ja, ich brauche ein Taxi zum Brown Estate. So schnell wie möglich.«

Mit einem unguten Gefühl in der Magengrube ging Mac zur Tür und schloss ab. Das Entspannungsprogramm nach dem Arbeitstag würde sie um Aspirin ergänzen müssen, dachte sie. Ein ganzes Röhrchen müsste gerade eben reichen. Vielleicht würde sie die Tabletten nehmen, sich in einem dunklen Zimmer hinlegen und versuchen, die Gefühle auszuschlafen, die sie doch offenbar gar nicht hatte.

Sie nahm als Erstes die Aspirin und spülte sie mit einem ganzen Glas eiskaltem Wasser hinunter, um das Kratzen in ihrem Hals zu lindern. Dann setzte sie sich auf den Küchenboden.

Dort würde sie sitzen bleiben, bis ihre Knie aufhörten zu zittern, bis es in ihrem Kopf nicht mehr so hämmerte. Bis sie nicht mehr das Gefühl hatte, gleich in Tränen ausbrechen zu müssen.

Als das Telefon klingelte, griff sie nach oben und schaffte es, den Apparat von der Theke zu holen. Sie las die Nummer auf dem Display und nahm Parkers Gespräch entgegen. »Ich bin okay.«

»Ich bin da.«

»Ich weiß. Danke. Aber ich bin okay. Ich habe ihr ein Taxi gerufen. Es kommt in ein paar Minuten. Lass sie nicht rein.«

»Geht klar. Ich bin da«, wiederholte Parker. »Also, was immer du brauchst …«

»Parker? Sie ändert sich nie, also muss ich das tun. Ich wusste nicht, dass es so wehtun würde. Ich dachte, es würde sich gut anfühlen, gut und befriedigend. Vielleicht mit einem Hauch von Triumph. Aber das tut es nicht. Es ist nur schrecklich.«

»Du wärst nicht du, wenn es nicht wehtäte. Du hast das Richtige getan, falls dir das hilft. Das Richtige für dich. Und Linda fängt sich wieder. Das weißt du.«

»Ich will wütend sein.« Erschöpft und weinerlich presste Mac das Gesicht an die hochgezogenen Knie. »Es ist so viel einfacher, wenn ich wütend auf sie bin. Warum bricht mir das jetzt das Herz?«

»Sie ist deine Mutter. Das lässt sich nicht ändern. Aber wenn du dich von ihr ausnutzen lassen hast, ist es dir auch schlechtgegangen.«

»Nicht so schlecht wie jetzt. Aber du hast Recht.«

»Das Taxi ist da. Sie fährt.«

»Gut.« Mac schloss wieder die Augen. »Ich bin okay. Wir reden morgen nochmal.«

»Ruf an, wenn du mich vorher brauchst.«

»Mache ich. Danke.«

Auf Badeschaum, Kerzen und Wein hatte sie keine Lust mehr, doch ein heißes Bad nahm sie trotzdem. Dann zog sie ihre ältesten Flanellhosen an, die weich und kuschelig waren. Sie wollte nicht mehr schlafen und dachte, vielleicht wäre es das Richtige, zu Hause fleißig zu sein. Sie würde ihr Schlafzimmer putzen, im Wandschrank und der Frisierkommode Ordnung schaffen und noch dazu das Badezimmer schrubben.

Es war höchste Zeit, dass sie sich ihrem Haushalt widmete, und so würde sie stundenlang beschäftigt sein. Womöglich sogar tagelang. Das Beste aber war, dass es eine Säuberungsaktion war, ein symbolischer Akt, der zu ihrem Auflehnen gegen Linda passte.

Raus mit dem Alten, rein mit dem Neuen. Und wenn die Arbeit erledigt war, würde alles frisch und ordentlich sein. Ihre neue Lebensordnung.

Als sie ihren Wandschrank geöffnet hatte, blies sie erst einmal die Backen auf und ließ eine Ladung Luft entweichen. Hier half nur, genauso vorzugehen wie in den Heimwerker- und Renovierungssendungen im Fernsehen. Alles rausholen, durchforsten, aussortieren.

Vielleicht konnte sie auch einfach alles verbrennen und ganz von vorn anfangen. Brennende Brücken schienen gerade ohnehin ihr Thema zu sein. Also straffte sie die Schultern, nahm einen Arm voll Sachen und schmiss alles aufs Bett. Nach der dritten Ladung fragte sie sich, wofür sie so viele Klamotten brauchte. Es war eine Krankheit, anders konnte man es nicht nennen. Kein Mensch brauchte fünfzehn weiße Blusen.

Fünfzig Prozent, entschied sie. Das würde ihr Ziel sein. Fünfzig Prozent ihrer Garderobe ausmisten. Und sie würde diese schönen gepolsterten Kleiderbügel kaufen. Farblich abgestimmt. Und die durchsichtigen, stapelbaren Schuhschachteln. Wie Parker.

Als der Inhalt ihres Wandschranks auf dem Bett und dem Sofa aufgehäuft lag, starrte sie ein wenig verzweifelt darauf. Hätte sie nicht besser erst die Kleiderbügel und Schachteln gekauft? Und so ein Set, um Ordnung in den Kleiderschrank zu bringen. Schubladenunterteilungen. Jetzt hatte sie nichts als einen riesigen Haufen Unordnung und keinen Platz zum Schlafen.

»Warum, warum in Gottes Namen kann ich einen Betrieb leiten, ein Betrieb *sein*, und schaffe es nicht, mein eigenes Leben in den Griff zu bekommen? Das ist dein Leben, Mackensie Elliot. Riesenberge von Zeug, von denen du nicht weißt, was du damit machen sollst.«

Sie würde das in Ordnung bringen. Es ändern. Es in Angriff nehmen. Himmel, sie hatte ihre eigene Mutter rausgeworfen, also würde sie doch wohl mit Kleidern, Schuhen und Handtaschen fertigwerden. Sie würde gegen das Durcheinander in ihrem Leben, in ihrem Kopf angehen. Es minimieren.

Zen war angesagt.

Ihr Zuhause, ihr Leben und ihr verdammter Kleiderschrank würden ein Ort des Friedens und der Ruhe sein. Mit Schuhschachteln aus durchsichtigem Kunststoff.

Ab sofort. Heute war ein neuer Tag, ein neuer Anfang, und sie war eine neue, smartere, eindrucksvollere Mackensie Elliot. Mit blitzenden Augen ging sie nach unten, um eine Packung Müllbeutel zu holen.

Als es an der Tür klopfte, verspürte sie eine solche Erleichterung, dass sie ein Schauder überlief. Parker, dachte sie. Gott sei Dank. Was sie jetzt brauchte, waren die Superkräfte dieser Königin der Organisationstalente.

Mit wirrem Blick und wild abstehenden Haaren riss sie die Tür auf. »Parker – oh. Oh. Natürlich. Perfekt.«

»Du bist nicht ans Telefon gegangen. Ich weiß, dass du sauer bist«, begann Carter. »Vielleicht lässt du mich kurz rein, damit ich dir alles erklären kann.«

»Klar.« Mac warf die Hände in die Luft. »Warum nicht. Das ist das i-Tüpfelchen. Lass uns was trinken.«

»Ich will keinen Drink.«

»Stimmt. Du musst noch fahren.« Sie wedelte mit den

Händen durch die Luft, als sie in die Küche stapfte. »Ich aber nicht.« Sie knallte eine Flasche Wein auf die Theke und holte einen Korkenzieher. »Was? Kein Date heute Abend?«

»Mackensie.«

Irgendwie, dachte sie, während sie auf den Korken losging, schaffte er es, dass ihr Name wie eine Entschuldigung klang und wie ein milder Tadel. Der Kerl hatte echt was drauf.

»Ich weiß, wie es vielleicht ausgesehen hat. Wahrscheinlich ausgesehen hat. Wie es ausgesehen hat.« Carter ging zur anderen Seite der Theke. »Aber so war es nicht. Corrine ... Lass mich das machen«, sagte er, da sie den Korken nicht herausbekam.

Macs Finger schoss vor wie eine Pistole.

»Sie ist einfach vorbeigekommen. Ganz zufällig.«

»Ich will dir mal was sagen.« Mac klemmte sich die Flasche zwischen die Knie und legte los, während sie weiter an dem Korkenzieher zerrte. »Nur weil wir uns gestritten haben, nur weil ich das Gefühl hatte, ich müsste ein paar vernünftige Grenzen ziehen, musst du noch lange nicht im nächsten Augenblick deine mysteriöse Sexy-Ex bewirten.«

»Habe ich ja gar nicht. Und das ist sie auch nicht. Verdammt«, schimpfte Carter und streckte die Hand aus, um Mac die Flasche abzunehmen, gerade als es ihr gelang, sie zu entkorken.

Ihre Faust landete genau an seinem Kinn, mit solcher Wucht, dass er einen Schritt zurücktaumelte.

»Geht es dir jetzt besser?«

»Ich wollte nicht ... dein Gesicht war im Weg.« Mac stellte den Wein auf die Theke und hielt sich die Hand vor den Mund, um das plötzlich in ihr aufsteigende Gelächter zu unterdrücken. Sie fürchtete, sie könnte sonst einen hysterischen Lachkrampf bekommen. »O Gott, das wird ja immer lächerlicher.«

»Können wir uns setzen?«

Mac schüttelte den Kopf und ging zum Fenster. »Ich setze mich nicht, wenn ich so aufgewühlt bin. Ich führe keine ruhigen, vernünftigen Diskussionen.«

»Das habe ich gemerkt. Du bist gegangen. Du bist einfach davongelaufen, ohne mir die Chance zu geben, die Situation zu erklären.«

»Das ist die eine Ebene. Du bist ein freier Mensch. Es war nie die Rede davon, dass du keine andere haben darfst.«

»Ich dachte, das versteht sich von selbst. Wir schlafen miteinander. Ganz gleich, welche Grenzen du dir wünschst, ich bin mit dir zusammen. Nur mit dir. Und umgekehrt erwarte ich das Gleiche. Wenn ich deshalb konservativ und kleinkariert bin, kann ich es auch nicht ändern.«

Mac drehte sich wieder zu ihm um. »Kleinkariert. Auch kein Wort, das man jeden Tag hört. Und das bist du nicht, Carter. Du bist deshalb nicht kleinkariert. Du bist anständig. Damit versuche ich, dir zu sagen, dass ich auf einer Ebene überhaupt kein Recht hatte, mich aufzuregen. Diese Ebene finde ich aber ziemlich idiotisch. Auf einer anderen Ebene hatten wir eine Meinungsverschiedenheit, und als ich zu dir kam, um zu versuchen, sie mit dir aus der Welt zu schaffen, warst du mit *ihr* zusammen.«

»Ich war nicht mit ihr zusammen. Sie war da.«

»Sie war da. Du hast ihr Wein eingeschenkt. Du hast ihr meinen Wein eingeschenkt.«

»Nein, habe ich nicht.«

»Na, wenigstens etwas.«

»Ich habe ihr überhaupt keinen Wein gegeben. Es gab keinen Wein. Ich habe ihr gesagt, sie muss jetzt gehen. Ich habe sie zum Weinen gebracht.« Beim Gedanken daran rieb Carter sich den Nacken. »Ich habe sie heulend weggeschickt, und du bist nicht ans Telefon gegangen. Wenn du doch nur gewartet hättest, wenn du hereingekommen wärst und mir die Chance gegeben hättest …«

»Du hast uns einander höflich vorgestellt.«

Carter hielt inne und sah Mac stirnrunzelnd an. »Ich … ja.«

»Dafür hätte ich dich beinahe mit der verdammten Weinflasche erschlagen. Oh, hallo, Mac, das ist die Frau, mit der ich fast ein ganzes Scheißjahr zusammengelebt habe und von der zu erzählen ich bisher so sorgfältig vermieden habe. Und sie steht da mit ihrem Ausschnitt und der perfekten Frisur und schnurrt irgendwas davon, dass du ihr doch ein Glas von dem Wein einschenken sollst, den die blöde Kuh vorbeigebracht hat.«

»Ich …«

»Ganz zu schweigen davon, dass wir uns bereits kurz zuvor in der Schuhabteilung vom Nordstrom begegnet sind.«

»Wer? Was? Wann?«

»Eure gemeinsame Freundin, wie heißt sie noch gleich, hat uns einander vorgestellt, als sie und deine Ex während *meiner* Schuhkauf-Therapie in *meiner* Schuhabteilung waren.«

Beim bloßen Gedanken daran war Mac wieder auf hundertachtzig. »Wie sie mich taxiert hat, in ihren dämlichen knallroten Pumps, zehenfrei, und mit der einen sarkastisch hochgezogenen Augenbraue. Und dann dieses verächtliche Grinsen.« Wieder stieß Macs Finger in Carters Richtung. »Dieses Grinsen mit den perfekt geformten Lippen. Aber ich habe nichts dazu gesagt, zum Kuckuck mit ihr und ihrem Benehmen. Ich wollte meine genialen blauen Stiefel kaufen und die traumhaften silbernen Slingbacks, dann noch eine richtig gute Flasche Wein, um sie dir mitzubringen – nachdem ich noch beim MAC-Counter vorbei bin, um neuen Eyeliner zu kaufen und mich ein bisschen zurechtmachen zu lassen, weil ich hübsch sein wollte, wenn ich bei dir vorbeifahre. Vor allem, nachdem ich schon eine Ladung von der Schnepfe intus hatte. Dann war da noch so eine tolle Jacke von DKNY, und die Kaschmirsachen waren runtergesetzt. Deshalb ist jetzt auch Zen angesagt. Na ja, zum Teil auch wegen der Sache mit dem Abschleppwagen und dem Gefühlschaos, aber eigentlich ist das der Grund.«

Fassungslos atmete Carter tief durch. »Ich habe es mir überlegt. Könnte ich doch ein Glas Wein haben?«

»Und ich weiß nicht, wie du auch nur einen Moment lang glauben konntest, dass ich dableibe«, fuhr Mac fort, während sie nach einem Weinglas griff. »Wie bitte? Du erwartest von mir, dass ich mir mit ihr ein Kopf-an-Kopf-Rennen liefere? Oder mich mit ihr prügele?«

»Nein, das war Bob.«

»Wenn du im Besitz des einzigen Hirns gewesen wärst, das ihr Männer unter euch weiterzureichen scheint, dann hättest du mich ihr vorgestellt – als die Frau, mit der du zusammen bist. Nicht als wäre ich irgendeine Lieferantin.«

»Du hast vollkommen Recht. Ich habe mich sehr ungeschickt verhalten. Meine einzige Entschuldigung ist, dass ich total überfordert war. Alles war so verworren und schwer zu erklären, und außerdem war mir mein überbackenes Käsesandwich verbrannt.«

»Du hast ihr ein *Sandwich* gemacht?«

»Nein, das war für mich. Ich war gerade dabei, es zu machen, als Corrine kam, und ich hatte vergessen, dass die Pfanne auf dem Herd stand, weil sie ...« Als Carter bemerkte, dass es keine besonders gute Idee war, zu erzählen, was zwischen der Ankunft von Corrine und dem Verbrennen des Sandwichs geschehen war, trank er einen großen Schluck Wein. »Weil sie dazwischenkam. Wie auch immer, habe ich es richtig verstanden, dass du beim Shoppen Corrine und Stephanie Gorden begegnet bist?«

»So ist es.«

»Aha, das war es also«, murmelte Carter. »Verstehe. Das erklärt allerdings ...« Wieder gefährliches Terrain, dachte Carter. »Kann ich einfach sagen, dass ich unterm Strich nicht wollte, dass Corrine zu mir kommt? Ich wollte dich. Ich will dich. Ich liebe dich.«

»Fang nicht von Liebe an, wenn ich eine Krise habe. Oder willst du mich noch rasender machen?«

»Geht das überhaupt? Aber, nein, das will ich wirklich nicht.«

»Sie war im Verführerdress.«

»Bitte? Was?«

»Glaub nicht, ich wüsste nicht, warum sie ›zufällig‹ vorbeikam. Sie guckt mich einmal an und denkt, *pfff*, als ob ich die nicht ausstechen könnte. Prompt wirft sie sich in sexy Klamotten und kommt zu dir. Sie hat dich angemacht, gib es zu.«

Carters Schultern wollten nach vorn sinken, so dass er sich bewusst anstrengen musste, um sie zu straffen. »Ich war dabei, mir ein Sandwich zu machen. Zählt das überhaupt nicht? Ich war dabei, mir ein Sandwich zu machen, und dabei habe ich an dich gedacht. Wie konnte ich erwarten oder darauf vorbereitet sein, dass Corrine herkommen und mich küssen würde?«

»Sie hat dich *geküsst*?«

»O Gott. Ich hätte doch die Klunker kaufen sollen. Sie hat einfach ... Ich war völlig überrumpelt.«

»Und dann hast du dir einen großen Knüppel geholt, um dich gegen ihre unerwünschten Annäherungsversuche zur Wehr zu setzen?«

»Nein, ich ... Bist du eifersüchtig? Bist du echt eifersüchtig wegen dieser Sache?«

Mac verschränkte die Arme. »Sieht so aus. Und fass das bloß nicht als Kompliment auf.«

»Tut mir leid, dagegen kann ich nichts machen.« Carter lächelte. »Corrine bedeutet mir nichts. Ich habe die ganze Zeit an dich gedacht.«

»Sehr witzig.« Mac griff zu seinem Weinglas und trank einen Schluck. »Sie ist schön.«

»Ja, das stimmt.«

Mac warf ihm einen vernichtenden Blick zu. »Hast du denn überhaupt keine Ahnung? Brauchst du Bobs Liste, um nachzulesen, dass du jetzt so was sagen solltest wie: Mit dir kann sie sich nicht vergleichen?«

»Kann sie nicht. Konnte sie noch nie.«

»Ich bitte dich. Schmollmund, Katzenaugen und Körbchengröße E.« Mac trank noch einen Schluck und schob Carter den Wein wieder hin. »Ich weiß, dass es hohl von mir ist, sie für ihr Aussehen zu hassen, aber mir bleibt ja nicht viel anderes übrig. Und aussehen tut sie wirklich gut. Ich will glauben, dass sie dich überrumpelt hat. Aber mich hat sie vollkommen unvorbereitet getroffen. Beide Male. Ich weiß nur, dass du mit dieser Frau in einer festen Beziehung zusammengelebt hast und dass sie Schluss gemacht hat. Nicht du, sondern sie. Du hast sie geliebt, und sie hat dich verletzt.«

»Ich habe sie nicht geliebt. Und hat sie mich verletzt? Ich denke, den Umständen entsprechend. Ich sehe ein, dass ich das Ganze komplizierter gemacht habe und es eine unverhältnismäßige Bedeutung gewonnen hat, weil ich es vermieden habe, darüber zu reden. Das war keine Glanzleistung von mir. Ich habe Corrine auf einer Party bei den Gordens kennengelernt, gemeinsamen Freunden. Ich war noch nicht lange wieder hier, erst ein paar Monate. Wir haben uns ein paarmal verabredet, zunächst nur unverbindlich. Dann, äh, wurde mehr daraus.«

»Dann habt ihr miteinander geschlafen. Ich verstehe, was Sie sagen wollen, Herr Professor.«

»Mhm. Corrine dachte, ich würde irgendwann nach Yale zurückgehen, und konnte nicht verstehen, warum ich hier unterrichten, hier leben wollte. Aber unsere Beziehung war zuerst nur ein ganz zartes Pflänzchen. Dass wir zusammengezogen sind, ist, na ja, einfach so passiert.«

»Wie kann das einfach so passieren?«

»Corrine wollte umziehen. In eine größere Wohnung. Dann ist da irgendwas schiefgegangen. Ich kann mich nicht mehr so genau erinnern. Aber sie hatte ihrem Vormieter bereits gekündigt und musste ausziehen. Ich hatte jede Menge Platz, und es war ja nur für ein paar Wochen, vielleicht einen Monat. Bis sie eine andere Wohnung gefunden hätte. Und irgendwie …«

»… hat sie nie eine gefunden.«

»Ich habe es geschehen lassen. Es war schön, mit jemandem zusammen zu Abend zu essen oder essen zu gehen. Wir sind ziemlich oft essen gegangen, wenn ich es mir überlege. Mir hat es gefallen, nicht allein zu sein, dass jemand da war, wenn ich nach Hause kam. Und regelmäßig Sex zu haben. Und ich glaube, ich brauche doch die Hilfe von Cyrano.«

»Regelmäßig Sex zu haben gefällt doch jedem.«

»Ich habe daran gedacht, ihr einen Heiratsantrag zu machen. Dann wurde mir klar, dass ich daran nur dachte, weil das alle erwartet haben. Alle haben gedacht ... Dann habe ich ein schlechtes Gewissen bekommen, weil ich ihr keinen Antrag machen wollte. Ich lebte mit ihr zusammen, schlief mit ihr, habe auch die Rechnungen bezahlt und ...«

Wie ein Verkehrspolizist hob Mac die Hand. »Du hast ihre Rechnungen bezahlt?«

Carter zuckte die Achseln. »Ursprünglich wollte sie für ihre eigene Wohnung sparen, und dann ... Es wurde zur Gewohnheit. Was ich sagen will, ist, dass wir eigentlich wie ein Ehepaar zusammenlebten, ich sie aber nicht liebte. Ich wollte gern. Das muss sie gespürt haben, und ich konnte sehen, dass sie nicht richtig glücklich war. Sie ist öfter allein ausgegangen. Warum sollte sie auch zu Hause bleiben, wenn ich die Nase nur in Bücher und Papiere steckte? Corrine wurde klar, dass ich nie der sein würde, den sie wollte oder der ihr geben konnte, was sie wollte. Also hat sie sich jemand anderen gesucht.«

Carter starrte das Weinglas auf der Theke an. »Ich habe sie vielleicht nicht geliebt. Trotzdem ist es schmerzhaft und demütigend, wegen eines anderen verlassen zu werden. Betrogen zu werden. Sie hatte eine Affäre, von der ich nichts geahnt habe. Die ich, zugegeben, hätte bemerken können, wenn ich Corrine mehr Aufmerksamkeit geschenkt hätte. Für den anderen hat Corrine mir den Laufpass gegeben, und auch wenn es eine verletzende, leidvolle Erfahrung war, so war es doch auch eine Erleichterung.«

Mac brauchte einen Moment, um das zu verdauen. »Lass mich das alles mal zusammenfassen, auf den Punkt bringen. Den kenne ich nämlich nur zu gut. Sie hat dich dazu gebracht, dafür zu sorgen, dass sie eine Wohnung hatte – und sie hat nichts dafür bezahlt.«

»Ich konnte ja schlecht Miete von ihr verlangen.«

»Sie hat sich nicht an den Unkosten beteiligt, sie hat dich überredet, ihr für ihre Ausgaben Geld vorzuschießen. Vermutlich hast du ihr hin und wieder Bargeld geliehen. Das siehst du nie wieder. Du hast ihr Sachen gekauft – Kleider, Schmuck. Wenn du dich gesträubt hast, hat sie sich mit Tränen oder Sex bei dir eingeschmeichelt, um zu bekommen, was sie wollte.«

»Hm, ja, schon, aber ...«

»Lass mich ausreden. Als sie deiner überdrüssig wurde oder meinte, etwas Besseres gefunden zu haben, begann sie, zu lügen und zu betrügen. Dann hat sie dir vorgeworfen, es sei alles deine Schuld, weil du dich nicht genug um sie gekümmert hättest. Stimmt das ungefähr?«

»Ja, aber es berücksichtigt nicht ...«

Mac hob erneut die Hand. »Sie ist Linda. Sie ist ... Corrinda. Sie ist der gleiche Typ wie meine Mutter, nur eine jüngere Version. Ich habe mein ganzes Leben in diesem Kreislauf verbracht, abgesehen von dem Sex. Und ich weiß, dass es für jemand Außenstehenden leichter ist, den Kreislauf zu erkennen. Du und ich, Carter, wir waren immer die Trottel. Schlimmer noch, wir haben uns von ihnen einreden lassen, wir wären schuld an ihrem egoistischen, erniedrigenden Verhalten. Wenn ich das alles gewusst hätte, dann hätte ich nicht ... doch, hätte ich. Ich hätte ganz genauso reagiert, weil das ein Reflex ist. Es ist der Linda-Faktor.«

»Das ändert aber nichts an der Tatsache, dass ich am Entstehen dieser Situation beteiligt war und sie weiter zugelassen habe, als ich merkte, dass ich Corrine nicht liebte.«

»Ich liebe meine Mutter. Gott weiß, warum, aber so ist es

nun einmal. Ich finde sie schrecklich, ich bin frustriert und wütend, aber im Grunde liebe ich sie trotzdem. Und ich weiß, dass sie mich ebenfalls liebt, auch wenn sie noch so egoistisch ist und mich mit ihrem Gejammer ausnutzt. Jedenfalls will ich das gern glauben. Aber ein gesundes Verhältnis zueinander werden wir nie haben. Wir werden nie haben, was ich mir wünsche. Das ist nicht meine Schuld. Und Corrinda – was sie jetzt für mich ist und bleibt – war nicht deine Schuld.«

»Ich wünschte, ich hätte verhindert, dass dir das Ganze wehgetan hat. Ich wünschte, ich hätte das besser gedeichselt.«

»Wenn wir ihr das nächste Mal begegnen, kannst du mich ihr richtig vorstellen, als die Frau, mit der du zusammen bist.«

»Sind wir das denn?« Die ruhigen blauen Augen sahen sie an. »Zusammen?«

»Reicht dir das noch nicht? Kannst du nicht verstehen, dass ich versuche, gegen das Durcheinander und das Chaos in dem Schrank mit meinen Gefühlen anzugehen? Und dass ich nicht weiß, wie lange ich brauche, um alles aufzuräumen?«

»Ich liebe dich. Das heißt nicht, dass ich will, dass du bei mir bleibst, nur weil du denkst, alle erwarten das. Ich will da sein, wenn du dein Chaos aufräumst, ich will dabei sein. Ich will wissen, dass es die Wahrheit ist, wenn du sagst, du liebst mich.«

»Wenn ich das tue, wenn ich es schaffe, das zu dir zu sagen, wird es das erste Mal sein, dass ich es überhaupt zu einem Mann gesagt habe. Und es wird die Wahrheit sein.«

»Ich weiß.« Carter ergriff ihre Hand und küsste sie. »Ich kann warten.«

»Was für eine verrückte Woche.« Mac führte ihrer beider Hände an ihre Wange. Es fühlte sich richtig an. Genauso wie es sich richtig anfühlte, Carter hier bei sich zu haben. »Ich finde, wir sollten nach oben gehen und unsere Versöhnung zu Ende bringen.«

17

Auf der Treppe küsste sie ihn und spürte, wie der lange Tag wieder ins Lot kam. »Kein Wunder, dass wir uns zueinander hingezogen fühlen.« Sie kuschelte sich kurz an ihn, bevor sie seine Hand nahm, um weiterzugehen. »Wir tragen beide das Trottel-Gen in uns. Das wirkt wahrscheinlich so ähnlich wie Pheromone.«

»Wenn du meinst. Ich würde uns lieber als von Natur aus fürsorgliche Menschen beschreiben, die vom anderen immer das Beste denken.«

»Ja. Trottel.« Lachend sah Mac zu ihm auf, doch ihr Lachen brach ab, als sie seinen entgeisterten Gesichtsausdruck sah. »Was ist? Was hast du … o Gott. O mein Gott.« Sie blieb ebenso angewurzelt stehen wie er und starrte auf die Verwüstung in ihrem Zimmer. »Das habe ich ganz vergessen. Ich habe vergessen, dir zu sagen, dass ich eigentlich eine internationale Spionin bin. Eine Doppelagentin. Und mein Erzfeind ist vorhin hier eingebrochen, um den Geheimcode zu suchen. Es war ein schrecklicher Kampf.«

»Das würde ich gern glauben.«

»Es ist Zen.«

»Dein Erzfeind?«

»Nein, das höchste Ziel. Pass auf, geh einfach nochmal nach unten, bis ich alles wieder in den Schrank gestopft habe. Es dauert nicht lange.«

»Das ist ja ein kleines Kaufhaus«, staunte Carter. »Eine wahre Boutique.«

»Ja, für die vorübergehend Unzurechnungsfähigen.« Mac schnappte sich einen Arm voll Kleider. »Ehrlich, lass mir zehn Minuten Zeit. Es ist nicht so schlimm, wie es aussieht.«

»Ich bewundere deinen Optimismus. Mackensie, es tut mir leid, dass dich das alles so aufgewühlt hat.«

»Woher weißt du …«

»Ich habe zwei Schwestern und eine Mutter. Ich erkenne die Anzeichen einer wütenden Aufräumorgie.«

»Oh.« Mac ließ den Kleiderhaufen wieder aufs Sofa fallen. »Ich vergaß, dass du dich mit den Grundlagen auskennst.«

»Ich helfe dir, alles wegzuräumen. Irgendwohin. Schließlich war ich Teil des Problems.«

»Nein. Ja. Ich meine, ja, du warst Teil des Problems. So die Spitze des Eisbergs. Aber unter der Oberfläche war der echt riesige … Rest des Eisbergs«, stellte Mac fest. »Wie bei der *Titanic*. Von dem peinlichen Besuch meiner Mutter bis hin zu Corrinda …«

»Willst du sie wirklich weiterhin so nennen?«

»Ja. Na ja, aber die Geschichte kennst du. Doch der Auslöser für das hier, das letzte Krümmen des Fingers am Abzug, war wieder Linda.«

Diesmal ging sie zum Bett und nahm einen Armvoll Sachen. »Sie hat mir mein Auto nicht zurückgebracht. Es mir zurückzubringen hätte bedeutet, dass sie selbst auch hätte zurückkommen müssen, und dabei hatte sie doch gerade so eine schöne Zeit in New York. Deshalb ist sie auch nicht ans Telefon gegangen.«

Als Mac sich umwandte, nachdem sie den ersten Berg Klamotten aufgehängt hatte, stand Carter schon mit der nächsten Ladung hinter ihr. »Danke. Außerdem hat sie vergessen, mir die Schlüssel von ihrem Wagen hierzulassen, so dass ich ihn nicht einmal hätte benutzen können, wenn ich gewollt hätte. Gestern Morgen war ich dann so weit, dass ich sie am liebsten umgebracht hätte. Aber Laurel hat mich wieder aufgebaut. Ihr kann man keinen Blödsinn erzählen – das bewundere ich so an ihr. Danach habe ich den Wagen meiner Mutter abschleppen lassen, zur Werkstatt eines Automechanikers.«

»Das war genial. Die angemessene Konsequenz für unangemessenes Verhalten.«

»So scheint es, Dr. Maguire. Angemessen vielleicht, aber es war auch gemein, vor allem, weil der Typ Del kennt und sich bereiterklärt hat, Linda das Abschleppen und Unterstellen des Wagens zu berechnen.«

»Dein Wagen steht jetzt draußen, ich nehme also an, sie hat ihn dir inzwischen endlich zurückgebracht. Sie ist bestimmt fuchsteufelswild geworden, dass ihrer abgeschleppt worden ist.«

»Mehr noch. Es war übel. Ganz übel, wodurch ich gelernt habe, wenn man standhaft bleibt und das Richtige macht, tut es weh. Ein Faustschlag ins Gesicht, könnte man sagen«, fügte sie mit einem kleinen Lächeln für Carter hinzu. »Ich überspringe die Einzelheiten. Am Ende habe ich ihr ein Taxi gerufen, sie vor die Tür gesetzt und abgeschlossen.«

»Gut. Jetzt überlegt sie zweimal, ob sie sich noch einmal so etwas leistet.«

»Dieser Optimismus. Echt klasse. Linda überlegt nie, Carter. Es werden noch viele solcher Aktionen nötig sein, bis wir damit durch sind. Es liegt an mir. So weiterzumachen und die Faust im Gesicht hinzunehmen, ohne nachzugeben.«

»Das schaffst du.«

»Ich muss. Tja, und dann habe ich jedenfalls beschlossen, meinen Ärger abzureagieren, indem ich mein Durcheinander aufräume. Dabei habe ich zuerst noch größeres Chaos geschaffen, aber mit dem Ziel, alles auszumisten und neu zu ordnen. Was symbolisch für das Überwinden alter Gewohnheiten und Denkmuster sein soll. Also ...«

Mac brach ab, als sie sich mit einem weiteren Armvoll Sachen umdrehte und ihr Blick auf ihr Bild im Spiegel fiel. »Ach du lieber Himmel, ich sehe aus, als wäre ich aus der Anstalt für die unheilbar Schlampigen und Ungekämmten ausgebüchst. Hättest du mir nicht sagen können, dass meine Haare aussehen, als hätten sich ein paar Katzen darin gebalgt?«

»Ich mag deine Haare.«

Mac fuhr sich mit den Fingern hindurch. »Mann, das ist jetzt aber bitter. An dem Abend, als ich bei dir vorbeikam, sah ich echt gut aus. Die Mädels von MAC verstehen ihr Geschäft. Außerdem habe ich mir Dessous von La Perla geleistet und sie auch getragen. Meine Kreditkarte hat einen leichten Schlaganfall bekommen, aber da wir ja jetzt den Seaman-Auftrag an Land gezogen haben, wird sie sich schnell wieder erholen. Trotzdem, ich ...«

»Ihr habt den Job?« Carter hob Mac hoch und wirbelte sie rasch herum. »Das ist ... verdammt!«

»Beinahe die Reaktion, die ich erwartet hatte.«

»Ich habe eine Flasche Champagner gekauft, um mit dir zu feiern, wenn ihr den Auftrag kriegt. Ich habe sie aber nicht mitgebracht.«

»Du hast Champagner gekauft, um mit mir zu feiern.« Mac konnte beinahe spüren, wie ihre Pupillen sich zu kleinen Herzchen formten, als sie Carter ansah. »Du bist so süß.«

»Wir feiern morgen.«

»Morgen Abend haben wir ein Event.«

»Dann bei nächster Gelegenheit. Gratuliere. Das ist gigantisch.«

»Kolossal gigantisch, um es doppelt gemoppelt zu sagen. Das Event des Jahres. Dabei müssen wir alles zeigen, was wir können, und unser Repertoire noch erweitern.«

»Du musst ... Was ist La Perla?«

Langsam verzog Mac den Mund zu einem Lächeln. »So, so, zwei Schwestern und eine Mutter haben dir also doch nicht alles über die holde Weiblichkeit beigebracht. Das eine oder andere müssen Sie noch lernen, Herr Lehrer. Geh mal nach unten.«

»Ich will aber nicht nach unten gehen.« Carter senkte den Kopf, um an Macs Lippen zu knabbern. »Du hast mir gefehlt. Dein Gesicht. Dich zu berühren. Schau, auf dem Bett haben wir schon ein bisschen Platz geschaffen. Sieht gerade groß genug aus.«

»Nach unten.« Mac bohrte ihm den Finger in die Brust und schob ihn von sich. »Ich erkläre es dir, wenn du wieder hochkommst. Du wirst mir dankbar sein.«

»Ich kann dir auch jetzt gleich danken und ...«

»Raus.«

Mac gab ihm einen Schubs.

In ihrem Studio ging Carter auf und ab, betrachtete ihre Fotos, stöberte in Hochzeitsmagazinen. Er fragte sich, wie man das nannte, was in ihm wütete, diese unbändige Freude und quälende Ungeduld. Mackensie war oben, und das war wundervoll. Mackensie war oben und er nicht. Das machte ihn wahnsinnig.

Er ging zur Tür, um sich zu vergewissern, dass sie abgeschlossen war, und überlegte, ob er den Wein mit nach oben nehmen sollte. Er wollte keinen, aber Mac ...

»Warum kommst du nicht hoch?«

Gott sei Dank, dachte er und ließ den Wein, wo er war.

An den Schatten und dem flackernden Licht sah er, dass Mac Kerzen angezündet hatte. Ein zarter Duft schwebte durch die Luft, verführerisch. Er hätte doch den Wein mitnehmen sollen.

Dann, als er ins Schlafzimmer trat, blieb ihm das Herz stehen.

In den tanzenden Schatten, dem goldenen Licht, dem Dufthauch lag Mac auf dem Bett, ihm zugewandt, den Kopf in die Hand gestützt. Sie hatte etwas mit ihren Haaren gemacht, so dass sie glatter waren, und hatte Lippen und Augen exotisch dunkel zurechtgemacht. Und ihren schlanken, schönen Leib zierte ein Hauch zarter schwarzer Spitze.

»Das«, sagte sie und fuhr mit der freien Hand an ihrer Seite hinunter, »das ist La Perla.«

»Oh. Danke.«

Mac krümmte einen Finger. »Warum kommst du nicht her und siehst es dir genauer an?«

Er ging auf sie zu. »Du raubst mir den Atem.«

Er setzte sich, strich ihr über die Seite, folgte ihren Kurven. »Das hast du an dem Abend neulich angehabt?«

»Mhm.«

»Wenn ich das gewusst hätte, wärst du niemals bis zum Auto gekommen.«

»Wirklich? Zeig mir doch, was du gemacht hättest, wenn du es gewusst hättest.«

Carter beugte sich herab und senkte für einen wundervollen Moment die Lippen auf ihren Mund. Dann verschlang er sie. Drängendes Sehnen, wilde, teuflische Leidenschaft peitschte ihn, trieb ihn an. Er verschluckte Macs unterdrücktes Luftschnappen und verlangte nach mehr.

Erregung, Begehren, Liebe wüteten in ihm und verschlangen sich zu einer verzweifelten Gier danach, ihren Mund unter seinem, ihren Leib unter seinem zu spüren. Sie zu schmecken, zum ersten Mal wieder zu kosten, entfachte das Feuer in seinem Blut.

Während sein Mund eroberte, gingen seine Hände auf Beutezug.

Ihr Körper explodierte unter seinem, bäumte sich auf, wand sich, während sie an seinem Hemd zerrte. Sie zog es hoch, schürfte ihm dabei vor lauter Hast mit den Fingernägeln die Haut auf, und streifte es ihm über den Kopf. Dann rollte sie mit ihm herum, ihr Atem ein Schluchzen, als sie einander umschlangen, einander suchten. Dunklere, tiefere Lust suchten, die ihnen die Haut seidenglatt machte und das Herz zerriss.

Berühren, schmecken, besitzen.

So gewollt, so begehrt zu werden und umgekehrt ebenso zu wollen und zu begehren, erschien ihr unmöglich. Es war, als würde sie bei lebendigem Leibe verbrannt. Sie spürte bewusst jeden Zentimeter ihres Körpers, der in Flammen stand. Den Carter verzehrte.

Er rollte sie auf den Rücken und zog ihre Hüften hoch. Dann drang er in sie ein. Ihr blieb so die Luft weg, dass sie nicht einmal schreien konnte.

Überwältigt, wie betäubt, hilflos schlug sie um sich, suchte Halt, bis ihre Hände sich in die zerwühlten Laken krallten wie an eine Rettungsleine. Die seinen schlossen sich darum und zerrten ihr die Arme über den Kopf. Er stieß in sie hinein, wieder und wieder. Ein harter, ursprünglicher

Rhythmus, der sie beide an den Rand ihres Verstands brachte, und darüber hinaus.

Als Carter auf ihr zusammensank, blieben ihre Hände immer noch ineinander verschlungen. Während der Schein der Kerzen über das feuchte Knäuel ihrer Körper flackerte, wandte Carter schließlich den Kopf. Und küsste Mac mit unglaublicher Zärtlichkeit.

Sie blieb liegen, wie sie lag, von Staunen erfüllt.

»Ich war grob«, murmelte Carter. »Habe ich …«

»Weißt du was?«, fiel Mac ihm ins Wort und lächelte in das flackernde Dunkel. »Ich gehe noch einmal ins Nordstrom und kaufe alles, was sie von La Perla auf Lager haben. Alles, was sie in meiner Größe dahaben, wird mir gehören. Ich trage von jetzt an nichts anderes mehr.«

»Unterwegs könntest du vielleicht ein paar Vitamine besorgen. Jede Menge Vitamine. Und Mineralstoffe.«

Lachend rollte Mac sich auf die Seite, ebenso wie Carter, so dass sie einander Nase an Nase gegenüberlagen. »Du hast so einen ruhigen Blick. Niemand käme je auf den Gedanken, dass du im Bett ein Tier bist.«

»Das machst nur du mit deinem Körper. Frierst du?«

»Nein, bis jetzt nicht – und wahrscheinlich nie wieder. Kannst du hierbleiben?«

»Ja.«

»Gut. Ich schulde dir noch ein Rührei.«

Mit den Händen an den Hüften stand Emmaline mitten in dem Desaster, das Macs Schlafzimmer nun war. »Ich hatte keine, wirklich überhaupt keine Ahnung, dass du und Carter beim Sex solche Tiere seid.«

»Doch, sind wir. Aber ich muss gestehen, dass ich das hier ganz allein gemacht habe.«

»Worauf sich die Frage aufdrängt: Warum?«

»Ich ordne alles neu.«

»In dieser Welt bedeutet ordnen eigentlich, Sachen an ihren Platz zu räumen.«

»Das kommt noch. Willst du diese Handtasche haben? Ich benutze sie nie.«

Emma stapfte um die Berge von Klamotten und Accessoires herum und zwischen ihnen hindurch, um die braune Überschlagtasche in die Hand zu nehmen. »Die Farbe sieht aus wie getrocknete Kacke. Vielleicht benutzt du sie nicht, weil sie hässlich ist.«

»Ist sie wirklich. Ich weiß nicht, was ich mir an dem Tag gedacht habe. Schmeiß sie zu den ausrangierten Sachen. Der Stapel dort«, fügte sie mit einer Geste hinzu.

Emma ging hin und ließ die Tasche darauf fallen. »Du willst diese Schuhe nicht mehr.«

Mac warf einen Blick zu Emma hinüber, die ein Paar lindgrüner Pumps mit himmelhohen Absätzen begutachtete. »Die ruinieren meine Füße. Jedes Mal, wenn ich sie trage, kriege ich Blasen.«

»Es sind wirklich klasse Schuhe.«

»Ich weiß, aber wegen der Blasen ziehe ich sie nie an.« Als sie das Funkeln in Emmas Augen sah, schüttelte sie den Kopf. »Sie werden dir nicht passen.«

»Ich weiß. Es ist einfach unfair, dass Laurel und Parker die gleiche Schuhgröße haben und du und ich aus der Reihe tanzen. Das ist ungerecht.« Mit dem Schuh noch in der Hand drehte sie sich einmal um sich selbst. »Wie habt ihr beiden hier drin bloß Sex?«

»Wir kommen schon klar. In letzter Zeit bin ich meistens zu Carter gefahren, das liegt allerdings eher daran, dass er mir immer helfen will, wenn er das hier sieht. Beim Ausmisten und Aufräumen des Kleiderschranks kann man aber keinen Mann gebrauchen. Er hat angefangen, meine Schuhe zu zählen.«

»Das mit den Schuhen verstehen die nie.«

»Apropos Schuhe, leg die da zurück auf den ›Behalten‹-Stapel – dort drüben. Sie sind zu gigantisch, um sie wegzuwerfen. Ich ziehe sie eben an, wenn ich viel sitzen kann.«

»Gute Idee.«

»Siehst du, und das würde Carter nie kapieren. Er würde diese nachdenkliche Falte zwischen den Augenbrauen bekommen.«

»Aber abgesehen von nachdenklichen Falten geht es euch beiden gut?«

»Ganz fantastisch. Nahezu perfekt. Ich weiß auch nicht, warum ich deswegen so verwirrt und fertig war. Was ist mit dieser Bluse? Sie ist ganz ähnlich wie die. Eine von beiden sollte ich ausmisten, aber welche?«

Emma musterte die beiden schlichten schwarzen Blusen mit den kurzen Ärmeln. »Sie sind schwarz. Schwarze Blusen kann man nie genug haben. Sie gehören zur Grundgarderobe.«

»Siehst du. Genau deshalb habe ich dich gebeten vorbeizukommen.«

»Hierfür brauchst du unbedingt Parker, Mac. Du hast gesagt, du hättest am Donnerstag damit angefangen. Letzte Woche Donnerstag.«

»Parker kann hier nicht reinkommen. Beim ersten Blick auf das Ganze würde ihr Nervensystem zusammenbrechen, und sie würde monatelang im Koma liegen. Das könnte ich ihr nicht antun. Außerdem habe ich mir Sachen bestellt. Schuhschachteln, Kleiderbügel und so ein Ding mit Haken, an die man Taschen oder Gürtel hängen kann. Und fünfundzwanzig Prozent von dem Kram schmeiße ich weg. Eigentlich wollte ich auf fünfzig Prozent gehen, aber das war, bevor ich wieder zur Vernunft gekommen bin.«

»Du bist jetzt schon fast eine Woche da dran.«

»Ich bin nicht so oft dazu gekommen, vor lauter Arbeit und Carter. Und ich hatte so einen seltsamen Widerwillen, überhaupt hier heraufzukommen. Aber heute Abend bleibe ich dran.«

»Du triffst dich nicht mit Carter?«

»In der Schule ist Elternabend. Außerdem sehen wir uns nicht jeden Abend.«

»Stimmt. Nur an den Wochentagen, die auf G oder H enden. Du siehst glücklich aus. Er macht dich glücklich.«

»O ja. Da war nur eine Kleinigkeit.«

»Aha ...«

»Nein, wirklich nur eine Kleinigkeit. Carter hat gesagt, ich könnte doch ein paar Sachen bei ihm lassen. Ein paar von meinen Sachen.«

»So was wie Wechselklamotten und eine Zahnbürste. Mac.«

»Ich weiß. Ich *weiß*. Es ist vernünftig, und es ist fürsorglich. Aber ich habe gemerkt, wie ich gleich wieder Panik kriegen und durchdrehen wollte. Ist nicht passiert, aber ich war kurz davor. Und ich meine, schau dir meine Sachen an. Ich habe so viele. Wenn ich anfange, einen Teil davon bei Carter zu deponieren, wie will ich dann wissen, wo was ist? Und was, wenn ich etwas bei Carter lasse, es aber dann hier brauche?«

»Aber du weißt schon, dass du wirklich die Schwachstellen suchst, die Hindernisse, die Fallstricke? Das weißt du, oder?«

»Zu wissen, dass ich sie suche, heißt nicht, dass es sie

nicht gibt. Ich bin noch dabei, mich daran zu gewöhnen, mit Carter zusammen zu sein, als offizielles Paar, und er bietet mir schon Platz in seinem Kleiderschrank an. Dabei versuche ich gerade, mit meinem eigenen Schrank fertigzuwerden.«

»Was dir ja ganz ausgezeichnet gelingt.«

Mac betrachtete die Kleiderhaufen. »Es ist noch im Werden.«

»Genau wie du. Und deine Beziehung mit Carter. Menschen und Beziehungen hören nie auf, im Werden zu sein.«

»Ich weiß, dass du Recht hast. Es ist nur … Ich will alles an seinem Platz haben.« Mac seufzte. »Ich möchte mein Leben neu sortieren und das Gefühl haben, es im Griff zu haben. Klarheit schaffen. Ich will wissen, was ich mit Carter mache, ebenso wie ich es bei der Arbeit tue.«

»Liebst du ihn?«

»Woher wissen Leute so was? Ich frage mich die ganze Zeit, und die Antwort lautet immer Ja. Ja, ich liebe ihn. Aber die Leute ver- und entlieben sich ständig. Das Verlieben ist unheimlich und aufregend, aber das Entlieben ist grauenhaft. Im Moment läuft alles richtig gut, und ich hätte gern, dass es so bleibt.«

»Weißt du, wie sehr ich mir wünsche, in einen Mann verliebt zu sein, der mich auch liebt?«

»Ich glaube nicht, dass du dir schon den Brautstrauß aussuchen würdest.«

»Da irrst du dich. Wenn ich das hätte, was du zur Zeit hast? Ich würde bestimmt nicht mitten im Chaos stehen und versuchen, mein Leben zu organisieren. Ich würde mich darauf freuen, mir ein gutes Leben zu machen. Wenn du …«

Sie brach ab, als sie unten die Tür zuknallen hörte.

»Hallo, Mac? Bist du da?«

»Was macht Jack denn hier?«, wollte Emma wissen.

»Oh, das habe ich ganz vergessen. Oben!«, rief sie. »Er ist vorbeigekommen, um mit Parker zu reden, und da habe ich ihr gesagt, sie soll ihn bitten, mal bei mir reinzuschauen. Die Ordnungssysteme für Kleiderschränke haben mich so verwirrt, dass ich mir gedacht habe, warum nicht einen Architekten zu Rate ziehen?«

»Du möchtest, dass ein Architekt – ein Mann, *Jack* – Ordnung in deinem Kleiderschrank schafft?«

»Nein, er soll mir nur eine Vorstellung davon geben, was ich brauche, um Ordnung zu schaffen.«

Emma sah Mac zweifelnd an. »Jetzt wilderst du aber auf Parkers Grund und Boden.«

»Vielleicht, aber hast du ihren Kleiderschrank gesehen? Der sieht aus wie auf einem Foto in einer Zeitschrift. So einen hat wahrscheinlich die Königin von England. Bei Parker fehlen nur die ganzen komischen Hüte. Jack! Du kommst wie gerufen.«

Jack stand in der Tür, groß, in Jeans, Arbeitshemd und Stiefeln – und sehr männlich. »Ich will gar nicht reinkommen. An einem Tatort darf man nichts anfassen.«

»Das einzige Verbrechen hier ist das.« Mac zeigte auf ihren Schrank. »Ein leerer Kleiderschrank mit einer dämlichen Stange und einem Regalboden. Du musst mir helfen.«

»Ich habe dir doch gesagt, wir müssten den Kleiderschrank neu konzipieren, als wir hier umgebaut haben.«

»Damals hatte ich es so eilig. Jetzt nicht. Ich weiß, dass ich mindestens zwei Stangen brauche, klar – noch eine tiefere. Und mehr Regalböden. Vielleicht auch ein paar Schubladen.«

Jack schaute sich um. »Du wirst ein größeres Boot brauchen.«

»Ich miste gerade aus. Leg dich nicht mit mir an.«

Jack kam herein und hakte die Daumen in seine Gürtelschlaufen. »Viel Platz.«

»Ja, und das ist ein Teil des Problems. Dieser ganze Platz – ich hatte das Gefühl, ihn füllen zu müssen. Du kannst das verbessern.«

»Klar kann ich das. Aber das könnte selbst eine Schrankunterteilung aus dem Baumarkt.«

»Die habe ich mir angeschaut. Ich hätte gern etwas, das mehr … na, etwas mehr eben.«

»Du solltest den Schrank mit Zedernholz auskleiden, wo wir schon dabei sind. Und du hast genug Platz, um ein paar Sachen einzubauen. Eine kleine Stange an der Seite, vielleicht ein paar Fächer für Aufbewahrungsboxen dort. Keine Ahnung. Ich denke darüber nach. Ich kenne jemanden, der dir das machen könnte.«

Mac schenkte ihm ein strahlendes Lächeln. »Siehst du, ich wusste, dass dir etwas einfallen würde.«

»Aber den ganzen Krempel wieder einzuräumen ist deine Sache.«

»Kein Thema. Aber wo du schon mal hier bist …«

»Soll ich auch noch deine Besenkammer neu konzipieren?«

»Nein, danke. Typisch Mann.«

»Das liegt in meiner Natur.«

»Was bedeutet es, wenn du einer Frau sagst, sie soll ein paar von ihren Sachen in deiner Wohnung lassen?«

»Woher habe ich die Gehirnerschütterung?«

»Typisch«, brummelte Emma.

»He, sie hat mich gefragt.«

»Wenn du mit der Frau zusammen bist. Mit ihr eine feste Beziehung hast«, erklärte Mac.

»Und jetzt will sie ihre komischen Frauensachen im Bad lassen. Dann braucht sie eine Schublade. Ehe man sich versieht, kauft sie Dekokissen fürs Bett, und im Kühlschrank muss dein Bier für ihre Diätdrinks und fettarmen Joghurts zur Seite rücken. Und, peng, schon gehst du am Sonntagnachmittag Antiquitäten anschauen, anstatt dir das Spiel anzusehen.«

»Und das ist alles?«, wollte Emma wissen. »Klar, sie darf im Bett herumrollen, die Laken zerreißen, aber um Gottes willen keine Zahnbürste in *deinem* Badezimmer deponieren? Oder ein paar Quadratzentimeter in einer Schublade nutzen? Das ist zu aufdringlich, das geht zu weit. Warum legst du ihr dann nicht einfach das Geld auf die Kommode und nennst die Dinge beim Namen?«

»Mann. Das habe ich nicht …«

»Warum sollte sie sich wohlfühlen, warum sollte sie erwarten, dass du in deinem Leben auch nur ein bisschen Platz für ihre Bedürfnisse hast? Sie kann doch nicht deine kostbare Zeit beanspruchen, deinen geheiligten Platz. Da sei Gott vor. Zum Kotzen«, schimpfte sie. »Ihr alle beide.« Damit stürmte sie hinaus.

Jack starrte auf die leere Türöffnung. »Was war das denn? Warum ist sie so sauer auf mich?«

»Das liegt an mir. Damit hat alles angefangen.«

»Gib mir beim nächsten Mal eine Vorwarnung, damit ich dem Beschuss ausweichen kann. Ist sie … mit jemandem zusammen, der ihr Ärger macht?«

»Nein. Sie hat zur Zeit keinen festen Freund. Im Gegensatz zu mir, und sie ist frustriert, weil sie findet, dass ich das – ihn – nicht genug zu würdigen weiß. Da irrt sie sich. Aber sie hat Recht damit, dass meine Gedankenspirale in genau die Richtung abwärts geht, die du eben skizziert hast. Und mit noch etwas hat sie Recht: Das ist zum Kotzen.«

»Es ist nicht unbedingt eine Abwärtsbewegung. Vielleicht *willst* du ja auch den Joghurt oder das Antiquitätenangucken. Kommt drauf an.«

»Worauf?«

»Wer es ist, der seine Sachen in deiner Schublade lässt. Hast du Bier da?«

»Ja.«

»Lass uns eins trinken. Ich zeichne dir schnell einen Entwurf. Wenn er dir gefällt, schicke ich meinen Bekannten mal her und lasse ihn alles ausmessen und fix erledigen.«

»Dafür hast du ein Bier verdient.«

»Also, du und Carter Maguire.«

»Ich und Carter Maguire«, begann Mac, als sie sich nach unten begaben. »Ist das nicht schräg?«

»Warum sollte es schräg sein?«

»Ich weiß nicht. Vielleicht, weil wir uns auf der Highschool schon ein bisschen gekannt haben, als ich gerade meine ›Künstlerische-Freiheit-Phase‹ ausgelebt habe und er ein Nerd, ein Streber war. Und er war Dels Tutor, als ich gerade für fünf Minuten total in Del verknallt war.«

»Du warst in Del verknallt?«

»Nur für fünf Minuten«, wiederholte Mac, während sie das Bier herausholte. »Ich glaube, es waren sogar nur drei. Emma hat die fünf geschafft.«

»Emma war … hm.«

»Und ihn habe ich dabei kaum wahrgenommen. Carter, meine ich. Nur so, oh, da ist dieser Typ, dieser Schlauberger. Dann vorspulen ins Hier und Jetzt, und so, *oh*, da ist dieser Typ! Witzig.«

»Steht dir aber gut.«

»Fühlt sich auch gut an, meistens.« Mac reichte Jack das Bier und stieß mit ihm an. »Wenn es mir nicht gerade Angst macht. Ich hatte noch nie eine feste Beziehung, in der es um Liebe ging. Lust, ja, auch echte Zuneigung, aber Liebe ist eine ganz andere Ebene. Einerseits gut, andererseits beängstigend. Heute Abend hat Carter eine Schulveranstaltung, was auch sehr seltsam und irgendwie lustig ist. Dass ich mich in einen Lehrer verliebe. Mit Doktortitel. Ich bin die Einzige von uns, die nicht aufs College gegangen ist. Ich habe Seminare in Fotografie und Wirtschaft besucht, aber Studentenwohnheime, das Leben auf dem Campus und das alles kenne ich nicht. Und jetzt bin ich mit einem Typen verbandelt, der Hausarbeiten korrigiert, Hausaufgaben aufgibt und Diskussionen über Shakespeare leitet. Du würdest eigentlich besser zu mir passen.«

»Ich?« Jack blinzelte überrascht. »Findest du?«

»Kein Grund zur Panik. Ich meine nur, es wäre logischer, wenn ich mich für dich entscheiden würde. Wir denken beide in Bildern, in Konzepten. Wir müssen uns eine Sache bildlich vorstellen, um etwas zu erschaffen. Wir führen beide ein eigenes Unternehmen, arbeiten mit Kunden. Wir haben geschiedene Eltern und Halbgeschwister, auch wenn deine Eltern wirklich nett sind. Wir haben einen engen gemeinsamen Freundeskreis und haben einen Horror davor, uns fest zu binden. Und wir trinken gern mal ein Bierchen. Außerdem«, fiel Mac auf, »reimen sich unsere Namen.«

»Das stimmt. Los, lass uns Sex haben.«

Mac lachte. »Den Zug haben wir verpasst.«

»Irgendwie schon.«

Belustigt über sie beide erhob Mac ihr Bier. »Du hast nie irgendwelche Anstalten gemacht.«

»Dann hätte Del mich auch sofort mit der Schaufel erschlagen. Mit seinen Mädels durfte doch niemand rummachen.«

»Er weiß, dass wir alle Sex hatten.«

»Er tut aber gern so, als wäre es anders. Jedenfalls hatte keine von euch Sex mit mir. Zu meinem Leidwesen. Darauf lege ich Wert.«

»Ich glaube, damit hast du Recht. Im Übrigen, auch wenn wir scheinbar zueinanderpassen – im Endeffekt würden wir uns um irgendwelchen Platz in Schubladen streiten und einander hassen. Carter macht mir Platz. Er besitzt die angeborene Fähigkeit, sich zu öffnen und zu akzeptieren.«

»Du kriegst ganz leuchtende Augen«, bemerkte Jack. »Aber wie soll das gehen? Wer macht die Hochzeitsfotos, wenn du zum Traualtar schreitest?«

»Traualtar?« Mac verschluckte sich an ihrem Bier. »Von Traualtar habe ich kein Wort gesagt. Ich bin nicht – wir sind noch nicht so weit. Wie kommst du darauf, dass wir ans Heiraten denken? Woher hast du das?«

»Oh, keine Ahnung.« Jack drehte sich auf seinem Hocker herum und deutete auf die Wände voller Hochzeitsfotos. »Liegt vielleicht an der Umgebung. Dazu deine leuchtenden Augen ...«

»Das ist mein Geschäft. Die Bilder sind rein geschäftlich. Dass ich mich mit Hochzeiten befasse, heißt noch lange nicht, dass ich ans Heiraten denke.«

»Okay, kein Grund, auf die Palme zu gehen.«

»Das tue ich ja gar nicht. Ich bin nur ...« Mac atmete tief ein. Dann stapfte sie zu ihrem Schreibtisch und kam mit einem großen Block und einem Bleistift zurück. »Zeichne lieber. Verdien dir dein Bier.«

Den Rest des Abends verbrachte sie über dem Plan. Als sie die Berge und Haufen allmählich in den Griff bekam, wich der Druck von ihr, und sie verspürte das befriedigende Gefühl, etwas geschafft zu haben. In null Komma nichts würde sie wieder Raum zum Leben haben, und zwar besser denn je, dachte sie. Dann würde sie eher Herr der Lage sein.

Es war schön, den Abend für sich zu haben, sich um ihren eigenen Kram zu kümmern, in den eigenen vier Wänden zu sein. Sie konnte das genießen und Carter gleichzeitig vermissen. Das bedeutete doch, dass sie mit der Beziehung klarkam.

Ihn zu lieben, gern mit ihm zusammen zu sein, aber zugleich vollauf zufrieden etwas Zeit mit sich allein zu verbringen. Anders als ...

Als das Telefon klingelte, schaute sie auf das Display.

Linda.

Mac schloss die Augen und rief sich in Erinnerung, dass sie es nicht für alle Zeiten vermeiden konnte, mit ihrer Mutter zu sprechen. Anrufen auszuweichen war kindisch. Bleib standhaft und lass dich nicht unterkriegen, ermahnte sie sich.

»Hallo, Mama.«

»Mackensie, du musst kommen! Bitte, bitte, komm sofort.«

Der Schrecken fuhr mitten durch Macs Ärger hindurch, und vor Angst begann ihr Herz zu stolpern. »Was ist los? Was hast du?«

»Beeil dich. Oh, du musst kommen. Ich weiß nicht, was ich machen soll.«

»Bist du verletzt? Hast du ...?«

»Ja. Ja, ich bin verletzt. Bitte, hilf mir. Ich brauche dich. Bitte, hilf mir.«

»Ruf den Notarzt. Ich bin schon unterwegs.«

Mac stürzte aus dem Haus und schnappte sich im Vorbeigehen einen Mantel. Ein Dutzend Bilder, eines schlimmer als das andere, schossen ihr durch den Kopf. Ein Selbstmordversuch, ein Unfall, ein Einbruch.

Glatteis, tückische Straßen, dachte sie und riskierte Kopf und Kragen, als sie trotz des üblen Eisregens das Gaspedal durchtrat. Linda war auch unter günstigen Bedingungen keine umsichtige Fahrerin. Sie konnte mit ihrem Spielzeugauto leicht einen Totalschaden gebaut haben und …

Nein, nein, sie hatte von zu Hause aus angerufen, nicht über das Handy. Sie war zu Hause.

Mac kämpfte, um nicht die Kontrolle über den Wagen zu verlieren. Mit Händen, die zu zittern drohten, umklammerte sie das Lenkrad, als sie mit einer Geschwindigkeit, die nicht mehr sicher war, in eine Kurve ging.

Schleudernd kam sie am Bordstein vor Cape Cod, dem Puppenhaus ihrer Mutter, zum Stehen und rannte den rutschigen Weg zur Tür hinauf. Diese fand sie unverschlossen vor, so dass sie erneut an einen Einbruch dachte, als sie ins Haus trat.

War ihre Mutter vergewaltigt worden? Oder zusammengeschlagen?

Über eine zerbrochene Vase mit Rosen sprang sie ins Wohnzimmer, wo Linda zusammengerollt auf dem Boden lag und weinte.

»Mama! Mama, ich bin da.« Sie kauerte sich neben Linda auf den Boden und suchte sie hektisch nach Blessuren ab. »Wo bist du verletzt? Was hat er gemacht? Hast du die Polizei gerufen, einen Rettungswagen?«

»Oh, ich will sterben!« Linda barg das mitgenommene, tränenüberströmte Gesicht an Macs Schulter. »Ich ertrage das nicht.«

»Nein, sag das nicht. Es ist nicht deine Schuld. Ich rufe Hilfe, damit wir ...«

»Lass mich nicht allein!«

»Nein. Bestimmt nicht.« Mac wiegte ihre Mutter in den Armen und strich ihr übers Haar. »Es wird alles wieder gut. Versprochen.«

»Aber wie nur? Er ist weg. Er hat mich hier zurückgelassen.«

»Hast du ihn gut sehen können? War es jemand, den du kennst?«

»Ich dachte, ich kenne ihn. Ich habe ihm voll und ganz vertraut. Und jetzt ist er weg.«

»Wer?« Der Zorn, der in Mac brodelte, war stärker als die Angst. »Wer hat dir das angetan?«

»Ari. Ari natürlich. Ich dachte, ich bedeute ihm etwas. Er hat gesagt, ich hätte das Licht zurück in sein Leben gebracht. Lauter so Sachen hat er zu mir gesagt, und dann macht er so was. Wie konnte er mir das antun? Wie konnte er so grausam sein?«

»Ist ja gut. Alles wird wieder gut. Dafür wird er büßen.«

»Er hat gesagt, es wäre ein Notfall. Er hätte keine *Zeit.* Er müsste heute Abend noch los. Aber was für einen Unterschied machen ein paar Tage? Woher sollte ich wissen, dass mein Pass abgelaufen ist?«

»Was?« Mac fuhr zurück. »Was sagst du da? Was genau hat er getan?«

»Er ist nach Paris geflogen. Nach Paris, Mac. Er ist ohne mich abgereist. Aus dem Flugzeug hat er angerufen und gesagt, er hätte heute Abend noch fliegen müssen. Irgendwelche Geschäfte, die nicht warten konnten, bis mein Pass verlängert worden ist. Dabei hatte er mir das versprochen. Geschäfte.« Unter Lindas Tränen flackerte die Wut auf.

»Lügen. Es ist eine andere Frau, das weiß ich. Irgendeine französische Nutte. Er hat es mir versprochen, und jetzt ist er weg.«

Während Linda in ihre Hände weinte, erhob Mac sich langsam. »Du hast mich um diese Uhrzeit, spätabends, angerufen und mich glauben lassen, du wärst verletzt.«

»Das bin ich ja auch. Schau mich doch an.«

»Das tue ich. Ich sehe ein verwöhntes, zorniges Kind, das einen Trotzanfall hat, weil es nicht bekommt, was es will.«

»Ich *liebe* ihn.«

»Du weißt gar nicht, was das heißt. Mein Gott, ich hätte mir auf dem Weg hierher fast den Kopf abgefahren.«

»Ich brauchte dich. Ich brauche jemanden. Du wirst nie verstehen, wie sich das anfühlt.«

»Ich hoffe nicht. Dein Fußboden ist voller Wasser und Glasscherben. Das willst du bestimmt mal saubermachen.«

»Du gehst doch nicht? Du lässt mich jetzt nicht allein.«

»O doch. Und beim nächsten Mal komme ich erst gar nicht. Um Himmels willen, Linda, werde erwachsen.«

Mac kickte ein paar Scherben aus dem Weg und ging hinaus.

18

Mac packte ihre Ausrüstung für die Generalprobe zusammen und las noch einmal ihre Notizen durch, während Carter an der Arbeitsplatte saß und Hefte korrigierte. Von oben ertönte das Sirren und Hämmern eines Bolzenschussgeräts.

»Bei dem Lärm kannst du dich doch unmöglich konzentrieren.«

»Ich unterrichte Teenager.« Mit dem Rotstift kritzelte Carter Kommentare auf den Rand. »Ich kann mich notfalls auch mitten im thermonuklearen Krieg konzentrieren.«

Neugierig blickte Mac ihm über die Schulter, als er die Note hinschrieb. »Eine Zwei, nicht schlecht.«

»Und ein echter Fortschritt für diesen Schüler. Er taut langsam auf. Bist du abmarschbereit?«

»Ich habe noch etwas Zeit. Tut mir leid, dass ich vergessen habe, dir zu sagen, dass ich heute Abend arbeiten muss.«

»Du hast dich doch schon entschuldigt. Es ist nicht schlimm.«

»Eine Hochzeit am Valentinstag, das ist immer ein besonders großes Ding. Parker und ich müssen dabei sein, bei jedem Punkt der Generalprobe. Und morgen.« Sie beugte sich vor, um ihn zu küssen. »In meinem Geschäft neigen die Leute dazu, am Valentinstag zu arbeiten.«

»Schon klar.«

»Ich schicke dir eine schmalzige, versaute E-Card. Und ich habe noch etwas für dich. Ein großer Schritt für mich – mein erstes Valentinsgeschenk.«

Sie ging zu ihrem Schreibtisch und holte ein schmales Päckchen aus der Schublade. »Ich gebe es dir jetzt, für den Fall, dass die Sache länger dauert als geplant und du schon gehen möchtest.«

»Ich warte. Du hast ein Geschenk für mich.« Carter nahm die Brille ab und legte sie beiseite. »Das ist das zweite Geschenk, das du mir machst. Der Kardinal«, erinnerte er Mac.

»Das war eher ein Andenken. Dies ist ein Geschenk. Mach es auf.«

Carter löste das Band und öffnete den Deckel. »*Wie es euch gefällt.*«

»Es sprang mir ins Auge, weil es so abgenutzt und abgegriffen ist. Es sieht aus, als wäre es schon ein paar Millionen Mal gelesen worden.«

»Das stimmt. Es ist perfekt.« Carter schloss die Hand um Macs Wange, um sie an sich zu ziehen. »Danke. Möchtest du deines auch schon haben?«

»Darauf sage ich nur: dumme Frage.«

Carter griff in seine Brieftasche und holte eine kleine Schachtel heraus, die in weißes Papier mit einem schimmernden roten Band verpackt war. Angesichts der Form und Größe sank Mac das Herz zuerst in die Kniekehlen und klopfte ihr dann bis zum Hals.

»Carter!«

»Alles Liebe zum Valentinstag. Mach es auf.«

Macs Herz hämmerte wie eine Faust, als sie die Schachtel auspackte. Mit angehaltenem Atem klappte sie den

Deckel auf. Und stieß den Atem wieder aus, als ihr ein Paar Ohrringe entgegenfunkelten.

Zwei winzige Diamantherzchen baumelten unten an einem dritten, ein zartes, elegantes Trio. »Mein Gott, Carter, sind die schön. Sie sind … wow.«

»Der Dank gebührt nicht mir allein. Sherry hat mir beim Aussuchen geholfen.«

»Sie sind ganz toll. Ich finde sie wunderschön. Ich …« Die Worte blieben Mac im Hals stecken, also warf sie Carter einfach die Arme um den Hals. »Danke. Ein super Valentinsgeschenk. Oh, ich muss sie unbedingt anprobieren.«

Sie wirbelte herum, um die schlichten Ringe aus ihren Ohren zu nehmen und die neuen Ohrhänger zu befestigen. Dann stürzte sie vor den Spiegel gegenüber von ihrem Arbeitsplatz. »Oh, wow! Wie die funkeln.« Sie neigte den Kopf von einer Seite zur anderen, um zu sehen, wie die Herzchen glitzerten.

»Dass du sie sofort anziehst, bedeutet wohl, dass sie dir gefallen.«

»Sonst wäre ich ja bekloppt. Wie sehen sie aus?«

»Ein bisschen matt im Vergleich zu deinen Augen, aber ansonsten ganz okay.«

»Carter, ich weiß gar nicht, was ich sagen soll. Ich weiß nie, was … warte.« Beflügelt von einer Idee flitzte sie los, um ein Stativ zu holen. »Ich komme zwar zu spät, aber so traumhafte Ohrringe zum Valentinstag gehen vor. Dafür würde mir selbst Parker grünes Licht geben.«

»Was hast du vor?«

»Es dauert nur zwei Minuten. Bleib einfach, wo du bist«, erklärte Mac, während sie ihre Kamera aus der Tasche hervorkramte.

»Du willst mich fotografieren?« Carter rutschte auf seinem Hocker herum, als er sah, wie Mac ihre Ausrüstung aufbaute. »Auf Fotos fühle ich mich immer so steif.«

»Das kriege ich schon hin. Denk dran, ich bin Profi.« Mac lächelte über die Kamera hinweg, während sie den Apparat auf dem Stativ befestigte. »Du siehst echt süß aus.«

»Jetzt machst du mich ganz verlegen.«

Mac stellte den richtigen Winkel ein und nahm das Motiv ins Bild. »Das Licht ist gut, denke ich. Wir versuchen es.« Mit der Fernbedienung in der Hand ging sie zu Carter. »Also, alles Liebe zum Valentinstag.« Sie schlang ihm die Arme um den Hals und küsste ihn.

Sie ließ sich gegen ihn sinken und sich von ihm enger heranziehen. Diesen Moment fing sie mit der Kamera ein, ebenso wie den Moment, als sie sich zurücklehnte und Carter in die Augen schaute.

»Jetzt«, murmelte sie und wandte den Kopf, so dass ihre Wange an der seinen lag. »Lächeln.« Sie drückte einmal auf die Fernbedienung, dann zur Sicherheit noch einmal. »So.« Sie wandte sich wieder Carter zu, so dass sie mit den Nasen aneinanderstießen. »Gar nicht so schlecht.«

»Vielleicht sollten wir es nochmal probieren.« Carter umschloss mit der Hand ihren Nacken. »Ich glaube, ich habe geblinzelt.«

»Ich muss los«, widersprach Mac lachend. Sie riss sich von ihm los, ging zu ihrer Kamera und überprüfte die Aufnahmen, bevor sie den Apparat vom Stativ nahm.

»Willst du sie mir nicht zeigen?«

»Erst, wenn ich sie fertig bearbeitet habe. Dann darfst du den Abzug als zweiten Teil deines Geschenks betrachten.«

»Ich hatte gehofft, den zu bekommen, wenn du mit der Arbeit fertig bist.«

»Aber, aber, Dr. Maguire.« Mac packte die Kamera wieder ein. »Also gut, dann wird es eben ein Dreiteiler.«

Carter erhob sich, um ihr in den Mantel zu helfen. Mac hievte die Tasche mit ihrer Ausrüstung hoch. »Jetzt musst du warten.«

»Das kann ich gut«, erwiderte Carter und öffnete ihr die Tür.

Offensichtlich, dachte Mac, als sie in großen Sprüngen zum Haupthaus hinüberhastete.

»Ich weiß nicht, wie ich da rauskommen soll, aber es muss irgendwie gehen.«

»Mac.« Parker hielt das Champagnerglas gegen das Licht, um es auf Flecken zu kontrollieren, bevor sie es in der Suite der Braut auf den Tisch stellte. »Es ist nur ein Abendessen.«

»Ist es nicht. Das weißt du ganz genau. Es ist ein Meine-Eltern-möchten-dich-kennenlernen-Essen. Ein Familienessen.«

»Du bist jetzt seit zwei Monaten mit Carter zusammen. Es ist Zeit.«

»Wo steht das geschrieben?«, wollte Mac wissen. »Ich will sehen, in welchem Regelwerk das geschrieben steht.« Sie warf die Servietten so auf den Tisch, dass Parker sie seufzend neu drapierte. »Du weißt, was es bedeutet, wenn ein Mann dich mit nach Hause nimmt, damit du seine Mutter kennenlernst.«

»Ja, klar. Es bedeutet, er will, dass zwei Frauen, die ein wichtiger Teil seines Lebens sind, sich kennenlernen. Er will beide stolz vorführen.«

»Ich will aber nicht stolz vorgeführt werden. Ich bin doch kein Pudel. Warum können wir nicht alles lassen, wie es ist? Nur er und ich.«

»Man nennt das Ganze Beziehung. Schlag das mal nach.«

Am hinteren Ende des Raums kam Laurel mit einem Teller voll Obst und Käse herein. »Wenn du dich deswegen jetzt so anstellst, Mac, warum hast du dann nicht einfach Nein gesagt?«

»Hallo, die Diamantohrringe.« Mac hob beide Hände und zeigte mit den Fingern auf die baumelnden Herzchen. »Das Funkeln hat mich geblendet. Außerdem war Carter raffiniert und hat mich ganz beiläufig gefragt, nachdem ich gesagt hatte, wir hätten heute nur einen frühen Termin, und wir sollten danach noch etwas zusammen machen. Er hat mich in die Falle gelockt.«

»Du Trottel«, sagte Laurel.

»Ich weiß. Denkst du, das weiß ich nicht? Es zu wissen, sogar zu wissen, dass das alles von meiner Mutterphobie kommt, macht es nicht weniger real.«

»Nein«, pflichtete Parker ihr bei. »Aber das Gleiche hättest du auch Carter sagen können.«

»Ihm ist das wichtig. Das konnte ich durch seine beiläufige Frage hindurch erkennen. Er hat auch jemanden verdient, der mit ihm zum Familienessen geht und seine Mutter kennenlernt. Ich wünschte, es wäre noch nicht so bald, oder es wäre letzte Woche gewesen und schon vorbei – aber letzte Woche waren die Eltern offenbar in Spanien. Nicht dass das eine Rolle spielen würde, denn wenn es letzte Woche gewesen wäre, hätte ich mir gewünscht, es wäre vorletzte Woche gewesen.«

»Wir kennen Mac zu gut«, entschied Laurel. »Denn ich weiß, dass wir beide ihr folgen konnten.«

»Jedes Mal, wenn ich denke, ich habe alles – auch mich selbst – im Griff, kommt wieder etwas Neues. Und ihr wisst, dass sie mich alle mustern und über mich reden werden.«

»Ich persönlich denke, es ist besser, es auf einen Schlag hinter dich zu bringen.« Laurel trat einen Schritt zurück und betrachtete prüfend den Tisch. »Spring mitten hinein in den großen Familienpool. Das ist einfacher und geht schneller, als dich zentimeterweise hineinzuschieben.«

»Das ist ein gutes Argument«, räumte Mac nach einem Augenblick ein.

»Du kannst gut mit Menschen umgehen«, erinnerte Parker sie. »Kannst sie dazu bringen, von sich zu erzählen, etwas aus ihnen herauskitzeln. Mach das.«

»Auch ein gutes Argument. Und mir bleibt immer noch die Hoffnung darauf, dass sich diese schöne Hochzeit im engsten Familienkreis zu einem Saufgelage entwickelt, das die ganze Nacht dauert.«

»Der Brautvater sah aus wie ein Unruhestifter«, bemerkte Laurel.

Wieder aufgeheitert legte Mac ihren Freundinnen die Arme um die Schultern. »Ich werde einfach positiv denken. Und jetzt sollten wir uns, glaube ich, nach unten begeben und Emma helfen, alles fertig zu machen. Es geht gleich los.«

Es gab kein Saufgelage und kein Entrinnen. Mac konnte froh sein, dass sie darauf bestanden hatte, Carter erst im Haus seiner Eltern zu treffen. So war sie auf der Fahrt noch für sich und hatte ein bisschen Zeit, sich zu beruhigen.

Einfach in den Pool springen, erinnerte sie sich. Und sie war eine gute Schwimmerin. Normalerweise. Sie folgte der komplett mit allen Abzweigungen versehenen Wegbeschreibung, die Carter ihr gegeben hatte, in das hübsche, friedliche Wohngebiet.

Genau was sie erwartet hatte, dachte sie. Ein gediegenes

Haus, typisch Neuengland, gehobene Mittelschicht. Hier und da noch schmelzender Schnee auf den großzügigen Rasenflächen, alte, charaktervolle Bäume, ordentliche Hecken, schmucke Zäune.

Gediegen, aber nicht spießig. Wohlhabend, aber nicht protzig.

Gott, was machte sie eigentlich hier?

Sie schluckte heftig, fuhr auf die linke Seite der doppelt breiten Einfahrt und parkte hinter Carters Volvo. Viele Autos, dachte sie. Verdammt viele Autos standen da neben dem massiven zweistöckigen Haus mit der gemütlichen Veranda.

Gerade wollte Mac den Schminkspiegel in der Sonnenblende herunterklappen, um ihr Make-up zu kontrollieren. Aber was, wenn jemand rausschaut?, überlegte sie. Dann würde sie eitel und pingelig wirken. Mein Gott, Mac, reiß dich zusammen.

Sie stieg aus und ging um den Wagen herum, um den Korb mit den Blumen herauszuholen. Über diese schlichte Geste hatte sie ein Dutzend Mal nachgedacht, voller Zweifel. Übrig gebliebene Hochzeitsblumen als Mitbringsel. War das geschmacklos?

Sie hatte entschieden, dass es nett und aufmerksam wäre, aber ...

Jetzt war es zu spät.

Sie stieg zur Veranda hinauf, wünschte sich kurz, sie hätte doch noch einmal ihr Make-up kontrolliert, und klopfte.

Es dauerte nur wenige Sekunden, und sie war noch gar nicht darauf gefasst, dass die Tür aufging, doch sie verspürte Erleichterung, als sie Sherrys vertrautes Gesicht vor sich sah.

»Hallo! Oh, wow, wie wunderschön. Mama wird ausflippen. Willkommen im Maguireschen Tollhaus.« Eifrig zog sie Mac herein. »Wii«, fuhr sie mit einer Handbewegung in Richtung des Lärms fort. »Die Spielkonsole. Haben wir Papa zu Weihnachten geschenkt. Nick und Sam – mein Schwager – spielen Baseball gegen die Kinder. Komm, lass mich das halten, während du deinen Mantel ausziehst. Die anderen sind fast alle hinten im großen Zimmer. Oh, du trägst die Ohrringe! Sind die nicht genial? Komm, ich nehme deinen Mantel.«

Sherry drückte Mac den Korb zurück in die Hand und nahm den Mantel. Mac fiel auf, dass sie bisher noch gar nicht zu Wort gekommen war und musste lächeln.

»Mama ist noch mit dem Essen beschäftigt. Sie ist nervös. Und du? Als ich zum ersten Mal bei Nicks Familie war, um sie kennenzulernen, war ich so nervös, dass ich mich zehn Minuten lang im Bad versteckt habe. Auf die Idee, dass Georgia – so heißt Nicks Mutter – also, dass sie auch nervös sein könnte, darauf kam ich überhaupt nicht. Aber Mama ist nervös. Geht es dir jetzt besser?«

»O ja, danke.«

Als Sherry sie hineinscheuchte, war Macs erster Eindruck ein Zimmer voller Menschen, Bewegung in einem hellen, offenen Raum, und Carter, der mit einem Mann mit weißem Haar und gestutztem Bart zusammen lachte. Dazu der verlockende Duft von selbst gekochten Speisen.

Ein Augenblick, konnte Mac nur denken. Ein entspannter Augenblick in der Familie. Das erkannte sie, obwohl sie selbst nie eine gehabt hatte.

»Hallo, zusammen. Mac ist da.«

Plötzlich erstarrten die Bewegungen – ein Standbild, dachte Mac. Die gesamte Aufmerksamkeit richtete sich auf sie.

Carter rührte sich als Erster, stieß sich von der Theke, an der er gelehnt hatte, ab, um zu ihr zu kommen. »Du hast es gefunden.« Über die duftenden weißen Lilien und Bianca-Rosen hinweg küsste er sie leicht. Da sie den Korb umklammert hielt, strich er ihr mit der Hand über die Schulter, als sie sich umwandte. »Mama, das ist Mackensie.«

Die Frau, die vom Herd herüberkam, hatte feste Gesichtszüge und einen klaren Blick. Ihr Lächeln war höflich, mit einem Hauch von Wärme darin. Und, dachte Mac, mit einem Hauch von Reserviertheit. »Schön, Sie endlich kennenzulernen.«

»Danke für die Einladung, Mrs Maguire.« Mac hielt ihr den Korb hin. »Die sind von unserer heutigen Feier. Emma – Sie kennen Emma – macht die Blumen. Wir dachten, sie könnten Ihnen gefallen.«

»Sie sind wunderschön.« Pam beugte sich darüber, um zu schnuppern. »Und duften herrlich. Danke. Sherry, sei so gut und stell sie auf den Wohnzimmertisch. Dann haben wir alle Freude daran. Möchten Sie vielleicht ein Glas Wein?«

»Sehr gern.«

»Diane, schenk Mac einen Wein ein.«

»Meine Schwester Diane«, erklärte Carter.

»Hallo. Cabernet oder Pinot? Es gibt Hühnchen.«

»Dann Pinot, danke.«

»Mein Vater, Michael Maguire. Papa.«

»Willkommen.« Carters Vater schüttelte ihr kräftig die Hand. »Sind Sie Irin?«

»Teilweise schon.«

»Meine Großmutter hatte solche Haare wie Sie. Leuchtend wie ein Sonnenuntergang. Sie sind Fotografin.«

»Ja. Danke«, sagte Mac, als Diane ihr das Weinglas

reichte. »Meine Partnerinnen und ich leiten eine Agentur für Hochzeitsplanung. Ach, das wissen Sie – wir machen ja Sherrys Hochzeit.«

Michael Maguire warf ihr ein spitzbübisches Grinsen zu. »Als Brautvater bekomme ich nur die Rechnungen zu Gesicht.«

»Ach, Papa.«

Er zwinkerte Mac zu, als Sherry die Augen verdrehte.

»Mit der letzten Rechnung schicken wir Ihnen einen Flachmann.«

Sein Lachen war herzhaft und volltönend. »Dein Mädel gefällt mir, Carter.«

»Mir auch.«

Bis sie zum Essen Platz nahmen, wusste Mac schon ganz gut, wer in der Familie wer war. Mike Maguire lachte gern und viel, liebte seine Familie abgöttisch und wurde ebenso wiedergeliebt. Doch auch wenn er vielleicht der Arzt war, seine Frau war diejenige, die allen den Puls fühlte. Sie hätte dazu gesagt, dass sie ein Team seien, und zwar allem Anschein nach ein starkes. Wenn es allerdings hart auf hart kam, schmiss Pam den Laden.

Sherry war das Baby, ein lustiges Energiebündel, verlässlich, liebevoll und verliebt. Ihr Verlobter benahm sich wie ein Sohn und wurde auch so behandelt. Es war nicht zu übersehen, wie hingerissen er von Sherry war, und Mac nahm an, dass ihm dies Pluspunkte einbrachte.

Diane, die Älteste, neigte zum Herumkommandieren. Mutter zu sein stand ihr gut, und die Kinder strahlten, doch sie selbst wirkte irgendwie verdrossen. Nicht jung und am Beginn ihres Lebens wie Sherry, aber auch nicht gefestigt und zufrieden mit ihrem Platz im Leben wie ihre Mutter. Ihr Mann war unkompliziert, ein Spaßvogel, der seine Kinder zum Lachen brachte. Mac spürte, dass seine Gelassenheit seine Frau oft auf die Palme brachte.

Sie gewann Einblicke in die Dynamik zwischen den Familienmitgliedern und in ihre Persönlichkeiten, wie sie sich zu immer neuen Bildern fügten. Sie erlebte eine Familientradition mit, die Gespräche beim sonntäglichen Familienessen, bei denen Bruchstücke aus dem Leben aller herumgereicht wurden wie Kartoffelpüree.

Sie war der Faktor X. Der Fremdkörper, der – zumindest vorläufig – das Bild veränderte.

»An den Wochenenden sind Sie sicher am meisten beschäftigt«, bemerkte Pam.

»Normalerweise schon. Aber wir richten auch an Wochentagen häufig Abendveranstaltungen aus.«

»Sie hat auch unter der Woche viel zu tun«, betonte Carter. »All die Planungen. Es reicht nicht, einfach mit der Kamera aufzutauchen. Dann kommt die Arbeit nach einem Event. Ich habe ein paar der Fotopakete und Alben gesehen, die Mackensie gemacht hat. Sie sind Kunstwerke.«

»Heute geht das doch alles digital«, warf Diane achselzuckend ein und stocherte an ihrem Hühnchen herum.

»Im Wesentlichen. Hin und wieder arbeite ich noch mit Filmen. Das Essen schmeckt ganz ausgezeichnet, Mrs Maguire. Sie kochen sicher sehr gern.«

»Ich liebe es, große Mahlzeiten zuzubereiten, mit allem Drum und Dran. Aber sagen Sie bitte Pam zu mir. Ich finde es auch schön, wenn vier Freundinnen zusammen ein Unternehmen gründen und betreiben. Einen eigenen Betrieb zu führen erfordert großes Stehvermögen und vollen Einsatz. Außerdem muss man kreativ sein.«

»Aber es ist so eine fröhliche Arbeit«, warf Sherry ein.

»Wie eine endlose Feier. Blumen, schöne Kleider, Musik, Champagner.«

»Hochzeiten werden immer bombastischer. All die Zeit, der Stress, die Kosten, für einen einzigen Tag.« Stirnrunzelnd zog Diane eine Schulter hoch, während ihre Mundwinkel nach unten sanken. »Die Leute machen sich mehr Gedanken darüber, wer neben wem sitzt oder welche Farbe die Bänder und Schleifen haben sollen, als darüber, was Heiraten eigentlich bedeutet. Und das Brautpaar ist am Ende so erschöpft und gestresst von den Vorbereitungen, dass der Tag selbst ganz verschwommen vorbeizieht.«

»Du hast deinen Tag gehabt, Di.« In Sherrys Augen loderte ein kleines Feuer. »Und ich habe meinen.«

»Ich sage ja nur, dass ich, als ich endlich vor dem Traualtar stand, so erledigt war – ich kann mich kaum noch daran erinnern, dass ich Ja gesagt habe.«

»Das hast du aber.« Ihr Mann lächelte ihr zu. »Und hast dabei wunderschön ausgesehen.«

»Wie auch immer ...«

»Du hast vollkommen Recht«, unterbrach Mac sie. »Das kann strapaziös sein. Und was eigentlich der strahlendste und wichtigste Tag im Leben sein soll, kann ins Gegenteil umschlagen und nur noch nervtötend sein. Wir sind dafür da, genau das zu verhindern. Glaub mir, wenn du bei der Planung deiner Hochzeit meine Partnerinnen an der Seite gehabt hättest, wäre der Tag nicht verschwommen an dir vorbeigezogen.«

»Ich wollte eure Arbeit nicht kritisieren, wirklich nicht. Ich sage nur, wenn die betreffenden Leute sich nicht dazu verpflichtet fühlen würden, so eine Schau abzuziehen, würden sie auch keine Agenturen wie die eure brauchen, um mit allem fertigzuwerden.«

»Das ist vermutlich wahr«, erwiderte Mac gelassen. »Aber eine Braut neigt immer dazu, sich Stress und Sorgen zu machen, sogar Panik zu bekommen. So kann sie uns die Details überlassen. In dem Maße, wie sie es wünscht. Sie – Verzeihung, Nick«, ergänzte Mac lächelnd, »sie steht an diesem Tag im Mittelpunkt, und für uns tut sie das sogar monatelang vor dem großen Tag. Das ist unser Job.«

»Ich bin sicher, dass ihr sehr gut seid. Alles, was ich über dich und eure Agentur gehört habe, spricht dafür. Ich denke eben nur, schlicht ist besser.«

»Das ist alles eine Frage des persönlichen Geschmacks, oder?« Pam griff nach dem Korb mit den Brötchen. »Noch Brot?«

»Und ich will es nicht schlicht. Ich will es lustig.«

»Das haben wir kapiert.« Mac grinste Sherry kurz an. »Schlicht kann jedoch tatsächlich besser sein, ganz nach den persönlichen Vorlieben. Auch bei etwas Schlichtem sollte man aber auf die Details achten. Heute haben wir eine kleine, einfache Hochzeit ausgerichtet. Die Zeremonie fand am späten Vormittag statt. Die Schwester der Braut war die einzige Brautjungfer. Die Braut hatte einen kleinen, handgebundenen Brautstrauß, und statt eines Schleiers trug sie Blumen im Haar. Anschließend gab es einen Brunch mit Champagner, und ein Jazztrio spielte zum Tanz auf. Es war wunderschön. Die Braut sah hinreißend aus. Ich schätze, Vows hat dennoch um die hundertfünfzig Stunden in die Vorbereitung gesteckt, um sicherzugehen, dass alles perfekt für sie ist. Ich bin davon überzeugt, dass sie sich an jeden einzelnen Augenblick erinnern wird.«

Als der Abend vorüber war und sie zu Carter fuhren, wartete er, bis sie im Haus waren. Dann umarmte er sie.

»Danke. Ich nehme an, es raubt einem den letzten Nerv, so einer Horde zu begegnen und dann auch noch so ins Kreuzverhör genommen zu werden.«

»Ich sage nur: puh. Meinst du, ich habe das Vorsingen bestanden?«

»Ganz sicher.«

Mac bückte sich, um den Kater zu streicheln, der kam, um sie zu begrüßen. »Deine Familie ist sehr nett. So habe ich mir das auch gedacht. Ihr liebt einander. Das merkt man.«

»Ja, stimmt. Muss ich mich für Diane entschuldigen? Sie sucht zu gern nach den Wolken hinter dem Silberstreif am Himmel.«

»Nein. Ich verstehe sie, weil ich oft genauso bin. Nur eher innerlich. Ich mag alle, auch Diane. Sie sind alle so normal. Ich bin ganz neidisch auf so eine Familie.«

»Du kannst an meiner teilhaben. Und ich wünschte, ich könnte das sagen, ohne dass du gleich so guckst.«

»Ich auch. Das ist mein entscheidender Schwachpunkt, nicht deiner.«

»So ein Bockmist.«

Mac fiel die Kinnlade herunter. Solche Ausdrücke benutzte Carter höchst selten. »Es ist …«

»Du hast keinen entscheidenden Schwachpunkt. Lediglich die feste Gewohnheit, das Thema Heiraten, wenn es um dich persönlich geht, nur aus einem Blickwinkel zu betrachten. Und aus diesem Blickwinkel siehst du nichts als dein Versagen.«

»Mag sein, ja, wahrscheinlich hast du Recht. Aber für dich, mit dir, habe ich diesen Blickwinkel schon weiter verändert als mit irgendjemandem sonst. Ich weiß nicht, ob ich noch mehr schaffe.«

»Ich dränge dich nicht, aber ich will auch nicht lügen und sagen, ich hätte noch nicht daran gedacht. Daran, mein Leben mit dir zu teilen. Es ist schwierig, in mich hineinzuschauen und ohne jeden Zweifel zu wissen, dass ich genau das will. Und dich anzusehen und zu wissen, dass du nicht glaubst, so etwas haben zu können.«

»Ich will dir nicht wehtun. Ich weiß nicht, ob du verstehst, dass ich davor größere Angst habe als davor, selbst zu leiden.«

»Du brauchst mich nicht zu schützen.« Carter streckte die Hand aus und tippte an die baumelnden Diamanten, die sie am Ohr trug. »Als ich dir die geschenkt habe, hast du gedacht, in der Schachtel wäre ein Verlobungsring. Du sahst völlig entgeistert aus.«

»Carter ...«

»Ich frage mich, was du gesagt hättest, wenn es so gewesen wäre. Dich frage ich aber nicht. Nennen wir es eine rhetorische Frage. Ich will dir jetzt und hier etwas versprechen, damit du die Sache vielleicht entspannter angehen kannst. Von mir kommt weder ein Ring noch eine Frage, bevor du nicht darum bittest.«

»Du bist zu gut für mich.«

»Ich sehe mich gezwungen, mich zu wiederholen. Das ist Bockmist.«

»Ist es nicht. Im Übrigen denke auch ich ziemlich viel nach. Eigentlich müsste ich auf den Knien vor dir liegen, Carter, und dich fragen, ob du mich haben willst. Den Gedanken werde ich nicht los. Er sitzt fest. Genau hier.« Sie schlug sich mit der Faust auf die Brust. »Und jedes Mal, wenn er sich ein bisschen lockert, nur ein bisschen, hämmert ihn irgendetwas wieder fest. So etwas wie dich habe ich gar nicht verdient.«

»Mach das nicht.« Carter packte sie an den Schultern. »Stell mich nicht auf einen Sockel, auf dem ich nicht sein will.«

»Ich weiß nicht, was ich gesagt hätte, wenn in der Schachtel ein Ring gewesen wäre. Das macht mir Angst. Ich weiß es nicht, und mir ist auch nicht klar, ob das, was ich gesagt hätte, für uns beide richtig oder falsch gewesen wäre. Das muss mir aber klar sein. Ich weiß, dass mein Blickwinkel falsch ist. Mehr noch – die Linse ist kaputt, und ich *weiß* es.«

Sie trat einen Schritt zurück. »Das will ich ändern, unbedingt.«

»Das ist doch ein Anfang. Damit kann ich mich abfinden, fürs Erste.«

»Du sollst dich aber mit nichts abfinden. Darum geht es ja gerade.«

»Erzähl du mir nicht, was ich tun oder wen ich lieben soll. Für mich bist du die Richtige. Das bist du auch morgen noch, und ebenso in fünfzig Jahren.«

»Ich bin noch nie die Richtige gewesen. Für niemanden.«

Carter trat wieder näher an sie heran. »Daran wirst du dich gewöhnen.« Er hob ihr Gesicht an und küsste sie.

»Warum? Warum bin ich die Richtige?«

»Weil mein Leben reicher und so viel bunter geworden ist, seit du wieder darin bist.«

Von ihren Gefühlen überwältigt, schlang Mac fest die Arme um ihn und barg das Gesicht an seiner Schulter. »Wenn du mich fragen würdest, könnte ich nicht Nein sagen.«

»Aber das reicht nicht, für uns beide nicht. Wenn ich dich frage, musst du Ja sagen wollen.«

19

Mac hörte den dumpfen Schlag, den zischend eingesogenen Atem, und schlug ein Auge auf. Gemütlich ins Bett gekuschelt sah sie zu, wie Carter zu seinen Schuhen hinüberhinkte.

»Wie spät ist es?«

»Früh. Schlaf noch ein bisschen. Ich habe es geschafft, aufzustehen, zu duschen und mich beinahe fertig anzuziehen, bevor ich gegen etwas gerannt bin und dich geweckt habe.«

»Macht nichts. Ich sollte ohnehin besser aufstehen und einen Frühstart hinlegen.« Mac fielen die Augen wieder zu.

Mit seinen Schuhen in der Hand und nur ganz leichtem Hinken kam Carter zu ihr, um sie aufs Haar zu küssen. Wohlig murmelte sie etwas und sank erneut in tiefen Schlaf.

Als sie wieder auftauchte, fiel die strahlende Sonne ins Zimmer. Doch nicht so ein Frühstart, dachte sie, während sie sich aus dem Bett rollte. Aber ein bisschen auszuschlafen war schließlich auch einer der Vorteile davon, dass sie selbstständig arbeitete und für den frühen Morgen keine Termine vereinbarte. Sie begab sich auf den Weg ins Bad, schüttelte jedoch den Kopf und ging noch einmal zurück, um das Bett zu machen.

Das war die neue Mac, erinnerte sie sich. Die ordentliche und in allen Bereichen ihres Lebens – privat und beruflich –

perfekt organisierte Mackensie Elliot. Die Mac mit dem neuen, genial unterteilten Kleiderschrank, in dem alles seinen Platz hatte – an dem es auch lag.

Sie schüttelte die Kissen auf, strich die Laken glatt, breitete ordentlich die Decke über das Bett. Siehst du, sagte sie sich wie jeden Morgen, es dauert nur zwei Minuten. Mit befriedigtem Nicken sah sie sich in ihrem Zimmer um.

Keine Klamotten lagen in irgendeiner Ecke, keine Schuhe waren unter einen Stuhl gekickt worden, kein Schmuck lag achtlos auf der Frisierkommode verteilt. Dies war das Zimmer einer erwachsenen Frau mit Geschmack – und einer Frau, die alles im Griff hatte.

Sie duschte und dachte anschließend daran, das Handtuch aufzuhängen. Im Schlafzimmer genoss sie es, ihren Kleiderschrank zu öffnen, dann einfach nur dazustehen und ihn zu betrachten.

»Genau das meine ich.«

Ihre Kleider hingen in Reih und Glied da, geordnet nach Funktion und Farbe. Jedes Paar ihrer beeindruckenden Schuhsammlung steckte in seiner schützenden Klarsichtbox, nach Typen sortiert. Abendschuhe, Schuhe für tagsüber, Sandalen, Stiefel – Pumps, zehenfreie Schuhe, Pfennigabsätze, Keilabsätze.

Lauter Schönheiten.

Handtaschen, ebenfalls nach Funktion und Farbe geordnet, befanden sich leicht zugänglich in großzügigen Fächern. In den glänzenden weißen Schubladen der Einbauregale ruhten Schals und Tücher, die einst dazu verdammt gewesen waren, in verschlungenen Knäueln oder wirren Haufen ihr Dasein zu fristen. Nun lagen sie säuberlich gefaltet da, genau wie ihre eleganteren Pullover und ihre Strümpfe.

Das machte das Anziehen zu einem absolut stressfreien Vergnügen. Sie brauchte nicht mehr fluchend nach Sachen zu suchen, sich nicht mehr zu fragen, wo zum Teufel sie die blaue Bluse mit den Umschlagmanschetten hingelegt hatte, brauchte auch nicht notgedrungen eine andere blaue Bluse anzuziehen, weil sie die gesuchte nicht fand.

Denn die blaue Bluse mit den Umschlagmanschetten hing genau dort, wo sie hingehörte.

Sie zog ein weißes ärmelloses Top an, einen marineblauen V-Pullover und Jeans – angemessene Garderobe für die Vormittagsarbeit und den Fototermin am frühen Nachmittag. Höchst zufrieden mit sich selbst schlenderte sie hinaus.

Und machte gleich wieder kehrt, um ihren Pyjama in den Wäschekorb zu stopfen.

Sie ging gerade nach unten, als Emma vorn zur Tür hereinkam.

»Mir ist der Kaffee ausgegangen. Hilf mir.«

»Klar. Ich wollte gerade ... Oh, Carter muss welchen gemacht haben, bevor er gegangen ist.«

»Ich will dich nicht dafür hassen, dass du jemanden hast, der dir Kaffee kocht, während du noch schläfst, aber damit meine selbstlose Seite erwachen kann, brauche ich Koffein.« Emma schenkte sich einen Becher ein, um den ersten Schluck regelrecht zu inhalieren. »Das Leben. Jetzt ist es wieder gut.«

Mac schenkte sich ebenfalls ein und trank mit zustimmendem Nicken. »Willst du meinen Schrank sehen?«

»Du hast ihn mir schon dreimal gezeigt. Ja, er ist die Königin aller Kleiderschränke im ganzen Land.«

»Die Königin ist Parker.«

»Parker ist die Göttin der Wandschränke. Den Titel der Königin kannst du haben. Die Braut von Samstag hat angerufen«, fuhr Emma fort. »Sie denkt, dass sie für die Blumenmädchen doch andere Blumen möchte – statt Rosenblütenblätter im Körbchen einen zartrosa Pomander.«

»Ich dachte, sie wäre vom Pomander auf die Körbchen umgeschwenkt.«

»Ja. Und beim Brautstrauß von der Tropfenform zum Wasserfall und wieder zurück.« Emma schloss die großen braunen Augen und ließ den Hals kreisen. »Ich bin froh, wenn die Feier vorbei ist.«

»Sie ist die Art Braut, die Carters Schwester Recht gibt.«

»Sherry?«

»Nein, seiner älteren Schwester, die sagt, Hochzeiten sind zu stressig, zu bombastisch und generell zu aufwendig. Es ist nur ein einziger Tag.«

»Es ist *der* Tag. Außerdem verdienen wir damit unseren Lebensunterhalt.«

»Stimmt. Aber die Braut von Samstag wird uns noch auf Trab halten, bis sie endlich vor dem Altar steht. Gestern rief sie mich an und war total auf eine Aufnahme fixiert, die sie in irgendeinem Magazin entdeckt hat. Davon soll ich nun am Samstag ein genaues Pendant liefern. Klar, kein Problem. Nur dass ihr Kleid vollkommen anders ist, ihr Körperbau, ihr Kopfschmuck, ihre Frisur. Oh, und den steinernen Torbogen aus dem irischen Schloss, unter dem sie posieren müsste, haben wir auch nicht. Jedenfalls nicht sofort parat.«

»Das sind die Nerven. Die Nerven eines Kontrollfreaks. Ich brauche noch eine Dosis, dann muss ich an die Arbeit.« Emma füllte erneut ihren Becher. »Ich bringe ihn dir zurück.«

»Das sagst du jedes Mal.«

»Ich bringe dir die ganze Sammlung zurück«, versprach Emma und eilte hinaus.

Als Mac wieder allein war, drehte sie sich zu einem der Küchenschränke um. Ein bisschen Zucker und ein paar Konservierungsstoffe zu ihrem Kaffee, dachte sie. Als sie den Schrank öffnete, fand sie vor der Pop-Tarts-Schachtel einen glänzenden roten Apfel. Auf dem Zettel, der daran lehnte, stand: *Iss auch mich!*

Mit einem schnaubenden Lachen legte sie den Zettel auf die Arbeitsplatte und nahm den Apfel. Süß von ihm, dachte sie und biss hinein. Witzig. Was konnte sie für ihn tun, außer ihn schon jetzt zu heiraten?

Sie hatte ihn mit La Perla entwaffnet, sie hatte ein richtiges Essen für ihn gekocht. Sie … »Das Foto!«

Sie stürzte zu ihrem Arbeitsplatz, um den Computer hochzufahren. Sie hatte Teil drei ihres Geschenks nicht vergessen, sie hatte sich nur noch nicht entscheiden können, welches Bild sie auswählen und wie sie es präsentieren sollte.

»Ich muss arbeiten, ich muss arbeiten«, murmelte sie. »Aber es dauert nur einen Moment.«

Tatsächlich brauchte sie mehr als vierzig Minuten, doch sie suchte eine Aufnahme aus – eines der Fotos, auf denen sie nach dem Kuss Wange an Wange in die Kamera blickten. Carter sah so entspannt und glücklich aus, und sie … ganz genauso, sinnierte sie, während sie das Endergebnis betrachtete. Bearbeitet, zugeschnitten, ausgedruckt und gerahmt. Zur Vervollständigung packte sie das Bild in eine Schachtel, band eine rote Schleife darum und steckte ein seidenes Maiglöckchen hinein.

Vor lauter Begeisterung druckte sie eine andere Aufnahme für sich selbst aus und suchte einen passenden Rahmen. Das fertige Bild legte sie in eine Schublade. Sie würde es erst aufstellen, wenn Carter seines bekommen hatte.

Sie stellte Musik an, drehte die Lautstärke auf Hintergrundmusik herunter. Dann arbeitete sie mit sich und der Welt zufrieden, bis der Piepser, den sie eingestellt hatte, ihr meldete, dass es Zeit war, alles für die Studioaufnahmen aufzubauen.

Ein Verlobungsporträt. Sie Ärztin, er Musiker. Mac hatte verschiedene Ideen für die beiden und hatte ihn gebeten, seine Gitarre mitzubringen. Mittelgrauer Hintergrund, das Brautpaar auf dem Boden sitzend und …

Gerade drehte sie sich mit einem dicken Sitzkissen in der Hand um, als ihre Tür aufgerissen wurde. Ihre Mutter platzte förmlich herein, eingehüllt in eine neue Jacke aus geschorenem Silbernerz.

»Mackensie! Schau mal!« Sie drehte sich um die eigene Achse und kam in einer Laufstegpose mit hochgeschobener Hüfte zum Stehen.

»Du kannst jetzt nicht bleiben«, sagte Mac rundheraus. »Gleich kommt Kundschaft.«

»Ich bin Kundschaft. Ich komme wegen einer Beratung. Ich bin zuerst zu dir gegangen, aber wir müssen auch den Rest eures Teams holen. Oh, Mac!« Linda rauschte weiter in den Raum – lange, schlanke Beine, traumhafte Schuhe, luxuriöser Pelz. »Ich heirate!«

In der parfümgeschwängerten Umarmung ihrer Mutter schloss Mac nur die Augen. »Gratuliere. Schon wieder.«

»Ach, nun sei doch nicht so.« Linda trat zurück und machte kurz einen Schmollmund, um gleich darauf erneut lachend herumzuwirbeln. »Freu dich doch. Freu dich für mich. Ich bin so glücklich! Sieh nur, was Ari mir aus Paris mitgebracht hat.«

»Ja. Schöne Jacke.«

»In der Tat.« Linda senkte den Kopf, um mit dem Kinn

über den Pelz zu streichen. »Aber das ist noch nicht alles!«

Sie schleuderte den Arm nach vorn und wackelte mit den Fingern. Am Ringfinger prangte ein riesiger, quadratischer Diamant in einer Platinfassung.

Teufel nochmal, dachte Mac. Bisher der Größte. »Beeindruckend.«

»So ein Schatz. Ohne mich ging es ihm miserabel. Er hat mich aus Paris Tag und Nacht angerufen.« Sie schlang die Arme um ihren Leib und drehte sich von neuem um sich selbst. »Selbstverständlich wollte ich an den ersten drei Tagen kein Wort mit ihm reden. Es war so gemein von ihm, ohne mich zu fliegen. Als er zurück war, habe ich mich natürlich auch geweigert, ihn zu sehen.«

»Natürlich«, pflichtete Mac ihr bei.

»Er hat mich angefleht, nach New York zu kommen. Er hat mir eine Limousine mit Fahrer geschickt – und der Wagen war *voller* weißer Rosen. Dazu eine Flasche Dom Pérignon. Aber vorher hat er mir dutzendweise Rosen geschickt, jeden Tag. Jeden Tag! Ich musste einfach nachgeben und zu ihm fahren. Oh, es war so romantisch!«

Linda schloss die Augen und verschränkte die Arme vor der Brust. »Es war wie in einem Traum oder im Kino. Wir haben allein zu Abend gegessen, zu Hause. Ari hat all meine Lieblingsspeisen bringen lassen, dazu noch mehr Champagner, Kerzenlicht, noch mehr Rosen. Er hat gesagt, er könne ohne mich nicht leben, und dann hat er mir den hier gegeben. Hast du so etwas je gesehen?«

Mac sah zu, wie ihre Mutter den Ring bewunderte. »Ich hoffe, ihr werdet sehr glücklich miteinander. Ehrlich. Und ich freue mich, dass du jetzt glücklich bist. Aber ich habe gleich einen Fototermin.«

»Oh.« Mit einer Handbewegung fegte Linda ihren Einwand beiseite. »Den musst du verschieben, um Himmels willen. Das hier geht vor. Deine Mutter heiratet.«

»Zum vierten Mal, Mama.«

»Zum letzten Mal. Den Richtigen. Und ich möchte natürlich, dass du die Hochzeit ausrichtest. Dafür brauche ich das Beste, was ihr habt. Ari hat gesagt, das Geld spielt keine Rolle. Das Ganze soll märchenhaft, romantisch und elegant sein. Mondän und verschwenderisch. Ich denke an ein zartrosa Kleid. Valentino, denke ich, der steht mir. Oder ich schaue mich nach etwas Traditionellem um, im Stil des alten Hollywood. Und ich möchte lieber einen grandiosen Hut als einen Schleier.«

Mit blitzenden Augen fuhr sie sich mit der Hand durchs Haar. »Eine glatte Hochsteckfrisur, und Ari soll mir noch ein Paar tolle Ohrringe kaufen, um mein Outfit abzurunden. Rosa Diamanten, denke ich. Dann Unmengen von weißen und rosa Rosen. Darüber spreche ich mit Emmaline. Die Einladungen müssen sofort rausgehen. Ich bin sicher, Parker kann das erledigen. Und die Torte. Sie soll bombastisch sein. Der Taj Mahal der Hochzeitstorten – Laurel wird sich also selbst übertreffen müssen. Und …«

»Wann?«, fiel Mac ihr ins Wort.

»Wann was?«

»Für wann hast du das geplant?«

»Oh. Für Juni. Ich will eine Junibraut sein. Ich will Frühling, Gärten und …«

»*Diesen* Juni? Also in drei Monaten? Wir sind vollkommen ausgebucht.«

»Als ob das eine Rolle spielen würde.« Mit hellem Gelächter fegte Linda solche profanen Einwände beiseite. »Ich bin deine Mutter. Sag jemandem ab. Also …«

»Wir sagen unseren Kunden nicht ab, Mama. Wir können niemandem die Hochzeit versauen, nur weil du in letzter Minute einen Termin im Juni willst.«

Verwirrung und aufrichtig empfundener Schmerz – Mac wusste, dass sie wirklich so empfand – spiegelten sich in Lindas Gesicht. »Warum musst du so gemein zu mir sein? Warum musst du mir das verderben? Siehst du nicht, dass ich glücklich bin?«

»Doch. Und ich freue mich für dich. Ich kann dir nur nicht geben, was du willst.«

»Du willst mich bloß bestrafen. Du willst nicht, dass ich glücklich bin.«

»Das ist nicht wahr.«

»Was dann? Was ist es? Ich heirate, und meine Tochter betreibt eine Hochzeitsagentur. Natürlich erwarte ich, dass du die Feier organisierst.«

»Aber wir können das nicht im Juni machen. Für Juni sind wir seit Monaten ausgebucht, seit fast einem Jahr.«

»Hast du gehört, was ich gesagt habe? Geld spielt keine Rolle. Ari bezahlt, was immer ihr verlangt. Alles, was ihr tun müsst, ist ein wenig umzudisponieren.«

»Es geht nicht ums Geld, und mit einem bisschen Umdisponieren ist es auch nicht getan. Es geht um Zuverlässigkeit und Seriosität. Was du möchtest, können wir dir zum gewünschten Zeitpunkt nicht bieten, und der Hauptgrund dafür ist, dass schon jemand anderes es bekommt.«

»Und die anderen sind wichtiger als ich? Als deine eigene Mutter?«

»Jemand anderes hat den Termin reserviert, die Einladungen bestellt, Pläne geschmiedet. Also, ja, in diesem Fall sind die anderen wichtiger.«

»Das werden wir ja sehen.« Vor Zorn wurde Lindas Ton

schärfer, und ihre Augen verwandelten sich in scharfe kleine Messer. »Jeder weiß, dass Parker die Chefin eures Betriebs ist. Sie entscheidet, was gemacht wird. Du musst dich fügen, wenn sie es verlangt.«

Linda stürmte zur Tür, wirbelte jedoch noch einmal herum. »Du solltest dich schämen, mich so zu behandeln.«

Nachdem ihre Mutter die Tür hinter sich zugeknallt hatte, ging Mac erschöpft zu ihrem Arbeitsplatz und griff zum Hörer. »Tut mir leid«, sagte sie, als Parker sich meldete. »Ich will zuerst sagen, dass es mir leidtut. Meine Mutter ist auf dem Weg zu dir. Ich fürchte, du musst dich mit ihr herumschlagen.«

»Kein Problem.«

»Sie heiratet wieder.«

»Was? Ich bin entsetzt.«

Mac lachte, auch wenn ihr die Tränen in den Augen brannten. »Danke. Sie will hier feiern, im kommenden Juni.«

»Das geht nicht. Wir sind ausgebucht.«

»Ich weiß. Das habe ich ihr gesagt, aber offenbar bist du meine Chefin. Unser aller Chefin.«

»Das sage ich doch immer. Ich regele das. Kein Problem.«

»Für mich ist es eines.«

»Da ich aber offenbar deine Chefin bin, mache ich es zu meinem. Ich rufe dich zurück.«

In ihrem Büro im Haupthaus erhob sich Parker und trat vor einen Spiegel. Sie überprüfte ihr Aussehen, strich eine Haarsträhne zurück an ihren Platz, frischte ihren Lippenstift auf – und lächelte, weil es sich anfühlte, als rüste sie sich zum Gefecht.

Sie freute sich darauf.

Sie ließ sich bewusst Zeit, als sie nach unten ging, auch

wenn sie hörte, wie es ungeduldig und wiederholt an der Tür klingelte. Sie hielt inne, um in der Vase auf dem Tisch im Foyer eine Rose zurechtzurücken. Dann setzte sie ein kühles Lächeln auf und öffnete.

»Hallo, Linda. Ich höre, dass man Ihnen gratulieren darf.«

»Da hat Mac ja keine Zeit verschwendet.« Linda rauschte herein und blickte sich rasch um. »Es muss komisch sein, Fremden gegen Geld sein Haus zu öffnen.«

»Oh, ich finde es sehr befriedigend.« Parker deutete auf den Salon. »Wir können hier sitzen.«

Linda streifte sich die Jacke von den Schultern und ging quer durch den Raum zu einem Sofa. Lässig warf sie den Pelz über die Armlehne, setzte sich und lehnte sich mit übereinandergeschlagenen Beinen zurück. »Mir ist klar, dass ich zuerst zu dir hätte kommen sollen, aber die Sentimentalität hat mich zuerst zu meiner Tochter geführt. Ich wollte die freudige Nachricht mit ihr teilen.«

»Natürlich.« Parker nahm sich einen Stuhl und imitierte Lindas Haltung, indem sie Platz nahm und die Beine übereinanderschlug. »Sie müssen sehr aufgeregt sein. Was für ein fantastischer Ring.«

»Nicht wahr?« Wieder wurde Linda von einer Welle der Begeisterung erfasst, als sie die Hand hob, um den Ring zu bewundern. »Ari ist so rücksichtsvoll und romantisch. Ich habe mich Hals über Kopf in ihn verliebt.«

»Mac hat, glaube ich, erwähnt, dass er in New York lebt. Sie ziehen also um.«

»Schon sehr bald. Vorher muss ich mich noch um tausend Dinge kümmern. Um mein Haus, meine Sachen.«

»Und um Eloisa. Sie findet es bestimmt klasse, in den Schulferien in New York zu leben, wenn sie nicht bei ihrem

Vater ist.« Angesichts von Lindas verständnislosem Blick legte Parker den Kopf schräg.

»Oh, Eloisa ist bald flügge. Natürlich werden wir ein Zimmer für sie haben, wenn sie zu Besuch kommt. Zumindest so lange, bis sie ihre eigene Wohnung hat. Aber in der Zwischenzeit muss ich eine Hochzeit planen. Ich würde nicht im Traum daran denken, die Details jemand anderem zu überlassen als euch. Natürlich wollen wir eine Feier, die Aris Position und Status entspricht. Er ist eine bedeutende Persönlichkeit, und – da es hier ums Geschäft geht – er kann sich auch das Beste vom Besten leisten. Mit den anderen Mädels rede ich später über die Einzelheiten, aber da ich schon einmal hier bin, kann ich dir ungefähr beschreiben, was mir vorschwebt.«

»Vows wird Ihre Hochzeit weder planen noch durchführen können, Linda. Im Juni haben wir keine Termine frei. Wir sind sogar für den ganzen Sommer und Herbst ausgebucht.«

»Parker, du bist eine Geschäftsfrau.« Linda breitete die Hände aus. »Ich biete dir ein Riesenevent, eine Veranstaltung, die eurem Betrieb große Beachtung und sicherlich neue Kunden einbringen wird. Ari kennt wichtige Leute, ich spreche also von *großen* Kunden. Da es mir am Herzen liegt, die Hochzeit hier zu feiern, im Haus einer alten Freundin – die ich immer noch vermisse –, werden wir euch für die kurzfristige Reservierung entschädigen. Was schätzt du – wie viel würde es kosten, einen Termin im Juni frei zu machen? Sagen wir, den dritten Samstag?«

»Sie haben Recht. Ich bin eine Geschäftsfrau.« Parker beobachtete, wie Linda selbstzufrieden lächelte. »Mein Geschäft ist es, unseren Kunden unsere Dienste anzubieten. Am dritten Samstag im Juni haben wir bereits Kundschaft, mit der wir einen Vertrag unterzeichnet haben. Wenn ich jemandem mein Wort gebe, halte ich es auch. Sie sollten wirklich in Erwägung ziehen, Ihre Hochzeit in New York zu feiern. Ich kann Ihnen, wenn Sie möchten, die Namen anderer Hochzeitsagenturen geben.«

»Ich will keine Namen. Ich habe gesagt, ich will meine Hochzeit hier feiern. Das ist mir wichtig, Parker. Ich will an einem Ort heiraten, an dem ich mich zu Hause fühle, zu dem ich eine Beziehung habe. Ich will, dass Menschen, die ich liebe und denen ich vertraue, sich um die Einzelheiten kümmern. Ich will …«

»Tränen ziehen bei mir nicht.« Parkers Ton wurde eisig, als Lindas Augen sich mit Tränen füllten. »Und was Sie wollen, ist mir egal. Sie werden nicht hier heiraten. Punkt.« Sie erhob sich. »Wenn das alles ist, ich habe noch zu tun.«

»Du hast dich immer für etwas Besseres gehalten und auf uns herabgesehen, als wärst du so viel bedeutender. Eine Brown aus Connecticut. Aber was bist du heute schon – du vermietest dein Riesenhaus und rennst durch die Gegend, um anderen Leuten Drinks zu servieren und ihre Wünsche zu erfüllen.«

»Ich bin eine Brown aus Connecticut, und als solche folge ich einer altehrwürdigen Familientradition und verdiene mir meinen Lebensunterhalt selbst.« Parker griff zu Lindas Mantel und reichte ihn ihr. »Ich bringe Sie hinaus.«

»Wenn ich Ari erzähle, wie du mich behandelt hast, kannst du deinen Laden dichtmachen. Dann kannst du hier nicht einmal mehr einen Kindergeburtstag ausrichten. Wir werden dich ruinieren.«

»Oh, Linda, Sie ahnen ja nicht, was für eine Freude Sie mir mit diesen Worten machen. Damit erlauben Sie mir nämlich, Ihnen etwas zu sagen, was ich schon seit Jahren loswerden wollte. All die Jahre habe ich zugesehen, wie Sie meine beste Freundin aus der Fassung bringen und emotional manipulieren. All die Jahre habe ich beobachtet, wie Sie Mac abwechselnd unterdrückt oder ignoriert haben, ganz nach Lust und Laune.«

Vor Entsetzen wich Linda jegliche Farbe aus dem Gesicht. »So kannst du nicht mit mir reden.«

»Schon passiert. Aber ich bin gleich fertig. Sie sind in diesem Haus nicht willkommen. Das waren Sie im Grunde noch nie, Sie waren nur geduldet. Damit ist jetzt Schluss. In Zukunft haben Sie nur noch dann die Erlaubnis, durch diese Tür zu treten, wenn Mac es will. Und jetzt verlassen Sie mein Haus, steigen Sie ins Auto, und verlassen Sie mein Grundstück.«

»Und dir wollte ich einen Gefallen tun.«

Parker stand in der Tür und sah zu, wie Linda in ihren Wagen stieg. Bis Linda den halben Heimweg zurückgelegt hatte, würde sie selbst glauben, was sie gesagt hatte, vermutete Parker. Dass sie versucht hätte, ihnen einen Gefallen zu tun. Sie wartete, bis der Wagen die Auffahrt hinunterraste. Dann schnappte sie sich eine Jacke, um zu Macs Studio hinüberzugehen.

Mac stand schon in der Tür. »Parks, ich …«

»Du brauchst dich nicht bei mir zu entschuldigen. Mach mich nicht rasend.« Parker fielen sofort der Hintergrund und die Kissen auf dem Boden des Studios auf. »Du hast den Termin für die Verlobungsfotos. Gleich«, bemerkte sie mit einem Blick auf ihre Armbanduhr. »Ich mach's kurz.«

»Wie ist die Beratung gelaufen?«

»Wir haben den Auftrag nicht bekommen.«

»Hat sie geheult oder rumgebrüllt?«

»Von beidem etwas, plus Bestechungsversuche und Beleidigungen.«

»Es ist unglaublich. Sie ist unglaublich. Sie glaubt wirklich, die Welt müsse sich für jeden nur um sie drehen.« Erschöpft rieb sich Mac mit den Fingern über die Augen. »Binnen einer Stunde wird sie das Ganze umgedreht haben, nach dem Motto, sie habe uns nur einen Gefallen tun wollen, um unser Geschäft anzukurbeln. Insgeheim sei sie erleichtert gewesen, dass wir den Job nicht übernehmen können, weil das doch eine Nummer zu groß für uns wäre.«

»In diese Richtung bewegte sie sich schon, als sie gegangen ist.«

»Das ist eine besondere Begabung. Vielleicht hält es ja diesmal. Die Ehe, meine ich. Es ist ziemlich klar, dass der Typ Geld hat, und zwar nicht zu knapp.«

»Und die angenehme Seite an der Geschichte? Sie zieht nach New York.«

Mac hielt inne. »Daran habe ich noch gar nicht gedacht. Das ist an mir vorbeigerauscht. Das ist in der Tat eine sehr angenehme Seite.« Trotzdem seufzte Mac auf und ging auf Parker zu, um den Kopf an ihre Schulter sinken zu lassen. »O Gott, sie macht mich fertig.«

»Ich weiß.« Parker schlang die Arme um Mac und drückte sie fest. »Sei wieder okay.«

»Bestimmt.«

»Willst du nach dem Fototermin zum Eisessen vorbeikommen?«

»Kann gut sein.«

»Da sind die Kunden. Ich räume das Feld.«

»Parker? Selbst wenn wir den Termin frei gehabt hätten …«

»Oh, Süße«, entgegnete Parker fröhlich, als sie zur Tür ging. »Auf gar keinen Fall.«

Kopfschüttelnd befahl Mac sich, deshalb kein schlechtes Gewissen zu haben. Zumindest nicht, bis der Fototermin gelaufen war.

Carter packte den Stapel Essays in seine Aktentasche. Sie wanderten in das Fach, in dem sich bereits ein Stapel Klausuren befand. Seine Hausaufgaben, sinnierte er. Er fragte sich, ob die Schüler irgendeine Vorstellung davon hatten, wie viel Arbeit für zu Hause ein durchschnittlicher Lehrer jeden Tag aus der Schule mitnahm.

An die Tafel in seinem Rücken hatte er das Thema der Essays geschrieben, die er heute Abend lesen würde.

Untersuchen und vergleichen Sie, welche Ansichten und Philosophien Rosalinde und Jaques zum Thema Liebe vertreten und welche Gründe sie Ihrer Meinung nach dafür haben.

Die Optimistin und der Pessimist, dachte Carter, der Melancholische und die Fröhliche. Sein Ziel bei der genaueren Interpretation des Stücks war es gewesen, seine Schüler hinter die Oberfläche einer scheinbar seichten, romantischen Komödie voller Witz auf die darunter liegenden Strömungen blicken zu lassen.

Und unter alledem, dachte Carter, war es sein Ziel, seine Schüler zum Nachdenken zu bringen.

»Verzeihung? Dr. Maguire?«

Er warf einen Blick auf die Frau, die in der Tür stand. »Ja. Kann ich Ihnen helfen?«

»Ich bin Suzanne Byers, Garretts Mutter.«

»Mrs Byers. Angenehm. Kommen Sie herein.«

»Ich hatte gehofft, Sie noch zu erwischen, bevor Sie nach Hause gehen. Ich will Sie nicht lange aufhalten.«

»Kein Problem.«

»Zum Elternabend habe ich es nicht geschafft. Ich lag mit einer Grippe flach. Ich wollte kommen, vor allem, um mit Ihnen zu sprechen. Sie wissen bestimmt, dass Garrett letztes Jahr hier an der Schule keinen guten Start hatte. Und auch in diesem Jahr ist er nicht gerade blendend aus den Startlöchern gekommen.«

»Meiner Ansicht nach hat er beachtliche Fortschritte gemacht. Er hat seinen Rhythmus gefunden. Er ist begabt. Seine Mitarbeit im Unterricht hat sich verbessert, ebenso wie seine Noten und Testergebnisse im vergangenen Halbjahr.«

»Ich weiß. Deshalb wollte ich ja mit Ihnen sprechen. Sein Vater und ich hatten schon daran gedacht, ihn von der Schule zu nehmen.«

»Das werden Sie hoffentlich nicht tun. Garrett ...«

»*Hatten*«, unterbrach ihn Mrs Byers. »Wir haben mit ihm geübt, ihm gedroht, ihn bestochen, es mit Nachhilfeunterricht versucht. Nichts hat gefruchtet, und wir hatten das Gefühl, das Schulgeld zum Fenster hinauszuwerfen. Bis vor ein paar Monaten. Es war, als wäre plötzlich das Licht angegangen. Garrett spricht über Bücher. Er lernt richtig. Er war total enttäuscht, als er für seine letzte Arbeit bei Ihnen nur eine Zwei bekommen hat. Ich habe zehn Minuten kein Wort herausgebracht, als er mir voller Überschwang verkündete, für die nächste werde er eine Eins kriegen.«

»Das könnte er schaffen. Das Potenzial dazu hat er.«

»Er spricht viel von Ihnen. Dr. Maguire sagt, Dr. Maguire denkt. Seine Noten in den anderen Fächern werden auch besser – nicht in großen Sprüngen, aber immerhin. Das liegt an Ihnen.«

»Es liegt an Garrett.«

»Aber Sie haben ihn ... erreicht, so dass er das schaffen

konnte. Schaffen wollte. Er spricht davon, im nächsten Jahr wolle er Ihren Kurs in kreativem Schreiben belegen. Er überlegt, vielleicht Schriftsteller zu werden.« Mrs Byers Augen füllten sich mit Tränen. »Letztes Jahr ist er kaum versetzt worden. Wir mussten beim Dekan antreten. Und jetzt erzählt er mir was von Shakespeare und überlegt, Schriftsteller zu werden.«

Sie blinzelte die Tränen aus ihren Augen, während Carter wie vom Donner gerührt dastand. »Garrett zufolge ist Dr. Maguire für so eine Intelligenzbestie ziemlich cool. Ich wollte, dass Sie eines wissen: Was immer Garrett tut, was immer aus ihm wird, er wird Sie nie vergessen. Ich wollte Ihnen danken.«

Leichten Schrittes und mit einer großen Pizza in der Hand betrat Carter Macs Studio. Sie saß auf dem Sofa, die Füße auf den Couchtisch gestützt.

»Pizza«, verkündete Carter und ging in die Küche, um die Schachtel auf die Arbeitsplatte zu stellen. »Ich wusste, dass du heute Nachmittag einen Fototermin hattest, und ich habe die Tasche voller Arbeiten, die ich korrigieren muss. Deshalb dachte ich, okay, Pizza. Außerdem ist das ein Freudenessen. Ich hatte einen richtig guten Tag.«

Mac stöhnte ein bisschen, worauf Carter besorgt zu ihr ging. »Alles klar bei dir?«

»Ja. Größtenteils. Pizza. Ich habe eine Tonne Eiscreme im Bauch. Vielleicht auch zwei.«

»Eiscreme.« Carter setzte sich auf den Couchtisch. »Gab es was zu feiern?«

»Nein. Oder vielleicht doch. Kommt wahrscheinlich darauf an, was du als Grund zum Feiern ansiehst. Erzähl mir von deinem richtig guten Tag.«

Er reckte sich, um sie zu küssen, lehnte sich dann wieder zurück. »Hallo, Mackensie.«

»Hallo, Carter. Du strahlst wie ein Honigkuchenpferd.«

»Ich hatte einen dieser ganz großen Momente, für mich. Ich habe einen Schüler. Er war immer eine harte Nuss, einer von denen, die sich hinsetzen und einen Schalter im Kopf umlegen, wodurch sie dann überall sind, nur nicht im Klassenzimmer.«

»O ja, den Schalter hatte ich auch. War sehr praktisch, vor allem in Stunden über den Amerikanischen Unabhängigkeitskrieg oder über Zollbestimmungen. Bei den Zollbestimmungen legte sich der Schalter ganz von selbst um. War dein schwieriger Schüler heute gut?«

»Er war die ganze letzte Zeit über gut. Er hat den anderen Schalter gefunden, der Interesse und Ideen in einem weckt. Das sieht man am Blick, genau wie bei dem Knopf zum Abschalten.«

»Wirklich?«

»Garrett ist ein Schüler, der einen Lehrer dazu bringt, sich noch ein bisschen mehr anzustrengen. Und wenn man dann den anderen Schalter findet, ist das der schönste Lohn. Garrett ist der Schüler, der die Zwei bekommen hat – für die Arbeit, die ich am Valentinstag korrigiert habe. Oder am Tag davor. Für mich ist das aber unser Valentinstag.«

»Stimmt. Ich erinnere mich. Schön für Garrett.«

»Seine Mutter kam heute zu mir. Wenn Eltern einen Lehrer aufsuchen, dann tun sie das meist nicht, um dem Lehrer einen Apfel zu bringen. Sie brachte mir einen ganzen Obstgarten. Sie hat sich bei mir bedankt.«

»Bei dir bedankt.« Neugierig legte Mac den Kopf schräg. »Das ist ein Obstgarten?«

»Ja. Es geht nicht nur darum, Fakten und Theorien zu lehren oder Arbeiten zu beurteilen und zu benoten. Es geht darum … den Schalter zu finden. Bei Garrett habe ich ihn gefunden, und seine Mutter kam, um sich dafür zu bedanken. Jetzt strahlst du aber wie ein Honigkuchenpferd.«

»Du hast ein Leben verändert. Du veränderst öfters Leben.«

»So weit würde ich nicht gehen.«

»Es stimmt aber. Ich dokumentiere Leben, oder zumindest einen Teil davon. Das ist auch wichtig, es ist wertvoll. Aber du veränderst Leben, und das ist fantastisch. Ich hole dir was von der Pizza. Die ich leider nicht mit dir teilen kann«, sagte Mac, während sie aufstand. »Wegen meines Eisbauchs.«

»Warum hast du eine ganze Tonne gegessen? Oder zwei?«

»Oh.« Mac zuckte die Achseln, als Carter ihr in die Küche folgte. »Reine Verfressenheit.«

»Du hast mir mal gesagt, du neigst zum Eisessen, wenn du aufgewühlt bist.«

Mac, die gerade einen Teller herunterholte, warf einen Blick über die Schulter. »Manchmal vergesse ich, wie gut du zuhörst. Sagen wir mal, ich hatte keinen richtig guten Tag. Oder vielleicht doch«, überlegte sie. »Kommt auf den Standpunkt an.«

»Erzähl.«

»Ist nicht wichtig. Und du iss deine Garrett-Pizza. Möchtest du ein Glas Wein dazu?«

»Nur, wenn du auch eines trinkst und dabei erzählst. Wir können die nächsten Minuten damit verbringen, um den heißen Brei herumzureden, oder du sparst Zeit und erzählst mir einfach alles.«

»Du hast Recht. Um den heißen Brei herumzureden gibt

dem Ganzen eine größere Bedeutung, als es verdient hat.« Noch eine schlechte Angewohnheit, mit der es Schluss zu machen galt, dachte Mac. »Meine Mutter heiratet wieder.«

»Oh.« Carter sah ihr prüfend ins Gesicht, während er den Wein einschenkte. »Du magst den Typen nicht.«

»Keine Ahnung. Ich bin ihm noch nie begegnet.«

»Verstehe.«

»Nein, gar nichts verstehst du.« Mac legte kurz die Hand auf die seine. »Du verstehst nicht, wie eine Mutter heiraten kann, ohne dass ihre Tochter zumindest Gelegenheit hat, dem Auserwählten einmal gegenüberzustehen. Ich bezweifle, dass Eloisa ihn kennengelernt hat oder dass Linda überhaupt auf den Gedanken gekommen ist, ihn einer von uns beiden vorzustellen. Na ja, bei den Elliots / Meyers' / Barringtons … Gott, ich weiß nicht einmal, wie diesmal ihr Nachname lauten wird. Also, bei den Elliots / Meyers' / Barringtons – Schrägstrich, noch unbekannter Name – gibt es keine Familienessen. Dass die Familie den neuen Mann kennenlernt, ist nicht vorrangig.«

»Tut mir leid, dass dich das so aufregt.«

»Ich weiß nicht, was es mit mir macht. Ich weiß nicht, warum ich überrascht bin. Das letzte Mal, dass ich Linda gesehen habe, war, nachdem sie hier angerufen hatte, um Mitternacht und völlig hysterisch. Ich bin dann durch den Scheiß-Eissturm zu ihr gefahren, weil ich dachte, sie wäre vergewaltigt oder überfallen worden oder Gott weiß was.«

»Was? Wann war das?« Carter drehte seine Hand um, damit er Macs fassen konnte. »War sie verletzt?«

»Oh, das war … an dem Tag, als du den Elternabend in der Schule hattest. Und, nein, sie war nicht verletzt. Außer in ihrem Linda-Universum. Sie lag zusammengerollt auf dem Boden und war total *am Ende*, weil Ari, ihr neuer Verlobter, geschäftlich nach Paris fliegen musste und sie nicht mitgenommen hat. Ich hatte schon die Polizei und einen Notarzt rufen wollen, und dann liegt sie da und heult, hu-hu-hu, Paris. Ich habe mich umgedreht und bin gegangen. Das gibt Punkte für mich, denn normalerweise wäre meine Reaktion gewesen, sie widerwillig zu beruhigen und ins Bett zu verfrachten.«

»Warum hast du mir davon nicht früher erzählt?«

»Keine Ahnung.« Kopfschüttelnd stieß Mac ihren Atem aus. »Wirklich nicht. Es war keiner dieser stolzen Mutter-Tochter-Augenblicke. Wahrscheinlich habe ich deshalb einfach versucht, nicht mehr daran zu denken. Ich bin aus dem Zimmer marschiert und habe ihr erklärt, wenn sie das nächste Mal anruft, komme ich nicht mehr. Ich habe ihr ein paar sehr unfreundliche Dinge gesagt und bin gegangen.«

»Das musste einmal gesagt werden, und du musstest gehen.«

»Du hast Recht, mit beidem«, stimmte Mac zu. »Und heute wirbelt sie in ihrem neuen Pelz und mit einem Diamanten, groß wie eine Kühlbox, herein, als wäre überhaupt nichts geschehen. Von wegen Schalter umlegen. Sie heiratet im Juni. Ihrem Ari hat sie verziehen, dank Pelz, Diamant und Heiratsantrag. Und sie erwartet von uns, dass wir die Hochzeit organisieren. Im Juni haben wir hier die reinste Bräuteparade. Wir sind ausgebucht. Prompt gibt es einen Riesenärger. Dann hat sie es bei Parker versucht. Das war das Beste. Parker hat sie mundtot gemacht und sie rausgeschmissen. Dann folgte die Eiscreme.« Mac trank einen Schluck Wein. »Dein Tag hat mir besser gefallen.«

»Sie hat bestimmt gewusst, dass ihr ausgebucht seid.«

»Nein, eigentlich nicht. Ehrlich, das wäre ihr nicht in den Sinn gekommen. Sie blickt nicht über ihre eigenen Bedürfnisse hinaus. Etwas anderes existiert nicht. Ihre Wut und ihr Entsetzen, wenn diese Bedürfnisse nicht erfüllt werden, sind aufrichtig. Sie sind echt. Ihre emotionale Reife ist die einer Fruchtfliege, dank einer Mutter, die ihr alles durchgehen lassen hat und von der sie gelernt hat, dass sie der Nabel der Welt sei. Sie ist das Produkt dieser Erziehung.«

»Das heißt nicht, dass sie dich so behandeln darf.«

»O doch. Sie darf alles, was sie nur will. Ich bin für meine Reaktionen selbst verantwortlich. Und ich arbeite daran. Garrett und ich haben uns in letzter Zeit verbessert. Linda hat nicht bekommen, was sie wollte.«

»Das ist nicht der Punkt, es ist nur ein Ergebnis. Sie wird diese Masche wiederholen. Sie wird wiederkommen und dir wieder wehtun. Aber dann bekommt sie es mit mir zu tun.«

»Carter, das willst du dir nicht aufhalsen. Es ist lieb von dir, aber ...«

»Es ist nicht lieb. Sie bekommt es mit mir zu tun.«

Mac musste daran denken, wie Carter den Hieb von dem wütenden Betrunkenen eingesteckt hatte. »Ich weiß, dass du mit so was umgehen kannst. Aber Linda ist meine Mutter, und ich muss mit ihr fertigwerden.«

»Eine gemeinsame DNA macht sie noch nicht zu deiner Mutter.«

Mac sagte eine Weile gar nichts. »Nein«, stimmte sie Carter dann zu. »Das macht es nicht.«

20

Am späten Vormittag begann es zu schneien, und bis zum Mittag hatte sich die Welt außerhalb des Studios in einen weißen Sturm verwandelt. Der Schnee fiel in dichten, raschen Flocken und ignorierte das kurze Tauwetter von Ende Februar. Der März, dachte Mac, kam mit »Löwenklaun«.

Das stetige, wirbelnde Schneetreiben, das immer wütendere Heulen des Windes weckten in Mac den Wunsch, sich mit einem Buch und einem Becher heißer Schokolade neben sich gemütlich unter einer Decke zusammenzurollen. Nur dass sie um fünf eine Generalprobe hatten. Offenbar war es der kontrollbesessenen Braut von Samstag doch nicht gelungen, Mutter Natur ihren Willen aufzuzwingen.

Da Mac wusste, wie die Arbeit unter solchen Bedingungen war, machte sie sich daran, sich selbst und ihre Ausrüstung entsprechend wetterfest einzupacken, um zum Haupthaus hinüberzustapfen. Sie suchte ihre Notizen zusammen, öffnete eine Schublade, um zusätzliche Speicherkarten herauszuholen – und fand das Foto von sich und Carter, zusammen mit dem gerahmten Bild für Carter, das sie schon als Geschenk verpackt hatte.

»Teil drei muss noch geliefert werden«, sagte sie laut, und um sich selbst eine Freude zu machen, stellte sie das Foto, das sie behalten wollte, an ihren Arbeitsplatz. »Als Gedächtnisstütze«, entschied sie.

Sie ging nach oben, um sich für die Generalprobe in entsprechende Garderobe zu werfen, und musste wieder nach unten flitzen, um ans Telefon zu gehen. »Hallo, Professor. Wo bist du?«

»Zu Hause. Der Nachmittagsunterricht fällt aus. Es ist scheußlich draußen. Ich musste hier vorbeifahren, um ein paar Sachen zu holen, darunter auch den Kater. Ich will ihn nicht hierlassen, für den Fall, dass ich es morgen nicht schaffe herzukommen.«

»Bleib da.« Mac trug das Telefon ans Fenster, um zuzusehen, wie die Bäume in den peitschenden Windböen schwankten. »Geh bei dem Wetter nicht mehr raus. Bleib zu Hause – warm und in Sicherheit, damit ich mir nicht noch Sorgen machen muss, dass dir auf der Straße was passiert. Ich muss sowieso jetzt zum Haus wandern. Um fünf haben wir eine Generalprobe.«

»Bei dem Wetter?«

»Wir haben einen Notfallplan, zu dem das rituelle Opfer eines Hühnchens gehört.«

»Ich könnte dir helfen. Nur nicht bei dem Hühnchen.«

»Könntest du. Du könntest aber auch in eine Schneewehe geraten oder gegen einen Baum schlittern. Ich dagegen muss nur ein paar Meter laufen.« Während sie sprach, ging sie ihre Kleiderauswahl durch und entschied sich für rustikale Cordhosen und einen Rollkragenpullover. »Parker hat bestimmt schon den Vorsitzenden des nationalen Wetterdienstes am Telefon.«

»Du machst Witze.«

»Nein, ich übertreibe nur ein kleines bisschen.« Mac setzte sich, um ihre dicken Socken auszuziehen, die sie zu Hause gern trug. Dann klemmte sie den Hörer zwischen Schulter und Ohr und schlängelte sich aus ihrer Flanellhose. »Notfalls machen wir eine Generalprobe per Konferenzschaltung, oder eine virtuelle, wenn die Kunden einen entsprechend ausgestatteten Computer haben. Dem Schnee rücken wir mit Schaufeln und Pflug zuleibe. Ist nicht das erste Mal. Wenn es morgen nicht gerade einen Blizzard gibt, findet die Hochzeit statt. Vielleicht kannst du dann zu mir kommen. Und bring den Kater mit. Dann könnt ihr beide übers Wochenende bleiben.«

»Wir kommen. Heute Abend würde ich auch lieber zu dir fahren, als Hefte zu korrigieren.«

Mac zerrte sich die Cordhose hoch. »Ich würde auch lieber mit dir zusammen sein, als mich mit einer hysterischen, kontrollbesessenen Braut herumzuschlagen.«

»Das schaffst du bestimmt. Versuch, dich warm zu halten. Vielleicht kannst du mich später anrufen, wenn du mit allem fertig bist. Dann kannst du mir erzählen, wie es gelaufen ist.«

»Mache ich. Oh, warte. Ist bei den Heften, die du korrigieren musst, auch eines von Garrett?«

»In der Tat.«

»Ich hoffe, er kriegt eine Eins. Wir sehen uns morgen.«

Sie hängte auf, zog ihr Sweatshirt aus und den Pullover an. Dann schnappte sie sich ihre Kosmetiktasche und ein Paar schicker Stiefel, für den Fall, dass die Braut darauf bestehen sollte, den Elementen zu trotzen.

Fünf Minuten später stemmte sie sich den eisigen Windböen entgegen, um durch den Schnee zu stapfen. Wenn der Sturm nicht in den nächsten Stunden abflaute, würden sie ein Wunder brauchen. Und selbst mit einem Wunder würden die Gäste reihenweise absagen. Um überhaupt ein paar Bilder einer strahlenden Braut in den Kasten zu bekommen, würde sie ihre ganze Kunst aufbringen müssen.

Oder mit Alkohol nachhelfen.

Im Windfang ließ sie alles fallen und stampfte und schüttelte sich den Schnee ab. Dann warf sie einen Blick in Laurels Küche.

Ihre Freundin stand da und überzog gerade die zweite von drei Etagen der Torte mit zartrosa Zuckerguss.

»Moment mal. Ich habe hier stehen, Torte mit Intarsien, weißer Zuckerguss, rosa und lavendelblaue Blumen, traditionelles Brautpaar als Aufsatz.«

»Umgeändert in Torte mit gefälteltem Guss in Zartrosa mit Sträußchen aus englischen Veilchen obendrauf. Vielleicht hast du die Nachricht nicht bekommen – oder, ehrlich gesagt, habe ich dir wahrscheinlich, als wir so weit waren, gar keine geschickt.«

»Kein Problem. Ich notiere mir das.« Mac zog ihre Unterlagen hervor. »Was meinst du, bei wie vielen Typen sie es sich wieder anders überlegt hat, bis sie sich für den entschieden hat, den sie morgen heiratet?«

»Schon bei der Vorstellung wird einem ganz anders. Minus acht bis minus elf Grad sind angesagt.«

»Mit solchen Temperaturen werden wir fertig.«

»Wir schon. Bei der Braut bin ich mir nicht so sicher.« Laurel wechselte zur letzten Etage der Torte. »Parker bearbeitet sie beinahe, seit die erste Schneeflocke gefallen ist. Emma ist in ihrem Reich und kümmert sich um die Blumen.«

»Gilt noch das mit dem Pomander für das Blumenmädchen?«

»Bis jetzt ja. Meine Aufgabe war es, die Farbe des Zuckergusses passend zu den Rosen hinzukriegen.« Laurel hielt inne, um die Knospe, die Emma ihr gegeben hatte, vor den Guss zu halten. »Ich denke, das ist gelungen. Aber jetzt zisch ab. Ich muss noch Unmengen von rosa und weißem Zuckerguss verarbeiten, bevor ich dieses Baby überhaupt zusammensetzen kann.«

»Ich gehe Parker helfen.«

In ihrem Büro lag Parker mit geschlossenen Augen auf dem Boden und sprach beruhigend in ihr Headset. »Ich weiß, Whitney. Es ist einfach unfair. Aber … Nein, ich mache Ihnen überhaupt keinen Vorwurf. Mir würde es genauso gehen. Es geht mir genauso.« Sie öffnete die Augen und schaute zu Mac hoch. Schloss die Augen wieder.

»Ich bin für Sie da. Wir alle sind für Sie da. Und wir haben ein paar Ideen, die vielleicht … Whitney! Ich möchte, dass Sie jetzt aufhören. Hören Sie mir jetzt zu. Hören Sie auf zu weinen, und atmen Sie tief durch. Und jetzt hören Sie einfach zu. Am Wetter können wir nichts ändern. Bei manchen Dingen im Leben ist das einfach so. Aber es kommt darauf an, was wir daraus machen, und was Sie heute tun werden, ist, den Mann zu heiraten, den Sie lieben und ein wundervolles gemeinsames Leben zu beginnen. Daran kann das Wetter Sie nicht hindern.«

Während Mac mit halbem Ohr zuhörte, öffnete sie Parkers Wandschrank und holte ihrer Freundin eine frische Flasche Wasser.

»Weinen Sie nicht, Herzchen. Wir tun jetzt Folgendes. Wir machen uns Gedanken darüber, wie es heute weitergeht. Um fünf schalten wir eine Telefonkonferenz mit Ihnen und Vince und der Hochzeitsgesellschaft, auch mit Ihren Eltern. Wir gehen Schritt für Schritt durch, wie der morgige Tag ablaufen soll. Moment, Moment noch. Zuerst heute. Wir gehen jeden einzelnen Schritt durch und nehmen uns dafür alle Zeit der Welt. Ich weiß, wie sehr Sie sich auf den Probedurchlauf heute Abend gefreut haben.«

Mit geschlossenen Augen hörte Parker eine Weile zu. »Ja, Whitney, aber ich muss Ihrer Mutter und Vince beipflichten. Angesichts der Straßenlage ist es zu riskant, alle hierher oder zum Restaurant zu beordern. Ich habe jedoch, Ihr Einverständnis vorausgesetzt, bereits veranlasst, dass ein Catering-Service, den ich kenne, Ihnen ein wundervolles Essen liefert. Die Inhaberin wohnt nur ein paar Blocks von Ihnen entfernt. Sie liefert Ihnen alles und baut auch alles auf. Sie können aus dem Ganzen eine Party machen, Whitney, oder eine Tragödie. Ich habe bereits mit Ihrer Mutter gesprochen, und sie ist ganz begeistert von der Idee.«

Mac beugte sich herab und tippte mit der Flasche an Parkers Hand. Parker nahm sie entgegen und hielt sie einfach fest.

»So hat sie ein volles Haus und schmeißt mit ihrer Tochter eine Party. Sie bekommen ein schönes Essen, trinken Wein, sind mit Familie und Freunden zusammen, die auch bei Ihnen übernachten, machen ein Feuer im Kamin an. Es wird ein einzigartiges, ganz individuelles Probedinner. So entsteht aus den Unannehmlichkeiten etwas sehr Schönes und Lustiges.«

»Mann, du bist gut«, raunte Mac.

Parker schlug erneut die Augen auf und verdrehte sie. »Ganz genau. Was morgen wird, lassen Sie nur meine Sorge sein. Ich verspreche Ihnen, dass wir, auf welche Weise auch immer, dafür sorgen werden, dass Sie einen schönen Tag haben. Das Wichtigste ist, dass Sie Vince heiraten. Und jetzt möchte ich, dass Sie sich entspannen und das Ganze genießen. Das alles wird uns viel Freude machen. Ich rufe Sie wieder an. Ja. Versprochen. Jetzt gehen Sie, und helfen Sie Ihrer Mutter.«

Parker nahm das Headset ab. »Mein Gott!«

»Ich vermute, über Pomander macht sie sich jetzt keine Gedanken mehr.«

»Nein, sie ist zu beschäftigt damit, die Götter zu verfluchen.« Während sie sich aufsetzte, drehte Parker den Verschluss der Flasche auf und trank ausgiebig. »Ich mache ihr keinen Vorwurf daraus, dass sie außer sich ist. Wer wäre das nicht? Aber bei einer Hochzeit im Winter muss man mit Schnee rechnen. Nur zur Information, es ist März in Connecticut. In ihren Augen ist der Schnee jedoch eine persönliche Beleidigung, die ihr Leben ruinieren will. Minus acht bis minus elf Grad.«

»Ich habe die Vorhersage gelesen.«

»Für die Auffahrt und die Parkplätze brauchen wir den Schneepflug, und die Wege, Veranden und Terrassen müssen freigeschaufelt werden.« Parker trank noch einen Schluck und tat das, wozu sie auch Whitney geraten hatte. Sie atmete tief durch. »Die Räumdienste sind unterwegs – wir müssen uns also darauf verlassen, dass sie ihren Dienst tun.«

»Was ist mit Allradfahrzeugen?«

»Die Autovermietung kann von Limousinen auf Hummer-Geländewagen umsteigen. Der Bräutigam ist bereit, die Limousine sausenzulassen und sein Gefolge in sein SUV zu packen. Ich habe mit allen Helfern gesprochen. Das dürfte kein Problem sein.«

»Dann hole ich mir wohl am besten mal einen Schneeschieber.«

Um acht Uhr, als der Schnee nur noch leise herabrieselte, saßen Mac und ihre Freundinnen in der Küche und verputzten eine Schüssel von Mrs G.'s Rindfleischeintopf.

»Wann kommt sie nach Hause?«, wollte Mac wissen. »Wir haben bald keine Vorräte mehr.«

»Am ersten April«, erwiderte Parker, »wie gewöhnlich. Das schaffen wir. Und morgen das schaffen wir auch. Ich habe gerade mit einer sehr glücklichen, etwas beschwipsten Braut gesprochen. Sie haben jede Menge Spaß. Sie haben eine Karaoke-Maschine.«

»Der Schnee ist geräumt, der Wetterbericht sagt für morgen einen klaren Himmel bei maximal dreieinhalb Grad voraus. Der Wind lässt schon nach. Die Torte ist kaltgestellt, und sie ist ein Prachtstück.«

Emma nickte Laurel zu. »Das Gleiche gilt für die Blumen.«

»Morgen ganz früh kommen die Jungs, um die Wege und Terrassen freizuschaufeln, auch die Dachterrasse auf dem Söller«, warf Parker ein. »Das wäre also abgehakt.«

»Gott sei Dank«, sagte Emma überschwänglich.

»Der Brautvater macht beim Probedinner heute Abend Fotos mit seiner Digitalkamera. Damit spiele ich ein bisschen herum und bastele für eines der kleinen Alben etwas Lustiges daraus. Das schenken wir der Braut. Und jetzt«, Mac schob sich vom Stuhl hoch, »gehe ich heim und aale meine schmerzenden Glieder in einem heißen Bad.«

Durch das nachlassende Schneegestöber und im funkelnden Schein der Beleuchtung entlang der Wege lief sie nach Hause. Dabei musste sie daran denken, wie Carter sie dazu überredet hatte, im Schnee spazieren zu gehen, anstatt sich im Selbstmitleid zu suhlen.

Sie würde ihn anrufen. Ein paar Kerzen anzünden, mit einem Glas Wein im warmen Badewasser versinken – und mit Carter telefonieren. Sie fragte sich, wie er wohl auf Telefonsex reagieren würde, und hörte sich auflachen. Er überraschte sie immer wieder. Wahrscheinlich war er auch auf diesem Gebiet ein Meister.

Sie schloss ihre Tür auf und lauschte auf die Stille in

ihrem Studio. Sie mochte die Ruhe, den Raum, den sie hatte. Merkwürdig, dass Carter nichts davon störte, wenn er da war. Durch ihn schien alles nur noch mehr ihnen beiden zu gehören. Ihrer beider Ruhe, ihrer beider Raum.

Ein seltsamer Gedanke.

Während sie ihren Mantel auszog, warf sie einen kurzen Blick auf das Foto, das an ihrem Arbeitsplatz stand. Vielleicht war der Gedanke doch nicht so seltsam. Sie beide zusammen in dem Rahmen, das war schön.

Die Phase, in der sie sich gerade befanden, war gut, dachte sie, als sie nach oben ging. Keine Warteschleife, nicht ganz, einfach ein Verharren in dem angenehmen Zustand der Ordnung und Ungezwungenheit.

Sie ging ins Schlafzimmer und schleuderte die schicken Stiefel, die sie nun doch nicht gebraucht hatte, in Richtung Kleiderschrank. Sie nahm ihre Ohrringe ab und ließ sie auf die Frisierkommode fallen.

Dann hielt sie inne und stieß heftig den Atem aus, als sie sich im Zimmer umsah. Am Morgen hatte sie das Bett nicht gemacht. Sie hatte Kleider auf den Stuhl geworfen. Auch Socken hatte sie dort fallen lassen. Ihr schöner Kleiderschrank ... Es war keine Katastrophe, dachte sie, aber warum hatte sie die graue Bluse zwischen die weißen gehängt? Der schwarze Rock gehörte zu den Röcken, nicht zu den Jacketts. Und das da war Carters Jackett.

Sie war wieder in ihre alten Gewohnheiten verfallen, dachte sie angeekelt. Sie hatte jetzt für alles einen Platz, warum also konnte sie es nicht dort hinräumen? Ihren Bereich, ihre Sachen im Griff haben, ihr ...

Leben, dachte sie.

Weil sie chaotisch war, gestand sie sich ein. Genau wie das Leben. Weil Carters Jackett neben ihren hing, und was machte das schon? Socken gingen verloren, Betten wurden zerwühlt. Die eigene Mutter war eine egoistische Person, der Vater gleichgültig.

Und manchmal wurde man am Tag des Probedinners zu seiner eigenen Hochzeit vom Schnee überrascht.

Wie hatte Parker gesagt?

An manchen Dingen kann man einfach nichts ändern. Man kann eine Party daraus machen oder eine Tragödie.

Oder, dachte Mac, man kann sich weigern, den nächsten Schritt zu tun. Man kann sich weigern, das zu ergreifen, was man sich am meisten wünscht, weil man Angst hat, es eines Tages wieder zu verlieren.

Im Laufschritt eilte sie zurück nach unten und nahm das Foto in die Hand. »Er ist mir einfach passiert«, sagte sie leise, während sie genau studierte, wie sie zusammen in dem Rahmen aussahen. »Er ist einfach über mich gekommen, und alles hat sich verändert.«

Als sie aufschaute, fiel ihr Blick auf das Foto der drei kleinen Mädchen unter der weiß blühenden Rosenlaube. Und auf den blauen Schmetterling auf dem Strauß aus wilden Veilchen und Löwenzahn.

Sie stieß so heftig den Atem aus, dass sie die Hand aufs Herz legte. Natürlich. Natürlich. Es war so sonnenklar, wenn sie nur genau hinschaute.

»O mein Gott. Worauf warte ich noch?«

Carter hatte leise Musik angestellt und ließ sich von dem Kater die Füße wärmen, als er es sich mit einem Buch und einem kleinen Glas Jameson auf dem Sofa im Wohnzimmer bequem machte.

Er hatte schon öfters Abende wie diesen verbracht, sinnierte er, an denen ihm nach getaner Arbeit ein Buch und der Kater Gesellschaft leisteten. Er konnte das genießen.

Er wünschte, er hätte ein Kaminfeuer. Natürlich bräuchte er dafür zuerst einen Kamin. Doch ein Feuer würde dem Ganzen so einen Hauch von einem kultivierten Abend zu Hause verleihen. Einen Hauch der Sendereihe *Masterpiece Theatre.*

Der Professor, der mit seinem Kater an einem verschneiten Abend am Feuer sitzt und liest.

Beinahe konnte er das Porträt vor sich sehen, das Mackensie davon anfertigen würde, und die Vorstellung gefiel ihm und amüsierte ihn zugleich.

Er wünschte, sie könnte hier bei ihm sein. Ihm gegenüber auf dem Sofa ausgestreckt, so dass er ihr Gesicht sehen könnte, wann immer er von seiner Lektüre aufschaute. Die Stille eines Winterabends miteinander teilen, und das imaginäre Kaminfeuer.

Eines Tages, dachte er, wenn Mac bereit war. Ein Teil von ihm war schon in dem Moment bereit gewesen, als er Mac wiedergesehen hatte; es hatte keinen Sinn, das zu leugnen. Kaum sah er, so liebte er, um Rosalindes Worte abzuwandeln.

Und dem Rest von ihm war es so bald schon genauso ergangen. Mac jedoch hatte keinen solchen Funken, keine alte Flamme in sich gehabt, die nur darauf wartete, wieder entfacht zu werden.

Diesmal ging es allerdings um Mann und Frau, nicht mehr um eine Kinderei.

Dass sie mehr Zeit brauchte, konnte er Mac nicht verdenken.

»Na ja, vielleicht ein bisschen«, sagte er zu Triad. »Nicht so sehr, dass sie mehr Zeit braucht, aber, dass sie sich selbst nicht vertraut. Wie kann eine Frau, die so viel davon in sich trägt, der Liebe nicht trauen? Ich weiß, ich weiß, die liebste Mama, der Vater, der durch Abwesenheit glänzt. Jede Menge Narbengewebe.«

Er würde also warten. Er würde Mac lieben, bei ihr sein. Und warten.

Er vertiefte sich wieder in sein Buch und ließ sich von der Stille und von der Reise, auf die ihn das Buch mitnahm, einlullen. Er nahm den Whiskey und trank einen kleinen Schluck. Als plötzlich jemand an die Tür hämmerte, zuckte er derartig zusammen, dass er sich Whiskey über das Hemd schüttete.

»So ein Mist.«

Er nahm die Brille ab und legte sie zusammen mit dem Buch auf den Tisch. Triad protestierte, als er die Füße unter ihm wegzog. »Ich kann nichts dafür. Bedank dich bei demjenigen, der so verrückt ist, an einem solchen Abend draußen unterwegs zu sein.«

Widerstrebend erhob er sich. Dann schoss ihm der Gedanke durch den Kopf, dass vielleicht jemand einen Unfall gehabt hatte und zu seinem Haus gekommen war, um Hilfe zu rufen. Er beschleunigte seine Schritte und sah im Geiste schon Autos vor sich, die auf rutschigen Straßen ineinandergekracht waren. Als er die Tür öffnete, füllten seine Arme sich mit – Mac.

»Carter!«

»Mackensie.« Der Schreck fuhr ihm in die Glieder. »Was ist los? Was ist passiert?«

»Alles.« Sie wandte den Kopf und presste ihm die Lippen auf den Mund. »Alles ist passiert.«

»Parkers Anwesen?« Wieder schoss ihm der Gedanke an Feuer durch den Sinn. »Hat es gebrannt? Oder …«

»Nein.« Sie klammerte sich an ihn. »Du hast mich gefunden.«

»Du frierst. Komm rein ins Warme. Du musst dich setzen. Was immer auch geschehen ist, wir …«

»Ich habe meine Handschuhe vergessen.« Lachend küsste Mac ihn erneut. Ich habe vergessen, im Auto die Heizung anzustellen. Ich habe vergessen, das Bett zu machen. Und ich weiß gar nicht, warum ich gedacht habe, das wäre so wichtig.«

»Hast du dir den Kopf gestoßen?« Carter schob sie ein Stück von sich, um ihr in die Augen zu sehen. Ihr Blick kam ihm nicht entsetzt vor, nur ein bisschen wild. »Hast du was getrunken? Und bist dann bei diesen Wetterbedingungen gefahren? Du kannst nicht …«

»Ich habe nichts getrunken. Ich hatte an Wein und Telefonsex in der Badewanne gedacht, aber das war, bevor mir auffiel, dass ich das Bett nicht gemacht und meine Socken nicht in die Wäschetruhe geworfen hatte.« Mac schnüffelte. »Aber irgendjemand hat hier getrunken. Ist das Whiskey? Du trinkst Whiskey?«

»Manchmal. Es ist kalt heute Abend, und dann der Schnee, und … Warte mal kurz.«

»Siehst du? Du überraschst mich immer wieder. Carter trinkt an einem verschneiten Abend Whiskey.« Sie wirbelte ein Stück von ihm weg und wieder zurück. »Und er kann einen Schlag ins Gesicht verkraften. Er kauft Diamantohrringe und lacht mit seinem Vater in der Küche. Oh, ich wünschte, ich hätte meine Kamera dabeigehabt. Dann hätte ich diesen Moment einfangen und dir zeigen können. Dafür brauche ich noch einmal eine Chance, wenn ich nicht so mit Neid und Nervosität zu kämpfen habe. Aber ich habe noch etwas für dich.«

Aus der tiefen Tasche ihres Mantels zog sie das kleine Paket. »Der dritte Teil des Geschenks.«

»Um Himmels willen, du bist bei dem Sauwetter den ganzen Weg hierhergefahren, um mir ein Bild zu geben? Du hättest einen Unfall haben, dich verletzen können. Du ...«

»Ja. Hätte ich. So was kommt vor. Aber es ist nicht passiert, und ich bin hier. Mach es auf.«

Carter fuhr sich mit der Hand durchs Haar. »Komm, lass mich deinen Mantel aufhängen.«

»Das kann ich selbst tun. Mach es auf. Schau es an.« Mac zog den Mantel aus und warf ihn über das Treppengeländer. »Solche Sachen mache ich. Meinen Mantel irgendwo hinschleudern. Und dir macht das nicht einmal etwas aus. Vielleicht wird es das eines Tages. Na und? Mach es auf, Carter.«

Er löste das Band und öffnete die Schachtel. Mac lächelte ihm entgegen, ihre Wange an seiner. Er musste an den Kuss denken, an Macs Freude daran, ihm etwas zu schenken. An die Wärme danach und das Gefühl von ihrem Gesicht, das seines streifte. »Es ist wunderschön.«

»Ja, das ist es. Ich habe eins von dem Kuss behalten. Du hast gar nicht gemerkt, dass ich das Bild gemacht habe. Es ist ein toller Kuss, ein tolles Bild. Aber das hier – das sind wir. Wir schauen nach vorn, wir schauen der Zukunft freudig entgegen. Heute Abend nach der Arbeit, nach dem Versuch, mit all den Dingen fertigzuwerden, die man nicht ändern und nicht vorhersehen kann – gut oder schlecht, fröhlich oder traurig – und dann der Kleiderschrank. Ich habe meine Blusen durcheinandergebracht, und dein Jackett hing auch da drin.«

»Oh, das muss ich hineingehängt haben, als ...«

»Macht nichts. Das ist der entscheidende Punkt. Es

macht nichts, dass meine Mutter meine Mutter ist, oder dass die Dinge nicht immer genau so laufen, wie man es sich gedacht hat. Es kommt auf die Augenblicke an. Das weiß ich besser als irgendjemand sonst, aber auf mich selbst habe ich es nie angewendet. Nicht auf mich. Was zählt, sind die Menschen, wie sie sich fühlen, welchen Kontakt sie zueinander haben, wer sie allein sind und wer zusammen. All das zählt, ganz gleich, wie schnell der Augenblick vergeht. Vielleicht sogar, weil er vergeht. Was zählt, ist, dass du der blaue Schmetterling bist.«

»Ich bin ... was?«

»Also wirklich, Professor Maguire. Du weißt alles über Metaphern, Analogien und Symbole. Du bist in mein Leben geflogen und ganz unerwartet darin gelandet. Vielleicht wie ein Wunder. Und dann ist das Bild entstanden. Ich habe nur eine Weile gebraucht, um es zu sehen.«

»Ich bin kein ... Ach, das Bild. Vom Heiratenspielen, das Foto, das du als kleines Mädchen gemacht hast.«

»Offenbarungen. Damals hatte ich eine, und heute Abend noch eine. Ich will das.« Sie nahm ihm das Bild aus der Hand. »Ich will ... Hier.« Sie schaute sich um und suchte einen Platz in einem seiner Bücherregale aus. »Das will ich. Dort sieht es richtig aus, oder?«

Irgendetwas presste Carter das Herz zusammen. »Ja. Dort gehört es hin.«

»Es gibt aber keine Garantie dafür. Warum sollte es auch? Es ist kein Auto und kein Computer. Es ist das Leben, und das ist chaotisch und kracht manchmal zusammen. Es ist ein Versprechen, es zu versuchen. Ich will versprechen, es zu versuchen. Carter.«

Sie ging zurück zu ihm, um sein Gesicht zwischen die Hände zu nehmen. »Carter Maguire, ich liebe dich.«

Als die Faust um sein Herz sich schloss und wieder öffnete, senkte Carter die Stirn auf die ihre. »Sag das nochmal, ja?«

»Es ist das erste Mal, dass ich es zu jemandem gesagt habe – jedenfalls so. Ich weiß auch nicht, warum ich dachte, es sei so schwer. Das ist es gar nicht. Ich liebe dich. Ich liebe, was wir beide zusammen sind. Ich liebe, was aus uns vielleicht noch werden kann. Ich werde bestimmt Mist bauen. Du auch, schließlich bist du nicht perfekt. Wir werden einander wehtun und einander zum Lachen bringen. Wir werden miteinander schlafen und uns streiten. Ich möchte, dass wir einander eins versprechen: Dass wir versuchen werden, einander nicht fallenzulassen. Mehr als versuchen können wir es nicht.«

Carter berührte ihre Lippen mit den seinen. Da war das Versprechen, dachte er. Da war alles, worauf er gewartet hatte. Da war Mackensie, und sie liebte ihn.

»Ich bin so froh, dass du dein Bett nicht gemacht hast.«

Ihr Lachen wurde von seinen Lippen erstickt, bis sie den Kopf zurücklegte. »Das war eines von vielen Elementen, die sich zu einem Augenblick absoluter Klarheit zusammengefügt haben. Und das musste ich dir unbedingt sagen. Ich konnte nicht warten. Du bist derjenige, der so gut warten kann.«

»Es hat sich gelohnt. Sieh nur, was ich bekommen habe.«

»Ich will dir noch etwas sagen. Am Valentinstag – unserem Valentinstag –, als da kein Ring in der Schachtel lag, war ein Teil von mir enttäuscht. Das hat mir Angst gemacht. Jetzt habe ich keine Angst mehr.«

Carter suchte ihren Blick, und was er in ihren Augen sah, ließ sein Herz hüpfen. »Ich will mein Leben mit dir teilen, Mackensie.«

»Ich möchte, dass du mich fragst.«

Sanft strich er ihr mit den Lippen über die Stirn. »Ich liebe dein Gesicht und deine Hände.« Er nahm sie in die seinen, um die Handflächen zu küssen. »Wie du aussiehst, wenn du eine Kamera hältst oder vor dem Computer hockst. Ich habe Dutzende von Bildern und Augenblicken von dir in meinem Kopf. In meinem Herzen. Ich will noch ein Leben mehr davon. Heirate mich.«

»Ja.«

»Ja.« Er zog sie an sich, hielt sie fest. »Sie hat Ja gesagt. Lass uns im Juni heiraten.«

Mac wich zurück. »Im Juni? Wir sind total ausgebucht. Das ist …« Als Carter grinste, kniff sie die Augen zusammen. »Sehr witzig, Carter.«

Lachend schlang er erneut die Arme um sie. »Ich nehme den ersten freien Termin, wenn es dir recht ist.«

»Abgemacht. Im Namen meiner Partnerinnen lassen Sie mich sagen, dass Vows Ihnen gern zur Verfügung steht und verspricht, Ihnen eine perfekte Hochzeit zu bieten.«

»Ich habe dich. Es ist schon perfekt.«

Mac hielt ihn ganz fest, während sie sich lange küssten. Dann lehnte sie seufzend den Kopf an seine Schulter.

Vom Bücherregal lächelten ihre Gesichter ihr entgegen. Augenblicke kamen und gingen, dachte sie. Die Liebe fügte sie zusammen zu einem Leben.

Sie hatte die Liebe.

Werkverzeichnis der im Heyne und Diana Verlag erschienenen Titel von Nora Roberts

© Bruce Wilder

› Zusatzmaterial

HEYNE ‹

Die Autorin

Nora Roberts wurde 1950 in Silver Spring, Maryland, als einzige Tochter und jüngstes von fünf Kindern geboren. Ihre Ausbildung endete mit der Highschool in Silver Spring. Bis zur Geburt ihrer beiden Söhne Jason und Dan arbeitete sie als Sekretärin, anschließend war sie Hausfrau und Mutter. Anfang der Siebzigerjahre zog sie mit ihrem Mann und den beiden Kindern nach Maryland aufs Land. Sie begann mit dem Schreiben, als sie im Winter 1979 während eines Blizzards tagelang eingeschneit war. Nachdem Nora Roberts jedes im Haus vorhandene Buch gelesen hatte, schrieb sie selbst eins. 1981 wurde ihr erster Roman *Rote Rosen für Delia* (Originaltitel: *Irish Thoroughbred*) veröffentlicht, der sich rasch zu einem Bestseller entwickelte. Seitdem hat sie über 200 Romane geschrieben, von denen weltweit über 500 Millionen Exemplare verkauft wurden; ihre Bücher wurden in mehr als 30 Sprachen übersetzt. Sowohl die Romance Writers of America als auch die Romantic Times haben sie mit Preisen überschüttet; sie erhielt unter anderem den Rita Award, den Maggie Award und das Golden Leaf. Ihr Werk umfasst mehr als 195 New-York-Times-Bestseller, und 1986 wurde sie in die Romance Writers Hall of Fame aufgenommen.
Heute lebt die Bestsellerautorin mit ihrem Ehemann in Maryland.

E-Books

Alle Romane in diesem Werkverzeichnis sind auch als E-Book erhältlich.

Besuchen Sie Nora Roberts auf ihrer Website
www.noraroberts.com

1. Einzelbände

Licht in tiefer Nacht *(Come Sundown)*

So lange Bodine denken kann, liegt ein Schatten über dem Familienanwesen. Ihre Tante Alice lief mit achtzehn fort und wurde nie wieder gesehen. Was niemand ahnt: Alice lebt. Nicht weit entfernt, ist sie Teil einer Familie, die sie nicht selbst gewählt hat …

Dunkle Herzen *(Divine Evil)*

Eine New Yorker Bildhauerin erlebt in ihren Albträumen eine »Schwarze Messe«, welche in ihrem Heimatort in Maryland stattfindet. Sie erinnert sich an den grauenvollen Tod ihres Vaters und entschließt sich zur Heimkehr in ihr Elternhaus. Dunkle Mächte werden daraufhin wiedererweckt.

Erinnerung des Herzens *(Genuine Lies)*

Eine alleinerziehende Mutter und erfolgreiche Autorin soll für eine Filmdiva die Memoiren verfassen. Sie erhält deshalb immer häufiger Drohbriefe, je mehr sich die Diva in ihren brisanten Informationen öffnet.

Gefährliche Verstrickung *(Sweet Revenge)*

Die schöne Adrianne führt ein Doppelleben: bei Tag elegante Society-Lady, bei Nacht gefürchtete Juwelendiebin. Doch all ihre Einbrüche sind bloß Fingerübungen für ihren größten Coup: Sie will jenen Mann bestehlen, der einst ihrer Mutter das Leben zur Hölle machte. Nur einer könnte ihre Pläne zunichtemachen: Philip Chamberlain, Ex-Juwelendieb und Interpol-Agent …

Das Haus der Donna *(Homeport)*

Eine amerikanische Kunstexpertin wird zu einer wichtigen Expertise über eine Bronzefigur aus der Zeit der Medici nach Florenz eingeladen, doch vorher wird sie überfallen und mit einem Messer bedroht. Die Echtheit der Figur und der Überfall stehen in einem gefährlichen Zusammenhang.

Im Sturm des Lebens *(The Villa)*
Teresa Giambelli legt die Führung ihrer Weinfirma in die Hände ihrer Enkelin Sophia und in die von Tyker, dem Enkelsohn ihres zweiten Mannes, beide charakterlich sehr unterschiedlich. Als vergiftete Weine der Firma auftauchen, erkennen beide, dass sie gemeinsam für ihre Familie und das Weingut kämpfen müssen.

Insel der Sehnsucht *(Sanctuary)*
Anonyme Fotos beunruhigen die Fotografin Jo Hathaway, und deshalb kommt sie nach Jahren zurück in ihr Elternhaus auf der Insel Desire. Dort findet sie ihren Vater und die Geschwister vor. Jo versucht herauszufinden, weshalb ihre Mutter vor langer Zeit verschwand.

Lilien im Sommerwind *(Carolina Moon)*
South Carolina. Tory Bodeen findet keine Ruhe, seit vor achtzehn Jahren ihre beste Schulfreundin Hope ermordet wurde. Heimlich stellt sie Nachforschungen an, unterstützt von Hopes Bruder. Sie stellen fest, dass Hope das erste Opfer einer Mordserie ist.

Nächtliches Schweigen *(Public Secrets)*
Der Sohn eines umjubelten Bandleaders wird entführt und dabei versehentlich getötet. Die Tochter Emma beobachtet die Untat, stürzt dabei und verliert jede Erinnerung an die Täter. Sie quält sich mit Vorwürfen und versucht mithilfe eines Polizeibeamten, ihr Gedächtnis wiederzuerlangen. Dadurch gerät sie in große Gefahr.

Rückkehr nach River's End *(River's End)*
Auf mörderische Weise verliert die kleine Livvy ihre Eltern, ein Hollywood-Traumpaar. Die Großeltern bieten ihr im friedlichen River's End eine neue Heimat. Jahre später kommen die Erinnerungen und damit die Gefahr, dass bedrohlicher Besuch eintreffen könnte.

Der Ruf der Wellen *(The Reef)*
Auf der Suche nach einem geheimnisumwitterten Amulett vor der Küste Australiens wird James Lassiter bei einem Tauchgang ermordet. Dessen Sohn Matthew und sein Onkel sind weiter auf der Suche, zusammen mit Ray Beaumont und dessen Tochter Tate, und entdecken ein spanisches Wrack.

Schatten über den Weiden *(True Betrayals)*
Nach der Trennung von ihrem Mann erhält Kelsey einen Brief von ihrer totgesagten Mutter. Diese widmet sich seit ihrer Entlassung aus dem Gefängnis der Pferdezucht in Virginia. Kelsey entdeckt dort ihre Wurzeln, verliebt sich, beginnt aber auch in der Vergangenheit ihrer Mutter zu forschen: Weshalb wurde ihr ein mysteriöser Mord zur Last gelegt?

Sehnsucht der Unschuldigen *(Carnal Innocence)*
Innocence am Mississippi ist für die Musikerin Caroline Waverly der richtige Ort der Erholung nach einer monatelangen Tournee mit Beziehungskonflikten. Tucker Longstreet, Erbe der größten Farm in Innocence, verliebt sich in Caroline. Drei Frauen werden innerhalb einiger Wochen ermordet, eine von ihnen war die ehemalige Geliebte von Tucker.

Die Tochter des Magiers *(Honest Illusions)*
Roxanne teilt das geerbte Talent für Magie mit Luke, einem früheren Straßenjungen, den ihr Vater, ein Zauberkünstler, einst auf-

nahm. Allerdings erleichtern sie Reiche auch um deren Juwelen. Sie werden Partner in der Zauberkunst und in der Liebe. Ein dunkler Punkt in Lukes Vergangenheit lässt ihn verschwinden – Jahre später taucht er wieder auf ...

Tödliche Liebe *(Private Scandals)*
Die erfolgreiche Fernsehmoderatorin Deanna Reynolds hat Glück im Beruf – und in der Liebe mit dem Reporter Finn Riley. Doch eine eifersüchtige Kollegin und anonyme Fanpost machen ihr das Leben schwer.

Träume wie Gold *(Hidden Riches)*
Philadelphia. Die Antiquitätenbesitzerin Dora Conroy kauft eine Reihe von Objekten und gerät damit ins Blickfeld von internationalen Schmugglern. Sie und der ehemalige Polizist Jed Skimmerhorn beginnen, Diebstähle und Todesfälle im Umkreis der geheimnisvollen Lieferung zu untersuchen.

Verborgene Gefühle *(Hot Ice)*
Manhattan. Auf der Flucht vor Gangstern landet der charmante Meisterdieb Douglas Lord im Luxusauto von Whitney. Dabei erfährt sie von Douglas' Plan, im Dschungel von Madagaskar einen sagenhaften Schatz zu suchen.

Verlorene Liebe *(Brazen Virtue)*
Zwei Schwestern. Während Grace unbekümmert alleine als Krimiautorin lebt, arbeitet Kathleen als Lehrerin an einer Klosterschule und verdient sich nebenbei Geld mit Telefonsex für den Scheidungsanwalt. Ein lebensgefährlicher Job, denn Grace findet Kathleen mit einem Telefonkabel erdrosselt.

Verlorene Seelen *(Sacred Sins)*
Washington. Blondinen sind die Opfer eines Frauenmörders, die Tatwaffe immer eine weiße Priesterstola. Mithilfe der Psychiaterin Tess Court versucht Police Sergeant Ben Paris, die Mordserie aufzuklären. Doch nicht nur er hat ein Auge auf Tess geworfen.

Der weite Himmel *(Montana Sky)*
Montana. Der steinreiche Farmer Jack Mercy verfügte in seinem Testament, dass seine drei Töchter aus drei Ehen erst dann ihren Erbteil erhalten, wenn sie ein Jahr lang friedlich zusammen auf der Farm verbringen. Sie versuchen es, doch in dieser Zeit geschehen auf der Farm mysteriöse Dinge.

Tödliche Flammen *(Blue Smoke)*
Reena Hale ist Brandermittlerin und kennt durch ein schlimmes Kindheitserlebnis die Macht des Feuers. Neben Bo Goodnight interessiert sich noch jemand sehr für sie – allerdings verfolgt dieser Unbekannte ihre Spur, um die Macht des Feuers für seinen Racheplan zu benützen.

Verschlungene Wege *(Angels Fall)*
Reece Gilmore ist auf der Flucht: vor der Erinnerung und vor sich selbst. Als sie sich endlich in einem Dorf in Wyoming dem einfühlsamen Schriftsteller Brody anvertraut, glaubt sie, zur Ruhe zu kommen. Doch die Vergangenheit holt sie bald ein.

Im Licht des Vergessens *(High Noon)*
Phoebe MacNamara kennt die Gefahr. Geiselnehmer, Amokläufer – kein Problem für die beim FBI ausgebildete Expertin für Ausnahmezustände. Aber erst die Liebe zu Duncan hat sie unverwundbar gemacht. Glaubt sie. Bis sie von einem Unbekannten brutal überfallen wird. Fortan muss sie um ihr Leben fürchten.

Lockruf der Gefahr *(Black Hills)*
Tierärztin Lilian führt auf ihrer Wildtierfarm in South Dakota ein erfülltes, aber auch abgeschiedenes Leben. Fast zu spät erkennt sie die Gefahr, der sie ausgesetzt ist, als ein Mann sie und ihre Familie bedroht. In letzter Minute nimmt sie die Hilfe ihrer Jugendliebe Cooper an. Kann er sie retten?

Die falsche Tochter *(Birthright)*
Als die Archäologin Callie Dunbrook an den Fundort eines fünftausend Jahre alten menschlichen Schädels gerufen wird, ahnt sie nicht, dass dieses Projekt auch ihre eigene Vergangenheit heraufbeschwören wird.

Sommerflammen *(Chasing Fire)*
Die Feuerspringerin Rowan kämpft jeden Sommer erfolgreich gegen die Brände in den Wäldern Montanas. Doch seit ihr Kollege dabei ums Leben kam, plagen sie Schuldgefühle. Hätte sie Jim retten können?

Gestohlene Träume *(Three Fates)*
Tia Marshs Leben gehört der Wissenschaft. Dass das Interesse für griechische Mythologie ihr einmal zum Verhängnis wird, ahnt sie nicht – bis sie Malachi Sullivan begegnet. Der attraktive Ire ist dem Geheimnis dreier Götterfiguren auf der Spur, und nicht nur er will die wertvollen Statuen um jeden Preis besitzen …

Das Geheimnis der Wellen *(Whiskey Beach)*
Eli Landon wird unschuldig des Mordes an seiner Frau verdächtigt. Im Anwesen seiner Familie an der rauen Küste Neuenglands sucht er Zuflucht. Auch seine hübsche Nachbarin, Abra Walsh, will dort ihre schmerzhaften Erinnerungen vergessen. Doch während sich die beiden näherkommen, holt sie die Vergangenheit ein.

Ein Leuchten im Sturm *(The Liar)*

Nach dem Unfall ihres Mannes erfährt Shelby, dass Richard ein Betrüger war. Der Mann, den sie geliebt hat, ist nicht nur tot – er hat niemals existiert. Shelby flüchtet mit ihrer Tochter zu ihrer Familie nach Tennessee, wo sie Griffin kennenlernt. Doch Richards Lügen folgen ihr und werden zur tödlichen Bedrohung.

Strömung des Lebens *(Under Currents)*

Von außen betrachtet ist das Leben der Bigelows perfekt. Doch hinter den Kulissen tyrannisiert der Vater seine Familie. Als Sohn Zane sich schließlich zur Wehr setzt, kommt das jahrelange Martyrium ans Licht. Fast zwanzig Jahre später findet die junge Landschaftsgärtnerin Darby McCray in Lakeview ein neues Zuhause. Auch Zane kehrt als erfolgreicher Anwalt in seinen Heimatort zurück. Die beiden fühlen sich sofort zueinander hingezogen, doch ihre aufblühende Liebe wird von der Vergangenheit überschattet. Was damals geschehen ist, holt die beiden wieder ein und wird zur gefährlichen Bedrohung ...

Vermächtnis der Dunkelheit *(Legacy)*

Adriana erlebt in ihrer Kindheit Traumatisches, doch sie geht als starke Frau daraus hervor. Schon mit siebzehn gründet sie ein gefeiertes Fitnessunternehmen in New York. Alles scheint perfekt, bis Adriana ein Drohbrief erreicht, dem jedes Jahr ein weiterer folgen wird. Um Abstand zu gewinnen, beschließt sie, nach Traveler's Creek zurückzukehren, wo ihre Großeltern leben. Während Familie und Freunde zusammenrücken und alte Wunden heilen, kommt Adrianas Stalker immer näher. Aber diesmal ist sie bereit, sich zu verteidigen.

2. *Zusammenhängende Titel*

a) Quinn-Familiensaga

– Tief im Herzen *(Sea Swept)*

Maryland. Der Rennfahrer Cameron Quinn kehrt zurück in die Kleinstadtidylle an das Sterbebett seines Adoptivvaters. Dieser bittet ihn, sich mit den beiden Adoptivbrüdern um den zehnjährigen Seth zu kümmern. Er ist ein ebenso schwieriger Junge, wie es Cameron einst war. Hinzu kommt, dass sich die Sozialarbeiterin Anna Spinelli einmischt, um zu prüfen, ob in dem Männerhaushalt die Voraussetzungen für eine Adoption gegeben sind.

– Gezeiten der Liebe *(Rising Tides)*

Ethan Quinn übernimmt während der Abwesenheit seiner Brüder die Rolle des Familienoberhaupts. Seine Arbeit als Fischer und die Verantwortung für den zehnjährigen Seth binden ihn an die kleine Stadt. Außerdem liebt er Grace Monroe, eine alleinerziehende Mutter, welche den Haushalt der Quinns führt.

– Hafen der Träume *(Inner Harbour)*

Gemeinsam kämpfen die drei Quinn-Brüder um das Sorgerecht für Seth, denn sie wissen, dass Seths Mutter eher am Geld als an dem Jungen gelegen ist. Da kommt die Bestsellerautorin Sybill in die Stadt und will unbedingt verhindern, dass Seth von Philipp und seinen Brüdern adoptiert wird.

– Ufer der Hoffnung *(Chesapeake Blue)*

Seth Quinn hat sich durch die Fürsorge seiner älteren Brüder zu einem erfolgreichen Maler entwickelt. Als er aus Europa nach Maryland zurückkehrt, wird er von seiner leiblichen Mutter mit der Publikation seiner Kindheitsgeschichte erpresst. Seth lernt Drusilla kennen, welche sich auch nicht mehr mit ihrer leiblichen Familie identifizieren kann.

b) Garten-Eden-Trilogie

– Blüte der Tage *(Blue Dahlia)*

Tennessee. Die Witwe Stella Rothchild kehrt mit ihren kleinen Söhnen in ihre Heimat zurück. Die Gartenarchitektin beginnt, sich ein neues Leben in der Gärtnerei Harper aufzubauen, unterstützt von der Hausherrin Rosalind. Alles ist gut, bis Stella dem Landschaftsgärtner Logan Kitridge begegnet. Doch jemand will diese Verbindung verhindern.

– Dunkle Rosen *(Black Rose)*

Rosalind Harper hat sich in die Arbeit gestürzt, um den Tod ihres Mannes zu überwinden. Besonders der Gartenkunst widmet sie sich. Doch in dem harperschen Anwesen geht ein Geist um. Rosalind engagiert den Ahnenforscher Mitchell Carnegie, um zu erfahren, um welche übernatürlichen Kräfte es sich dabei handelt.

– Rote Lilien *(Red Lily)*

Hayley Phillips kommt mit ihrer neugeborenen Tochter Lily zu ihrer Cousine Rosalind Harper und findet dort ein neues Heim. Für Rosalinds Sohn Harper empfindet sie tiefe Gefühle, doch dann ergreift eine dunkle Macht von Hayley Besitz.

c) Der Jahreszeiten-Zyklus

– Frühlingsträume *(Vision in White)*

Gemeinsam mit ihren Freundinnen Parker, Laurel und Emma betreibt Mac eine erfolgreiche Hochzeitsagentur. Sie lebt und arbeitet mit den drei wichtigsten Menschen in ihrem Leben – wozu braucht sie da noch einen Mann? Doch als Mac Carter trifft, gerät ihr so gut ausbalanciertes Leben ins Wanken.

– **Sommersehnsucht** *(Bed of Roses)*
Freundschaft und Liebe – das geht nicht zusammen. Zu dumm nur, dass sich Emmas langjähriger Freund Jack völlig überraschend als ihre große Liebe erweist. Nun steckt Emma in der Klemme, zumal sie weiß, wie sehr Jack an seiner Freiheit hängt.

– **Herbstmagie** *(Savor the Moment)*
Laurel verliebt sich in den smarten Staranwalt Del, den Bruder ihrer Freundin Parker. Er ist für sie die Liebe ihres Lebens, aber sieht der heiß begehrte Junggeselle das ebenso?

– **Winterwunder** *(Happy Ever After)*
Parker ist anscheinend mit ihrem Beruf verheiratet – bis Malcolm in ihr Leben tritt. Aber wie soll sie mit ihm eine Beziehung führen, wenn er sich weigert, über seine Vergangenheit zu sprechen?

d) Die O'Dwyer-Trilogie

– **Spuren der Hoffnung** *(Dark Witch)*
Iona verlässt Baltimore, um sich im sagenumwobenen County Mayo auf die Suche nach ihren Vorfahren zu machen. Als sie den attraktiven Boyle trifft, bietet er ihr an, auf seinem Gestüt zu arbeiten. Schnell spüren beide, dass sie mehr verbindet als die gemeinsame Leidenschaft für Pferde. Doch dann droht ein dunkles Familiengeheimnis das Glück der beiden zu zerstören.

– **Pfade der Sehnsucht** *(Shadow Spell)*
Ionas Cousin Connor O'Dwyer hat die Frau fürs Leben noch nicht gefunden, doch auf wundersame Weise fühlt er sich immer mehr zur leidenschaftlichen Meara hingezogen. Das Glück wird getrübt, als Cabhan, der alte Feind der Familie, Meara benutzt,

um sie alle zu vernichten. Hält der Kreis der Freunde dieser Herausforderung stand?

– **Wege der Liebe** *(Blood Magick)*

Branna und Fin waren schon mit siebzehn ein Paar, doch dann ist ihre Liebe zerbrochen. Branna liebt Fin zwar noch immer, sie fühlt sich aber von ihm verraten und misstraut ihm seither. Doch sie gehören beide zum magischen Kreis der Freunde und kämpfen gemeinsam gegen Cabhan, den unversöhnlichen Feind des O'Dwyer-Clans. Aber welche Rolle spielt Fin eigentlich in diesem Kampf? Ist er in die Machtspiele seines Vorfahren verwickelt, oder steht er aufseiten von Iona, Connor und Branna?

e) Die Schatten-Trilogie

– **Schattenmond** *(Year One)*

Lana und Max verbindet eine große und außergewöhnliche Liebe. Als eine weltweite Seuche ausbricht und New York innerhalb kürzester Zeit ins Chaos stürzt, fliehen sie aus der Stadt und gründen mit Gleichgesinnten die Gemeinschaft New Hope. Doch auch hier rückt die Gefahr dem Paar bedrohlich nahe. Lana setzt alles daran, dem Inferno zu entkommen, denn sie trägt inzwischen ein Kind unter dem Herzen, die »Auserwählte«, ihre zukünftige Tochter, die als Einzige in der Lage sein wird, dem Leid der Menschheit ein Ende zu setzen.

– **Schattendämmerung** *(Of Blood and Bone)*

Fallon trägt eine schwere Verantwortung: Sie wurde mit den Kräften geboren, die notwendig sind, um die postapokalyptische Welt vom Bösen zu befreien. Doch dafür muss sie ihrer geliebten Familie den Rücken kehren und von der kleinen Farmerstochter zur mutigen Kriegerin werden. Gleichzeitig tritt immer wieder Duncan in ihr Leben, mit dem sie etwas Tieferes verbindet, als sie sich eingestehen will. Um den dunklen Mächten und dem Mörder ihres leiblichen Vaters Einhalt zu gebieten, muss das junge Mädchen magische und nichtmagische Wesen zusammenbringen und Hinterhalt und Intrigen enttarnen, die die Gesellschaft noch vor der ersten Schlacht zu unterwandern drohen.

– **Schattenhimmel** *(The Rise of Magicks)*
Die erste Schlacht ist bereits geschlagen, doch der große Kampf um Gut und Böse steht noch bevor: Die junge Fallon führt ihre Armee nach Washington D.C., um die schwarze Magie aus der Welt zu verbannen. Sie ist die Auserwählte, die nach der Apokalypse die Welt wiederaufbauen und ihre Bewohner vereinen soll. Auf der jungen Frau liegt eine große Last, denn die Familie des Mörders ihres Vaters sinnt auf Rache an ihr und ihren Liebsten. Doch ihre große Mission fällt Fallon mittlerweile leichter als die Deutung ihrer Gefühle für Duncan, dessen Schicksal unlösbar mit ihrem verwoben ist.

3. Sammelbände

a) Die Unendlichkeit der Liebe

(Drei Romane in einem Band)

Auch als Einzeltitel erschienen:

– **Heute und für immer** *(Tonight and Always)*
Kasey gewinnt das Herz von Jordan und seiner Nichte Alison, aber jetzt fürchtet Großmutter Beatrice, dass sie die Macht über ihre Familie verliert.

– **Eine Frage der Liebe** *(A Matter of Choice)*
Ein Antiquitätenladen im Herzen Neuenglands. Ohne Jessicas Wissen dient er einer internationalen Schmugglerbande als Umschlagplatz für Diamanten. Zu ihrem Schutz reist der New Yorker Cop James Sladerman nach Connecticut, wo ihm Jessica die Ermittlungen aus der Hand nimmt.

– **Der Anfang aller Dinge** *(Endings and Beginnings)*
Die beiden erfolgreichen Fernsehjournalisten Olivia Carmichael und T.C. Thorpe sind erbitterte Konkurrenten im Kampf um die neuesten Meldungen. Sie kommen sich näher, doch da gibt es einen dunklen Punkt in Olivias Vergangenheit.

b) Königin des Lichts (A Little Fate)

(Drei Fantasy-Kurzromane in einem Band)

– **Zauberin des Lichts** *(The Witching Hour)*
Aurora muss den Königsthron zurückerobern, nachdem Lorcan ihre Eltern getötet und ihre Heimatstadt zerstört hat. Verkleidet gelangt sie an den Hof des Tyrannen. Dort trifft sie auf dessen Stiefsohn Thane und verliebt sich.

– **Das Schloss der Rosen** *(Winter Rose)*
Der schwer verletzte Prinz Kylar wird von Deidre, Königin der Rosenburg, auf welcher ewiger Winter herrscht, gerettet und gepflegt. Dafür will Kylar die Rosenburg von ihrem Fluch befreien.

– **Die Dämonenjägerin** *(World Apart)*
Kadra ist auf der Jagd nach den Bok-Dämonen. Dabei erfährt sie, dass sich der Dämonenkönig Sorak des Tors zu einer anderen Welt bemächtigt hat. Um beide Welten vor dem Untergang zu bewah-

ren, folgt sie Sorak dorthin. Sie landet mitten in New York, in der Wohnung von Harper Doyle. Sie braucht seine Hilfe.

c) Im Licht der Träume (A Little Magic)

(Drei Romane in einem Band)

– Verzaubert *(Spellbound)*

Der amerikanische Fotograf Calin Farrell begegnet im Schlaf der Hexe Bryna, welche ihn um Hilfe bittet, und wird dazu bewogen, nach Irland zu reisen, ins Land seiner Vorfahren. Dort kommt er dem Rätsel auf die Spur: Die Vorfahren von Calin und Bryna waren vor tausend Jahren ein Paar. Doch der Magier Alasdir hatte ihr Leben zerstört – und er versucht es aufs Neue.

– Für alle Ewigkeit *(Ever After)*

Allena aus Boston soll eigentlich ihrer Schwester in Irland helfen. Durch Zufall verbringt sie stattdessen einige Tage im Haus von Conal O'Neil. Die offenbar zufällige Begegnung scheint vom Schicksal vorbestimmt zu sein, denn die beiden fühlen sich stark zueinander hingezogen.

– Im Traum *(In Dreams)*

Die Amerikanerin Kayleen landet durch einen Sturm im Haus des Magiers Draidor. Kayleen verliebt sich sofort in Draidor, und er bereitet ihr einen im wahrsten Sinne des Wortes zauberhaften Aufenthalt.